HANDLAREN FRÅN OMSK

Av Camilla Grebe och Paul Leander-Engström har utgivits

Dirigenten från S:t Petersburg
Handlaren från Omsk

CAMILLA GREBE PAUL LEANDER ENGSTRØM

HANDLAREN FRÅN OMSK

PONTO
POCKET

Till Nina, Arne, Jim
Åsa

www.massolit.se

Copyright © 2014 Camilla Grebe & Paul Leander-Engström
Utgåva enligt avtal med Nordin Agency AB, Malmö
Svensk utgåva © 2015 Ponto Pocket,
2014 Massolit Förlag, Massolit Förlagsgrupp AB
Första pocketupplagan, andra tryckningen
Omslag Maria Sundberg/Art by Sundberg
Omslagsfoto Flygplan: Stocktrek Images
Stadsvy: Victor Korchenko/Arcangel Images
Man: Stephen Mulcahey/Arcangel Images
Kartritare Petter Lönegård
Sättning Massolit Förlagsgrupp AB
Typsnitt Sabon MT Pro
Tryck ScandBook UAB, Litauen 2016
ISBN 978-91-7475-208-3

Где говорят деньги, там молчит совесть.

"Där pengar talar är samvetet tyst."
RYSKT ORDSPRÅK

FÖRORD

I mars 2008 tillfångatogs ryssen Viktor But, en av de fräckaste och mest framgångsrika vapenhandlarna i modern tid, av amerikanska agenter i Bangkok. But, som kallades för "dödens handelsman", hade under mer än två decennier gäckat både rättsväsende och säkerhetstjänster. Han försåg krigsherrar, diktatorer och terrorister över hela världen med vapen.

Buts handelsvara råkar också vara en av Sveriges största exportsuccéer. Få svenskar känner till att Sverige är en av världens största vapenexportörer per capita och att exporten växer kraftigt – den har nästan fyrdubblats sedan 2001. Vi fortsätter också att exportera till konfliktområden och till länder som kränker mänskliga rättigheter och har till och med inrättat en egen myndighet, Försvarsexportmyndigheten, som har i uppgift att främja den svenska försvarsindustrin med skattepengar.

När vi skrev Handlaren från Omsk ville vi först och främst skriva en riktigt spännande thriller, inspirerad av But och andra aktörer som spelar en central roll inom internationell vapenhandel, men vår avsikt var också att problematisera kring ett säkerhetspolitiskt område som vi tycker borde belysas och debatteras mer. Vi har ingen politisk agenda med boken – utöver att ställa de svåra frågor som vi själva inte har svar på.

Alla företag, personer och svenska produkter som boken handlar om är fiktiva, även om de ibland har inspirerats av verkliga förebilder. Vi har också tagit oss stor frihet när vi beskriver teknik och politik. Men de miljöer som våra karaktärer rör sig i – främst Moskva – är noggrant skissade av Paul, som i mer än tio år bodde där. Pauls erfarenheter som anställd vid försvarsavdelningen på Svenska ambassaden i Moskva i slutet av 80-talet, liksom hans arbete som konsult åt ryska försvarsföretag, har också varit till stor hjälp vid skrivandet.

Интересного чтения! – Spännande läsning!

Camilla Grebe   Paul Leander-Engström

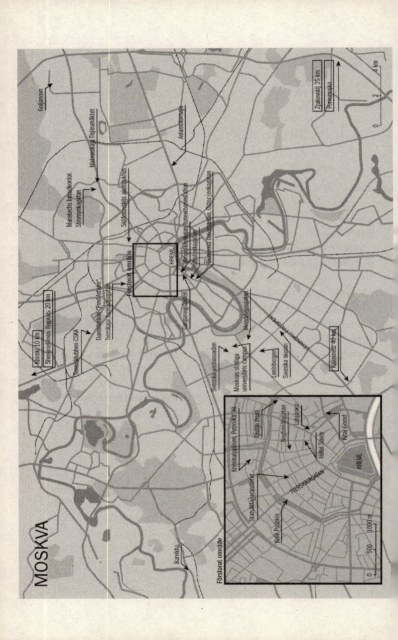

SVENSKA AMBASSADÖRENS RESIDENS I MOSKVA, MOSFILMOVSKAJAGATAN 60

I SAMMA SEKUND SOM Oscar Rieder somnade och ölburken gled ur hans hand ringde det på dörren. Han plockade upp burken men det var redan för sent. Den handvävda ullmattan sög upp vätskan lika snabbt som en disktrasa, och en fläck stor som den kalla pizzan på bordet bredde ut sig vid hans fötter.

Han svor, krängde av sig t-shirten och tryckte den mot mattan. Sedan hävde han sig upp ur Carl Malmsten-fåtöljen, sparkade chipspåsar och tomma ölburkar som trängdes på golvet åt sidan, och gick fram till entrén.

Ludmila log samma självsäkra leende som alltid när Oscar öppnade porten och släppte in Moskvanattens alla dofter i huset: avgaser, nyklippt gräs och matos. Hennes urringade, glittriga topp gled ner och blottade en mager solbränd axel när hon lutade sig framåt och gav honom en lätt kyss på munnen. Sedan strök hon fundersamt med en lång nagel över hans bara bröstkorg, som om hon övervägde om hon skulle riva honom lite, och klev in i hallen. Det vassa ljudet av högklackade sandaletter ekade mot stenväggarna.

– *Privet*, Oscar.

Han svarade inte på hennes hälsning, grep bara tag om hennes tunna handled och drog henne längre in i hallen. Ludmila vinglade till och fnissade. Stödde sig för ett ögonblick med handflatan mot väggen. Oscar tog ett par steg ut i natten och tittade bort mot vaktkuren som var övervuxen av murgröna. Den ryske vakten, som stod vänd mot dem på asfalten utanför, flinade menande mot honom och

Svenska ambassadörens residens i Moskva, Mosfilmovskajagatan 60

sprätte iväg en cigarett. Den glödde mot vägbanan i några sekunder innan den slocknade. Till höger om vaktkuren avtecknade sig den taggiga siluetten av den stora silvergranen mot natthimlen.

Oscar gick in och drog igen dörren utan att säga någonting. Ljudet av Ludmilas steg följde honom hela vägen in i den lilla salongen. De kryssade mellan de tomma pizzakartongerna och ölburkarna som låg utslängda på golvet.

– *Bozje moj*, Oscar. Vad har hänt?

Gud har ingenting att göra med det här, tänkte Oscar, tände den lilla mässingslampan med grön skärm och hällde upp vodka i ölglaset.

– Kan du gå upp och hämta mina cigaretter? sa han. Jag glömde dem i gästrummet däruppe.

Ludmila ryckte på de magra axlarna så att halsbanden rasslade och vände sig om utan att säga någonting. Men han kunde se på hennes sätt att gå, på den lilla missnöjda knycken med nacken att hon var sur. För en sekund blev han irriterad. Det fanns ingen anledning för henne att tjura. Han betalade bra och begärde inga orimligheter av henne. Det borde ligga i hennes intresse att vara tillmötesgående. Hon var, när allt kom omkring, faktiskt inte hans *postajannaja podruga* – "permanenta flickvän", som ryssarna så träffande kallade det.

Han tittade ut genom fönstret som vette mot trädgården, såg ljusen från höghusen glimma i fjärran och försökte få ordning på sina tankar. Han visste att han skulle vara tvungen att ta tag i sin situation efter helgen. Han kunde inte sitta inne och trycka på residenset i all evighet. Efter helgen skulle hans pappa, ambassadör Georg Rieder, och hushållspersonalen komma tillbaka. Oscars närvaro skulle väcka frågor – frågor som han varken kunde eller ville besvara.

Ludmila kom tillbaka in i salongen, slängde hans cigaretter på bordet och gled ner i en av sofforna.

– Har du haft fest, eller?

Hennes mörka ögon vilade uttryckslöst på en punkt strax till höger om hans huvud.

– Nej.

Svenska ambassadörens residens i Moskva, Mosfilmovskajagatan 60

Oscar tände en cigarett, drog ett djupt bloss och hostade till, vilket fick henne att dra lite på munnen.

– Du borde inte röka. Dina lungor klarar inte det, sa hon.

– Jag har rökt sedan jag var tretton och började på internatskola. Och mina lungor mår alldeles utmärkt.

Han märkte att han sluddrade.

– Visst, svarade Ludmila, drog av sig tröjan och blottade ett par perfekta bröst. Sedan ställde hon sig upp, knäppte upp jeansen och hasade ner dem till knäna. Klev ur både jeans och sandaletter i en enda rörelse.

– Dålig dag, Oscar?

Hon smekte honom över huvudet på ett sätt som var märkligt ömsint. Som om hon tyckte om honom på riktigt. Kanske gjorde hon det.

– Du anar inte.

– Kanske kan jag få dig att må bättre?

Hon ställde sig rakt framför honom där han satt tillbakalutad i soffan. Han lutade sig fram och lät handen löpa längs kanten på de svarta stringtrosorna, in i glipan mellan hennes magra ben.

– Kanske det, sa han och knep fast cigaretten mellan läpparna samtidigt som han drog av hennes trosor. Hon var helt rakad. Försiktigt smekte han hennes hud och kände hur den vassa stubben kittlade mot hans handflata. Tänkte att alla frågor fick vänta till på måndag. Det var fredag idag, han hade gott om tid på sig att tänka ut en lösning.

– Har det hänt något? frågade hon igen, men utan att låta särskilt engagerad och han visste att om han undvek ämnet skulle hon sluta fråga. Han var inte skyldig henne några svar.

– Jag vill inte prata om det.

Hon ryckte på axlarna.

– Det ser ut som om du har varit inlåst här och levt på chips och öl i en vecka.

Oscar reflekterade över hur nära sanningen hennes gissning faktiskt låg, men sa ingenting om det.

– Akta dig lite, är du snäll.

Hon tog lydigt ett steg åt sidan och han reste sig upp. Gick fram till väggen och lät blicken löpa över fotona som hängde ovanför hyllan. Idel leende, framgångsrika ansikten blickade ner på honom. Det kändes bisarrt att titta på dem nu. Lite som att se in i en tunnel till sitt eget förflutna och återupptäcka en tid som inte längre fanns. En ytlig och förljugen verklighet som för länge sedan krackelerat och gett plats för någonting som på samma gång var både mer ondskefullt och mer vardagligt. Han undrade vilken värld människorna på bilderna levde i – hans värld eller den där andra, den glättiga, lyckliga veckotidningsverkligheten?

Oscar böjde sig fram, lyfte ner fotot som hängde i mitten och blåste bort lite damm från glaset. Mannen på bilden log så brett att man skulle ha kunnat undersöka hans tänder genom att bara titta på fotot, och bredvid honom stod *hon*. Blickade in i kameran med huvudet på sned och det långa, blonda håret i en fläta över axeln som en oskyldig skolflicka – något som hon aldrig hade varit.

Oscar återvände till soffan.

– Sätt dig.

Utan att protestera sjönk Ludmila ner bredvid honom i soffan, lutade sig bakåt, mötte hans blick och särade på benen.

– Inte nu, sa han och tog fram det lilla kuvertet. Hällde ut det pärlvita pulvret på fotografiets glas. Det smattrade när han hackade med rakbladet över fotot på kvinnan med flätan.

Vilken lämplig symbolik.

Sedan rullade han ihop en sedel, drog in den ena linan och räckte fotot och sedeln till Ludmila.

När hon böjde sig fram över fotografiet såg han att huden på hennes nacke och knotiga axlar knottrade sig. Han skulle just fråga henne om hon ville ha en filt när han kände den där underbara känslan av frid och klarhet. Ångesten lättade, skingrades som dimma i sol en tidig sommarmorgon. Han såg allting tydligare: situationen han hamnat i, de handlingsalternativ som han hade att välja på. Allting var med ens hanterbart.

Det fanns ingenting han inte kunde hantera.

– Bra grejer, mumlade Ludmila och såg på honom med de mörka ögonen uppspärrade.

Svenska ambassadörens residens i Moskva, Mosfilmovskajagatan 60

Oscar tittade på henne med ny uppmärksamhet. De små brösten var fasta och hade ljusrosa, toppiga vårtor. På hennes bleka hud blänkte små, blonda fjun. De tycktes glöda i lampans sken.

– Du brinner, viskade han.

– Jag brinner, upprepade hon och log. Sedan skrattade hon ett högt, vasst skratt som fick Oscar att tänka på fåglarna i trädgården utanför.

Han böjde sig fram. Kysste Ludmilas ena bröst och kupade handen över det andra. Hennes hud var varm och kanske lite fuktig. Jo, den var avgjort fuktig. Han föreställde sig att hans nya hyperkänsliga sinne förmådde uppfatta de minsta skillnader i temperatur och fuktighet. Att han kunde höra de svagaste ljud och urskilja de minsta rörelser.

Ludmila skrattade sitt hesa skratt igen och vred sig under hans tyngd. Tryckte sitt underliv emot honom.

– Jag har saknat dig.

Oscar tryckte ner henne mot soffan, reste sig upp på armbågen och drack en klunk av vodkan. Sedan räckte han glaset till Ludmila som tog emot det utan att säga någonting och tömde det i ett svep. Hennes kropp skälvde till när hon lade sig ner igen.

I samma sekund hördes ett skrapande ljud från entrén. Det lät nästan som om någon drog någonting tungt över golvet. En kartong, eller kanske en säck.

– Är det någon här? frågade Ludmila utan att göra någon ansats att flytta sig eller klä på sig.

– Det är bara vi.

– Men jag hörde ju ...

– Det var nog bara vakten som gick förbi därute.

Oscar visste mycket väl att de ryska vakterna aldrig gick in på residensets mark. De hade till uppgift att säkerställa att inga obehöriga tog sig in på svenskt territorium, men de gick själva aldrig in på ambassadområdet. Det troligaste var alltså ändå att ljudet kommit från någon av de få tjänstemän som befann sig på ambassaden denna sena kväll i augusti, ryssarnas semestermånad. Ibland kunde akustiken i den kala och sparsamt möblerade byggnaden spela en spratt.

Svenska ambassadörens residens i Moskva, Mosfilmovskajagatan 60

– Sch, han lade handen över hennes mun och knäppte upp sina jeans. Kände hur lusten väcktes till liv, krävde sin plats i hans medvetande och motade bort alla obehagliga tankar som trängde sig på.

För ett par år sedan hade Ludmila bara varit en av alla de vackra flickor som kom till Moskva för att gifta sig eller slå mynt av den enda tillgång de hade – sina kroppar. Han hade tyckt bra om henne, mer var det inte. Men sedan hade han börjat träffa henne allt oftare. Ibland bara någon gång i månaden, men nu på senaste tiden hade de setts nästan varje vecka. Om någon hade påstått att han var förälskad i henne skulle han ha viftat bort det som absurt. Hon var en prostituerad, det var allt. Hon betydde ingenting för honom. Men sanningen låg antagligen någonstans däremellan, i gränslandet mellan kärleken och den likgiltighet som han intalade sig att han kände. Oscar hade blivit fäst vid henne, på samma sätt som man fäster sig vid en hund. Han trivdes i hennes kravlösa sällskap och även om hon aldrig skulle bli hans flickvän så tyckte han om henne.

Hon ryckte till under honom.

– Oscar. Det *är* någon här.

Han sög in hennes örsnibb i munnen och tog ett hårt tag om hennes handleder. Kanske lite hårdare än han hade tänkt sig, för hon gnydde till som om han gjort henne illa.

– Du snedtänder. Det är bara vi här.

– Men jag hörde ...

– Det är bara du och jag här, och nu vill jag ha dig.

Hon slappnade av i hans grepp och andades tungt mot hans hals.

I samma ögonblick slocknade ljuset i rummet. Oscar flög upp ur soffan med ett ryck och drog upp jeansen.

– Snälla, tänd, mumlade Ludmila från soffan.

– Det måste vara elen, sa Oscar. Jag ska gå och kolla.

Med prövande steg gick han över det kalla stengolvet, ut mot hallen.

– Oscar, du, stanna hos mig. Snälla.

– Skärp dig, jag ska bara gå till elskåpet.

Hon blev tyst.

Oscars ögon hade vant sig vid mörkret nu. Han kunde ana möbler-

Svenska ambassadörens residens i Moskva, Mosfilmovskajagatan 60

na som mörka skepnader, ordentligt uppställda på rad mot de ljusa väggarna. Ett svagt ljus silade in från fönsterpartierna mot trädgården. Någonstans på avstånd hördes vrålet från en motorcykel som accelererade.

Det skulle vara mycket lätt för honom att ropa på hjälp på interntelefonen eller ta sig till bostadslängan bakom residenset och hämta någon. Men han ville inte att de nyfikna ambassadvakterna skulle se honom och Ludmila så här, för då skulle snacket vara igång. Nog för att han var opraktisk, men han kunde slå på säkringar själv.

Med armarna utsträckta framför sig gick han in i korridoren till höger om ytterdörren. Det luktade av damm och konstgjord citron från det rengöringsmedel som städarna älskade att använda.

Oscar slog tån i någonting hårt och svor till, men mindes sedan att han själv ställt in golfbagen i korridoren ett par veckor tidigare.

För ett par veckor och en evighet sedan. På den tiden när sådant som golf spelade roll.

Från tvättstugan hördes ljudet av vatten som droppade. Det påminde honom om att väderrapporten förutspått åska och regn, men än så länge låg Moskva inbäddat i en fuktig, tryckande värme.

– Oscar?

Ludmilas röst lät avlägsen och av någon anledning ville han inte svara. Ville inte trasa sönder tystnaden och det bedrägliga lugnet som omslöt honom. Det enda som hördes nu var hans egen andhämtning och det irriterande droppandet. Någonstans framför honom i mörkret låg elskåpet. Men korridoren hade inga fönster och låg därför i absolut mörker. Till sin besvikelse insåg han att han skulle behöva en ficklampa, eller i varje fall ett stearinljus, för att slå på rätt säkring. Han vände sig om och började gå tillbaka mot hallen som skymtade som en ljus rektangel i slutet av korridoren.

Ludmila väntade på honom där. Hennes kropp avtecknade sig som en mörk, smal skugga. När han kom närmare tycktes skuggan växa och av någon anledning reste sig hårstråna i hans nacke. Det var som om en osynlig, kall hand smekt honom längs ryggen, som om hans kropp insåg att någonting var fel trots att hans intellekt ännu inte förmått greppa det.

Svenska ambassadörens residens i Moskva, Mosfilmovskajagatan 60

Så visste han med ens vad det var.

Siluetten i dörren kunde inte vara Ludmila. Den var alldeles för lång för det.

Det var någon annan inne i residenset.

Sekunden senare kastade sig den okände inkräktaren över honom. Oscar vräktes neråt, tillbaka in i mörkret i korridoren. Han hörde det metalliska klirrandet av klubborna som slog emot stengolvet när golfbagen föll omkull samtidigt som han försökte slita sig loss från angriparen. På avstånd hörde han Ludmila ropa, men han kunde inte svara, all hans energi gick åt till att försöka ta sig loss ur det järngrepp som angriparen hade kopplat på honom.

Så satt den okände mannen plötsligt grensle över hans rygg, samtidigt som han drog hans armar bakåt i ett obarmhärtigt hårt grepp. Oscars ansikte pressades ner mot det svala stengolvet. För en sekund trodde han att han skulle kräkas, så ont gjorde det i axellederna, sedan tonade smärtan bort. Mannen måste ha lättat på greppet.

– Jag har pengar på övervåningen, hostade Oscar. Släpp mig så kan jag hämta.

Han fick inget svar.

I nästa sekund hörde han Ludmilas röst, närmare den här gången.

– Oscar, vad händer?

För ett ögonblick släppte angriparen taget om Oscars armar. Han tog tillfället i akt, mobiliserade all kraft han hade och vred sig ur mannens grepp.

Oscar sprang mot hallen samtidigt som han skrek.

– Det är någon här!

– Jag kommer! svarade Ludmila.

– Nej. Stick. Det är ...

Sekunden senare var mannen över honom igen. Det kändes som en mycket hård omfamning. Mannen höll honom stilla med en ofattbar kraft som pressade luften ur lungorna på Oscar. Det måste vara så här det känns att bli begravd i en lavin, hann han tänka innan han kände någonting som stack till i armen. Smärtan följdes av en varm känsla i kroppen innan avgrunden öppnade sig under honom. Han föll och föll tills luften omkring honom tycktes bli till en mjuk kudde. Alla ljud tonade bort. På avstånd hörde han Ludmila skrika och han ville säga åt henne att fly, men han kunde inte. Hans kropp lydde honom inte längre.

Allt var mörker. Allt var tyst och mjukt. Bilder från hans barndom fladdrade förbi, som fjärilar över en sommaräng. Han såg sig själv som liten pojke, mindes smaken av de solvarma jordgubbarna han plockat på landstället i Torekov. Kände det vassa gruset knastra under barnafötternas tunna hud. Mindes känslan av den första kyssen, som han stulit ifrån en två år äldre flicka på en fest där nästan alla blivit så berusade att de hade kräkts. Kände doften av Moskvas dammiga gator och Ludmilas varma hud.

Och sedan bleknade bilderna bort som rök i dimma.

SVENSKA AMBASSADÖRENS RESIDENS I MOSKVA, MOSFILMOVSKAJAGATAN 60

OSCAR RIEDERS DÖDA KROPP låg utsträckt på det vita stengolvet, men huvudet vilade mot mattan. Det såg nästan ut som om han avsiktligt lagt sig ner för att sova. Ansiktet var härjat men ändå ungt, som det kan vara när man har misshandlat sin kropp under lång tid. Det var brett med fylliga kinder som täcktes av tät skäggstubb. Det tjocka mörkbruna håret låg åt sidan som om det blåsts på plats av en fön. Ansikte och hals var brunbrända. Han liknade faktiskt Kennedybröderna, till och med de utstående öronen såg likadana ut. Och man kunde ana hur han skulle ha kommit att se ut när han blev gammal.

Men det kommer du aldrig att få uppleva, tänkte överåklagare Sergej Skurov när han betraktade den unge mannen som låg vid hans fötter. De gröna ögonen, som inte alls såg döda ut, stirrade ut genom fönstren som vette mot ambassadträdgården. Den döde var inte mycket äldre än Skurovs egna barn och var son till Sveriges ambassadör i Moskva, Georg Rieder. Mycket mer visste Skurov inte. Den ende han hade att tillgå för att få fram mer information var den chockade svenske ambassadvakten som på hygglig ryska återgett hur han funnit Oscar Rieder och den medvetslösa kvinnan.

– Vi tänkte sticka nu.

Akutpersonalen vände sig till Skurov såsom överåklagare och högste chef på plats. Han hade haft jouren på Statsåklagarämbetet och varit här nästan samtidigt som polisen och ambulanspersonalen.

Männen i gröna overaller lyfte upp båren med kvinnan. Hennes ansikte var täckt av en syrgasmask.

– Okej. Prognos?
– Svårt att säga. Hon har en svag puls och andas själv. Vi har gett henne en opiatantagonist.
– En *vad*?
– Motgift, mot överdosen.

Skurov nickade till svar och hoppades att hon skulle klara sig. Han ville veta vad som hade hänt här på svenska ambassadörens residens och det gällde att ta väl vara på tiden, för han räknade inte med att få ha ambassadörsbostaden för sig själv så länge till.

Ambassadvakten hade berättat att han fått meddelande om ett elfel i residenset strax före klockan tre på natten, och därför gått in. Allt var tyst så han hade trott att paret befunnit sig på övervåningen men i stället hittat Oscar, som så vitt han kunde avgöra redan var död, medan kvinnan hade visat svaga livstecken.

Ambassadören var i Sverige på semester, liksom övriga högre tjänstemän på ambassaden. Vakten hade fått förklara termen *chargé-d'affaires* flera gånger innan Skurov förstod att den bara var ett finare namn på den tjänsteman som var ansvarig på ambassaden i ambassadörens frånvaro. I det här fallet var det en diplomat med titeln "andresekreterare", som hade varit oanträffbar när ambassadvakten desperat sökt honom på den datja utanför Moskva där han tillbringade helgerna. På sätt och vis förenklade det allting. Eftersom en rysk medborgare kommit till skada av hittills oklar anledning – det såg ju ut som en vanlig överdos, men det kunde också ha förekommit våld eller tvång – så ville ryska myndigheter ha tillträde till platsen där det skett. Att ett tjugotal ryssar, som inkluderade allt från åklagare, tekniker, polis och säkerhetstjänst, skulle fått husera fritt på residenset var i alla fall otänkbart om någon svensk diplomat hade varit på plats.

Skurov tittade sig omkring igen. Kriminalteknikerna säkrade så mycket bevis som möjligt och videofilmade hela bostaden, oavsett om det var en brottsplats eller bara en tragisk olycksplats. Han såg direkt på några av männen som gick runt att de var agenter från den ryska säkerhetstjänsten FSB – *Federalnaja Sluzhba Bezopasnosti*. När han tittade närmare kände han igen en av dem. FSB ville såklart inte försitta tillfället att komma in och kika lite och kanske till och med lämna efter sig någon mikroskopisk mikrofon eller kamera. Men det var inte hans problem, det var spelets regler, och svenskarna fick skylla sig själva som inte hade någon ansvarig på plats.

– Anton! Ser du till att kollegorna från *Lubjanka* inte snubblar över offret och kontaminerar vår brottsplats?

Lubjanka, där FSB hade sitt huvudkontor, var ett av smeknamnen på den fruktade säkerhetstjänsten. Skurov gav den unge polisinspektören ett ögonkast när han sa det. Anton såg inte ut som den typiske polisen, som nästan alltid var småfet av allt stillasittande. Anton, som avbrutit ett helgbesök hos sin mor, var klädd i vit skjorta och slips. Han hade ett smalt, blekt ansikte med markerade kindben, mörkblont vattenkammat hår och en näsa som var så liten att den kunde ha suttit på en flicka.

– Självklart, svarade Anton, utan tillstymmelse till att dra på munnen. Det kanske inte var så roligt sagt, insåg Skurov, men han hade redan konstaterat att Anton var den mest humorbefriade människa han någonsin träffat. Han var kompetent och hade potential, det kunde Skurov inte förneka. Trots att Anton Levin hade utexaminerats från Inrikesministeriets ledningsakademi för bara tre år sedan hade han redan hunnit bli befordrad till överlöjtnant på Moskvapolisens centrala utredningskommitté – kallad *MUR* bland lagens tjänare. Skurov hade länge försökt hitta några brister hos Anton, men han verkade inte ens ha fått en reprimand och det gjorde Skurov misstänksam. Han hade träffat på poliser som på ytan var renare än sibiriskt smältvatten, men ändå drev veritabla brottssyndikat.

Den svenske ambassadvakten kom fram till honom där han stod vid trappan till den övre, privata våningen.

– Ursäkta, stammade han.

Skurov tittade på honom och kände ett visst medlidande. Troligen skulle han bli anmäld och utredd för tjänstefel för att han hade släppt in dem så förbehållslöst.

– Ja?

Skurov kände på sig vad den gänglige unge mannen skulle säga och därför gjorde han sig beredd att använda sitt bryskaste tonfall.

Svenska ambassadörens residens i Moskva, Mosfilmovskajagatan 60

– Vårt Utrikesdepartement ber er att vänta utanför residenset tills vi har hunnit få hit vår *chargé-d'affaires*.
– Jag betraktar det här som en brottsplats och kommer att agera utifrån det. Håll er ur vägen och var beredd att svara på fler frågor.

Vakten kom inte med några invändningar, vilket var en lättnad för Skurov, för han ville inte stuka honom mer än nödvändigt – vakten var chockad så det räckte ändå.

Skurov gick upp till den privata avdelningen som hade tre vackra sovrum och ett arbetsrum med utsikt över den anlagda trädgården. Att vara ambassadör var nog inte så tokigt, konstaterade han. Han hade utrett händelser i den diplomatiska världen förr, det föll inom det federala åklagarämbetets ansvarsområde. Senaste gången hade det varit ett allvarligt brottmål där libyska diplomater misshandlat sin personal. Men den gången hade han inte haft tillfälle att besöka residenset och se hur den libyske ambassadören bodde.

I två av sovrummen stod obäddade sängar. Från det ena rummet kom monotona engelska uppmaningar; *engage the enemy, defend yourself* ...

Skurov gick in i rummet. Ljuden kom från en teve med inkopplad spelkonsol, som han vid det här laget var van att se i ryska hem. Lite sorgset kom han ihåg att han och Tamara aldrig hade haft råd att köpa en till sin son Valerij, men han hade trots det gått och blivit en framgångsrik medarbetare på ett av de många spelföretag som växte upp som svampar ur jorden. Valerij hade helt klart ärvt Skurovs frus, Tamaras, sinne för formler, programmering och datorer.

Några vinflaskor låg utspridda på golvet. Kanske var det så här privilegierade diplomatbarn levde? Missbruk. Misshandel av tjänstefolk. Diplomater verkade inte vara ett dugg bättre än de människospillror han träffade på i knarkarkvartarna i Goljanova eller Strogino. Han gick igenom sovrummen och granskade därefter arbetsrummet. Det förvånade honom att saker och ting stod i sådan ordning där. Stolen var inskjuten under bordet och böcker och prydnadsföremål stod prydligt uppställda. På skrivbordsunderlägget låg en brevöppnare med det svenska vapnet och ett anteckningsblock med texten *Georg*

Svenska ambassadörens residens i Moskva, Mosfilmovskajagatan 60

Rieder, Ambassador of the Kingdom of Sweden tryckt i guldrelief uppe i högra hörnet. Han böjde sig fram och tittade på det från sidan och anade svaga konturer av bokstäver och siffror på det tomma första bladet. Han tog loss pappret och lade det försiktigt i en påse. Sedan tittade han i papperskorgen.

Den var tom.

Hans tankar avbröts av upprörda röster utifrån och han skyndade sig ner, han hade ändå sett det viktigaste häruppe. Han ville ta en sista sväng i den offentliga nedre delen av bostaden innan de blev utslängda.

På väg in i det stora mottagningsrummet mötte han Anton.

– Vad är det som händer därute?

– Det är tillförordnade chefen för ambassaden som har kommit tillbaka, sa Anton.

– Tar du det? Jag vill ha några minuter till härnere.

– Ja, chefen.

Skurov gick tillbaka till den lilla salongen, där ambassadörssonen nu hade täckts över med någonting som liknade ett vitt lakan. Återigen betraktade han fotona på väggen och såg någonting som han missat tidigare. Det fanns ett tomrum mitt i samlingen av foton, som om en eller flera bilder saknades, och en ensam spik stack ut.

De upprörda rösterna hördes nu tydligare från hallen. Antons monotona röst bemötte sakligt de högljudda invändningarna.

– En rysk medborgare påträffades i livlöst tillstånd klockan 02.45 av er egen personal. Tack vare den ryska akutpersonalens snabba agerande kunde kvinnan i fråga få medicinsk vård redan ...

– Jag måste be er alla att lämna svenskt territorium!

– Och vad gör ni då med den döde? Har ni något kylfack på ambassaden där ni kan förvara kroppen?

Han kunde inte låta bli att le åt Antons praktiska och teknokratiska invändningar.

– *Kylfack?* svarade diplomaten.

– Kroppen kommer att börja lukta snart.

– Ta med honom då.

Då skulle de ha en rättsmedicinsk undersökningsrapport rätt snart, tänkte Skurov.

Svenska ambassadörens residens i Moskva, Mosfilmovskajagatan 60

Hade han missat någonting? Kanske hade han låtit sig distraheras lite av alla de vackra möblerna och konsten i residenset?

Några glasbitar glimmade till strax till höger om den ena soffan. Skurov gick fram, böjde sig ner och tittade in under möbeln. Långt inunder den såg han någonting som liknade ett foto samtidigt som han hörde svensken skrika något om Utrikesdepartementet och en officiell protest. Sedan ringde hans mobil. Skurov, som redan hade lagt sig raklång på golvet, konstaterade att armen inte räckte hela vägen – han fick använda benet i stället. Han tryckte in det under soffan och försökte nå föremålet med foten.

– Vad gör den där människan under soffan, skrek någon ifrån dörren.

Skurov gjorde en sista kraftansträngning. Med en enda, välriktad spark flög objektet ut på golvet. Det var mycket riktigt ett foto. Glaset var trasigt och bilden tillknycklad.

– Överåklagare Skurov, hälsade han från sin plats på golvet och tittade på den svenske diplomaten, som såg ut som om han skulle få hjärtslag.

– Ni bör nog ta samtalet ni just fick, sa Anton Levin, som inte heller verkade se något komiskt i att Sergej Skurov, överåklagare, låg platt som en flundra på golvet med halva kroppen begravd under soffan.

– Chargén här säger att det är MID som försöker få tag på er, tillade Anton med låg röst.

Ryska utrikesministeriet. De skulle beordra dem att lämna residenset med omedelbar verkan. Skurov bestämde sig för att ignorera svensken ett ögonblick och tittade på fotot. Det föreställde den svenske ambassadören – mannen som fanns med på de flesta av fotona i rummet – och en kvinna. Vacker och ung nog att vara hans dotter. Hans arm vilade beskyddande över hennes axlar och han log det bredaste leende som Skurov sett. Han lade märke till någonting annat också. Lite vitt damm eller puder bland de vassa glasbitarna som fortfarande satt fastkilade i fotoramen. Varsamt strök han fingertoppen över glaset och förde fingret till munnen. Att smaka var ingen säker metod, men givet den orgie som försiggått var han rätt säker – det var kokain.

STOCKSUND, NORR OM STOCKHOLM

– MEN VAD I *helvete!* Är ryssarna inne i residenset?
Kabinettssekreterare Jan Kjellberg drog handen snabbt över ansiktet, en rörelse som betydde att han häpnade över människans dumhet eller lathet. Han visste knappt vad han skulle göra av sig själv där han satt i baksätet på taxin som rullade genom ett mörkt Stocksund i riktning mot Stockholm.

Först hade de hittat ambassadör Rieders son död i residenset i Moskva tillsammans med en rysk kvinna i kritiskt tillstånd – trots att Kjellberg var omtöcknad förstod han att detta var ett akutläge som krävde omedelbar hantering. UD-jouren, som var i ständig beredskap efter ordinarie arbetstider, hade väckt honom med nyheten. Men nu fick han dessutom veta att ryssarna härjade fritt i residenset. Det fanns tydligen inte mer än en postpubertal ambassadvakt i chocktillstånd på plats. De fyra personerna som utgjorde ambassadens ledningsgrupp var alla frånvarande och den juniore diplomaten som var *chargé-d'affaires* gick inte att nå.

Kjellberg hade varit lyckligt förskonad från misslyckanden och fadäser sedan han tillträdde sin post för snart två år sedan och han tänkte absolut inte tillåta några tabbar nu. Han och utrikesministern var ett radarpar och de gjorde inga nybörjarfel – de var proffs på det här. Han var yrkesdiplomat och det han inte kände till om hur man hanterade alla upptänkliga problem var inte värt att veta. Nu var det dags att använda den kunskapen.

Taxin flög fram längs E18 och klockan var exakt fyra när det första svaga morgonljuset kunde anas. Varför svarade inte chargén? Det var tjänstefel att inte ha telefonen med sig i alla lägen när man var tillförordnad beskickningschef. Och att det var problem på just Rieders beskickning som hotade att lägga krokben för honom gjorde inte det hela lustigare.

– De måste ut omedelbart, sa han och försökte hålla rösten stadig.

– Man håller tydligen på och undsätter den skadade ryska medborgaren, svarade vakthavande på UD-jouren.

– Så fort de har gjort det måste ambassadvakten se till att all rysk insatspersonal lämnar residenset. Förklara det för honom. Och för att vara på den säkra sidan ber du ambassadvakten att omedelbart skicka en chaufför som åker till chargéns datja. Om det så behövs får han släpa honom i kalsongerna till residenset.

Kjellberg kände kallsvetten bryta fram. Rysk polis och en massa annat löst folk inne på svenskt territorium – det var verkligen inte bra. Ingen hade glömt buggningsskandalen på svenska ambassaden i Moskva. Sverige hade naivt gått med på att ambassaden skulle byggas av Glavmosstroj, Sovjetunionens statsägda moskovitiska byggbolag. Ryssarna hade passat på att bygga in mikrofoner i väggarna, som inte hittades förrän 1986 och sedan tog Säpo flera år att rensa bort – *om* nu alla var borta. Under tiden hade alla känsliga möten på ambassaden fått avhandlas i det som personalen kallade "ubåten" – en avlyssningssäker, klaustrofobisk cylinder.

Tänk om FSB just nu buggade residenset igen. Hade man kunnat göra det i början på 70-talet så borde man kunna göra det mycket lättare nu.

Ryssarna måste ut fort som fan.

Kabinettssekreterare Kjellberg öppnade bilfönstret och kände den milda nattluften smeka ansiktet medan ljusen på Sveavägen svepte förbi. På Malmtorgsgatan fick de väja för nattsländorna som var ute och slirade. Han tänkte på sina egna barn och var glad över att de var förbi den perioden i sina liv. Och så tänkte han på Oscar Rieder igen som han hade hunnit träffa på i flera sammanhang, oftast för att han hade ställt till med problem. Han mindes med avsmak den gång Oscar Rieder hade blivit berusad på den tyske ambassadörens femtioårsmottagning och börjat grovhångla med sitt sällskap. De hade diskret eskorterat ut honom till en väntande bil.

Och nu var det alltså dags igen. Skandal. Just när alla trodde att Oscar Rieder börjat leva ett ordnat liv. Han hade nyligen fått ett bra jobb som han enligt alla inblandade skötte riktigt väl. En position som var av vikt för svensk exportindustri och därmed för UD.

Men nu hade de ett verkligt katastrofläge på halsen och situationen berodde som så ofta på att man handlat i panik i avsaknad av någon auktoritet på plats. Det var givetvis ambassadörens ansvar att bemanna sin ambassad adekvat, men viss kritik skulle kanske komma att riktas mot departementet och honom själv.

Kjellberg kände hur det knöt sig i magen vid tanken på att bli uthängd för något som han inte kunde rå för, en sådan orättvisa fick honom att må illa.

En annan tanke dök också upp. Hur skulle Georg Rieder ta nyheten om sin sons död? Han kände med ens medlidande för Rieder, fast han aldrig kunnat fördra honom riktigt.

Kjellberg betalade taxin, klev ut i natten och började gå mot entrén till Arvfurstens palats. Det irriterade honom att vakten bad honom att legitimera sig, han var ändå den högste tjänstemannen på Utrikesdepartementet. På den tiden han arbetade inom FN och sommarpratade, morgonsoffade och blev intervjuad i kvällspressen hade han varit betydligt mer känd, men då hade han lidit av att inte få arbeta med en riktig politisk och diplomatisk agenda. Men, man kunde inte få allt i livet på en gång. Nu var det utrikesministerns show och han spelade ändå en högst central roll i den.

Kjellberg satte sig vid Haupt-skrivbordet och funderade. Innan han väckte utrikesministern ville han tänka igenom situationen och – viktigast av allt – se till att det inte fanns ett spår av några ryssar i residenset. Men han var tvungen att agera snabbt. Den här gången fick det inte ta timtals innan utrikesministern involverades, som varit fallet när tsunamin svepte in över Thailand den ödesdigra annandagen 2004. Det hade varit en sådan där avgörande händelse som visade hur olika människor reagerade och hur deras agerande sedan påverkade deras liv och karriärer. Hans företrädare, statsministerns statssekreterare och dåvarande utrikesministern, hade alla fått ett bittert slut på karriären. Han måste omedelbart kontakta det ryska utrikesministeriet och begära att ryssarna lämnade residenset. Annars skulle han vid en granskning riskera att framstå som alltför rädd för att stöta sig med den mäktige grannen i öster – något som han visste att utrikesministern själv inte drog sig för att göra.

En kort stund senare störde en telefonsignal tystnaden i rummet. Det var jourhavande som förklarade att de hade fått tag på en skamsen chargé, som stod i begrepp att gå in på residenset. Kjellberg kände en viss tillfredsställelse över att han kommit på att de skulle skicka en bil efter honom. När han nu äntligen fått tag på chargé vad-hannu-hette var han medvetet extremt kort i tonen.

– Du går in direkt och du låter dig inte hunsas utan säger att jag har ringt deras utrikesministerium, vår utrikesminister är informerad och vi kommer lämna in en skriftlig protest om ryssarna inte omedelbart avlägsnar sig. Och först av alla sparkar du ut de som håller på och mixtrar med misstänkta apparater.

Kjellberg insåg att han var tvungen att upprätta en så kallad "språkregel" som dikterade vad departementets tjänstemän fick säga till media. Han måste också förbereda den polisiära utredningen av händelsen i residenset. Säpo och Rikskrim behövde åka till Moskva med första morgonplanet. I samband med det fick Säpo passa på att lite diskret kamma residenset på avlyssningsutrustning. Utredningen måste också ske i samråd med ryssarna, som ju skulle kräva att få reda på varför ryskan hade skadats, eller kanske till och med dött. Han hoppades att Oscar Rieder inte skulle visa sig ha orsakat hennes död för då skulle saker bli riktigt komplicerade, och de skulle tvingas att stryka ryssarna medhårs – för övrigt inte utrikesministerns paradgren.

Telefonen ringde igen.

– Den ryske överåklagaren som leder insatsen är på väg ut. Han är den siste som är kvar, sa vakthavande.

Kabinettssekreteraren drog efter andan. Det var fan på tiden, klockan var kvart i fem.

– Bra.

I samma ögonblick började hans mobil hoppa så frenetiskt på den vackert lackerade bordsskivan att han var rädd att den skulle lämna repor efter sig. Det visade sig vara hans chef, utrikesministern.

Kjellberg redogjorde kortfattat för nattens händelser. Han var noggrann med att påpeka att han själv, trots den tidiga timmen, befann sig på departementet och hade varit handlingskraftig nog att beordra att ambassadvakten personligen släpade chargén från sin datja. Utrikesministern lät trött, på gränsen till distré, men var som vanligt samlad.

– Bra. Då håller vi detta inom en ytterst snäv krets, och se för sjutton till att tidningarna inte får nys om det här. Jag kanske till och med ska lägga ut en rökridå om viktiga latinamerikanska bilaterala möten på Twitter, sa utrikesministern på sitt underfundiga sätt.

Kabinettssekreteraren hade fått alla frågor han förutsett, men det sista som utrikesministern frågade hade han förbisett: När hade han tänkt informera ambassadör Rieder?

Det fick bli nästa uppgift på listan. Dessutom måste han prata med pressjouren och lyssna igenom inspelningen av samtalen mellan personalen i Moskva och UD:s jour. Han ville känna till allt som hade hänt och sagts. Och han lovade sig själv att även om banden innehöll något graverande skulle han aldrig förfalla till att låta dem försvinna så som Regeringskansliet hade gjort med tsunamibanden 2004.

AVIAMOTORNAJA, ÖSTRA MOSKVA

IVAN IVANOV SOV DJUPT när samtalet kom. Det var inte förrän Oksana slängde den fuktiga syntetkudden i ansiktet på honom som han vaknade till liv.

– Det är till dig, sa jag ju.

I samma stund som han tog luren hörde han hur den lilla började gråta i den hemsnickrade vaggan intill fällsängen.

– Skit också, nu väckte du henne. Vet du hur lite jag har sovit i natt?

Oksana reste sig ur sängen, som gav ifrån sig en trött, metallisk suck, lyfte upp babyn och försvann ut mot köket med snabba steg.

Ivan tryckte luren mot örat och lyssnade utan att säga någonting. När han hade lagt på blev han sittande på sängkanten utan att kunna resa sig upp. Trots den tryckande värmen i det lilla rummet kändes det som om han frös, och all energi verkade på något sätt ha lämnat kroppen genom telefonluren.

Han såg på sängbordet. Den rejäla sovjetiska väckarklockan visade fem på morgonen.

Flickans gråt tystnade och Oksana kom in i rummet igen med ett mjukare uttryck i ansiktet. Plötsligt mindes han hur vacker han hade tyckt att Oksana var. Då, innan de fått barn, när de varit förälskade och hade sovit i en bäddsoffa i köket hos hans moster i Jasenevo. Det var ett minne som bara dök upp, helt utan förvarning, och han kände en plötslig sorg som han inte riktigt kunde förstå. Som om någonting viktigt och vackert gått förlorat för alltid.

– Vem ringer så här dags? frågade Oksana och såg på honom med ett anklagande uttryck i de blekgrå ögonen.

Sedan Ivan hade börjat arbeta på Maratech hade det blivit många sena kvällar och han visste att Oksana misstänkte att han träffade en annan kvinna. Visst hade han förklarat för henne att det inte var så, att det bara handlade om att han var tvungen att visa framfötterna på det nya jobbet. Men Oksana var svår att övertyga när hon väl fått för sig någonting.

– Jag kan inte säga det, sa han sanningsenligt.
– Varför?
– Det är ... konfidentiellt.
– Konfidentiellt? Skämtar du? Jag är din fru, Ivan. Jag är så trött på dina hemligheter.

Ivan reste sig upp, kände hur ryggen värkte efter ännu en natt i den obekväma sängen.

– Jag måste i alla fall åka till kontoret en kort sväng.

Han tog på sig gårdagens skjorta som hängde på en spik på väggen och Armani-jeansen som han fått av Oksana i födelsedagspresent förra veckan.

– Till kontoret. Klockan fem en lördagsmorgon?

Ivan mötte hennes blick och anade rädsla i den. Men han hade inte energi nog att hitta på ett svepskäl.

Den fuktiga augustiluften smekte hans ansikte när han lämnade 70-talshuset bakom sig och joggade mot tunnelbanan. När han kom fram till Aviamotornajas station kände han hur svetten bröt fram. Det skulle bli ännu en varm dag i Moskva. De första affärsidkarna hade redan börjat packa upp sina varor. Han vinkade till frukt- och grönsakshandlaren, som bar in en låda med stora granatäpplen. Det var tjugo minuter tills den första tunnelbanan skulle komma. Han funderade på om han skulle unna sig en taxi, men han såg inte till någon.

Rulltrapporna, som om bara några timmar skulle mata tusentals resenärer ner i underjorden, var tomma. Ivan koncentrerade sig och tänkte igenom instruktionerna. Det var egentligen inga konstigheter. Han skulle ta sig till kontoret, gå in på Oscars rum, kopiera dokumenten och sedan radera dem från hårddisken. Det enda som skulle kunna väcka uppmärksamhet var att han gjorde det vid den

Aviamotornaja, östra Moskva

här tidpunkten på dygnet. Vakterna skulle notera att han kom och han skulle helt säkert få frågor på måndag om vad han gjort på kontoret en sådan okristlig tid.

Men det fick han hantera då. Och Ivan Ivanov råkade vara mycket bra på att hantera oförutsedda situationer.

Han klev på morgonens första tåg, som stannade på stationen exakt klockan sex. När han hade satt sig ner började han läsa på anslagen runt omkring sig i vagnen, både för att han var nyfiken och för att hålla tankarna på Oscar på avstånd. Hans chef var död, och att inte ha en överordnad som höll en under armarna kunde vara ödesdigert på ett ryskt företag.

Ett klistermärke försökte locka folk att ta anställning inom Moskvas tunnelbanenät. Maskinister kunde tjäna mellan femtio- och nittiotusen rubel per månad. Det motsvarade över tretusen dollar – mer än han själv tjänade efter fyra års universitetsstudier. Rulltrappsvakterna däremot tjänade bara tjugofemtusen rubel. Utbud och efterfrågan på arbetskraft, tänkte han medan han klev av på Sokolnikistationen.

Maratechskrapan liknade en väldig huggtand där den sträckte sin välvda, blanka fasad av marmor och glas mot himlen. Ivan nickade mot nattvakten, visade sitt passerkort och slog in den hisskod som alltid måste användas när direktionsvåningens reception inte var bemannad.

Hissdörrarna öppnade sig omedelbart och ljudlöst, som om de hade väntat på honom. Innan Ivan steg in kastade han ytterligare en blick bortåt, mot entrén, men det var fortfarande tomt bakom honom. Maratech sov. Men han fick inte låta sig luras av det försåtliga lugnet. På andra och tredje våningen kunde det råda aktivitet när som helst på dygnet. Men dit hade han hursomhelst inte tillträde. Det krävdes speciell behörighet för att få vistas i forsknings- och utvecklingsavdelningens lokaler.

Jobbet som *referent*, personlig assistent till Oscar Rieder, var det första riktiga och välbetalda jobb som Ivan hade haft efter sin examen i statistik från Institutet för tillämpad matematik vid Moskvas universitet. Det fanns en viss logik i att han hade valt just statistik.

Aviamotornaja, östra Moskva

Hans far hade varit en framstående matematiker och en högt uppsatt tjänsteman på Gosplan, den sovjetiska regimens ekonomiska planorgan, innan den ryska vodkan satte stopp för honom.

När han klev ut på tjugoförsta våningen tändes lamporna automatiskt. Det var bra. Det betydde att ingen av hans kollegor var på plats. Aldrig hade väl någon av cheferna som jobbade här, Oscar inkluderad, satt sin fot på arbetsplatsen före klockan nio på morgonen. Det fanns en stark negativ korrelation mellan antalet arbetstimmar och lön, tänkte han och föreställde sig hur han konstruerade en elegant formel som beskrev sambandet.

Den tjocka heltäckningsmattan svalde ljudet av hans steg när han gick korridoren till höger hela vägen bort till fönstren. Han stannade upp en sekund, tryckte näsan mot den svala rutan och tittade ut. En gles ström av bilar flöt fram på de breda avenyerna. Snart skulle lördagstrafiken sätta igång på allvar, när alla åkte in till centrum för att sätta sprätt på sina pengar. Han tyckte nästan att köphysterin hade blivit osmaklig. Folk tjänade bra, men tog ändå en massa dyra konsumtionslån för att köpa ännu mer – förstod de inte det där med effektiv ränta, undrade han ibland. Själv ville han bara ha en liten lägenhet till sin familj och en snygg soffgrupp. Platt-teve och en bra dator hade de redan skaffat sig.

Återigen vände han sig om för att försäkra sig om att han var ensam, men det enda han såg var långa rader av dörrar till kontorsrum, som alla låg mörka och tomma.

Han öppnade dörren till Oscars rum, sjönk ner framför datorn och startade den medan han sneglade på den handskrivna lappen med Oscars lösenord. Om Oscar av någon anledning hade ändrat det under de senaste dagarna skulle han kanske inte komma åt dokumenten och han ville inte tänka på vad som skulle hända då.

Han tryckte på "enter" och tittade på fotot av Oscars flickvän som var placerat bredvid datorn. Med sitt långa blonda hår, sina höga kindben och sin bleka hy hade hon lika gärna kunnat vara ryska. Trots att han tillbringat mycket tid med Oscar det senaste året hade han aldrig sett henne i verkligheten eller ens hört honom tala med henne i telefon. Det var nästan så att han undrade om hon fanns på riktigt. Oscar kanske hade klippt ut bilden ur någon modetidning och ramat in den?

Datorn gav ifrån sig ett plingande ljud.

Han var inne.

Det tog bara ett par minuter att lokalisera de tre dokumenten. De fanns i den lösenordsförsedda mapp som Oscar hade sparat på den lokala hårddisken i stället för på företagets nätverk. Lösenordet hade Ivan kunnat sedan länge. Han hade sett Oscar när han loggade in på datorn och räknat ut att lösenordet var konstruerat med hjälp av Oscars eget namn och hans flickväns. Som statistiker visste Ivan att det var just så som de flesta män utan barn skapade sina lösenord. Således var den inbillade säkerhet som människor kände när de skyddade sina dokument just inbillad.

Ivan vände sig om och slog på faxen. Plockade fram det oskyldiga mötesprotokoll rörande fransk pansarvärnsammunition som låg överst i högen på bordet, lade det i faxen och knappade in numret. Det var en ren försiktighetsåtgärd ifall han skulle få oväntat besök.

Faxen blinkade och pep till samtidigt som Ivan hörde ett dovt brummande som tycktes komma djupt inifrån huskroppen.

Någon hade startat hissen.

Han såg på sin klocka. Han borde ha åtminstone en minut på sig. Snabbt markerade han de dokument som han ville kopiera och stoppade in en tom sticka i datorns USB-port. Det hela gick på några sekunder.

Brummandet från hissen hade tystnat, vilket bara kunde innebära att den hade stannat för att släppa av eller på någon. Ivan tog ut stickan och stoppade den i jeansfickan samtidigt som han hörde hissmotorn starta på nytt. Sedan tog han fram den andra USB-stickan, den som innehöll ett professionellt raderingsprogram. Han anslöt den och skrev in några korta kommandon. Han skulle radera de tre filerna, men låta all övrig information vara kvar på hårddisken. Sedan skulle programmet dölja de elektroniska spår som visade att någonting raderats över huvud taget. Det var idiotsäkert och inte ens komplicerat. I alla fall inte för Ivan, som hade lång vana av att jobba med mycket mer avancerade program. På universitetet hade han dagligen använt några av de mest kraftfulla datorer som fanns att tillgå

Aviamotornaja, östra Moskva

i Ryssland och också lärt sig att programmera.

Just som raderingsprogrammet kört klart hörde han ett ljud längre bort i korridoren.

Ivan stängde ner datorn och vände hela sin uppmärksamhet mot faxen, lyssnade till det låga, gurglande pipet när informationen skickades över telenätet.

Dörren öppnades och Ivan vände sig om. Gnuggade sig i ögonen som om han var trött och anlade ett förvånat ansiktsuttryck.

– God morgon!

Vakten, som hade en kommunikationsradio i handen, såg misstänksamt på honom.

– Jag måste få se på er legitimation.

När Ivan ställde sig upp och körde ner handen i fickan för att hitta det lilla plastkortet kände han USB-minnet. Så litet och ändå innehöll det så mycket information. Teknikens under rymdes i en handflata.

Ivan log.

– Här.

Vakten granskade id-kortet utan att säga någonting.

– Vad gör ni på kontoret så här dags, Ivan Ivanov? sa han sedan.

I samma stund pep faxen till, som om den uppfattat läget och velat hjälpa honom ur den prekära situationen.

– Jag glömde att skicka ett viktigt fax igår. Så jag var tvungen att komma in och göra det nu. Frugan blev tokig.

Ivan var en mycket bra lögnare. En sådan som aldrig blev nervös och tvekade i pressade situationer och han kunde se att vakten slappnade av när han förklarat sitt ärende.

– Det där? frågade vakten och pekade på det lilla kvitto som faxen spottade ut.

– Precis. Gick det igenom?

Vakten ryckte på axlarna.

– Hur vet man det?

Ivan gick fram till vakten och visade honom.

– Här. Titta. Tre sidor skickade av totalt tre sidor. Det betyder att jag kan åka hem och lägga mig.

– Jag eskorterar er ner, sa vakten.

– Det behövs inte.
– Ni behöver specialtillstånd för att vistas här på helger, så jag följer er ner.

Ivan ryckte på axlarna och följde honom motvilligt ut i korridoren. Han nämnde inte att hans chef inte längre kunde ge honom ett sådant tillstånd.

Det var först när han kom fram till hissen som han insåg att han glömt USB-stickan med raderingsprogrammet i datorn.

DEMIROVA BALETTSTUDIO, OSTOZJENKAGATAN, MOSKVA

TOM BLIXEN TOG FRAM *Financial Times* och försökte se ut som om han läste och inte stolt iakttog sin dotter. Framför honom på golvet stod flickorna på rad i rosa tyllkjolar och övade *pliéer* och *jetéer* och alla de andra rörelserna som han inte kunde namnen på. I mitten stod hans dotter, Ksenia. Hennes hår var uppsatt i en stram knut, precis som de andra flickornas. Numera var det mer kastanjefärgat än rött. Till höger om henne stod Alexia. De var så lika att de nästan skulle ha kunnat vara systrar på riktigt – trots att de inte hade några som helst blodsband.

Alexia var Rebeckas, hans sambos, mellandotter. Den enda påfallande skillnaden mellan de elvaåriga flickorna var Alexias klumpigare och tyngre kropp, som alltid tycktes röra sig i otakt till pianomusiken som strömmade från flygeln i hörnet av det stora rummet. När Ksenia svävade fram med graciösa, perfekt avvägda steg dunsade Alexia okoordinerat genom rummet.

Ksenias begåvning för dans och musik var knappast ett arv från hans sida av släkten, som bestod av omusikaliska svenska bönder och morfar, prästen, som sjöng hellre än bra. Talangen kom antagligen från Olga, hennes ryska mamma. Han kom ofta på sig själv med att tänka på saker som han skulle vilja prata med Olga om. Småsaker, som hur det kom sig att Ksenias strumpor alltid gick sönder på hälen eller andra, viktigare frågor, som varför hon hade ett sådant behov av att kontrollera allt och hellre tillbringade tid ensam än med jämnåriga.

Det var smärtsamt att inte ha Olga att luta sig mot i frågor som gällde deras dotter, men han var tacksam för att han hade Rebecka till sin hjälp – när hon nu hann. Han frågade sig ofta hur Ksenia kände det, men han hade kommit fram till att hennes sår läkt rätt väl och ville inte riva i dem genom att fråga för mycket.

När Tom hade kommit till Ryssland femton år tidigare hade landet varit en gåta för honom, och varje mening på ryska en ekvation som mödosamt måste lösas. Dessutom hade han varit ensam. Men det var en ensamhet som var självvald. Han hade flytt bort från Sverige och alla plågsamma minnen och menande blickar. Att han hamnat i Ryssland hade varit en slump, men med tiden hade han vuxit ihop med landet. Skapat sig ett liv som fungerade, en tillvaro som åtminstone inte gav honom ångest.

Och sedan hade han träffat Olga.

Deras relation hade knappast varit lycklig, och till slut hade Olga lämnat honom för en annan man och tagit sin hemlighet med sig. Först sex år senare hade Tom fått veta att barnet hon fått var hans dotter – men då var Olga redan död. Han hade blivit pappa – inte bara mot sin vilja, utan också utan att ens veta om det.

Han tittade på Ksenia. Hon skrattade åt någonting som balettfröken sa och lutade sig mot väggen.

Det hade funnits en tid när han tvivlat så starkt på att han kunde ge henne den kärlek ett barn behövde att han faktiskt funderat på att låta en av Olgas gamla släktingar ta hand om henne på heltid. Numera tänkte han aldrig så. Hon var hans dotter och han älskade henne. Det fanns ingenting svårt eller konstlat i deras relation. Och trots att den lilla familjen gått igenom ännu en stor förändring när de för ett par år sedan flyttade ihop med Rebecka och hennes barn så hade även det löst sig. Med Rebecka och flickorna hade han funnit den familj som han saknat under så många år. Och det var vad som hållit honom kvar i Moskva.

Den kraftiga kvinnan till höger om Tom bräkte på sin breda amerikanska:

– Oh my God, oh my God. You just saved my day, darling.

Sedan tog hon emot lattemuggen som den holländska kvinnan i jerseyoverall räckte henne. Holländskan vände sig mot Tom.

Demirova balettstudio, Ostozjenkagatan, Moskva

– Jag köpte en åt dig också.
– Tack. Det hade du inte behövt.
– Behövt och behövt. Vi måste väl ta hand om varandra, vi gräsänkor.

En avig tystnad uppstod när kvinnan insåg att hon oavsiktligt räknat in Tom i mammakollektivet. Men Tom var van. Han brukade lyssna på när mammorna pratade om sina män; beskrev deras halsbrytande arbetsvanor, egoistiska planering och hissnande framgångar på jobbet. Faktum var att de verkade leva *genom* sina män. Han brukade tänka att kvinnorna förtjänade ett bättre öde och hoppades innerligt att Ksenia aldrig skulle hamna i en sådan relation.

– Så, började amerikanskan, jag har aldrig riktigt fattat vad du håller på med.

Hennes tonfall var försåtligt lent, som om hon brydde sig om honom på allvar och inte alls bara var ute efter att placera in honom i rätt box i sin sociala matris, gissningsvis långt nedanför den där alfahannarna, deras män, befann sig.

– Åh, jag gör lite av varje, sa han och vände blad i tidningen för att markera att diskussionen var över. Men amerikanskan gav sig inte.

– Som vadå till exempel?

Han insåg att hon inte tänkte ge sig så lätt, så han vek ihop tidningen i knät och tog en klunk av det heta kaffet.

– Jag jobbade för Pioneer Capital, investmentbanken, till för tre–fyra år sedan. Men nu är min sambo, Rebecka, vd där, så ...

– *Oh my God*. Jag fattar. Kärlek på jobbet är ju helt *out of the question* ...

Amerikanskan blinkade menande.

– Precis.

– Så vad gör du nu? inflikade holländskan och hällde en liten påse med socker i sitt kaffe.

Han skruvade på sig och låtsades titta på Alexia, som förgäves försökte ta sig igenom en *pas de deux*. Trots hennes klumpighet på dansgolvet var hon den som hade det lättast för sig i verkliga livet.

Demirova balettstudio, Ostozjenkagatan, Moskva

Hon hade mängder av vänner i Svenska skolan i Moskva. Gick på alla kalas. Ksenia däremot var tyst och tillbakadragen, och trots hans och Rebeckas ansträngningar att tussa ihop henne med andra jämnåriga så föredrog hon att vara ensam.

– Jag jobbar en del med investeringar, sa Tom svävande. Och sedan spelar jag mycket tennis och springer en del. Det är ... fantastiskt att ha fått den här möjligheten att kliva ur ekorrhjulet ett tag. Hinna med både barnen och mig själv.

Fantastiskt?

Han mindes inte när han hade ljugit så bra senast. Sanningen var att han var hjärtligt trött på att leka hemmafru i huset på Gagaringränden.

Både han och Rebecka hade varit medvetna om att en av dem var tvungen att lämna Pioneer Capital så snart deras relation blev officiell. Det gick inte för sig att en senior chef hade en kärleksrelation med vd:n. Och att Rebecka skulle sluta var aldrig ett alternativ som de övervägt då. Efter att ha arbetat under Rebecka i tio år visste Tom att hon och hennes karriär var ett. Hon hade jobbat med ett enda mål för ögonen och det var att ta sig till toppen på Pioneer. Till det skulle läggas att hon var en av de tre största delägarna i firman. De insåg båda att hennes aktieinnehav kunde bli biljetten till ett helt annat liv den dagen firman såldes.

Om den såldes.

Rebecka och de andra delägarna hade jobbat för en försäljning i flera år, men just nu såg det inte ut som om den skulle ske inom en överskådlig framtid, vilket betydde att Tom var hänvisad till lägenheten, gymmet och den lokala tennisklubben. Rebecka brukade påpeka för honom att han visst skulle kunna skaffa sig ett jobb, om han nu så väldigt gärna ville, men eftersom större delen av finansbranschen var utesluten av konkurrensskäl hade han aldrig vetat var han skulle börja. Och marknaden var långt ifrån glödhet för en fyrtioåring som på grund av sina hemförhållanden knappast kunde jobba åttio- eller ens sextiotimmarsvecka.

– Så du är ... *levnadskonstnär?*

Den holländska kvinnan i mjukisdräkt uttalade ordet som om det

Demirova balettstudio, Ostozjenkagatan, Moskva

var namnet på ett sällsynt och utrotningshotat djur. Tom såg oförstående på henne.

– Förlåt?

– Jo, jag menar bara att du lever precis det där livet som alla egentligen drömmer om. Kvalitetstid med barnen, mycket träning, ingen stress. Ja, du vet. Du äger din egen tid, liksom.

Han försökte le, men leendet blev till en grimas.

– Jag har all tid i världen.

Tid nog att se gräset växa, tänkte han samtidigt som de båda kvinnorna nästan demonstrativt började diskutera sina mäns alla åtaganden. Om tio minuter skulle balettlektionen vara slut och expat-morsorna dra iväg i sina SUV:ar. Själv skulle han promenera den korta vägen hem med Ksenia och Alexia lekandes bredvid honom på asfaltstrottoaren – och det var lycka.

Riktig lycka.

Tanken gjorde honom bättre till mods. Den amerikanska kvinnan lutade sig plötsligt mot honom, som om hon skulle berätta en hemlighet.

– Du får inte låta din framgångsrika sambo hålla dig tillbaka, *sweetheart*, sa kvinnan, klappade honom på låret och log menande åt sin väninna.

När hans mobil ringde tog han tillfället i akt och smög försiktigt ut ur rummet.

– Tom, det var länge sedan!

– *Vremja letit* – tiden flyger, svarade Tom och tänkte på sin gamle vän Fredrik som varit så förtjust i att använda ryska ordspråk. Fredrik, som hade varit Ksenias styvfar, hade dött fem år tidigare, men Ksenia pratade fortfarande mycket om honom.

Det var länge sedan han hade hört av Sergej Skurov, överåklagare i Moskva och god vän sedan tiden före Fredriks död den där våren 2003. Tom och Sergej hade kommit varandra nära och tilliten dem emellan var grundmurad för all framtid.

– Sergej, jag hade faktiskt tänkt ringa dig. Jag har en liten, liten lucka i nästa vecka. Vi kanske skulle ta och ses?

Sergej skrattade. Även han kände till att tid var någonting som Tom hade gott om.

Demirova balettstudio, Ostozjenkagatan, Moskva

– Precis vad jag tänkte föreslå. Jag tror att du behöver komma ut och röra på dig. Vad sägs om att förstärka vårt fotbollslag i nästa match?

SKLIFOSOVSKIJS AKUTSJUKHUS, MOSKVA

NÄR ÖVERÅKLAGARE SERGEJ SKUROV såg vem det var som väntade på honom var det som om han återupplevde besöket på Sklifosovskijs akutsjukhus direkt efter självmordsbombningen på Tverskajagatan nästan fem år tidigare.

Kvinnan var om möjligt ännu stiligare än han mindes henne. Något spår av grått fanns inte längre i hennes svarta hår – hon måste ha blivit mer fåfäng med åren och börjat färga det.

– Överläkare Weinstein, sa han innan hon hade hunnit resa sig från sin stol.

– Åklagare Skurov, jag är så glad att se er igen. Och jag är smickrad av att ni kommer ihåg mig.

Hon räckte fram handen.

Skurov kunde se att hon rodnade lite och gissade att det inte var en överraskning för henne att han dök upp. Inspektör Anton Levin, som bokat hans möte, måste ha berättat för henne att han skulle komma.

– Detsamma, svarade han och tog plats i stolen framför hennes skrivbord.

– Något att dricka?

Det var sent på eftermiddagen och Skurov var trött efter nattens jourtjänst. Han kunde onekligen behöva lite koffein för att hålla koncentrationen uppe.

– Gärna kaffe.

Weinstein tog upp telefonen.

– Hur mår hon? frågade han när Weinstein lagt på luren.

– Förvånansvärt bra, givet det tillstånd hon var i när hon kom hit

Sklifosovskijs akutsjukhus, Moskva

i natt. Hon har haft lite arytmier, oregelbunden hjärtrytm alltså, under dagen och vi har henne under sträng observation ifall hon skulle få för sig någonting. Det är praxis med patienter där det kan föreligga en självmordsrisk.

– Självmord?

– Ja. Vi kan inte utesluta att det rör sig om ett självmordsförsök. Och då kanske hon försöker igen.

Weinstein öppnade en mapp som hon hade haft liggande på sitt skrivbord och började läsa ur den. Kvinnan som hittats i den svenska ambassadörens residens hette Ludmila Smirnova och var tjugosex år gammal, vilket han redan visste. Hon hade haft både kokain och alkohol i blodet, men det var heroinet som nästan hade blivit hennes död. Weinstein förklarade att hon hade varit minuter från döden när hon hittades. Med andra ord hade ambassadvakten gjort rätt som släppt in räddningspersonalen direkt, tänkte Skurov.

– Varför misstänker ni att det kan ha varit ett självmordsförsök?

– Hon hade extremt höga halter av morfin i blodet, svarade Weinstein.

– Jag tyckte ni sa heroin?

– Morfin är en metabolit till heroin. Det betyder att heroin omvandlas till morfin i kroppen. Nivån av morfin i blodet var så hög att vi med god marginal kan säga att den skulle ha varit dödlig om hon inte hade fått behandling snabbt. En erfaren missbrukare skulle antagligen inte ha injicerat en sådan stor dos.

– Ni tror alltså inte att hon var en erfaren missbrukare?

Weinstein ryckte på axlarna och böjde ner huvudet så att hon kunde möta hans blick över läsglasögonen. Skurov skymtade ett nät av fina rynkor kring de mörka ögonen. Det gjorde henne inte mindre attraktiv. Han hade alltid tyckt att mogna kvinnor var mer tilldragande än unga.

– Nej, min gissning är att hon *inte* var en van missbrukare. Vi hittade bara ett enda nålstick på hennes kropp. Det talar emot att hon injicerade heroin regelbundet. Ni får väl fråga rättsläkaren hur det var med hennes vän, svensken. Kanske var det han som bjöd henne? Nej, mest troligt är väl att de ville prova något nytt och tog för stor dos på grund av okunnighet.

Sklifosovskijs akutsjukhus, Moskva

– Det låter mer troligt, instämde Skurov.

Det knackade på dörren och en fetlagd kvinna med oljig hy och en sjuksköterskerock, som var några nummer för liten, kom in med en fransk kaffepress. Skurov lutade sig tillbaka i stolen och smuttade på det rykande kaffet som assistenten hällde upp. Det var utsökt och hade ingen likhet med det rävgift som hade serverats på offentliga institutioner för bara några år sedan.

– Ni verkar ha fått det mycket bättre här. Och då tänker jag inte bara på det goda kaffet, sa han och nickade mot kaffepressen. Jag har lagt märke till att hela sjukhuset har rustats upp. Är det samma sak med era löner?

– Jo, tack, det har skett en påtaglig förändring – från en mycket låg nivå ska jag tillägga. Nu skäms jag inte lika mycket för att säga vad jag tjänar, log överläkaren och blottade sin jämna, vita tandrad.

– Det gläder mig, sa han.

– Trettiofemtusen rubel i månaden för att vara exakt, lade hon till som för att se hur han reagerade.

Fortfarande inte mer än arbeten som bara krävde en grundläggande utbildning, tänkte han säga, men valde att hålla tyst. Han visste att sjukhuspersonal ofta fick lönen påspädd genom "frivilliga gåvor" från patienterna. Alla som han kände brukade sticka till personalen extra pengar, i alla fall när de skulle opereras eller föda barn.

– Men jag försöker hålla extrabetalningarna från patienterna i schack även om det inte går att hindra dem helt, tillade Weinstein som om hon hade läst hans tankar. I den mån patienterna insisterar så har jag sagt att hela avdelningens personal ska dela.

Skurov log. Alla arbetsplatser hade sina problem. Till hans hörde att politik och brottsutredningar så ofta blandades samman att han hela tiden måste vara uppmärksam på vilken agenda som var den styrande.

– Ska vi gå och titta till henne? frågade Weinstein.

– Absolut, svarade han och drack ur det sista av kaffet medan han reste sig.

Sklifosovskijs akutsjukhus, Moskva

De gick genom en korridor fylld med modern utrustning.

– Faktum är att vår självmordsfrekvens har halverats de senaste tio åren, sa Weinstein. Men den är fortfarande bland de högre i världen.

Skurov lyssnade artigt, men hans tankar kretsade kring ambassadörssonen Oscar och hur det kom sig att en person i en sådan privilegierad ställning missbrukade en så tung drog.

– Det är väl för att vi har fått det bättre ekonomiskt, fortsatte hon. Det är faktiskt mycket statistik som pekar åt rätt håll. Barna- och mödradödligheten har halverats sedan år 2000. Och befolkningsmängden växer. Visste ni att det är första gången på femton år som fler människor föds än dör i det här landet?

– Är det så?

Skurov kom att tänka på att hans dotter Anja verkade gå i barnatankar. Det var verkligen på tiden att han blev morfar, han var ändå femtiosex år. Han fick svindel när han påmindes om att det bara var fyra år kvar till pensionsstrecket. Och Tamara skulle fylla femtiofem nästa år, åldern då kvinnor gick i pension. Som tur var kände han sig stark och tänkte hörsamma statens uppmuntran om att jobba vidare efter sextio.

– Ja, men de små barnkullarna från krisåren på 90-talet kommer inte att kunna hålla oss över vattenytan när vi pensioneras. Jag har förresten själv en son som är född 1992.

Skurov granskade Weinstein som hade stannat till framför en vit dörr. Av hennes slanka figur att döma hade han inte trott att hon fött fram någonting annat än en och annan medicinsk avhandling.

– Jag vet att ni har ett gott omdöme, sa hon, men jag vill påminna er om att hon fortfarande är svag, så ta det lite lugnt.

Ludmila Smirnova låg i en sjukhussäng omgiven av blå skynken som skyddade henne från insyn. Skurov hörde hennes torra hosta redan på avstånd. Hon vaktades av en väldig sjuksköterska i vit uniform som satt och läste *Burda* vid fotändan av sängen.

Skurov visste redan allt om Ludmila som stod i offentliga register. Tjugosex år gammal, från Moskva och med oavslutade studier vid

Sklifosovskijs akutsjukhus, Moskva

Moskvas juridiska fakultet bakom sig. De hade hittat någonting annat också. Hon hade blivit utvisad från Frankrike för "verksamhet som inte var förenlig med fransk lag". Han hade bett Anton att titta vidare på det. Det visade sig att Ludmila och ett tjugotal unga kvinnor hade anhållits tillsammans med en rysk oligark i en skidort som hette Courchevel. Polisen misstänkte att det rörde sig om en kopplerihärva. Alla anklagelser hade sedermera lagts ner mot oligarken, men flickorna var inte välkomna till Frankrike igen. Skurov misstänkte att händelsen kunde hjälpa honom att förklara det som hade hänt på svenska residenset.

Ludmila hade tydligen hört dem komma, för hon såg rädd ut redan när Weinstein förde det blå förhänget åt sidan.

Weinstein lade sin hand på hennes arm och gav henne en medkännande blick.

– Här är mannen som jag berättade för dig om, Ludmila.

Ludmila grep tag om Weinsteins hand.

– Jag behöver någonting mer.

Överläkaren skakade bestämt på huvudet och flyttade på sig för att ge plats åt Skurov.

Skurov presenterade sig vänligt och beskrev sanningsenligt förloppet under natten, eftersom han visste att ingen annan hade gjort det. Trots att han gick hänsynsfullt fram och inte ens hade börjat ställa frågor verkade hon stressad.

– Kan ni redogöra för vad ni själv kommer ihåg från igår kväll?
– Jag minns ingenting, svarade hon undvikande.
– Hur dags kom ni till residenset?
– Jag minns inte, upprepade hon och vände bort huvudet. Den vita sjukhusskjortan kontrasterade mot hennes solbrända hals.
– Jag ska hjälpa er. Ni kom till residenset strax före midnatt.

Det hade Anton tagit reda på med hjälp av de kameror som bevakade ambassadområdet och genom anteckningarna som rysk ambassadpolis förde.

– Kanske.
– Vem tog emot er när ni kom?

Hon blev tyst en stund och verkade granska det blå förhänget som påminde Skurov om duschdraperiet som hans fru nyligen hade hängt upp hemma.

– Oscar var där, sa hon sedan med svag röst. Det var bara Oscar och jag där.

– Så vad gjorde ni när ni kom dit?

– Jag minns inte, upprepade hon. Jag minns ingenting.

– *Något* måste ni väl ändå minnas?

Hon suckade, vände sitt ansikte emot honom igen och han slogs av hur ung hon såg ut. Nästan som en tonåring.

– Ludmila. Vi vet att ni drack alkohol och använde droger, sa han. Det fanns i ert blod och rättsläkaren kommer att hitta det i Oscars blod också när han väl är färdig.

Hon slöt ögonen utan att säga någonting. Weinstein gav honom en blick som han gissade betydde att han måste ta det mer försiktigt med Ludmila.

– När injicerade ni heroinet? frågade han.

Paus.

– Jag minns inte.

Han konstaterade att han inte nådde fram till henne. Var det för att hon skämdes, eller för att hon hade dåliga erfarenheter av rättsapparaten, som hon inte ville berätta någonting?

– Ludmila. Ni var ytterst nära att dö. Försök att minnas. Injicerade ni heroinet själv eller gjorde Oscar det?

– Jag säger ju att jag inte minns, svarade hon och tittade med frånvarande ögon mot taket.

– Var ni osams om någonting?

Han mötte hennes tomma svarta blick för ett ögonblick. Tyckte sig ana en antydan till ett leende.

– *Osams*, jag och Oscar? Varför skulle vi vara osams?

– Han kanske inte behandlade er som man bör behandla en kvinna?

– Äh. Han behandlade mig helt okej.

– Slog han er?

– Oscar skulle *aldrig* slå mig.

– Tvingade han er till någonting?

Nu såg hon road ut. Som om hon plötsligt börjat uppskatta förhöret.

– Jag är inte så svårövertalad.

Skurov började tappa tålamodet.

– Doktor Weinstein. Kan ni hjälpa fröken Smirnova att dra upp ärmarna på skjortan?

Överläkaren gjorde som han bad henne. Ludmila blundade och svalde som om hon förberedde sig på frågan som hon visste skulle komma.

– Vem har gett er blåmärkena på överarmarna då?

– Ingen aning.

Det var möjligt att märkena var äldre, kanske hade hon fått dem av en våldsam hallick.

– Vem arbetar ni för? Har ni någon *sutenjor*?

– Jag har ingen *kot*.

Hon använde slangordet för hallick. Skurov visste att det var känsligt för prostituerade att ange sin hallick. En prostituerad kunde maximalt få några tusen rubel i böter, medan hallickar som regel dömdes till fängelse.

– Är ni ärlig nu? Jag kan lätt ta reda på det om jag vill.

– Det finns ingen. Jag arbetar åt mig själv.

– Och exakt *vad* jobbar ni med?

– Med ... underhållning, sa hon med ett uns av trots i rösten.

Skurov noterade att överläkare Weinstein också verkade förstå vad det betydde – Ludmila sålde sitt sällskap, men i övrigt hade hon inte mycket gemensamt med de stackars flickor som stod vid stadens *tochkas* – samlingsplatser för gatuprostituerade – runt om i Moskva.

Skurov studerade än en gång hennes armar. De var släta och han kunde inte se några sprutmärken eller ärr. Det enda som skvallrade om att någonting hade inträffat var blåmärkena på överarmarna och plåstret som han antog dolde det ödesdigra sticket från föregående natt.

– Hon måste vila nu, avbröt överläkaren hans tankar.

Skurov iakttog Ludmila, som skakade så att hennes tänder skallrade.

– Vi bryter för idag, vi kommer inte längre nu, sa han. Jag återkommer, och då hoppas jag att ni är mer samarbetsvillig.

Sklifosovskijs akutsjukhus, Moskva

Skurov fick låna överläkarens rum för att gå igenom Ludmilas tillhörigheter. Det irriterade honom att Ludmila varit så ovillig att samarbeta. Men det var i och för sig inte konstigt, med tanke på hur vissa poliser systematiskt utnyttjade prostituerade och krävde tjänster för att se mellan fingrarna.

Han tittade lite extra på Ludmilas mobiltelefon, en Sony Ericsson precis som hans egen. I samband med att han blivit befordrad till överåklagare hade han fått en tjänstemobil och idag kunde han hantera den rätt väl.

Skurov knappade sig igenom Ludmilas senast ringda och mottagna nummer. Oscar Rieders nummer dök upp ett par gånger från tisdagen fram till fredagskvällen då han dog. Det sista samtalet togs emot strax före klockan sju. En påtänd Oscar, hungrig på närhet, som ringde henne, kanske? Telefonens adressbok var diger. Det slog honom att den övervägande innehöll utländska kontakter. Namn som Geri, Daniel, Nisse, Djak och Janoke flimrade förbi på den lilla displayen.

Ludmila verkade driva en riktig *biznes*.

Han tog upp Oscars Rieders mobil ur portföljen och bläddrade igenom kontaktlistan för att leta efter eventuella samband. Skurov hade aldrig stött på en mobil med så många kontakter som den unge svenskens.

Det var glest bland de senast slagna numren. Ludmilas nummer dök upp, och ett annat nummer, vars landskod visade att det var svenskt. När han träffade de svenska utredarna, som var på väg till Moskva, tänkte han be dem om hjälp att spåra numret.

Klockan var nästan åtta när han skrev ner de sista anteckningarna i sin svarta bok. Han tänkte ha ett avstämningsmöte med Anton på Statsåklagarämbetet och sedan bege sig hem.

Överläkaren följde honom ut.

– Det var trevligt att se er igen, sa hon.

– Detsamma.

– Vi kanske inte alltid behöver ses under sådana här omständigheter?

Skurov blev först förvånad, men sedan kände han hur någonting vaknade till liv djupt inom honom, likt ett djur som slumrat alltför länge.

Sklifosovskijs akutsjukhus, Moskva

– Bjud mig på kaffe någon gång, sa hon och räckte honom sitt visitkort.

Kortet hettade i hans hand.

Hon hette Julia i förnamn.

– Det skulle vara trevligt, svarade han osäkert.

När han sjönk ner i tjänstebilen utanför Sklifosovskij svor han för sig själv. Varför skulle livet vara så komplicerat? Han och Tamara hade hittat tillbaka till varandra efter de snedsteg de båda gjort. De hade det bra igen.

Men ändå kunde han inte låta bli att tänka på hur det skulle kännas att ta Julia Weinstein i sin famn. De där fina rynkorna runt de mörka ögonen och hennes mjuka skratt. Hon var så bedövande attraktiv. Dessutom kunde han nästan känna hennes längtan efter att bli omfamnad av en trygg man. Så kom han att tänka på ordspråket "Den fattige behöver lite, men den girige vill ha allt".

Han hade vad han behövde i Tamara och sin familj. Punkt slut.

MARATECHS HUVUDKONTOR, STROMYNKAGATAN, MOSKVA

DET VAR MÅNDAG MORGON. Ivan Ivanov hade småsprungit hela vägen från tunnelbanan för att försäkra sig om att vara först på kontoret. Bortifrån pentryt hörde han porslin som klirrade och antog att någon av sekreterarna var på plats. Genom de välputsade glasväggarna kunde han se att Vera Blumenthals rum var tomt, liksom de andra chefernas.

Han styrde stegen mot pentryt och satte på sig kavajen som han burit i handen. Koncentrerade sig på att gå in i rollen som den unge, ambitiöse medarbetaren som kommit in extra tidigt för att förbereda dagens arbete – ett fullkomligt logiskt beteende.

Jekaterina stod och plockade ut kaffekoppar ur diskmaskinen.

– God morgon, hälsade han.

– Åh, du skrämde mig, log hon. Det är den där jäkla heltäckningsmattan. Man hör ju inte när folk kommer. Så blev hennes ansikte allvarligt. Har du hört vad som har hänt?

– Nej, vad? svarade han och försökte låta oberörd, som om han förväntade sig lite kontorsskvaller.

– Oscar är *död*. Men stackare, kände du inte till det?

– Oscar? *Död?*

– Jag är så ledsen. Jag vet inte hur nära du stod Oscar, men ...

Ivan nickade.

– Inte så nära, egentligen. Men det är ju lika hemskt ändå.

Jekaterina nickade tankfullt och återvände till diskmaskinen.

– Vad hände?

– Jag tror inte att de vet ännu. Min syster sa att det var knarkrelaterat. Hennes man är *militsioner.*

Ivan var inte förvånad över att detaljer om dödsfallet hade läckt ut via polisen. Det var bara en tidsfråga innan hela företaget skulle känna till hur Oscar hade dött.

– Du skämtar? Knark? Det hade jag aldrig trott om Oscar.

Jekaterina log snett.

– Är du inte lite naiv nu, Ivan? Oscar var väl inte den som tackade nej till lite *shampanskoje* och annat också om det fanns. Du var själv med på vårfesten, minns du inte hur han var?

Ivan försökte se chockad ut. Han hade helt andra minnen ifrån vårfesten. Minnen av Jekaterinas kropp emot hans i det mörka kopieringsrummet. Hans tunga i hennes mun. Hennes bröst i hans hand.

– Visst, han gillade att festa. Men knark? Det måste ha varit någonting annat. Kanske hjärtat?

Jekaterina skakade på huvudet.

– Ivan Ivanov. Alltid lika lojal.

Han log mot Jekaterina, vände sig om och gick tillbaka genom korridoren. Oscars dörr stod på glänt. Ivan sköt upp den och såg sig noga omkring innan han gick in. Det enda som hördes var susandet från luftkonditioneringen och klirrandet från pentryt.

Ivan gick fram till Oscars skrivbord. Blicken fastnade på fotot av Oscars flickvän. Han undrade hur hon mådde idag. Han visste inte ens om hon befann sig i Ryssland, men antog att hon måste ha fått dödsbudet vid det här laget.

Faxen blinkade från sin plats bakom skrivbordet. Dokumenten, som han skickat iväg som en säkerhetsåtgärd, låg fortfarande kvar som en påminnelse om vad som hade hänt.

Han sjönk ner i Oscars stol, sträckte fram handen och trevade längs datorns sida.

Märkligt. Det lilla USB-minnet med raderingsprogrammet verkade inte sitta kvar. Han reste sig och sökte med blicken över skrivbordet, sedan sköt han tillbaka stolen och gled ner på knä på golvet, lyfte papperskorgen och flyttade på sladdarna.

Men USB-minnet låg ingenstans.

Ivan var säker på att han hade glömt det i datorn när vakten över-

Maratechs huvudkontor, Stromynkagatan, Moskva

raskat honom. Han kröp in under skrivbordet och kände desperat med fingrarna runt bordsbenen. Han var inte rädd, för Ivan Ivanov blev aldrig särskilt rädd, men han var förbannad. Hur kunde ett USB-minne bara försvinna på det här sättet? Hade någon av städarna stulit det?

I samma stund hörde han en röst ifrån dörröppningen.

– Letar du efter det här, Ivan?

Han blev kall inombords. Den mörka, välklädda kvinnan som stod i dörren till Oscars rum höll hans USB-minne mellan tummen och pekfingret.

SVENSKA AMBASSADÖRENS RESIDENS I MOSKVA, MOSFILMOVSKAJAGATAN 60

DEN BLÅ UNIFORMEN SPÄNDE inte längre över magen, vilket dock inte nämnvärt påverkade Skurovs negativa inställning till att ha den på sig. Men det stod i Statsåklagarämbetets direktiv att uniform skulle bäras i formella sammanhang och vid möten med utländska dignitärer.

Det var i alla fall glädjande att den svart på vitt bevisade att fotbollen fått honom att gå ner i vikt. Tidigare hade han intalat sig själv att lite hull bara var av godo, men så hade han märkt att hans kondition blivit allt sämre i takt med att hans midjemått växt. När sonen och hans flickvän köpt sin lägenhet i närheten av Skurovs bostadsområde i Leninbergen blev det plötsligt enkelt att träna tillsammans på söndagarna och spela en match i veckan. Träningen hade gett resultat omedelbart. Kilona hade rasat av Skurov.

Anton satt i polisbilen i hörnet av Petrovka och Trädgårdsringen, där de hade bestämt möte för att inte bli sittande onödigt länge i köer. Baksidan av det ekonomiska undret var att Moskvas trafik under flera av dygnets timmar stod helt stilla. Skurov gav polisbilen, som var en Mercedes lackerad i de ryska färgerna, en beundrande blick. För varje år så fasades fler och fler ryska bilmodeller ut ur polisens bilpark och ersattes av pålitliga västerländska märken. Så var det förresten i hela Moskva – Volgorna och Ladorna som han vuxit upp med skulle snart vara rariteter.

– God morgon, chefen. Sovit gott? frågade Anton när Skurov hoppade in.

– Mycket, sa Skurov.

Radion var på. Georgien samlade trupper vid gränsen till utbrytarrepubliken Sydossetien och genomförde diverse provokationer. Och Ryssland, som stödde Sydossetien, gjorde sig redo att besvara varje typ av aggression från georgiskt håll. Alla verkade skylla på alla och Skurov undrade vad som egentligen var sanning. Oavsett hur situationen utvecklades så hade han svårt att tro att det skulle bli någon väpnad konflikt. Efter alla år av stridigheter i Tjetjenien var ryssarna trötta på krig.

En knapp halvtimme senare körde de av Mosfilmovskajagatan och in på en liten tvärgata där en sten var rest till minne av Olof Palme. Han mindes väl när svenskarnas statsminister, som ansetts vara en vän till Sovjetunionen, mördats och hur svenskarnas rättsväsen förgäves försökt sätta dit förövaren.

Den ryske vakten öppnade det stora skjutgallret för dem. De parkerade på vändplanen framför svenska ambassadens residens, klev ur och rättade till sina uniformer.

Skurov tänkte på det kommande mötet med Georg Rieder. Den rättsmedicinska utredningen av Oscar Rieder var färdig och han hade protokollet med sig. De behövde inte längre kroppen och därför hade han hörsammat svenskarnas önskan om att den skulle överlämnas till dem för vidare transport till Sverige.

Mötet ägde rum i residensets stora mottagningsrum. Fyra män satt i den svarta soffgruppen som stod på den färgglada mattan. De reste sig när Skurov och Anton kom in. Tre av dem såg på samma gång förväntansfulla och underdåniga ut och Skurov påmindes om att hans blå uniform kunde vara till hjälp ibland. Den fjärde mannen, som han känt igen när de gick in i salen, såg samlad men trött ut. Han var den ende som bar kostym.

Ambassadör Georg Rieder presenterade de andra svenskarna: en var från den svenska Åklagarmyndigheten, en från svenska polisens Rikskriminalenhet och en var ambassadens tolk. Till skillnad från ambassadören var de andra tre förvånansvärt slarvigt klädda i skrynkliga skjortor och udda blazrar. Han misstänkte att de hade kallats in från sina semestrar.

Svenska ambassadörens residens i Moskva, Mosfilmovskajagatan 60

Medan Rieder talade påmindes Skurov om att vissa fäder är så mycket mer imponerande än sina söner. Det kunde inte ha varit lätt att växa upp som Oscar Rieder, i skuggan av ett väldigt träd, som Skurov gissade inte släppt igenom så mycket ljus att tala om. Det fanns något överlägset, nästan arrogant, i ambassadörens sätt, framförallt gentemot hans egna landsmän.

Skurov inledde mötet med att uttrycka sitt beklagande. Sedan återgav han förloppet och de preliminära slutsatser han och Anton hade dragit, samtidigt som Anton delade ut kopior av en kort PM och den rättsmedicinska rapporten. Svenskarna nickade allvarligt när han berättade om överdosen av heroin som obduktionen påvisat. De ställde en del frågor, men han var förvånad över hur försiktiga de var. Om det var av respekt, blyghet eller brist på tillit var svårt att avgöra.

– Er son kom hit på tisdagskvällen och lämnade sedan inte ambassadområdet förrän han dog natten mot lördagen. Vad tror ni det berodde på?

Ambassadören reste sig långsamt.

– Jag behöver en cigarett. Röker ni? frågade han Skurov.

Skurov nickade. Han hade ingenting emot att ha möten och röka samtidigt.

– Då tycker jag att vi två går ut och tar en cigarett, så får herrarna här borra ner sig i detaljerna.

Rieder var ett halvt huvud längre än Skurov, bredaxlad och vältränad, trots att han måste vara minst sextio. Skurovs enda fysiska attribut som kunde mäta sig med Rieders var hans tjocka hår som påminde om vildsvinsborst. Ambassadören hade samma sidkammade frisyr som sin son.

Rieder tog fram ett paket som han sträckte mot Skurov med en världsvan rörelse. Med andra handen tände han deras cigaretter med en guldtändare.

– Jag har förstått att alla undrar, så jag säger det direkt: jag vet inte hur man överlever sitt barns för tidiga bortgång, fortsatte Rieder och tog ett djupt bloss. Någonting dör inombords.

Skurov uttryckte än en gång sitt deltagande, men Rieder bara nickade och verkade vilja få samtalet överstökat.

– Ni ville veta varför Oscar valde att gå i ide här. Jag kan berätta det direkt. Han hade en tendens att bli deprimerad och han dövade sina känslor med alkohol och ibland också med starkare saker.
– Varför befann han sig i Moskva, var han här på semester eller bodde han här?
– Han bodde och arbetade här. Han bara struntade i att gå till jobbet i några dagar.
– Var jobbade han?
– På Maratech, dem känner ni säkert till, svarade ambassadören. Faktum är att han var en betydelsefull och uppskattad medarbetare där.
– Ni menar inte försvarsföretaget Maratech?
– Teknik- och försvarsföretaget, jo. Vi fick till och med tillfälle att samarbeta för första gången nu i våras.

Rieder såg att Skurov hade svårt att få ihop allt.

– Ni skulle bli förvånad över hur mycket en ambassadör förväntas hjälpa vår exportindustri, inklusive vår vapenindustri, tydliggjorde Rieder.

Skurov hade svårt att köpa att Maratech, som hade monopol på import och export av försvarsrelaterade produkter, kunde anställa en utlänning.

– Men er son var inte rysk medborgare ...
– Vad ni säkert inte heller vet är att Ryssland fattade ett beslut förrförra året om att upphandla de vapensystem som de själva har svårt att tillverka. Och svenska företag tillhör dem som kan leverera sådana system. Men det är inte helt lätt. Sverige har strikta regler för vapenexport. Oscar var en viktig länk för att skapa förtroende mellan parterna, en slags diplomat inom näringslivet om man så vill. Han var uppskattad av Maratech och av Sverige, tillade ambassadören tankfullt. De kommer få svårt att hitta en efterträdare

Skurov tyckte inte om ambassadörens sätt att utgå ifrån att han inte kände till att Ryssland importerade vapen. Nu gjorde han ju visserligen inte det, men likafullt ogillade han ambassadörens attityd.

Rieder gick fram till askkoppen, tryckte livet ur återstoden av cigaretten och stannade upp som om han funderade över någonting.

På andra sidan innergården stod den ryske vakten utanför sin grå vaktkur och tittade nyfiket på dem. Han släckte sin cigarett nästan samtidigt som ambassadören.

– Som diplomatbarn kommer man i kontakt med alkohol och sådant tidigt. Jag har funderat mycket över om det kanske spelade in. Vad tror ni?

– Jag har sett barn växa upp utan att någonsin se sina föräldrar nyktra och ändå bli sunda människor.

Rieder nickade och vände sig om för att gå in.

– Får jag passa på att ställa några frågor till? sa Skurov.

Han var förvånad över att ambassadören trodde att han skulle klara sig undan så lätt. Skurov hade utgått från att Rieder velat gå ut för att slippa svara på de känsligaste frågorna inför de andra, men dem hade han ju inte ens hunnit ställa.

Den reslige ambassadören som börjat gå mot dörren stannade upp i steget som om han överraskats av Skurovs fråga.

– Hade ni någon kontakt med er son under de här dagarna? frågade Skurov.

– Han ringde en gång. Han var berusad och jag sa till honom att skärpa till sig och gå till jobbet.

– Gav han någon förklaring till varför han hade valt att isolera sig i ert hem?

– Nej.

– Hans mobil visar att han ringde ytterligare ett samtal till ett svenskt nummer. Skurov bläddrade fram till sidan i sin svarta anteckningsbok där han hade det nedskrivet.

Ambassadören tittade noggrant på numret, som om han memorerade det, men skakade sedan på huvudet. Skurov visste att Oscar inte hade fru eller barn, så numret måste gå till någon annan.

– Hade er son någon som stod honom nära? En flickvän?

– Ja. Han hade en fästmö sedan många år. Men det är inte hennes nummer.

Det gjorde den följande frågan än känsligare.

– Hur väl kände er son kvinnan som han hittades med, Ludmila Smirnova?

Ambassadören tittade upp mot himlen, som om frågan saknade betydelse.

– Det vet jag inte, sa han slutligen utan att se Skurov i ögonen.

– Jag kommer att vilja höra fästmön också.

Ambassadören blinkade till. Sedan sa han behärskat:

– Självklart måste ni höra de närmaste. Och fästmön kom hit igår. Men jag skulle uppskatta om ni respekterar vår sorg och inte kontaktar min fru. Hon har befunnit sig i Sverige den senaste månaden och är för upprörd för att orka tala om ... det här.

Skurov kunde inte minnas att han hade sett några familjebilder på fotoväggen i residenset. För ett ögonblick övervägde han att fråga vem kvinnan som Georg Rieder höll om på det krossade fotot var – för han gissade att det inte var Rieders fru – men någonting höll honom tillbaka.

Anton hade snabbt fått ämnet på fotot analyserat och bekräftat att Skurov hade haft rätt i sin gissning – det var kokain. Men varför valde sonen att dra en lina på en bild av sin far?

– Nu är vi väl klara, eller vad säger ni? sa ambassadören och började gå utan att vänta på svaret.

Skurov nickade och följde efter.

I polisbilen på vägen tillbaka satt Skurov och funderade över far och son Rieder och hur det kom sig att privilegierade människor ofta sköt sig själva så kapitalt i sank.

– Sa ambassadören något intressant? frågade Anton.

– Sonen hade en fästmö och ...

Anton sa ingenting. Väntade tyst på att han skulle fortsätta.

– Rieder ville inte gå in på Ludmila, vilket jag kan förstå, fortsatte Skurov.

– Fästmön kanske är mer meddelsam än Ludmila?

– Hoppas det. Boka ett möte med henne. Hon kom tydligen till Moskva igår.

– Ska bli. Den svenske polisen tog förresten reda på att det andra svenska telefonnumret går till en kontantkortsmobil.

Skurov satt tyst och funderade en sekund innan han svarade.

– Jag prövar att ringa.

Han bläddrade fram numret i sin anteckningsbok igen. Efter några sekunder gick den första signalen fram. Efter den fjärde signalen hörde han en röst, men kunde inte avgöra om det var ett röstmeddelande som gick igång eller om någon faktiskt svarade.

– *Hello?* sa Skurov och hörde att någon andades. *This is ...*

Skurov kunde känna det tydligt, att personen på andra sidan, troligen någonstans i Sverige, lyssnade och avvaktade. Han gjorde ett nytt försök:

– *I only ... want to ask some ...*

Klick. Telefonsamtalet var över.

– *... questions*, sa Skurov för sig själv och lade ner mobilen i knät. Anton hade vett nog att inte kommentera samtalet.

De hade nästan kommit fram till Kievskijstationen när Anton bytte fil och körde in mot trottoaren.

– Kan ni vänta en minut? sa Anton och började backa.

Skurov vände sig om för att se varför Anton backade. Han såg en kvinna och en trafikpolis stå på trottoaren. Innan han visste ordet av så stod Anton intill dem. Skurov öppnade fönstret för att höra vad som sades.

– Så *ni* påstår alltså att damen här bytte fil utan att blinka och dessutom körde över en heldragen linje?

Trafikpolisen mumlade något till svar.

– Jag kan upplysa er om att jag körde bakom damen och jag såg att hon inte begick någon av trafikförseelserna, sa Anton.

Kvinnan stod bara och gapade. Scenen var som tagen ur någon Stålmannenfilm som Skurov och Valerij sett för länge sedan.

– Ge tillbaka pengarna som ni fick av damen och försvinn ur min åsyn. Och var glad att jag inte rapporterar er för mutbrott, skrek Anton och återvände till bilen.

När han väl satt bakom ratten igen frågade han Skurov varför han satt och skrattade.

– Jag var som du när jag var yngre, sa Skurov.

– På 90-talet, när lönen var femtio dollar, kunde man förstå att de behövde en liten *vzjatka* här och där för att överleva, men nu har de drägliga löner.

Skurov nickade sitt bifall, alltför medveten om att människans förväntningar alltid steg i takt med att villkoren förbättrades.

– Både vår gamle och vår nye president har ju sagt att de vill utrota korruptionen som ett ogräs, mumlade Anton mellan tänderna. Då måste man börja någonstans. Jag kan börja från botten så kan de börja från toppen.

Det blev tyst en stund innan Anton tillade:

– Ni är också ärlig, det är allmänt känt. Och det stör en del kollegor. Det är bara det att ni tar er an de större oförrätterna nuförtiden.

Skurov påmindes om hur han hade stört sig på sin gamla poliskollega, kommissarie Malkin, och hans tveksamma beskyddarverksamhet. Men han konstaterade samtidigt att det fanns många ärliga personer inom rättsväsendet och att de ständigt blev fler.

– Anton, sa han innan han klev ur bilen på Bolsjaja Dmitrovkagatan 15 där Statsåklagarämbetet låg. Vi får vända och vrida det här ärendet ett varv till. Var lite kreativ och se vad du hittar.

HOTEL SAVOY, CENTRALA MOSKVA

REBECKA LÅG PÅ TOMS arm i den jättelika sängen i rummet på tredje våningen. Hennes fräkniga, nakna kropp var rödflammig på det sätt den alltid blev när de hade älskat. Hon ritade små cirklar på hans mage med sitt finger.

Tom tittade upp i taket där en falsk takrosett hade börjat släppa.

– Barnflickan kan stanna till nio i morgon bitti, sa hon med låg röst, men jag måste direkt härifrån till jobbet. Så det vore toppen om du kan handla till middagen och ta barnen till tennisen. Morgonmötena på Pioneer, suckade hon. Minns du dem?

– Som om det var igår. Jag saknar det. Att arbeta.

– Jag vet. Förresten, snälla, köp inte några av de där georgiska skitvinerna. Ta ett riktigt vin. Ett som ...

– Jag lovar. Jag köper ett dyrt franskt vin. Ett riktigt prettovin så att vi kan imponera ordentligt på Wendy.

– Det var inte så jag menade. Och jag skiter i vad Wendy och Ian tycker om våra viner.

Hennes finger stannade i höjd med hans navel. Hon tryckte ner det i huden.

– Okej, sa han. Och på onsdag ska vi på den där mottagningen på svenska ambassaden?

– Den är inställd. Har du inte hört? Rieders son gick och dog.

– Vad, är han *död*? Oscar?

– Överdos, tydligen. Ryktet säger att han hittades tillsammans med en prostituerad i svenska residenset.

– Åh fan ... Stackars jävel. Så hemskt för familjen. Pappa Rieder lär väl få det hett om öronen nu.

– Jag tycker såklart synd om honom för att Oscar dog, men skandalen kan han gott ha. Han är en riktig skitstövel.
– Hur menar du?
– Äh, det vet väl du också. Han är en *babnik*, en knullis. Limmar på allt som rör sig. Har tydligen haft ihop det med varenda tjej i personalen på ambassaden. Spelar ingen större roll hur gamla de är eller hur de ser ut. Det är väl därför man aldrig ser röken av hans fru. Dessutom lär han vara patologiskt snål. Han lät tydligen svenska staten betala en flyttfirma för att köra hem ambassadens tomglas till Sverige så att han skulle få pant för dem. Pengarna tog han själv. Som en tomglasletare, men utan heder nog att själv göra skitjobbet.

Tom begrundade det som Rebecka just hade sagt. Ingen av dem kände egentligen familjen Rieder. Visst hade de hälsat på några olika tillställningar, och någon gång hade han suttit bredvid Oscar på en middag, men det var allt. Men som vanligt skvallrades det flitigt bland svenskarna som bodde i Moskva och familjen Rieder var ett av älsklingsämnena.

– I alla fall, fortsatte hon. Det blir ingen mottagning, så jag tänkte att du kanske kunde ta Anastasia till simningen om jag handlar nya balettskor med de andra tjejerna. Men om du hellre vill så kan vi byta ...

– Snälla, han avbröt henne. Måste vi ta det där nu?

Hon tystnade.

Redan i början av sin relation hade de kommit fram till att de var tvungna att hitta tid för varandra då och då. En fristad i en tillvaro som annars mest bestod av jobb, hämtning och lämning av barn på skolan, fritidsaktiviteterna och alla andra måsten. Rebecka hade tre döttrar från sitt tidigare äktenskap, alla med ryska namn: Alexandra som var tretton, Alexia som var elva liksom Ksenia, och Anastasia som var nio. De bodde i princip heltid hos dem. Flickornas pappa, som Rebecka kort och gott kallade Skitstöveln för att han hade bedragit henne under en längre tid, hade startat en ny familj med en ung ryska och nöjde sig med att träffa sina döttrar sporadiskt. Därför var tiden de hade på egen hand nästan obefintlig. Dessutom hade ju Rebecka jobbet.

Hotel Savoy, centrala Moskva

Jobbet, ja.

Det var inte direkt ett vanligt nio-till-fem-jobb att vara vd på Rysslands största investmentbank. Det visste Tom bättre än de flesta, eftersom han själv hade arbetat där i flera år. Han kunde inte riktigt bestämma sig för vad han tyckte om Rebeckas jobb. Det var en förbannelse som hon ofta svor över, men samtidigt ett gift som hon inte verkade klara sig utan. De var materiellt privilegierade, men till priset av att hon arbetade nästan jämt. Och ofta undrade han om det var värt det. Om det var meningen att livet skulle se ut så här.

Som om hon hade kunnat läsa hans tankar sa hon:

– Du. Jag glömde nästan att berätta. Vi är väldigt nära att skriva på med Lehman nu. Det är bara några sista kommatecken och den ryska Finansinspektionens godkännande som saknas.

Han hävde sig upp på armbågen och vände sig mot henne. Ansiktsuttrycket var uppspelt.

– Allvarligt? Jag trodde att de hade dragit sig ur.

Den amerikanska investmentbanken Lehman Brothers hade under lång tid varit intresserade av Pioneer Capital, men i början av sommaren hade de dragit tillbaka sitt bud av okänd anledning.

– Nej. De ändrade sig. Vi ska skriva under i nästa vecka.

Tom lutade sig över henne och gav henne en kyss på munnen.

– Jag vet inte vad jag ska säga. Grattis. Det är ju fantastiskt.

Tom visste hur hårt Rebecka och hennes kompanjoner hade jobbat för att få Pioneer Capital sålt. Rebecka hade god intuition. Den ryska marknaden var glödhet och ville man sälja så var den rätta tidpunkten nu. Aktiemarknaden hade för länge sedan glömt att den före detta presidenten satt den mäktigaste oligarken, Boris Romanov, i fängelse – han var bortglömd av både folket och investerarna. I stället fokuserade man på ekonomin, som växte så att det knakade. Men under ytan visste både Rebecka och Tom att det fanns problem. Många företag slussade fortfarande sina vinster utomlands och tog lån som utländska banker bara alltför gärna ville godkänna.

– Vad betalar Lehman?

Hon log.

– Upplägget är detsamma som tidigare. Samma köpeskilling och

Hotel Savoy, centrala Moskva

villkor. Och vi som är nyckelpersoner måste stanna ett tag. Ett och ett halvt år, men vad är det när man har varit här i nästan sexton år?

Sexton år. De hade varit här så länge, tänkte han. Han kunde faktiskt inte föreställa sig hur det skulle vara om och när de en dag flyttade härifrån.

– Femtio miljoner dollar, Tom. Jag kan inte fatta det. Jag ska få femtio miljoner dollar. Det är ju bisarrt mycket pengar. Jag kommer att bli rik som ett jävla troll. Fattar du?

Tom noterade att hon talade i jagform, vilket kändes märkligt eftersom han tillbringat de senaste åren med att passa hennes barn, rulla köttbullar och springa på balett- och tennislektioner. Den svettiga tennishall eller snobbiga balettstudio i Moskva som jag inte har satt foten i finns inte, tänkte han.

Och nu ska *hon* bli rik.

KROPOTKINSKAJAS
TUNNELBANESTATION, MOSKVA

DET FINNS MÄNNISKOR SOM vaknar på morgonen och oroar sig för allt från cancer och miljöförstöring till att mjölken ska bränna vid eller att de ska glömma att betala gasräkningen.

Ivan Ivanov var inte en av dem.

I själva verket brukade han tänka på sig själv som en sådan person som hade förmåga att behålla lugnet även i svåra situationer. Ivan oroade sig inte i onödan. Ivan hade inga problem att prestera under press och var nästan aldrig rädd för någonting.

Kanske var det därför som de hade valt honom?

Han steg av tunnelbanan för att byta till tåget som skulle ta honom till mötesplatsen på Kropotkinskaja. Konstaterade att han skulle hinna fram i god tid.

Ivan Ivanov. Alltid lika pålitlig.

Ibland hade han önskat att han skulle ha varit utrustad med andra, mer spännande egenskaper. Att han skulle ha varit en annan.

Men Ivan var bara pålitlig och lydig, som en väldresserad labrador. Han hade valt att läsa statistik för att hans pappa sa till honom att göra det, och när Oksana bad honom att byta blöjor eller vispa ihop lite välling så gjorde han helt enkelt som hon sa.

Sitt fint, Ivan! Såja, duktig hund!

Och nu var han alltså på väg att lämna över topphemliga dokument, som tillhörde hans döde chef Oscar Rieder, för att någon sagt åt honom att göra det.

Okej, om sanningen skulle fram så hade han ställts inför ett ultimatum. Mannen som sagt åt honom att överlämna dokumenten var samme man som kommit på Ivan och Jekaterina i kopieringsrummet på vårfesten. Och inför hotet att mannen skulle avslöja allt för Oksana hade Ivan inte haft något annat val än att göra som han sa.

Varför var alla så intresserade av Oscars affärer, egentligen? Så vitt Ivan kunde se så innehöll dokumenten inte särskilt känslig information.

Han kände efter: var han rädd? Nej. Han blev sällan rädd. Men han kände sig obehaglig till mods eftersom han visste att han bröt mot varenda regel som fanns i den lilla blanka broschyr som firman delade ut till nyanställda: "Välkommen till Maratech – företaget som får dig att växa."

Tåget gnisslade till och stannade till vid Leninbiblioteket. Den gamla kvinnan mitt emot honom, som hade en blommig sjalett över håret med papiljotter, slätade till kappan och klev av.

Vad skulle hända om Maratech fick veta? Då skulle han inte längre kunna försörja sin familj. Det skulle vara lika illa som om Oksana fick reda på hans lilla äventyr på vårfesten.

Ivan föreställde sig vd:n Oleg Sladkos mörka ansikte som förvreds i avsmak när han vrålade åt honom att försvinna ur hans åsyn och aldrig mer sätta sin fot på företaget igen. Eller avdelningschefen Vera Blumenthals stenansikte när hon förklarade att de redan hade polisanmält honom och att han var tvungen att betala tillbaka personallånet, som han och Oksana fått, inom tio dagar. Med ränta.

Men trots att alla dessa bilder passerade i hans medvetande kände han ingen riktig rädsla. Han bedömde att sannolikheten att de skulle få reda på någonting var minimal. Och att räkna på sannolikheter var någonting han verkligen kunde. Till skillnad från de flesta människor visste Ivan Ivanov att nästan alla mänskliga företeelser kunde förvandlas till siffror och formler.

Sannolikheten att hans dotter blir president. Sannolikheten att Oksana träffar en annan man. Sannolikheten att jag, Ivan Ivanov, dör idag.

Allt gick att räkna på. Alla var bara en decimal ifrån döden. Eller miljonvinsten, om man nu valde att se världen på det sättet. Ivans mamma drömde om att kamma hem storvinsten på något lotteri och Ivan hade inte hjärta att förklara för henne att alla lotterier, utan undantag, var utformade så att lottköparen skulle gå med förlust. Kanske borde han ändå ha försökt. För mammans lägenhet var fylld av oanvändbara föremål som hon hade vunnit i jakten på just den jackpotten: brödrostar, eldrivna bordsfläktar, en läderinbunden specialupplaga av Tolstojs samlade verk – totalt bortkastad på henne eftersom hon såg för dåligt för att läsa nuförtiden, och hantlar som hon använde som tyngder när hon marinerade fisk.

Tåget stannade vid Kropotkinskaja och Ivan steg av.

Den bruna portföljen som han bar i högerhanden kändes med ens oförklarligt tung, som om han bar på mycket mer än bara en bunt papper, och han tänkte att det var precis så det var. Det här var inte vilka papper som helst, utan hemligheter som människor tydligen var beredda att göra nästan vad som helst för att komma över.

Ivan tittade på klockan och konstaterade att han var punktlig. Om tre minuter skulle han stå i höjd med den tredje pelaren på den sydgående perrongen. Han såg sig omkring samtidigt som han började gå mot mötesplatsen. Det var relativt mycket folk i rörelse för att vara så sent på kvällen. Ett gäng punkare stod och rökte vid foten av rulltrappan. En grupp medelålders män i fotbollshalsdukar skränade. Ett äldre par kom gående från andra sidan perrongen, bärande på tunga kassar fyllda med någonting som såg ut som begagnade kläder. Två pojkar med tennisracketar över axlarna stod stilla som statyer bredvid varandra utan att växla ett ord.

Borta vid den tredje pelaren stod ett par och hånglade. Ivan närmade sig avvaktande. Mannen hade händerna innanför kvinnans tröja och hon tryckte sig mot honom samtidigt som de tungkysstes. Scenen fick någonting inom Ivan att svida till. Den påminde honom om en tid som inte längre fanns. En tid när han och Oksana varit så unga och förälskade och ansvarslösa att de hade haft sex lite här och var i staden. Nuförtiden var det som om hon inte riktigt såg honom. Kanske såg han inte henne heller. Men han gjorde i alla fall som hon sa.

Han försökte att inte tänka på Oksana och på hur bristen på sömn och pengar hade brutit ner all den åtrå de en gång känt för varandra. I stället ställde han sig exakt en meter ifrån perrongens kant, placerade portföljen bredvid sig på golvet och tog upp sin *Komsomolskaja Pravda* och började läsa, så som han hade blivit instruerad.

Inte långt kvar nu.

Han skulle stå här, med tidningen väl synlig, när tåget rullade in och när det väl stannat skulle han gå på det och åka hem. Utan portfölj.

Så enkelt. Så fruktansvärt banalt. Som om han spelade med i en film.

I ögonvrån kunde Ivan se hur de överförfriskade männen med fotbollshalsdukar närmade sig samtidigt som han hörde hur det knäppte och sjöng i rälsen. Någonstans inne i tunneln anade han en liten ljuspunkt, som växte sig allt starkare.

Det kärlekskranka paret skrattade till och rörde sig framåt när tåget rullade in. Pojkarna med tennisracketarna verkade vakna upp ur sin dvala och började plötsligt prata med varandra. Det äldre paret lyfte mödosamt upp sina kassar och gjorde sig beredda att stiga ombord.

Tåget var nära nu. Luftdraget fick luggen att lyfta från pannan. Fotbollsgänget lade armarna om axlarna på varandra och sjöng hejaramsor. Ivan kastade en blick mot sina fötter för att kontrollera att portföljen stod där den skulle, men allt han såg var det rutiga marmorgolvet.

Allt han såg var marmorgolvet.

Det var inte möjligt. Han ställde ju ner portföljen alldeles nyss. Den kunde väl knappast ha försvunnit?

Han vände sig om.

Alldeles bakom honom stod paret som hånglat alldeles nyss. Han kunde till och med känna doften av kvinnans parfym. Hon bar portföljen i sin hand. Hon bar *hans* portfölj. Hennes ansiktsuttryck var helt nollställt. Mannen höll hennes hand och när de tillsammans tog ett steg framåt och gav honom en hård knuff tappade Ivan balansen och snubblade ner på spåret. Han slog kindbenet hårt i rälsen och kände en skärande smärta samtidigt som han hörde hur det knakade till i hjässan, men han lyckades ändå lyfta huvudet så pass mycket att han hann se nosen på det rostiga tåget som rusade fram emot honom.

Och i den stunden blev Ivan Ivanov rädd.

För första och sista gången i sitt liv blev han mycket, mycket rädd.

MARATECHS HUVUDKONTOR, STROMYNKAGATAN, MOSKVA

HISSEN FLÖG UPP MED ett susande ljud genom det inglasade schaktet. Den stannade på den tjugoförsta våningen. Överåklagare Skurovs eskort gick någon meter framför honom och stannade framför en glasdörr med kodlås, där en parant sekreterare väntade honom med ett leende. Hon ledde honom till ett konferensrum med utsikt över Sokolnikiparken.

– Direktör Blumenthal kommer alldeles strax. Vill ni ha någonting att dricka under tiden?

Han dolde sin förvåning och tänkte att det nog var så här man blev mottagen på moderna företag nuförtiden.

– En kopp kaffe, tack, svarade han.

När han blivit ensam i rummet gick han fram till de stora fönstren. Moskvaborna brukade skryta med att Sokolnikiparken var lika stor som Central Park i New York, och uppifrån såg den faktiskt också ut som en väldig grön, lunga som syresatte staden. Skurovs tankar gick till mordet på vice centralbankschefen som ägt rum precis vid fotbollsklubben Spartaks träningsanläggning i parken. Det var en yrkesskada att han associerade så många platser i huvudstaden med de brott som hade begåtts på dem. Lösningen av fallet hade varit en av hans största bedrifter och han var stolt över den.

Sekreteraren kom in, ställde fram en vacker kopp fylld av mjölkskum och ett fat med en kaka och en chokladbit.

– Cappuccino.

Egentligen föredrog han kaffet svart, uppvuxen som han var i en tid då mjölk var svårt att få tag på, men numera kunde han dricka det med mjölk också. Han tog en klunk. Det smakade verkligen gott.

– Överåklagare Skurov! Välkommen till Maratech.

Skurov blev dubbelt överrumplad – både av direktörens plötsliga entré och över att Blumenthal var en kvinna. Hon var klädd i vit skjorta och snäv kjol, och hennes slanka kropp fick honom att tro att hon tillhörde den växande skaran av moskovitiska morgonjoggare. Han reste sig hastigt och hälsade medan han med vänster hand lite diskret försökte torka bort mjölkskummet från överläppen.

– Först vill jag säga att vi är förkrossade över Oscars död, sa Vera Blumenthal. Jag förstår varför ni är här. Om det finns någonting som vi kan hjälpa er med så kommer vi att göra det.

– Tack. Ni var ju Oscars arbetsgivare. Jag har bara några korta frågor till er.

– Självklart. Men innan ni börjar med era frågor vill jag säga att ert goda rykte föregår er.

Blumenthals ansikte såg på en gång lekfullt och nöjt ut när hon sa det.

– Det förvånar mig, svarade Skurov, fortfarande inte riktigt bekväm med att ha en så slående vacker kvinna mitt emot sig vid bordet. Hon såg ut som någon i tidningarna som hans dotter läste, ryska *Elle* och allt vad de hette. De som handlade om hälsa, diet, maktklädsel och bra sex.

– Ni löste ju det hemska mordet i parken här utanför oss. Domen föll väl i början av det här året?

– Det stämmer, svarade Skurov dröjande.

Rättegången hade följts av media men det var inte många som brukade lägga åklagarnas namn på minnet. Han insåg att Blumenthal på några sekunder lyckats med konststycket att få honom att känna sig bekväm i en för honom helt främmande värld.

– Vi var verkligen lättade när ni lyckades hitta förövarna.

Skurov nickade instämmande, lite förvånad över att Blumenthal inte visade några tecken på att få mötet överstökat. Erfarenheten sa honom att högdjur oftast ville få sådant här ur vägen så snabbt som möjligt, det ingick på något vis inte i deras värld att småprata med sådana som honom. Han skulle precis ta till orda när ytterligare en person kom in i konferensrummet.

– Det här är Felix van Hek, sa Blumenthal. Han arbetar för mig och var Oscars kollega på avdelningen för teknikhandel med Europa.

Direktör Blumenthal använde ordet "teknik" som troligen inbegrep allt som Maratech köpte och sålde. Även vapen.

Felix van Hek, som hade en ovanlig kombination av mörk hy och blå ögon, satte sig tyst bredvid sin chef.

– Skulle ni kunna berätta lite om vad ni gör och framförallt vad Oscar Rieder jobbade med?

– Självklart, sa Blumenthal med ett leende som Skurov anade lätt kunde bli beroendeframkallande. Jag vet inte hur mycket ni vet om Maratech?

– Väldigt lite, måste jag erkänna.

Det lilla han visste om det militära hade han lärt sig under två mardrömsår som värnpliktig.

– Vapen och försvarsteknologi sysselsätter mellan två och tre miljoner människor i vårt land idag och utgör tjugo procent av vår tillverkningsindustri.

– Kan det stämma? Det är ju en enorm andel. Jag trodde att vår industri hade avmilitariserats.

Skurov lutade sig framåt och tog en liten Perrier, vars vackra mörkgröna färg och form han alltid beundrat. Nuförtiden fanns de till och med i hans lokala affär.

– Tvärtom, sa Blumenthal. Den växer stadigt, tack vare tilltagande beställningar från vårt eget försvar och ökad exportefterfrågan. Vapen är en av de få saker som vi tillverkar på en nivå som möjliggör export. Om ett par år tror jag dessutom att exporten är dubbelt så stor.

– Skrämmande, sa Skurov.

Blumenthals kollega skrattade medan hon själv smålog överseende.

– Vi ingår i en statlig koncern som sysslar med import och export av teknologi, däribland militär teknologi. Dessutom har Maratech monopol på utrikeshandel med militär teknologi och produkter med så kallade dubbla användningsområden – det vill säga produkter som kan

Maratechs huvudkontor, Stromynkagatan, Moskva

användas både till civila och militära ändamål. Vi gör affärer med sjuttio länder och omsätter i runda slängar tio miljarder dollar. Vår största exportprodukt är luftstridssystem – flygplan, helikoptrar och luftvärnssystem. Ryssland är faktiskt världens största exportör av vapen näst efter USA. Våra kunder finns över hela världen. Nyligen fick vi en helikopterorder på en miljard dollar från USA för materiel till Afghanistans militär.

Skurov lyssnade uppmärksamt. Det här var en helt ny värld som han fick inblick i. Det så kallade vapenindustriella komplexet hade alltid varit en maktfaktor i Sovjetunionen och det han fick höra nu måste betyda att det fortfarande var det. På något sätt kunde han ändå inte låta bli att känna en viss tillfredsställelse över att hans hemland hade rest sig ur askan och blivit tillräckligt skickligt för att andra länder skulle vilja köpa produkter från Ryssland.

– Historiskt sett har vi producerat alla våra vapen själva, men det kan inget land göra längre. Man kan helt enkelt inte vara bäst på allt, fortsatte Blumenthal.

Hon stannade upp för en sekund för att försäkra sig om att han hängde med och fortsatte sedan.

– Vi importerar sedan en tid tillbaka delar till vapen som vi sedan själva monterar och säljer, men också hela system och vapen. Allt från västvärlden, bland annat från Frankrike, Italien och Sverige.

Det var häpnadsväckande vad saker förändrades. Skurov gjorde några noteringar i sin anteckningsbok.

– Och hur kom Oscar in i bilden?

– Oscar var anställd hos oss i lite mer än ett år. Han var en utmärkt medarbetare tack vare att han talade både ryska och flera andra språk. Dessutom var han en social och initiativrik person.

Skurov kunde inte låta bli att drömma sig bort medan hon talade. Han undrade om hon hade en man. Det borde hon ha.

– Vi var ett bra team, sa den mörke mannen som hittills suttit tyst. Oscar var svensk och hade ansvar för norra Europa och jag är till hälften holländare, till hälften ryss och har ansvar för Kontinentaleuropa.

– Ja, vi kommer att få mycket, mycket svårt att ersätta honom, sa direktör Blumenthal med en suck.

Maratechs huvudkontor, Stromynkagatan, Moskva

– Är det vanligt med utlänningar i ryska statsägda företag?
– Det förekommer, svarade Blumenthal dröjande. Om en utlänning stämmer bättre in på kravspecifikationen anställer vi honom eller henne – vi är helt kommersiella. Men alla anställda genomgår självfallet en noggrann säkerhetskontroll.
– Oscar kom från Sverige och kan inte ha haft mycket branscherfarenhet. Vad är er bakgrund? frågade Skurov och vände sig mot mannen.
– Jag har arbetat här i drygt två år. Tidigare var jag på ett holländskt och sedan ett franskt företag som sysslade med både civil och militär flygteknologi. Min mamma kom från Indonesien till Holland och träffade min ryske pappa när han var stationerad där, tillade han som om han förstod att Skurov undrade över hans härkomst.
– Så med andra ord kan Oscar inte ha haft samma kvalifikationer som ni till exempel? sa Skurov och vände sig mot van Hek. Var ambassadör Rieder delaktig i att han fick arbetet hos er?
– När Ryssland och Sverige kom överens om att utöka sin bilaterala handel så var ambassadören självklart en viktig aktör. Han gick i god för att hans son skulle vara en tillgång.

Det var inte första gången Skurov stött på nepotism.
– Jag förstår, svarade han. Ambassadör Rieder sa att han och Oscar Rieder hade haft tillfälle att arbeta tillsammans. Kan ni förklara det lite närmare?
– All sådan här handel är omgiven av byråkrati och omfattande regler, började van Hek, men blev avbruten av sin chef.
– Sverige älskar att exportera vapen; industrin, regeringen och majoriteten av folket, däremot har de en image av att vilja vara världens samvete och det finns en aktiv antivapenlobby. Oscar, och även hans far, visste hur de skulle hantera det här. Tillsammans hjälpte de till att visa att Ryssland är en ansvarstagande importör.

Blumenthals inlägg var lite abrupt och för första gången anade Skurov en viss irritation i hennes röst.
– Det ser ut som om Rieder den yngre dog till följd av att han gjorde för mycket av det han tyckte om, sa Skurov. Hade han några missbruksproblem som ni kände till?

Maratechs huvudkontor, Stromynkagatan, Moskva

– Du kände honom bäst, sa Blumenthal och tittade på Felix van Hek.

– Oscar kunde konsten att underhålla, festa om ni så vill. Kände allt och alla här i Moskva. Ja, i hela världen kändes det som ibland. Det beror väl på att han varit runt så mycket med sin familj. Han kunde gå lite för långt ibland, men han skötte sitt jobb. Var bra i förhandlingar, insatt i stort som smått. Dessutom var han fenomenal med kunder, och det var det som räknades.

– Vet ni om Oscar brukade använda någonting annat än alkohol?

Det blev tyst en stund.

– Mest alkohol, men det förekom kanske att han tog annat också ibland, sa van Hek.

– Oscar Rieder åkte till sin fars residens på tisdagskvällen och lämnade det inte förrän vi hittade honom död natten till lördagen. Var han på semester eller arbetade han då?

– Han arbetade, vi hade semester, svarade Blumenthal.

– Jag förstår. När träffade ni honom sista gången?

– Det var på tisdagen. Vi åt middag tillsammans alla tre, svarade van Hek. Hade vi vetat att han skulle stänga in sig och festa sig till döds efter det hade vi självklart ingripit.

Skurov iakttog Oscars kollega och chef.

– Ni åt middag med honom fast ni hade semester?

– Vi hade en del brådskande saker att diskutera. Det är inte ovanligt. Vår vd, Oleg Sladko, ställer höga krav och vi får bra ersättning för det vi gör, sa Blumenthal.

– Jag antar att det är han som är på porträttet, sa Skurov och pekade på ett foto på väggen, som hängde bredvid en bild föreställande den ryske presidenten, som efterträtt sin mentor så sent som i maj.

Blumenthal nickade långsamt och strök det långa mörka håret från ansiktet.

– Han måste ha begett sig till residenset efter er middag, fortsatte Skurov.

– Ja, det är hemskt, sa Vera Blumenthal med sorgsen min. Vi åt middag, gick igenom aktuella projekt. Och sedan ... Herregud. Om vi bara hade anat ...

Maratechs huvudkontor, Stromynkagatan, Moskva

– Undrade ni aldrig varför Oscar inte kom till kontoret under resten av veckan?

Veras mörka ögon mötte Skurovs blick och han anade uppriktig sorg i dem.

– Som sagt. Vi var ju på semester. Om vi bara hade förstått ...

– Var åt ni middag på tisdagskvällen?

– Vi var på Kafé Pusjkin mellan sju och nio ungefär.

Skurov var inte förvånad, Kafé Pusjkin var en klassisk mötesplats mitt i Moskva, populär bland både affärsmän och politiker.

– Har ni någon aning om vad som kan ha utlöst den orgie som ledde till Oscars död? Ni diskuterade inga problem eller någon skandal? Han verkade inte nedstämd?

De skakade på huvudena.

– Ni förstår säkert att jag undrar varför Oscar valde att isolera sig omedelbart efter sin middag med er, fortsatte Skurov.

Det blev tyst. Skurov mätte tystnadens längd, men innan den hunnit bli graverande nickade Vera Blumenthal långsamt och sa:

– Jag vet inte om ni känner till det, men Oscar och hans fästmö hade en minst sagt trasslig relation.

Det kom inte som en total överraskning för Skurov.

– Ni menar att det skulle kunna vara förklaringen till hans agerande?

– Kanske, svarade van Hek svävande.

– Känner ni en Ludmila Smirnova? Kvinnan som Oscar tillbringade sin sista kväll med?

Återigen beklagande skakningar på huvudena.

– Försökte ni få kontakt med honom under tiden han vistades på ambassaden?

– Vi utgick från att allt var som vanligt med Oscar, svarade Blumenthal.

Skurov nickade och tackade för att de hade tagit sig tid att träffa honom.

– Vi kommer att få mycket, mycket svårt att ersätta honom, sa direktör Blumenthal än en gång, med en suck.

MOSKVAS STATLIGA UNIVERSITETS CAMPUS

NÄR TOM PARKERADE FAMILJENS stora Landcruiser vid fotbollsplanen som hörde till MGU:s – Moskvas statliga universitets – campus var matchen redan igång. Han snörde på sig fotbollsskorna och kisade mot solen. Ksenia, som inte hade velat följa med Rebeckas döttrar och simma, hade satt sig på en bänk och spelade Nintendo.

– Tom! Du är i mitt och Valerijs lag. Vi ligger under med 0–2. Ta en orange väst därborta.

Tom blev överraskad av spänsten i Sergejs steg när han sprang fram mot honom. Han krängde på sig västen med texten Lokomotiv på och försökte läsa spelet, utvärdera både sina medspelare och motståndare. Han konstaterade att det fanns fler spelartyper än Ryssland hade tidszoner – några, som Valerij, var unga och snabba, och minst två spelare – varav en bar keps och verkade vara en farlig tacklare – var så tjocka att det var svårt att förstå att deras ben bar.

– Spring!

Tom fick en perfekt passning av Sergej och avancerade framåt, hela tiden med vaksam blick. Han visste att han kunde lita på sin fysik nuförtiden.

Tom var precis utanför motståndarnas straffområde när en man i svart läderkeps uppenbarade sig från ingenstans. För ett ögonblick blev han förvirrad, ansiktet och kroppen var så bekant. Det kunde väl ändå inte vara ...

Tacklingen var så hård att det kändes som om höften gått ur led när han låg på gräset. Kepsmannen sparkade resolut iväg bollen och påbörjade en kontring mot Lokomotiv, som slutade med mål.

– Pappa! Hur gick det? ropade Ksenia.

– Det är ingen fara, svarade han och reste sig omtumlad upp.

Höften var okej, men något mer spel vågade han sig inte på. Skurov kom fram och gav honom en klapp på axeln.

– Jag skulle sagt åt dig att passa dig för Truschkov, log han.

Så det var alltså Moskvas före detta borgmästare. Han hade alltid varit en fotbollsfantast, och, uppenbarligen – en skoningslös bulldozer.

När matchen var slut och Skurovs lag förlorat med 2–5 kom far och son Skurov gående mot dem. Tom hade träffat Valerij förut. Han hade samma tjocka, bruna hår och ögon som sin far men var betydligt magrare.

– God dag, herr åklagare, sa Ksenia med spelat allvar och lyckades låta som en karaktär ur en rysk tevedeckare.

Hon hade träffat Skurov många gånger de senaste åren och var väl medveten om att han var mannen som hade räddat livet på Tom fem år tidigare.

– Hej lilla vän! Skurov vände sig mot Tom. Valerij måste åka hem till sin fästmö men jag tänkte att vi kunde ta en öl och återhämta oss. Här är bilnyckeln, sa Skurov och vände sig mot Valerij.

De klev in i Toms bil och Skurov förklarade vilken väg han skulle köra. När Tom slog på radion tystnade de.

Ryssland är i krig. Vi uttrycker alla vårt fulla stöd för våra väpnade styrkor som idag inlett ett motanfall för att skydda vårt broderfolk i Sydossetien från den georgiska aggressionen ...

Presidentens röst lät känslosam, men samtidigt segerviss, vilket egentligen inte var så märkligt. Utgången i ett krig mellan Ryssland och Georgien var lika given som om en tvåhundrakilos gorilla skulle ha gått en match mot en raggig gathund.

– Det blir nog bara en kort styrkeuppvisning. Vi låter inte det förstöra vår kväll, sa Tom.

– Kommer någon att dö? frågade Ksenia tyst.

– Jag hoppas inte det, min kära, svarade Skurov.

Tom kunde inte låta bli att le, stundens allvar till trots. Ksenia hade ett grundmurat förtroende för Sergej Skurov, oavsett vad det gällde.

De parkerade utanför ett slitet ölhak i slutet av Kosygingatan, beställde in två stora öl och en cola till Ksenia.

– Får jag gå ner till floden, pappa?

– Absolut, men ta med dig din mobil.

Ksenia hade knappt hunnit försvinna nerför sluttningen mot Moskvafloden förrän Skurov frågade:

– Känner du en Oscar Rieder?

– Jag har träffat honom som hastigast några gånger.

– Känner du till att han är död?

– Ja. Svenskkolonin här är liten och det går många rykten om vad det var som hände. Det sägs att han hade en tjej hos sig. Men hur det gick för henne verkar ingen veta. UD har lagt locket på både i Sverige och här.

– Jag utreder fallet, mest för att det var en rysk medborgare inblandad. Vad känner du till om Oscar Rieder?

Tom funderade över hur han bäst skulle kunna summera det han visste.

– Han kom från en annan värld.

– Hur menar du?

– Sergej, jag vet att du själv är från intelligentian – din pappa var ju professor ... Men om du jämför dina barns uppväxt i en tvårummare i Leninbergen med hur barnen till en rysk minister har det – privatskolor, resor över halva världen innan de ens har hunnit bli myndiga ... Hänger du med?

– Jag tror jag förstår vad du menar, log Skurov så att guldfyllningarna i tänderna glimmade.

– Precis så tror jag att Oscar växte upp. När jag stod i kö utanför diskoteket i min hemstad Uppsala var Oscar på fester på sina vänners slott eller åkte jorden runt.

– Jag vill fråga dig en sak i förtroende. Skurov lutade sig fram över bordet och fixerade Toms blick. Tror du att Oscar använde heroin?

– Spontant skulle jag säga nej. Champagne, bra viner, spritfester absolut. Men inte *heroin*.
– Verkade han vara deprimerad? Nedstämd?
– Så väl kände jag inte honom. Han var rätt glad de få gånger jag träffade honom.

Tom såg sig omkring bland gästerna. Lät blicken glida ner mot floden.
– Jag borde titta till Ksenia.

Skurov nickade och insisterade sedan på att betala, vinkade till sig en kypare och vände sig sedan mot Tom igen.

– Jag är glad att träffa dig igen, Tom. Men hur är det med dig egentligen? Jag vet att du inte har varit helt tillfreds med din situation.

Tom reste sig upp för att gå efter Ksenia. Skurov följde efter.

– Det går upp och ner, sa Tom, men jag har kommit fram till att jag inte kan gå och dra längre. Rebecka kommer att arbeta lika mycket i minst ett par år till. Jag måste hitta någonting att göra. Det känns som om jag håller på att tappa respekten för mig själv.

– Söker du jobb, då?

– Det är inte så lätt. Det enda jag kan är finansbranschen, och den är stängd för mig.

– Det var därför jag ville nämna en möjlighet för dig.

Tom ansträngde sig för att se intresserad ut, men förstod att hans skepsis lyste igenom.

De kom fram till grässluttningen. Eftermiddagssolen glittrade på vattenytan bortom gräsmattans gulbrända tovor. Tom kunde inte se Ksenia någonstans. Han tittade i båda riktningarna längs promenadvägen, men hon var inte där heller. Han förbannade sig själv för att han hade låtit henne leka själv. Märkligt nog kände han alltid ett ansvar gentemot Ksenias döda mamma Olga. Det var som om hon ständigt övervakade hur han skötte sitt jobb som pappa.

– Där är hon, Tom, smålog Skurov och pekade en bit bort längs sluttningen. Ksenia satt på knä och plockade med någonting. Moskva är inte direkt en farlig plats för barn, fortsatte Skurov. Våld inom hemmet förekommer och trafiken är förstås livsfarlig, ja, men i övrigt ...

Medan de stod och iakttog Ksenia berättade Skurov om besöket på Maratech.

– Och nu står de där och försöker snabbt hitta en efterträdare till Oscar, en ny chef för handel med Nordeuropa. Det verkar vara ett viktigt arbete hos en spännande arbetsgivare. Jag tänkte bara att du kanske ville ha en ny utmaning. Du verkar ju behöva det.

UTRIKESDEPARTEMENTET, GUSTAV ADOLFS TORG, STOCKHOLM

KABINETTSSEKRETERARE KJELLBERG STEG UR taxin framför Arvfurstens palats vid Gustav Adolfs torg i samma sekund som den första droppen regn slog emot den dammiga trottoaren. Chauffören, som hade envisats med att söla hela vägen från Stocksund – trots att Kjellberg hade påpekat vem han var och understrukit att han hade bråttom – hade haft mage att rynka på näsan när han inte fått någon dricks.

Han rättade till den illa knutna flugan och skyndade på stegen. Flera hundra festklädda gäster väntade i den blå salongen på att han och utrikesministern skulle hälsa dem välkomna till UD:s årliga sommarfest. I samma stund ringde det på hans mobil. Han tog samtalet och förklarade för utrikesministern att han var där om två minuter.

Sorlet från gästerna nådde honom redan i entrén. En svag doft av parfym svävade i luften och blomsterarrangemang prydde konsolborden i korridoren. Han plockade fram fusklappen där han skrivit ner några korta punkter. Han brukade annars sätta en stolthet i att hålla tal utan stödanteckningar, men vid stora officiella sammanhang gällde det att inte glömma någonting viktigt. Han måste komma ihåg att tacka före detta jordbruksministern, Maj-Britt Aronsson, som gick i pension efter många år som ambassadör i flera afrikanska länder och så skulle de hålla en tyst minut för förstesekreteraren i Washington som dött i en bilolycka på väg till golfbanan veckan innan.

Och sedan var det ju Rieder. Kjellberg hade funderat länge på hur han skulle hantera händelsen och bestämt sig för att en tyst minut inte kom på tal, eftersom Oscar Rieder inte varit anställd vid UD, men att det samtidigt vore riskabelt att inte nämna incidenten alls. Det skulle bara riskera att sätta ännu mer fokus på den.

Alltså skulle han anlägga sitt allra mest beklagande ansiktsuttryck och uttrycka Utrikesdepartementets medkänsla för ambassadör Rieder och hans familj i denna svåra stund.

Men det skulle absolut inte bli någon tyst minut för familjen Rieder.

Sanningen var att han var hjärtligt trött på dem. De var diplomatvärldens svar på familjen Ewing i den gamla teveserien *Dallas*: en dekadent skara klavertrampande och bortskämda överklassnarcissister som valsade runt i skvallerpressen och ställde till problem. Problem som *han* sedan fick hantera. Ärligt talat var han förvånad över att utrikesministern inte valt att avpollettera Georg Rieder efter hans patetiska historia med den unga, kvinnliga försvarsattachén i Sydafrika. Men i stället hade han fått ett nytt förordnande och en ordensutmärkelse för sitt arbete med att "främja den svenska exporten utomlands". Ett arbete som huvudsakligen bestått i att han varit behjälplig med att säkra exporten av stridsflygplan till Sydafrika. Fattades bara att han skulle bli utsedd till Årets svensk i världen också.

Främja exporten, ja. Låt gå för det. Det hade Rieder kanske gjort. Men det stora arbetet hade utförts i tysthet av honom själv och hans kollegor på departementet i samarbete med Swedish Aerospace. Och han hade knappast fått någon orden som tack för det.

Blå salongen, som fram till andra världskriget hade använts som arkiv, var i själva verket färgsatt i vitt och guld. Namnet kom från de blå textilierna i rummet. Nu var den varsamt restaurerade salen fylld till brädden av festklädda människor.

Serveringspersonal cirkulerade med brickor med champagneglas och små kanapéer. En stråkkvartett spelade på en provisorisk scen framför fönstren. Och längst bort i hörnet stod utrikesministern, lätt att urskilja tack vare sin längd.

Utrikesministern nickade för att visa att han hade sett honom och höll sedan upp fem fingrar för att markera att han behövde några minuter innan de drog igång.

Mobilen ringde återigen och han greps av en plötslig lust att ignorera den och i stället ägna sig åt sina kollegor. Släppa loss lite och kanske dricka några glas vin för mycket. Men i hans ställning hade man inget val. Han måste vara tillgänglig dygnet runt och han kunde aldrig göra bort sig.

Till skillnad från vissa andra.

– Kjellberg.

– Hej, jag heter Sonia Sharar. Jag är journalist och håller på med en artikelserie om svensk vapenexport och jag undrar hur Utrikesdepartementet ställer sig till att svenska vapen som är avsedda för den ryska marknaden i hemlighet exporteras vidare till diktaturer och instabila länder i krig.

Kabinettssekreteraren blev tyst för en sekund och klev ut i korridoren. Var det inte den där journalisten som nyligen hade skrivit en artikel om hur svenska vapen, som exporterats till Ryssland, hade hittats i Somalia? Artikeln hade inte fått särskilt mycket uppmärksamhet, kanske för att alla just då bara undrade vart sommarvärmen tagit vägen. Han visste inte hur hon fått hans telefonnummer, men han tänkte ta reda på det så snart han hade lagt på. Han fick sällan samtal från journalister och de som faktiskt hade hans nummer skulle inte få för sig att ringa under sommarfesten.

– Du vet mycket väl att jag inte kan uttala mig i frågan, sa han. Du får tala med vår presschef. Hon nås ...

– Du vet att jag vet att du vet, avbröt kvinnan.

Det uppstod en paus.

Inne i salongen slutade stråkkvartetten att spela och kabinettssekreteraren föreställde sig hur utrikesministern irriterad gick runt och letade efter honom.

– Jag vet inte vad du talar om, sa han med en röst som plötsligt inte riktigt ville bära.

Sonia Sharar skrattade lågt.

– Jo. Du vet att det var en kalkylerad risk att låta Ryssland importera svenska vapen. Vapen som sedan försvann. Men vad du inte vet är att Oscar Rieder blev mördad för det han visste. Att han ringde mig från residenset när han stängde in sig där för att söka skydd, och att han bad sin far om hjälp, men inte fick någon. Därför att vapenex-

Utrikesdepartementet, Gustav Adolfs torg, Stockholm

port ger utmärkelser, befordringar och status. Och såklart smutsiga pengar på smutsiga konton.

Kjellberg visste inte vad han skulle göra. Han stod som trollbunden med telefonen tryckt till örat.

– Du ska veta en sak till, fortsatte kvinnan. Jag kan *allt* om svensk vapenexport, från Åkers Styckebruks gjutjärnskanoner på 1600-talet till Swedish Aerospaces drönare. Och allt om varenda skandal: Robot 70 som smugglades till Förenade Arabemiraten via Singapore, Bofors 260 miljoner i mutor till Indien ...

– Du får ursäkta, men du ringer mitt i vår sommarfest. Utrikesministern ...

– Han kan vänta. Politiker och tjänstemän har alltid hållit vapenindustrin om ryggen, men lyd ett gott råd, gör inte det misstaget du också. Då kommer du att dras med när de avslöjas. För avslöjas kommer de att göra. Du kan fortfarande gå ur det här med hedern i behåll. Det är upp till dig.

Champagneglaset gled ljudlöst ur handen och slogs i spillror mot golvet.

STATSÅKLAGARÄMBETET, BOLSJAJA DMITROVKAGATAN 15, MOSKVA

SÅ SNART SOM SKUROVS sekreterare, Irina, kom in med Adele Sydow kände han igen henne. Problemet var bara att han inte kom ihåg *var* han hade sett henne. Det var någonting märkligt välbekant med de finskurna dragen, de markerade ögonbrynen och den lite för stora munnen.

Han var förberedd på att det skulle vara smärtsamt för henne att träffa honom och prata om Oscar, så han bad henne därför på sitt vänligaste sätt att stiga på.

Så länge han inte kunde beveka Weinstein att ge dem tillträde till Ludmila, som ännu inte var stabil, ville han passa på att höra andra personer med insyn i Oscar Rieders liv. Ett möte med ambassadörssonens flickvän framstod som väl använd tid – särskilt mot bakgrund av vad Blumenthal och van Hek berättat om hennes och Oscars relation.

Nu satt hon mitt emot honom i det lilla besöksrummet och fingrade på mobilen. Trots att hon hade sitt långa, blonda hår uppsatt i en slarvig tofs och var helt osminkad, utstrålade hon säkerhet och självförtroende.

Skurov kände en viss tillfredsställelse över att rummet nyligen hade genomgått en ansiktslyftning. Han hade alltid tyckt att det var lite pinsamt att ta emot besökare i de gamla nedsuttna stolarna med fransiga tygsäten och skeva plastben. För en månad sedan hade han skickat sin sekreterare och sin chaufför för att köpa en ny sittgrupp från Ikea. De hade kommit tillbaka med två nätta, ljusblå fåtöljer med björkben och ett bord som hette Goteborg.

Han började med att framföra sina kondoleanser men Adele Sydow såg mest uttråkad ut och drog fram ett cigarettpaket. Han blev så överrumplad att han inte hann förklara att det rådde rökförbud på Statsåklagarämbetet innan hon tänt en cigarett. I stället tittade han sig omkring för att se var hans gamla askfat stod.

– Här, sa han, och ställde askfatet på Goteborg. Som jag förklarade för er så leder jag utredningen kring er pojkväns död.

– Fästman, rättade hon honom.

Han nickade och gjorde en notering i sin svarta anteckningsbok.

– Hur länge hade ni känt varandra?

– Nästan hela livet, faktiskt. Våra föräldrar umgicks en del. Ja, min pappa och Oscars pappa Georg var med i samma jaktlag, men sedan hade Georg bara utlandsstationeringar och då sågs de inte så ofta. Men Oscar och jag blev ihop redan i gymnasiet. Vi gick på samma internatskola, Sigtuna. Hon tystnade och verkade fundera. Hennes blekblå blick sökte sig mot taket.

– Herregud, det är ju faktiskt tio år sedan nu i sommar. Vi firar tioårsjubileum ... Skulle ha firat, i alla fall.

Hon tystnade och såg ner i golvet. Skurov blev än en gång påmind om hur skört livet var. Hur snabbt de man älskade kunde försvinna.

Han samlade sig inför den oundvikliga frågan.

– Jag måste tyvärr vara okänslig och fråga er...

– Jag vet vad ni tänker säga! fräste kvinnan. Jag vet att Oscar var med någon tjej den där kvällen!

– Det stämmer, sa Skurov allvarligt. Han förstod hennes upprördhet.

– Och jag bryr mig inte. Vi hade ett öppet förhållande.

Adele Sydow verkade granska sina naglar.

– Öppet förhållande?

Skurov var inte säker på att han förstod vad hon menade. Han kunde inte påminna sig att han hade stött på termen tidigare. Det störde honom att hans språkkunskaper inte var bättre, trots att han försökte läsa så mycket han kunde på engelska.

– Vi tillät varandra att träffa andra, förtydligade hon.

– Ni hade andra ... kärleksrelationer?

Statsåklagarämbetet, Bolsjaja Dmitrovkagatan 15, Moskva

Hon ryckte på axlarna.
– Kalla det vad ni vill, men ja, ungefär så.
Skurov visste inte vad han skulle tro. Å ena sidan verkade hon ha varit fäst vid Oscar. Det faktum att de skulle ha firat tioårsjubileum verkade faktiskt ha betytt någonting för henne. Å andra sidan hade de båda haft andra relationer. Han ville inte verka trångsynt och han hade förståelse för att kvinnan som satt framför honom kom ifrån en annan kultur. Men ändå. Hon accepterade att hennes pojkvän hade intima relationer med andra. För en sekund lekte han med tanken på att få ge efter för tillfällig passion och sedan återvända till den trygga, kärleksfulla hemmahamnen. Han påmindes om överläkare Weinstein och hennes invit. Men så såg han plötsligt för sitt inre hur Tamara stönade av njutning i armarna på en annan man och ryste.
– När träffade ni Oscar senast? frågade han.
– I början av sommaren.
– Så ni tillbringade inte semestern ihop?
Hon skakade på huvudet och släppte ut håret. De långa, blonda lockarna föll mjukt över axlarna.
– Vi är rätt intensiva som personer båda två och har alltid behövt tid ifrån varandra. Oscar var tvungen att jobba och jag var på Fårö.
– Fårö?
Hon log överseende.
– Fårö är en liten ö strax norr om Gotland i Östersjön. Mest känd för att Ingmar Bergman, den svenske regissören, bodde där.
Skurov harklade sig lite och sträckte på sig.
– Som ni kanske känner till så hittade rättsläkaren narkotika i Oscars kropp.
Hon nickade.
– Jag måste fråga, sa Skurov och fixerade hennes blick. Använde Oscar droger?
I samma stund knackade det på dörren och Anton tittade in, klädd i oklanderlig kostym och vit skjorta med slips.
– Jag ber om ursäkt för att jag är sen.
Skurov vinkade åt honom att komma in, presenterade honom och kom att tänka på att Anton antagligen var rätt attraktiv om man

gillade den välvårdade typen. Alltid perfekt rakad, det mörkblonda håret nytvättat och välkammat och inte en fläck någonstans.

– Vi talade just om obduktionsrapporten. Rättsläkaren hittade ju heroin, kokain och alkohol i Oscars blod.

– Heroin? frågade Adele.

Anton nickade gravallvarligt, hälsade på Adele Sydow och sjönk ner i en av Ikeafåtöljerna.

– Koncentrationen var 1,52 milligram morfin per liter blod, mumlade Anton och ställde ner sin kaffemugg på bordet.

– Det säger mig ingenting, sa Adele och tvinnade det långa håret runt pekfingret.

– Det är en dödlig dos, sa Anton.

– Använde Oscar droger? frågade Skurov på nytt.

– Lite kokain eller gräs då och då kanske. Men absolut inte ... inte något sådant där som man injicerar. *Heroin*. Herregud.

– Så ni känner inte till om han har använt heroin tidigare?

Skurov iakttog henne noggrant. Kvinnan som varit Oscars flickvän lutade sig fram mot honom, mötte hans blick och sa lågt:

– Jag svär. Oscar skulle aldrig ha tagit något sådant.

– Hur mådde han? Hade han några problem på jobbet, tror ni?

– Nej, sa Adele, fingrade på en ny cigarett, men verkade alltför upptagen av hans frågor för att tända den. Nej, alltså, först var han stolt över jobbet, även om hans pappa ordnade det åt honom. Fast sedan tror jag att han blev lite tveksam.

– Kan ni vara mer specifik? frågade Anton.

Skurov noterade att Antons engelska lät just väldigt – engelsk.

Adele gav Anton ett kort syrligt leende.

– Han blev irriterad när vi såg på teve och det handlade om krig. Det verkade störa honom. Så jag tänkte att han kanske inte var helt bekväm med hela vapengrejen. Oscar ville ju inte ens jaga.

– Jag förstår, sa Anton. Jag har en fråga till. Oscar ringde till sin far och någon annan under tiden som han vistades på residenset. Har ni någon aning om vem han kan ha pratat med?

Anton sträckte fram ett papper med ett telefonnummer på. Adele tittade hastigt på det och ryckte sedan på axlarna.

Statsåklagarämbetet, Bolsjaja Dmitrovkagatan 15, Moskva

– Ingen aning. Det kan ha varit vem som helst. Någon av hans gamla kompisar, kanske? Jag kan inte hjälpa er mer.

Adele Sydow hade gått, men doften av cigarettrök och parfym hängde kvar i rummet.
– Tror ni henne? frågade Anton.
– Ja. Det gör jag faktiskt. Hon var rätt arrogant, men jag tror att hon talar sanning.
– Hm, sa Anton.
– Hm?
– Jag bara undrar varför han snortade kokain från fotot av henne.

Och det var i den stunden som Skurov mindes var han sett den vackra svenskan tidigare: På fotografiet som legat invid Oscar Rieders döda kropp. Fotografiet som var täckt av ett tunt, men ändå fullt synligt lager av kokain, och föreställde Oscars far, Georg Rieder, med en ung blond kvinna.

SKLIFOSOVSKIJS AKUTSJUKHUS, MOSKVA

LUDMILA SMIRNOVA HADE VARIT fyra år när hon hittade sin medvetslösa mamma hängande från en tvättlina i taket hemma i den trånga lägenheten i Vladimir, drygt två timmars bilresa öster om Moskva. Trots alla år som gått så kunde hon fortfarande minnas siluetten av mammans slappa kropp mot väggen. Efter att förgäves ha försökt lyfta ner henne, med all den kraft en fyraåring kan uppbringa, hade hon tagit sin lillasyster Natasha i handen, rusat in till grannfamiljen och hämtat den magra och halvblinda babusjkan som stått och lagat *pelmenij* i köket.

Babusjkan hade stannat med dem till ambulansen kom. Kramat dem hårt och försäkrat dem om att allting skulle bli bra. Sedan hade hon långsamt och med bekymrat ansiktsuttryck plockat bort aluminiumfolien som mamma täckt fönstren med för att skydda dem ifrån strålningen från Tjernobyl.

Det hade tagit många år innan Ludmila förstod hur psykiskt sjuk hennes mamma hade varit den där vintern.

Efter självmordsförsöket hade mamman legat på kliniken i Vladimir i tre dagar innan hon skickats vidare till ett större sjukhus i Moskva. Men trots all utrustning och alla läkare fanns ingenting att göra. Hon hade dött på morgonen den 22 december, samtidigt som Gorbatjov i ett tal till nationen talade om *Glasnost* och *Perestrojka* och det lyckade toppmötet med Reagan två veckor tidigare i Reykjavik.

Ludmila kunde fortfarande se mammans svullna ansikte framför sig och höra det bubblande ljudet från hennes ansträngda andetag. Kunde känna doften av desinficeringsmedel, urin och kokt kål och förnimma sängramens kalla stål mot sin magra arm.

Sklifosovskijs akutsjukhus, Moskva

Det var anledningen till att hon inte stod ut med sjukhus.

Så Ludmila blundade. Stängde ute rummets spruckna tak och de blå draperierna. Försökte tänka bort den stickande doften: Sklifosovskijs unkna andedräkt av rengöringsmedel och infekterade sår, av dödsångest och smärta.

Hon tänkte på Oscar.

De lite runda kinderna, ögonen som hade samma färg som floden Klyazma intill farfars hus hemma i Vladimir, när morgonsolen skar igenom det grumliga vattnet och sjögräset böljade som tusen ålar mellan hennes fingrar.

Oscar.

Det hade inte varit kärlek, sådant fanns bara på teve. Men hon hade gillat honom. Hans humor, sättet som han tilltalade henne på, dröjande och med en varsamhet som hon inte var van vid. Som om hans ord var vassa och behövde hanteras med försiktighet. Kanske var det respekt? Och sedan var det sättet som han rörde vid henne. Det var helt annorlunda. Beslutsamt. Krävande och ivrigt. Fumligt och lite hårdhänt ibland, om han var full eller hög.

Med tiden hade hon lärt sig att tycka om det också, trots att hon egentligen hade svårt för beröring.

Hon öppnade ögonen. Den feta sjuksköterskan som suttit vid fotändan av sängen och läst var försvunnen. Tidningen låg vid Ludmilas fötter. Sakta satte hon sig upp, kikade igenom glipan i draperiet. Rummet låg tyst och tomt. Kvinnan som legat i sängen bredvid, hon som snyftat och gnytt hela natten, var borta.

Ludmila drog draperiet åt sidan och satte sig upp. Ställde sig prövande på det kalla golvet. Det här kanske var hennes enda chans. Mycket var hon, men inte dum. Mannen som hade överfallit dem hemma hos Oscar skulle komma tillbaka för att tysta henne. Han skulle komma med sina nålar, sin kniv och sina hårda händer och när han hittade henne skulle han inte fucka upp igen.

Under natten hade hon sett någon stå vid fotändan av hennes säng. Skuggan av en man. Sekunden senare hade den tjocka sköterskan återvänt och mannen hade försvunnit.

Ludmila tänkte inte ligga stilla på rygg på det här förbannade sjukhuset och vänta på att mannen skulle återvända. För hon visste att varken den feta sköterskan vid hennes säng, åklagaren som kommit för att förhöra henne eller den överlägsna kvinnliga överläkaren som gett henne lugnande tabletter skulle kunna rädda henne.

Tabletterna, ja.

Hon hade låtsats svälja dem och sedan spolat ner dem i toaletten. Om hon skulle kunna ta sig härifrån var det viktigt att hon var klar i huvudet.

Hon gick fram mot dörren. Gläntade på den och tittade ut i korridoren. På avstånd såg hon en grupp grönklädda sjuksystrar som skrattade. Försiktigt började hon gå mot utgången i andra ändan av korridoren. Det susade i öronen och väggarna tycktes luta sig över henne. Korridoren kändes skev. Ett trasigt lysrör flimrade i taket. Någonstans på avstånd hörde hon en kvinna skrika.

Ludmila gjorde som hon alltid hade gjort när livet bjöd motstånd. Satte den ena foten framför den andra. Gick vidare. Oavsett vad som hände. Utan att se sig om.

Skratten bakom henne lät med ens högre. Hon motstod frestelsen att vända sig om och granskade i stället korridoren mer ingående. Till höger låg en tom sal med två bäddade sängar. En vas med vissna blommor stod i fönstret. Utanför kunde hon se att det hade börjat skymma. Himlen var dovt blågrå och hon anade högspänningsledningar, höghus och några svarta fåglar på avstånd.

Till vänster såg hon en stängd dörr med texten "Förråd". Hon kände prövande på dörren. Den gled upp utan motstånd och hon slank in i mörkret, trevade efter strömbrytaren, hittade den slutligen och tände lampan.

Det fönsterlösa rummet var bara några kvadratmeter stort och längs väggarna trängdes höga vita skåp, som alla var numrerade. Längst bort skymtade hon en mörk skrubb, där några skurhinkar och moppar avtecknade sig. Hon kände på skåpen. De var låsta. Hon funderade en sekund och förde sedan händerna mot huvudet. Kände igenom håret tills hon hittade det hon sökte. Drog ut hårnålen och stoppade in den i låset på ett av skåpen. Vispade runt den. Hur fan var det man gjorde egentligen?

Sklifosovskijs akutsjukhus, Moskva

Utifrån korridoren hörde hon röster närma sig. Kanske var det kvinnorna som hon sett tidigare. Hon vred hårnålen tills hon kände någonting som tog emot. Försökte vrida runt den osynliga lilla spärren som hon föreställde sig satt därinne. Hårnålen gled mellan hennes svettiga händer och i samma stund öppnades dörren på glänt och rösterna utifrån korridoren flödade in i rummet.

– ... så att, vadå? Hon visste ju mycket väl att han var ihop med Tatjana när hon drog iväg med honom.

– En riktig liten slampa. Jag sa ju det. I fredags ringde jag Anna och då sa hon att ...

Ludmila försökte dra ut hårnålen ur låset, men den satt fast. Hon tvekade ett ögonblick innan hon lämnade den i låset, sprang bort till den lilla städskrubben och klämde sig in längst in i det mörka utrymmet.

Dörren öppnades helt och två kvinnor i gröna kläder kom in.

– Nej. Herregud. Pjotr skulle aldrig, jag menar *aldrig,* göra en sådan grej. Det är det bästa med honom. Att han går att lita på.

Kvinnorna låste upp var sitt skåp och tog ut någonting. Handväskor. Skåpen användes säkert till att förvara personalens ägodelar under arbetspassen. Kvinnan som stod närmast fortsatte att prisa Pjotr för hans höga moral medan hon krängde av sig den gröna tunikan och tog på sig en tunn sommarblus. Ludmila tryckte sig mot den kalla betongväggen. Försökte göra sig så liten och osynlig som det bara gick. Smälta in i väggen och bli ett med den fuktiga betongen. Från sin plats i mörkret kunde hon se hårnålen sticka ut ur låset, som hon just försökt att dyrka upp. Men kvinnorna verkade inte lägga märke till den. De pladdrade på om Pjotr och semestern och röntgensköterskan på avdelning 24.

Ludmila blundade. Ett skåp slogs igen, nyckeln vreds om.

– Ses i morgon.

– Visst.

Kvinnan som hade stått närmast lämnade rummet. Ljudet från vassa klackar som klapprade mot golvet dog långsamt ut. Den andra kvinnan stod kvar mitt i rummet. Borstade sitt långa, ljusa hår samtidigt som hon hade blicken fäst på väggen. Blonda hårstrån föll mot golvet, som snöflingor.

Sklifosovskijs akutsjukhus, Moskva

En mobil ringde. Kvinnan svarade.

– Hej. Ja, jag pratade precis med henne. Nej. Hon vet ingenting. Tror att Pjotr är en ängel. Vad tycker du att jag ska göra? Ska jag berätta?

Kvinnan låste skåpet med mobilen inklämd mellan örat och axeln och gick mot dörren.

Lampan släcktes och dörren slogs igen. Det blev tyst. Ludmila kände hur hon darrade. Okontrollerbara, spastiska skakningar som tycktes härröra från bröstkorgen fortplantade sig ut i lemmarna.

Hon stod inte ut med mörker. Hade aldrig gjort det, och inte hade det blivit bättre efter händelsen på den svenska ambassaden. Mörkret gav henne ingen ro. Det fingrade efter henne, kröp mot henne och krälade längs väggarna likt en armé av ormar och spindlar. Det föll ner över henne som regn, tryckte sig mot henne som en efterhängsen beundrare. Omfamnade henne så hårt att hon inte kunde andas.

Ludmila stapplade fram mot dörren, hittade strömbrytaren och tände lampan. Kände paniken långsamt avta och hjärtats slag bli lugnare. Hon återvände till skåpet. Grep tag om hårnålen och försökte hitta spärren. Kände en metallbit som vägrade ge vika. Tryckte så hårt hon kunde tills hårnålen skälvde till och knäcktes på mitten.

Skit också. Vad skulle hon göra nu?

Hon återvände till skrubben och granskade dess innehåll. Två slitna plasthinkar. Sopborstar och moppar. Några gamla trasor som hängde på tork över den ena hinken. Hon grep tag i den mindre moppen. Den var försedd med ett långt träskaft. Med ett enkelt grepp vred hon av själva moppen från skaftet – den måste vara konstruerad så att man kunde byta mopp. En fästanordning i metall satt längst ner på skaftet. Hon förde handen över den kalla metallen. Den kändes vass.

Bra. Mycket bra.

Ludmila återvände till skåpet och körde in den vassa metalldelen i den smala springan invid låset. Sedan använde hon skaftet som hävstång och bände långsamt upp dörren. Den bågnade och gav ifrån sig ett utdraget gnisslande, som om den protesterade mot hennes omilda behandling. Till sist sprack låset upp med ett metalliskt knäpp.

Sklifosovskijs akutsjukhus, Moskva

Ludmila andades ut och lade ner moppen på golvet.
Bingo.
I skåpet låg ett par gymnastikskor, jeans, en skjorta och en plånbok.

LENINBERGEN, VÄSTRA MOSKVA

TOM FICK EN KÄNSLA av att sommarlovet aldrig skulle ta slut. Det var mindre än två veckor till skolan skulle börja, men att köra till Luzhnikibadet varje dag stod honom upp i halsen. Så fort som de hade lämnat av Rebeckas två äldsta döttrar började han tänka på framtiden igen. Hemmafruarnas syrliga kommentarer låg och skavde i hans medvetande. Om han tidigare hade intalat sig att han var immun mot vad andra tyckte, fick han erkänna att så inte var fallet längre.

Ksenias röst från passagerarsätet bredvid honom avbröt malandet som pågick inom honom. Som så ofta kunde han inte låta bli att le när hon talade svenska. Orden, meningsbyggnaden, allting var perfekt, för hon härmade bonussyskonens och klasskamraternas sätt att uttrycka sig på pricken, men genom hennes sätt att intonera kunde han fortfarande höra att ryska var hennes modersmål.

– Är det långt kvar till affären, pappa?
– Nej.
– Men *hur* långt är det?
– Älskling, ska vi inte åka tillbaka i stället så du också får bada? sa han och tittade på Ksenia som satt i passagerarsätet och spelade Nintendo.
– *Nej,* sa jag ju!

Han längtade efter svalkande vatten och kämpade med att försöka förstå varför Ksenia hade valt att avstå än en gång. Nu skulle hon tvingas följa med när han körde runt och gjorde ärenden. Hennes oflexibla inställning gjorde livet så mycket svårare för henne – och för honom och resten av familjen också. Innan han hade fått ta hand om Ksenia på heltid, på den tiden då han bara träffade henne sporadiskt, hade han inte insett hur lika de var, men nu gick det inte en dag utan att han reflekterade över det.

Den moskovitiska sommarvärmen visade inga tecken på att avta. Det dallrade i luften av hettan som steg från vägbanan och trottoarerna. Det var något med avsaknaden av rent vatten, sjöar och hav, i Moskva som störde honom. Det skapade en klaustrofobisk känsla under de heta sommarmånaderna.

Han tyckte synd om fotgängarna som gick längs Komsomolskajaavenyn. Dammolnet som bilarna rev upp fick dem att hålla händerna för ansiktet.

Han borde ha tagit med sig Ksenia till Dalby igen i sommar, men han kunde inte lämna Rebecka med hennes tre barn och de ville inte följa med utan sin mamma. De hade blivit ännu mer beroende av henne sedan Skitstöveln avstått från varannan långhelg för att umgås med sin unga fru och sitt nya barn. Och ibland fick Tom känslan av att det retade Rebecka extra mycket att hennes ex hade fått ett barn till, medan hon och Tom inte befäst sin relation med det.

När de stod vid rödljuset vid avfarten in på Kosygins trädkantade gata hörde han Ksenia på nytt.

– Förlåt att jag är så himla jobbig, pappa. Men jag vill bara vara med *dig*.

I samma sekund som hon sa det kände han instinktivt att han inte fick försitta chansen att komma närmare sin egen dotter. Han fortsatte ett par hundra meter in på gatan och stannade vid en glasskiosk.

– Kom så köper vi en glass och sätter oss och pratar.

På andra sidan den asfalterade gångvägen där han åkt rullskridskor med alla fyra barnen så sent som för en vecka sedan, stod bänkar med utsikt över nästan hela Moskva.

– Berätta, hur är det? sa han och lade armen om Ksenia.
– Jag tycker allt är liksom ... knäppt i vår familj.
– Hur då, knäppt?
– Du jobbar typ inte som andra pappor. Och Rebecka är *aldrig*

hemma. Du borde jobba också. *Skaffa ett liv liksom.* Det tycker Alexia och de andra också, faktiskt.

– Jag förstår.

De pratade en stund till, pekade ut olika sevärdheter i staden medan de långsamt åt upp sina glassar. Han var glad att hon anförtrott sig åt honom, men samtidigt tyngd av det som hon hade sagt.

Han hade aldrig planerat att gå utan arbete så länge. När han hamnat i säng med Rebecka hade han trott att det var en engångsföreteelse. Men sedan hade de träffats av en tillfällighet på leklandet Crazy Park på Leningradskij Sjosse. De hade stött på varandra ståendes på knä i en tunnel, och knappt hunnit presentera Ksenia och Alexia för varandra förrän flickorna åkte utför den uppblåsbara rutschkanan hand i hand. Medan alla barnen lekt hade de pratat och druckit blaskigt kaffe ur plastmuggar.

Tom hade upptäckt att Rebecka var en känsligare person än han hade trott, hon hade öppnat sig för honom. Och hon hade överraskat honom genom att vara en empatisk lyssnare.

Sedan hade det ena lett till det andra.

Rebecka och barnen hade börjat besöka dem ute i huset i Silverskogen som Ksenia ärvt. Ksenia fick för första gången i sitt liv leka med andra barn ute i naturen. Rebecka och han gjorde vad de kunde för att hålla förhållandet hemligt på firman, men rätt snart bestämde de att de måste berätta att de var ett par. Och efter det hade han fått sluta på Pioneer Capital. Just då hade han sett det som en möjlighet att ta igen allt det som han aldrig haft tid att göra. Dessutom hade han blivit utköpt från firman till bra villkor, så han hade fortfarande pengar.

Men månaderna hade blivit till år. Och nu tyckte till och med Ksenia att han borde skaffa sig ett arbete. Då hade det gått för långt.

Kanske var det faktiskt dags att söka det där jobbet på Maratech nu. I morgon kunde det vara för sent, då skulle kanske den lilla motivation som han hade jobbat upp ha försvunnit, slokat och dött på samma sätt som växterna i den olidliga hettan i Moskvas parker och alléer.

Ksenia hade gått fram till utsiktsplatsen. En svag vind lekte i hennes långa hår. Tom tog fram telefonen och slog numret som Skurov hade gett honom. Det var ett kort samtal. Ett lätt samtal. Ett arbetsrelaterat samtal, och det kändes bra.

STATSÅKLAGARÄMBETET, BOLSJAJA DMITROVKAGATAN 15, MOSKVA

SKUROV SATT VID FÖNSTRET på Look In Café och bläddrade förstrött i tidningen. Det enda alla talade och skrev om i Moskva just nu var kriget nere i Kaukasus. Han var redan trött på det. Såvida inte morgonens nyhetssändning på den statliga *Kanal 1* bara var propaganda så lät det som om den ryska armén höll på att köra över georgierna totalt. Det var en sak till som gjorde honom irriterad – att det inte fanns någon oberoende tevekanal längre.

Han sköt undan tallriken med resterna av revbensspjäll och reste sig. Gick ut på gatan och vek av åt vänster för att gå den korta sträckan till kontoret på Bolsjaja Dmitrovkagatan 15, där han suttit i trettio år. Som så ofta blev han påmind om hur snabbt Moskva hade förändrats under de senaste åren. Staden hade blivit vacker, jämbördig med europeiska huvudstäder. Vägbanan var täckt av rundade gatstenar och på de smakfulla bänkarna av gjutjärn och massivt trä satt modeaffärernas biträden och pratade och drack kaffe ur pappersmuggar från det nyöppnade Starbucks. Längs hela gatan låg modehusen på rad och han kunde numera uttala deras namn: Louis Vuitton, Prada, Hermès. Han hade sett samma namn i Paris, dit hans son Valerij hade bjudit med Tamara och honom för två år sedan, en resa som för alltid skulle vara ett av hans finaste minnen.

Statsåklagarämbetet, som hade blivit ett viktigt instrument för att upprätthålla den förre presidentens maktordning, växte ständigt och utgjordes nu av fyra byggnader på den västra sidan av gatan. Skurov gick in. Han njöt fortfarande av att sitta på tredje våningen och av att ha både ett arbetsrum och ett *prijomnaja* – mottagningsrum, där Irina, som varit med nästan lika länge som han själv, satt på sin plats när han kom in. Under den tid som han varit vanlig åklagare hade hon betjänat en hel avdelning, men sedan hans befordran var hon hans privata assistent.

– Irina, *dorogaja*. Ring upp den svenska åklagaren i Riederärendet, är du snäll.

Hon förtjänade att bli kallad min kära – hennes stöd var en starkt bidragande orsak till att han hade högre uppklarningsgrad än de andra åklagarna.

– Ja, det ska jag göra, Sergej Viktorovitj, svarade hon mjukt och fångade hans blick på ett sätt som han kände igen.

Hon hade aldrig slutat att tilltala honom på det sätt som ryssar gör när de vill visa respekt: med både förnamn och så kallat fadersnamn, namnet man får efter sin far – Skurovs far hade hetat Viktor.

– Det är en mässa i eftermiddag på Petrovskijklostret, fortsatte hon och såg frågande på honom.

Skurov lade märke till att Irina dagen till ära bar sitt dopkors mellan sina enorma bröst. Hon vågade som så många andra visa sin religiositet efter kommunismens fall.

– Självfallet. Jag klarar mig bra på egen hand en stund, sa Skurov.

– Tack. Irina log och fingrade på sitt kors.

Medan han väntade på samtalet funderade han kring premiärministerns och den nye presidentens strategi att låta kyrkan ta en allt större roll i folkets moraliska fostran. Formellt var stat och kyrka åtskilda, men kyrkan hade numera en stark ställning i skolor, inom militären och på många andra håll. Han såg inget ont i det så länge som Patriarken av Moskva inte tvunget skulle välsigna varenda steg som politikerna tog, men risken för det verkade faktiskt överhängande.

– Svenske åklagaren på ettan, ropade Irina genom den öppna dörren och kopplade fram honom.

Skurov försökte sig på lite småprat, men insåg snabbt att hans egen surt förvärvade engelska lämpade sig bättre för praktiska ämnen som veteranbilar och brottmål.

– Allt tyder ju på att det var en olyckshändelse, sa svensken lite osäkert. Skurov kom ihåg mannens skrynkliga kavaj och godtrogna uppsyn. Hur går det för er då? Hur mår kvinnan?

– Kvinnan mår efter omständigheterna väl. Jag har hört henne en gång och hoppas att få göra det snart igen. Det finns en del andra lösa trådar som jag vill knyta ihop också. Kan ni säga mig var ambassadör Rieder befann sig tiden före sonens död?

– På semester. I Sverige.

– Var i Sverige?

Den svenske åklagaren harklade sig och verkade bläddra bland sina papper.

– På Fårö.

Skurov kunde inte låta bli att vissla till. Egentligen var han inte förvånad. Ledtrådarna hade funnits längs hela vägen, som en snitslad bana, det hade bara varit att följa markeringarna. Med ens insåg han vad den lilla salongens fotovägg i residenset hade påmint honom om – en vägg med jakttroféer! Full av foton med ambassadör Rieder och kvinnor eller män som såg viktiga ut. Däremot inget på hans fru eller barn. Faktiskt inga familjefotografier över huvud taget. Adele Sydows undvikande och uppnosiga framtoning hade bara varit ett försvar som syftade till att dölja en smutsig hemlighet. Det var en riktigt osmaklig soppa som familjen Rieder hade kokat ihop.

Det var det som hade fått Oscar att dra en lina på fotot av sin far och sin flickvän, eller rättare sagt sin fars älskarinna, tänkte Skurov. För vem gör så mot sin egen son? Han försökte se sig själv med sin son Valerijs fästmö, men det var otänkbart. Man gjorde inte så mot sina vänner, och ännu mindre mot sina egna barn. Rieder den äldre var en silverräv; reslig, skarpa drag, solbränd och med allt hår i behåll. Dessutom erfaren, självsäker och den sortens man som tar det han vill ha. Det var en farlig kombination. Fast han inte hade sett Oscar i livet så visste han instinktivt att sonen omöjligen hade kunnat mäta sig med sin fars glans.

Ställföreträdande statsåklagaren tittade upp från sina papper och rättade till sina märkliga designerglasögon, som hade bokstaven

Statsåklagarämbetet, Bolsjaja Dmitrovkagatan 15, Moskva

"G" i alldeles för stort format på skalmarna för Skurovs smak. Hon pekade med sin fylliga hand på en av stolarna framför sitt skrivbord.

– Vad ska man tro om det här kriget? sa hon och tog av sig läsglasögonen.

Det var inte likt henne att prata om annat än arbetet. Hon skulle snart gå i pension men hon var fortfarande högeffektiv och hade ett finger med i det mesta på ämbetet.

– Ja, inte allt vad man läser kanske, svarade han.

Han kunde vara uppriktig mot henne. Båda två föredrog riktiga rättsfall, som satte deras intellekt på prov, framför politik. Att hon ändå uppnått den position hon gjort tillskrev han hennes yrkeskunskap, som Statsåklagarämbetet svårligen skulle ha klarat sig utan.

– Hur menar du?

– Georgierna hävdar att de blivit provocerade och vi hävdar samma sak. Sanningen ligger nog någonstans mitt emellan. Våra militärer är inte så glada över att georgierna vill ansöka om NATO-medlemskap. Ett land som vi fortfarande betraktar lite som en av våra republiker. Nästa gång kanske det är Ukraina som söker sig västerut. Då kan vad som helst hända.

– Så länge som jag får åka till mitt älskade Krim bara, sa statsåklagaren och skakade på huvudet utan att hennes hårdsprejade hövolmsfrisyr gjorde en tillstymmelse till att röra sig.

Statsåklagarämbetet hade sedan länge ett kurhotell nära Jalta för sina chefer. Skurov hade själv besökt anläggningen ett par gånger.

– Utredningen på Mosfilmovskajagatan 60, hur går den? frågade hon.

Han visste på förhand vad hon hoppades på att få höra.

– Inte riktigt klar än.

– Och varför inte?

Hennes röst lät mycket riktigt irriterad.

– Jag har en känsla av att allt inte är vad det ser ut att vara.

– Flickan överlevde, ambassadörssonen dog av en överdos. Även om det är sonen som ligger bakom så måste vi vara pragmatiska – döda kan inte lagföras. Svenskarna har inga frågor, så vi behöver inte gå vidare för deras skull.

Till skillnad från hans förra chef, Uzbeken som de hade kallat honom, numera chef för skattepolisen, var hon alltid inläst på ärendena inför mötena.

– Men det är för mycket som inte stämmer. Ingen av dem var missbrukare. Ingen av dem hade någonsin prövat heroin så vitt vi vet. Doserna var livsfarligt höga. Ett sådant misstag begår man knappast såvida man inte blivit lurad.

– Sådant händer, särskilt om man är nybörjare.

– Men i grunden låg en familjetragedi.

Skurov tystnade. Han insåg att det inte lät tillräckligt övertygande för någon annan och att det låg utanför deras utredning.

– Ambassadören verkar ha haft en relation med sonens flickvän, lade han till.

Ställföreträdande statsåklagaren höjde på ögonbrynen.

– Så det kan ha varit en medveten överdos som utlöstes av hans vrede mot pappan? Det förändrar inte så mycket i sak. Det talar väl snarare ännu mer för självförvållad död. Och även om han medvetet gav flickan en överdos är det inget vi går vidare med. Har du inte mer att anföra, Sergej, så får vi avsluta utredningen så snart som möjligt. Det är nästan bara vi här och jag behöver dig till andra fall. Jag kommer att tilldela dig nya ärenden så fort de dyker upp. För det gör de alltid.

När mötet var avslutat tog Skurov hissen till bottenplanet för att röka en cigarett på innergården. Han var allt oftare otrogen mot sitt husmärke Kosmopol, Marlboron smakade faktiskt bättre.

Han funderade över utredningen. Ställföreträdande statsåklagaren hade troligen rätt. Han såg spöken. Vad gjorde det för skillnad om Oscar hade tagit livet av sig? Att vara otrogen med sin blivande svärdotter var inte heller ett brott. Och om Oscar närapå tagit livet av Ludmila genom oaktsamhet så var det inte mycket att göra åt.

Samtidigt. Om han nu ändå hade lite tid innan han fick en ny tidskrävande utredning så kunde det väl inte skada att räta ut de sista frågetecknen? Han tänkte passa på att besöka Ludmila igen. Och då skulle han förklara att hon inte hade någonting att oroa sig för – han

tänkte inte lägga sig i hur hon försörjde sig.
 Han tog fram mobilen och visitkortet, slog sedan numret.
 – Doktor Weinstein.
 – Hur står det till med doktorn?
 – Sergej! Sa vi inte att vi kunde dua varandra?
 – Naturligtvis, Julia.
 – Och vad kan jag hjälpa dig med?
 – Jag skulle verkligen behöva tala med flickan igen. Jag hoppas det går nu?
 Doktorn blev tyst för en sekund.
 – Hon har varit mycket orolig. Har frågat mig och personalen flera gånger om ni utreder henne. Jag tror det är det där med hennes yrkesverksamhet, du vet. Till slut var vi tvungna att ge henne lite lugnande. Jag ska titta till henne i kväll igen. Hör av dig i morgon så får vi se hur hon mår.
 Skurov suckade uppgivet.
 – Är du helt säker?
 – Ja, hon är inte talbar förrän tidigast i morgon. Och då kanske vi kan prata om ... annat också?
 Skurov blev både smickrad och nervös. När han samlat tankarna ringde han ett samtal till Kafé Pusjkin, platsen där Oscar Rieder träffat sina kollegor för sista gången.

MARATECHS HUVUDKONTOR, STROMYNKAGATAN, MOSKVA

MOSKVA BREDDE UT SIG nedanför Tom Blixens fötter. Härifrån verkade staden fridfull. Det såg nästan ut som om den sov i förmiddagssolen. Men om man tittade noggrannare kunde man urskilja bilarna som trängdes på avenyerna och de gigantiska lyftkranarna som sakta svängde sina väldiga hävarmar över byggarbetsplatserna i öster.

– Imponerande, eller hur?

Tom vände sig om.

Kvinnan som höll fram handen för att hälsa på honom var osminkad sånär som på de svarta kajalstrecken som fick honom att tänka på ett kattdjur. Det blanka, mörkbruna håret föll i mjuka vågor över de atletiskt breda axlarna. Ögonen var intensivt gröna och släppte honom inte för ett ögonblick.

– Vera Blumenthal, försäljningsdirektör.

Hennes handslag var förvånansvärt mjukt.

– Tom Blixen.

– Välkommen till Maratech. Jag tänkte att vi kunde sitta på mitt kontor. Kaffe?

– Tack, gärna.

– Hur vill du ha ditt kaffe?

– Svart blir bra.

Hon log överseende och han fick en obestämd känsla av att han hade sagt någonting dumt.

– Är du säker? Vi har latte, cappuccino och espresso. Eller föredrar du kanske te? Du kan få svart eller grönt te eller Rooibos.

Maratechs huvudkontor, Stromynkagatan, Moskva

– Då så. En espresso. Man skulle kunna tro att ni driver kafé häruppe!

Hennes skratt var mjukt och han anade en svag doft av citrus när han följde efter henne in i ett rymligt rum möblerat med ett skrivbord med vit marmorskiva och en sittgrupp i naturskinn och aluminium. På väggen hängde ett stort svart-vitt foto på en surfare som hukande gled fram under en jättelik våg. Den skummande vågkammen glittrade i solen.

Hon såg hans blick.

– Det är jag, sa hon sakligt. Kuba 1996. Jag läste spanska och ekonomi på universitetet i Havanna och ... tja ... surfade.

– Det ser farligt ut. Och svårt.

– Som det mesta i livet så handlar det om timing. Det som avgör hur du lyckas är inte bara hur många hundra timmar du tränat. Du måste invänta rätt våg och när den kommer måste du ta den i exakt rätt ögonblick.

Hon vände sig om utan att invänta hans svar.

– Vänta här så ska jag be min sekreterare att hämta kaffet.

Vera försvann ljudlöst ut i korridoren. Tom sjönk ner i fåtöljen och hörde hur det mjuka skinnet gnisslade under hans tyngd. På det smäckra glasbordet framför honom trängdes *Financial Times* med *Vedomosti* och *Jane's Defence Weekly*.

– Jag tog med min kollega också.

Tom vände sig om mot dörren och reste sig upp. Han hade inte hört dem komma.

– Felix van Hek, chef för Kontinentaleuropa, hälsade den mörke mannen.

Trots sitt namn och sitt exotiska utseende talade han perfekt ryska. De hälsade och satte sig i var sin fåtölj. I samma stund kom en ung kvinna i svart dräkt in med en bricka med kaffe och små petit-chouer. Som så ofta när den yngre, engelsktalande generationen ryssar mötte utlänningar som behärskade ryska uppstod förvirring – ingen verkade kunna bestämma på vilket språk man skulle föra samtalet.

– Okej. Vi pratar ryska eftersom Maratech trots allt är ett statligt *ryskt* företag, skrattade Vera. Tom, du träffade ju vår personalchef

Maratechs huvudkontor, Stromynkagatan, Moskva

på anställningsintervjun, fortsatte hon och lade upp armen på ryggstödet i soffan där hon satt. Presenterade hon Maratech för dig?

Tom nickade.

– Hon visade mig runt lite och vi gick igenom er företagspresentation.

– Bra.

Vera satte på sig ett par hornbågade glasögon och började bläddra i en bunt med papper. Tom såg sitt eget cv skymta förbi innan hon vände upp och ner på pappersbunten och placerade den framför sig på bordet. Sedan lade hon sina nätta händer ovanpå pappersbunten och mötte hans blick.

– Du har en bakgrund som framgångsrik finansman. Jag utgår från att du lägger saker på minnet och därför ska jag inte upprepa det du redan vet.

Han kunde inte låta bli att känna sig lite smickrad. En behaglig känsla växte inom honom – känslan av att kanske åter vara på väg att bli en betydelsefull person i andras ögon. Någon som spelade en viktig roll utanför den egna familjen.

– Som du känner till är vi ett av världens största företag inom handel och tillverkning av högteknologiska produkter med militära och civila användningsområden. Men vi rankas också som den mest attraktiva arbetsgivaren bland ryska universitetsstudenter, vilket jag personligen tycker är ännu roligare, och vi har ett av Rysslands mest omfattande forskningsprogram.

– Personalchefen nämnde att de flesta av era kunder finns inom icke-militära branscher, sa Tom. Vad är det för typ av produkter som ni säljer till dem?

– Det är framförallt högteknologiska säkerhetssystem för till exempel off-shoreföretag och kärnkraftsindustrin, sa Felix van Hek och tog en petit-chou.

– Men numera är det ofta svårt att avgöra om en produkt är civil eller militär eftersom det ofta finns en mängd olika användningsområden, tillade Felix.

Tom nickade. Personalchefen hade besvarat hans fråga på exakt samma sätt. Han insåg att han *ville* att de skulle tala mer om sina

Maratechs huvudkontor, Stromynkagatan, Moskva

icke-militära produkter, för som de flesta svenskar som hade växt upp under 70-talet var han ambivalent inställd till vapen. Speciellt lätta vapen, som handeldvapen, som faktiskt dödade flest människor runt om i världen. Högteknologiska vapen var en annan sak, tänkte han. De stod ju mest och rostade bort, avskräckte utan att användas. En obehaglig, men nödvändig, förutsättning för den fredliga utveckling som de allra flesta länder trots allt eftersträvade.

– Vi är på jakt efter en medarbetare med ansvar för norra Europa, fortsatte Vera. Vi letar efter en högt kvalificerad person med lång erfarenhet av att göra internationella affärer och med mycket goda språkkunskaper. Och jag tror faktiskt att du är den personen.

Tom smålog, kände återigen den pirrande känslan som kom av att känna sig sedd.

– Vi har redan åtta olika nationaliteter representerade i Felix grupp, men vi letar specifikt efter någon som kan tala svenska, eftersom en av våra allra största leverantörer finns i Sverige. Ja, vi gör givetvis alla affärer på engelska, men vår erfarenhet är att det underlättar om man talar samma språk och har samma kulturella referensramar. Vi hade en utmärkt medarbetare tidigare, men tyvärr råkade han ut för en olycka. Ja, du känner säkert till Oscar Rieder.

Det blev en paus. Veras ögon blev blanka. Någonstans i korridoren hördes prat och skratt.

Tom nickade.

– Jag vill inte göra er besvikna, men som jag berättade för personalchefen har jag väldigt lite kunskap om teknik. En Bloombergskärm är nog det mest avancerade jag hanterat.

Vera Blumenthal och Felix van Hek såg på varandra och skrattade båda högt.

– Vi letar inte efter en ingenjör, förtydligade Felix och rättade till slipsen, som redan satt perfekt. De växer faktiskt på träd, men det gör inte *affärsmän*. Och det tror vi att du är, Tom. Ditt rykte är ... utomordentligt gott.

Tom undrade vem de hade pratat med. Han hade inte gett dem några referenser ännu och så vitt han visste hade de inte kontaktat någon av hans gamla kollegor på Pioneer Capital.

Maratechs huvudkontor, Stromynkagatan, Moskva

Vera tog av sig glasögonen och fixerade honom med de kattlika, gröna ögonen.

– Vi tror att du skulle vara perfekt för tjänsten, Tom. Och vi erbjuder mycket goda villkor. Grundlönen är 200 000 dollar per år. Utöver det tillkommer en individuell prestationsbaserad bonus på upp till en årslön. Sedan dras förstås den vanliga inkomstskatten, de tretton procenten, ifrån det. Många av våra medarbetare väljer också att frivilligt donera en del av bonusen till välgörenhet. Maratech har en fond där barn och ungdomar från enkla förhållanden kan söka stipendier för tekniska utbildningar i Ryssland eller utomlands. Flera av våra främsta forskare har fått sin utbildning tack vare den fonden. Vi erbjuder också alla våra seniora medarbetare fri sjukvård och förmånliga lånevillkor. Tjänsten innebär en hel del resande, i synnerhet till Sverige, men också till övriga nordiska länder. Men framförallt skulle du bli en viktig del av ett företag som på allvar bidrar till att utveckla och bygga upp det nya Ryssland. Och på sikt kanske du kan arbeta från Sverige om det skulle passa ditt familjeliv.

Tom blev stum av förvåning. Han visste inte vad han hade väntat sig. Ändlösa intervjuer. Meningslösa personlighetstest, kanske. Men inte detta. De hade på stående fot gett honom ett jobberbjudande, utan att ens ställa en enda fråga.

Som om hon hade kunnat läsa hans tankar sa Vera:

– Du tycker kanske att vi går fort fram. Men jag kan försäkra dig om att vi har gjort en ytterst noggrann bakgrundskontroll av dig. Du är den vi vill ha.

Felix van Hek sköt fram fatet med petit-chouer, borstade bort några osynliga smulor från sin perfekt skurna, mörka kostym och mötte Toms blick.

– En kaka?

Tom tog ett av de små bakverken.

– Det finns en tid för allting, sa Vera. Jag tror på ödet. Och på timing. Och det här är rätt timing för dig, Tom. Det här är din våg. Nu gäller det bara att fånga den.

NEGLINNAJAGATAN, CENTRALA MOSKVA

LUDMILA STOD I MÖRKRET på Neglinnajagatan och tittade upp mot de mörka, blanka fönstren.
Hennes hem.
Aldrig hade hon trott att hon skulle bo så här, mitt i Moskva, i ett så vackert hus. Att det fanns någonting för henne bortom Vladimirs smutsiga gränder och pappas eviga tjat om utbildning och skötsamhet. Pappa oroade sig för allt. Hennes lillasyster Natasha brukade säga att han inte kunde rå för det, att det berodde på all skit som han hade varit med om.

Pappa var *Afganets* – Afghanistanveteran. Hade tjänat sitt land i "helveteshålet", som han brukade kalla det, i två omgångar. Först i slutet av 70-talet, innan Ludmila föddes, när sovjetiska styrkor hade befriat landet från president Amin, som pappa sagt varit CIA-agent. Sedan i slutet av 80-talet, när Ludmila var liten. Hennes farmor brukade berätta hur stark hennes pappa, som ingått i de berömda *spetsnaz*-trupperna, hade varit på den tiden. Såväl psykiskt som fysiskt. Men hon mindes honom inte som sådan. Hon mindes bara hur han var *efter* Kulle 3 234.

Kulle 3 234 var en stenhög i Afghanistan som mätte just 3 234 meter över havet. I övrigt var den inte anmärkningsvärd på något annat sätt än att man ifrån dess topp hade god uppsikt över vägen mellan Gardez och Khost. Pappa hade luftlandsatts där tillsammans med trettioåtta andra sovjetiska soldater den 7 januari 1988. Kort efter det hade de blivit attackerade av fler än tvåhundra mujahidinkrigare. Striderna hade pågått till nästföljande gryning. Exakt vad som hände på den steniga kullen hade pappa aldrig berättat. Men Ludmila hade hört farmor viska om att pappa hade dödat afghanska gerillasoldater och någonting om tarmar som låg på marken och att pappa hållit sin vän Nikita i handen när mannen långsamt förblödde av sina skador.

Slaget var en stor framgång. De överlevande prisades och de fallna sovjetiska soldaterna dekorerades postumt. Pappa kom hem som en hjälte. Med flackande blick och skakiga händer. Rädd för allting och oförmögen att sova. Nära till gråten, som ett barn. Farmor fick flytta hem till familjen och sköta allt det praktiska. Precis som hon hade gjort när pappa var i Afghanistan.

Pappa hade repat sig så småningom. Men han blev aldrig som förr. Han var förändrad och frånvarande. Paranoid. Besatt av märkliga konspirationsteorier.

Kanske var det därför som han hade så svårt att förlika sig med hur hon försörjde sig. Han trodde att hon var prostituerad, fast hon hade förklarat för honom om och om igen att det inte var fallet. Att hon bara tog betalt för sitt sällskap, sin tid. Som vilken tjänsteman som helst, med den skillnaden att hon tjänade mångdubbelt bättre och att hennes jobb gav henne den frihet som han aldrig hade haft.

Han borde vara glad för hennes skull.

Ludmila släppte tankarna på pappa. Granskade de mörka fönsterrutorna i huset mitt emot. Sökte efter någonting som avvek – en rörelse i mörkret, någonting som stod fel, kanske blomkrukan i köksfönstret eller den lilla bronsstatyn i sovrummet.

Allt verkade lugnt. Långsamt gick hon över gatan, öppnade porten och klev in i mörkret. Drog in den välbekanta doften av damm och matos. Hon visste att hon inte kunde tända – fast hon ville. Det skulle avslöja hennes närvaro omedelbart. Det var bättre att smyga i mörkret.

Ångesten återvände, lade sig tillrätta likt ett järnband runt bröstet och gjorde det svårt att andas. Hon tog av sig gymnastikskorna som var alldeles för stora. Bar dem i handen och smög försiktigt upp för trapporna i strumplästen. Bakom dörren på första våningen hörde hon hur familjen Konev grälade högljutt. En doft av vidbränd mat spred sig i trapphuset.

Neglinnajagatan, centrala Moskva

Hon fortsatte uppåt. Drog i jeansen för att hindra dem från att hasa ner över höfterna. Varje trappsteg var välbekant. Hon skulle kunna hitta här med förbundna ögon.

På tredje våningen stannade hon till. Lyssnade. Ingenting hördes förutom trafiken nere på Neglinnajagatan och familjen Konevs högljudda gräl. Fru Konevas röst var gällare nu, den hade höjts en oktav. Ludmila visste att det var en fråga om minuter innan hon skulle storma ut ur lägenheten och deklarera att hon ville skiljas.

Ludmila gick fram till sin dörr, lade örat mot den. Lyssnade.

Ingenting.

Hon fortsatte bort till fönstret. Trevade med handen i blomkrukan och hittade nyckeln. Stack in den i låset, vred runt och öppnade. I samma stund trycktes dörren upp, mörkret tätnade, antog formen av en gestalt – en man – som kastade sig över henne. Mannen fattade tag om hennes huvud och dunkade det i stenväggen. Det svartnade för ögonen. Miljoner stjärnor lyste upp mörkret, och bilder av mamma och pappa och Natasha flimrade förbi, som lösryckta scener ur en trasig film.

När hon kom till sans låg hon på golvet med ansiktet mot det kalla stengolvet. Mannen tog tag i hennes fötter och drog henne långsamt in i lägenheten. Någonting varmt och salt fyllde hennes mun. Ludmila drog ett djupt andetag, lyckades slita loss sitt ena ben och måttade en spark mot mannens skrev. Mannen vrålade och släppte taget för en sekund. Hon kom på fötter. Tog den första trappan i tre steg. Visste precis var hon skulle sätta fötterna, såg trappan framför sig trots att det var mörkt.

Mannen stönade. Hur långt försprång hade hon? Fem sekunder? Tio?

Hon flög ner för nästa trappavsats och vidare mot första våningen. Steg hördes ovanför henne. Han var på väg ner. Mannen som var mörker och nålar och död var på väg mot henne.

I samma ögonblick öppnades familjen Konevs dörr och en kvinna vrålade:

– Det är slut, Ivan. Fattar du? *Över.* Jag lämnar dig.

Ludmila stod öga mot öga med Eugenia Koneva.

– Herregud, sa Eugenia. Ludmila, vad har hänt?
När Ludmila såg Eugenias förskräckta ansiktsuttryck förde hon handen till ansiktet. Blev med ens medveten om blodet som pulserade fram ut jacket i pannan.
– Får jag låna er telefon? Jag måste ringa till pappa.

UTRIKESDEPARTEMENTET, GUSTAV ADOLFS TORG, STOCKHOLM

KABINETTSSEKRETERARE JAN KJELLBERG SKICKADE ut sin assistent för att köpa lunch och tittade på sitt armbandsur. Klockan var två i Moskva, det var lika bra att ringa det oundvikliga samtalet. Men han drog sig för det. Att hantera människor i sorg var alltid svårt, och sedan han ringt Rieder morgonen efter att hans son gått bort hade de inte haft någon kontakt.

Han tänkte på telefonsamtalet från Sonia Sharar. Minnet av samtalet som han hade fått från journalisten samma kväll som UD haft sin sommarfest vägrade att släppa sitt grepp om honom. Givetvis hade hon varit ute och cyklat. Journalister var ofta det. Men tänk om det ändå låg någonting i det som hon hade hävdat, att Oscars död hade haft någon sorts koppling till hans jobb – och därmed också till Sveriges export av vapen. Han mindes den svenske krigsmaterielinspektören som hamnat framför ett framrusande tunnelbanetåg på T-Centralen. Om det var ett självmord eller om han knuffats blev aldrig klarlagt, men att det hade med Boforsaffären, som Sharar dragit upp, stod klart för alla. Att ond bråd död och vapenexport gick hand i hand var inget nytt.

Kjellberg skruvade på sig. Situationen gjorde honom obehaglig till mods. Han stod inför ett klassiskt tjänstemannadilemma: om man ställer frågan måste man vara beredd att hantera svaret. Han fattade mod, tog upp telefonen och slog Rieders direktnummer. Han fick svar efter två signaler.

– Rieder.
– Hej Georg, det är Jan Kjellberg.

Det uppstod en paus innan ambassadör Rieder sa någonting.
– Jan, hej.
– Jag ville bara höra hur det är med dig. Om det finns någonting som vi kan göra ...
– Tack.
– Kanske någonting praktiskt?
– Jag reder mig.
– Vill du ta ut lite ledighet?
– Jag tar några dagar i samband med begravningen.

Kjellberg undrade hur han skulle närma sig frågan utan att verka okänslig.

– Det är någonting som jag måste fråga dig och jag hoppas att du inte tar illa upp. Känner du till om Oscar hade några problem på jobbet?

– Problem på Maratech? Det tror jag inte. Det verkade ju som om han hamnat rätt, till slut. Så vitt jag vet trivdes han bra. Och Maratech verkade nöjda med honom. Vad skulle det ha varit för problem?

– Det ringde en journalist. Sonia Sharar hette hon visst. Hon hävdade att ... Oscars död på något sätt hängde ihop med vår export till Maratech och Ryssland. Ja, jag vet att det låter långsökt, men jag kände att jag ville nämna det för dig, *off the record* så att säga.

Det dröjde en stund innan Rieder svarade.

– Jag förstår, sa Rieder.

Kjellberg var osäker på vad det var som Rieder förstod – att det hela var *off the record* eller att en journalist granskade svensk vapenexport till Ryssland.

– Och? sa Kjellberg.

– Jan, jag kan inte hjälpa dig mer än så här. Oscar trivdes på jobbet. Och han var en uppskattad medarbetare. Om han hade hamnat i någon form av problem, eller sprungit på några oegentligheter, så berättade han det i alla fall inte för mig. Du får ursäkta mig, men jag måste gå nu. Jag har ett möte med försvarsattachén om fem minuter.

– Då ska jag inte störa dig, sa Kjellberg och gick fram till fönstret med den trådlösa telefonen i handen. Jag behöver väl inte påminna dig om att det här är ett ytterst känsligt ämne. Det ligger i Sveriges

intresse att den här typen av grundlösa rykten inte sprids i media.
– Men herregud, Jan. Hur länge har vi känt varandra? Du behöver inte oroa dig. Jag tänker inte tala med någon journalist om det här. Varför skulle jag göra det? Min son är *död*, Jan. Det rör ingen annan än oss i familjen. Men jag ber förstås så hemskt mycket om ursäkt för att det råkade hända på den svenska beskickningen.
– Då förstår vi varandra?

Det var tyst i luren. Rieder hade uppenbarligen lagt på utan att svara på hans fråga eller säga adjö, vilket irriterade Kjellberg. Nog för att han förstod att mannen inte var i balans. Men man lägger väl inte på luren när ens chef ringer? Vem trodde han egentligen att han var?

Kjellberg kunde inte heller bli kvitt känslan av att det var någonting som inte stämde. Ambassadör Rieder hade avfärdat hans frågor lite väl snabbt. Men det var väl familjen Rieder i ett nötskal. De hade en oöverträffad förmåga att sylta in sig i de märkligaste historier. Men tagit ansvar för sina handlingar, det hade de aldrig gjort

MENDELEJEVGATAN, VÄSTRA MOSKVA

BALKONGEN, SOM VAR OVANLIGT stor, säkert sex kvadratmeter, var belamrad med saker: små säckar och lådor med potatis, morötter och lök, ett kylskåp med frys, och en hänggarderob. Det ställde krav på att röra sig smidigt, men lyckligtvis var Valerij och Artjom smala, till skillnad från Skurov.

De drack öl medan de turades om att titta till lammkotletterna som låg på grillen. Artjom var Anjas fästman och, hoppades Skurov, hans blivande svärson. Skurov försökte hålla tankarna på jobbet borta, men lyckades som vanligt bara delvis. Oscar Rieders död var en familjetragedi, som verkade bottna i en svår relation mellan far och son. Men som i de flesta fall fanns det detaljer som störde bilden och han insåg att han lagt för stor tonvikt vid dem. Som det som servitören på Kafé Pusjkin hade berättat tidigare på kvällen. Oscar Rieders sista middag, som han ätit med Blumenthal och van Hek, hade varit en stökig historia. Oscar hade blivit berusad och lämnat restaurangen i all hast. Servitören hade snappat upp att Oscars kollegor sagt till honom att det gällde hans framtid och att han måste skärpa sig. Men vad det än betydde så spelade det ingen roll i det här läget. I morgon bitti skulle han ringa Anton och förklara att utredningen var nedlagd. Nu tänkte han ägna sig åt sina kära i stället.

– Vad vet ni om Sverige, pojkar?

– Sverige? sa Artjom. Bergsland. Rikt. Han kliade sig i skäggstubben.

– Nej! Du tänker på Schweiz. Sverige ligger i Norden, skrattade Valerij. De är bra på hockey! Och ...

Han tystnade som om han just kommit på att hans kunskap inte räckte längre.

– Ingenting mer ni känner till?
– Det är inte schyst, pappa. Tom Blixen och du umgås ju, så det är klart att du vet en massa.
– Ja, ja, svarade Skurov. Men Pippi Långstrump som jag och mamma läste för dig och Anja, den kommer du väl ihåg? Författaren heter Astrid Lindgren.

Han märkte att killarna hellre ville dricka öl än att bli förhörda.

– Hursomhelst, hon var svenska. Och Ikea är svenskt.
– Det har jag inte tänkt på, sa Artjom. Vet du varifrån Jay-Z kommer då?

Skurov skakade på huvudet. Killarna skrattade åt honom.

Han tänkte på familjen Rieder och kände sig plötsligt oändligt tacksam över den relation han hade till sin son.

– Är kotletterna klara?

Anja tittade ut på balkongen. Hon var, liksom Valerij, på många sätt lik sin mor. Samma smala, spänstiga kropp. Och samma oförtrytliga energi.

Skurov noterade att Valerij var ovanligt tyst. I vanliga fall var han den pratige typen.

– Kotletterna är klara ... nu! svarade Valerij och radade upp köttet på ett stort plåtfat, som han bar med sig in i vardagsrummet.

Till förrätt åt de *okroshka*, en läskande sommarsoppa med kefir. Till kotletterna hade Tamara gjort Anjas favoritsallad, den som de kallade "den azerbajdzjanska" och bestod av solmogna tomater, paprika, gurka och rikligt med pressad citron över hela härligheten. När alla tagit för sig av salladen och skulle hugga in på kotletterna harklade sig Valerij.

– Leila och jag har någonting att berätta, sa han och gav alla runt bordet en blick innan hans ögon fastnade på Leila. Nej, det är mest rättvist att du säger det, sa han till henne.

– Jag? Nej, säg du!

Leila och Valerij hade träffats på spelföretaget där de båda arbetade och i vanliga fall vågade hon ta mycket plats. Hon var chef för något som hette "affärsutveckling".

Mendelejevgatan, västra Moskva

– Vi väntar barn, sa Valerij med en röst så tunn att den nästan skar sig.

Hjärtat slog ett par saltomortaler i Skurovs bröst. Han hade naivt trott att det handlade om deras nya bostad eller kanske ett bilköp.

– Det är inte sant! sa Tamara och Skurov hörde hur nära gråten hon var. Hon hoppade upp och kramade först Leila och sedan Valerij.

Första barnbarnet på väg! Han skulle bli farfar. Skurov som trott att hans dotter, Anja, skulle bli den som först fick barn. Han sköt ut stolen och försökte ta sig fram till sin son och hans fästmö.

– Det här måste firas, sa Skurov.

Han gick först ut till kylskåpet där det alltid låg en flaska rysk champagne, och sedan till det stora ekskåpet där de förvarade de andra flaskorna. Han visste på förhand vad han skulle välja – den tjugoåriga armeniska konjaken som stod inpackad i en vacker trälåda längst upp i skåpet. Han hade fått fem flaskor av vice centralbankschefens fru som tack för den fällande domen mot hennes mans banemän.

Långt efter det att solen hade gått ner bortom träden utanför satt de fortfarande och talade om tiden som väntade de blivande föräldrarna.

– Vem av er ska vara föräldraledig då? frågade Anja. Jag menar, Leila är ju liksom din chef och tjänar väl dessutom mycket bättre.

Alla gapskrattade, Valerij också.

– Jag är det gärna, log Valerij. Det är inte fel att babyn får se lite mer av sin pappa än vi fick. Eller hur, pappa?

– Det är inte rättvist, Valerij, kom Tamara till hans räddning. Pappa var precis i början av sin karriär då. På den tiden var papporna inte hemma. Helst skulle båda föräldrarna gå tillbaka till jobbet så snabbt som möjligt och lämna barnen i statens vård.

– Man får ändå bara max fyrtio procent av lönen, och aldrig mer än sextusen rubel, sa Leila. Fast man får ju förstås den där bonusen på femtusen dollar av staten också.

En sms-vibration från koftans innerficka påminde Skurov med ens om världen utanför. Han tog upp telefonen och läste.

Käre Sergej, Ludmila Smirnova är försvunnen. Hon avvek från

Mendelejevgatan, västra Moskva

sjukhuset utan att skriva ut sig. Varma hälsningar Julia på Sklifosovskij.

Snabbt drog han telefonen mot sig och vinklade skärmen neråt. Anton fick spåra upp Ludmila och berätta att utredningen var nedlagd. Det skulle lösa sig. Det var någonting annat som störde honom.

– Allt som det ska, Serjosja? frågade Tamara. Hon gick fram till honom, lade armarna runt hans hals och viskade i hans öra: Hur känns det att bli farfar?

Skurov kände sig plötsligt smutsig. Det var någonting med Weinsteins personliga ton som gjort att meddelandet hade slagit griller i huvudet på honom just i den här oförglömliga stunden. Han kom på sig själv med att känna en viss ilska mot henne för det.

– Det känns underbart, sa han och drog sin fru till sig så att hon hamnade i hans knä.

Knappt fem minuter senare ringde Skurovs telefon. Med viss bävan makade han Tamara åt sidan och drog upp mobilen. Om det var Weinstein som ringde så tänkte han absolut inte svara.

Det var Anton.

– Jag måste ta det här, sa Skurov. Det är kommissarien som hjälper mig med ambassadfallet. Han brukar inte ringa i onödan.

– Vi är vana, pappa, sa Valerij och låtsades se bister ut.

– Kan ni prata, chefen? frågade Anton.

Skurov reste sig och gick ut genom den öppna balkongdörren.

– Okej, Anton. Jag lyssnar.

– Ni bad mig ju att se om jag kunde hitta någonting innan utredningen lades ner, och det har jag gjort. Jag har gått igenom alla filminspelningar från svenska ambassadområdet från tisdagen till natten mot lördagen.

– Och?

– Det är lite för invecklat för att ta på telefon. Jag skulle föredra om jag fick visa er vad jag har gjort så att vi kan diskutera det. Men jag tror att jag har hittat någonting mycket viktigt.

– Skicka en bil direkt. Nej, vänta lite.

Skurov tog telefonen från örat och tittade in genom fönstret på familjen som satt i vardagsrummet. Hans familj, som han var så stolt över. Valerijs fästmö Leila satt med handen över magen. Tamara reste sig upp för att hämta desserten.

Skurov hade alltid prioriterat arbetet. Valerijs skämtsamma gliring ringde fortfarande i hans öron, men det gjorde också Antons ord. Men oavsett vad Anton hade hittat fick det finnas gränser. Den här stunden var speciell, han hade rätt att njuta av den.

– Skicka bilen om en timme, sa Skurov och avslutade samtalet.

GAGARINGRÄNDEN, CENTRALA MOSKVA

TOM VAR PÅ VÄG hem ifrån sitt första arbetsmöte på många år. Officiellt skulle han börja den nya tjänsten på Maratech efter helgen, men Vera hade bett honom att vara med på ett planeringsmöte och han hade känt att han inte kunde tacka nej. Ärligt talat hade han inte heller velat – nu, när alla papper var signerade, längtade han efter att få komma igång och jobba.

Arbetsgruppen som han hade träffat bestod av en brokig samling av ryssar och halvryssar med varierande bakgrund. Alla tio var män utom Nadia, en rysk-persisk ingenjör som framförallt jobbade mot marknaderna i Mellanöstern.

Stämningen hade varit avslappnad. De hade gått igenom Maratechs strategiska plan och sedan ätit en lunch som dukats upp på det stora ovala marmorbordet i mötesrummet. Efter det hade bolagets vd, Oleg Sladko, tittat förbi. Tom hade fått en kort beskrivning av Sladko tidigare, men när han såg honom i verkligheten tyckte han att vd:n gjorde ett blekt intryck. Tom kände vagt igen honom och antog att han kanske hade sett honom skymta förbi på teve eller i tidningarna. Som vd för Maratech var han en av de mäktigaste männen i ryskt näringsliv.

Dagen hade avslutats med en genomgång av aktuella projekt, och till skillnad från vad Tom hade väntat sig verkade alla ha med militär teknologi att göra. Han hade stått emot impulsen att fråga vilka civila projekt som bolaget fokuserade på just nu, eftersom han inte ville verka negativt inställd till de militära produkterna.

Gagaringränden, centrala Moskva

Tom passerade det lilla snabbköpet och stannade upp utanför den bruna porten, den som barnen sprungit in och ut genom så många gånger på väg till eller från den lilla parken tvärs över gatan. Han tittade på gungbrädan där han stått medan flickorna försökt hitta rätt position på den motsatta sidan för att uppnå perfekt balans. Det kändes lite vemodigt att den tiden var över.

Han gick in i hissen och tryckte på översta knappen. Det var Rebecka som hade insisterat på att de skulle bo högst upp. Hon hade någon sorts hemsnickrad teori om att luften var bättre där, som om den smutsiga Moskvaluften gick att undkomma bara man flyttade några trappor upp.

Redan när han klev ur hissen hörde han Ksenia skrika inifrån lägenheten. Av vrålet att döma lekte de någon våldsam lek och han var förvånad att Rebecka inte opponerade sig. Hon brukade vara trött när hon kom hem från jobbet, och tolererade sällan skrik och stoj.

Dörren gled upp.

Alexandra låg på rygg i ett berg av kläder och sparkade med benen i luften. Ksenia satt grensle ovanpå hennes mage och försökte ta någonting ur hennes hand.

– Pappa, hon tog min chokladboll, skrek Ksenia när hon fick syn på honom.

– Släpp mig, ungjävel, vrålade Alexandra och tryckte bort Ksenia från sin mage med all den kraft som hennes trettonåriga kropp kunde uppbringa.

Tom ställde ner väskan.

– Inte det språket! Vad håller ni på med egentligen?

Ksenia flög upp på fötter.

– Det var jag och Alexia som bakade chokladbollarna. Men *hon* tog av dem.

– Och? sa Alexandra, flinade och höll upp en kladdig chokladboll mellan fingrarna.

– Det var *våra* chokladbollar, sa Ksenia.

– Ni får inte baka för mamma, kontrade Alexandra och gav Ksenia en spark på benet.

– Aj! vrålade Ksenia.

Gagaringränden, centrala Moskva

– Var är Rebecka? sa Tom, som inte hade energi nog att försöka reda ut konflikten nu.
– Och *hur* ska jag veta det?
Alexandra rättade till den alldeles för korta kjolen och marscherade bort mot sitt rum. Sekunden senare hörde Tom dörren till hennes rum slås igen och stereon gå igång.
Han såg på Ksenia. Stora tårar rann nerför hennes röda kinder.
– Det. Var. Våra. Chokladbollar ...
Tom höll om den magra lilla kroppen som skakade av gråt. Ksenia älskade den jämnåriga Alexia och var beskyddande mot lilla Anastasia, men hamnade ofta i gräl med Alexandra. Tom visste att han inte kunde skydda henne mot sådant och att det också fanns fördelar med att hon vande sig vid att umgås med andra barn i en trygg miljö. Han visste också att han varit för överbeskyddande alltsedan hennes mamma dött.
– Det löser sig, älskling. Vi kan baka nya. Vad har ni ätit till middag?
Ksenia hulkade.
– Ingenting. Fast Alexia åt upp jordnötssmöret. Med sked.
– Vad menar du, har Rebecka inte kommit hem?
I samma stund hörde han en nyckel i ytterdörren och sekunden senare stod Rebecka på tröskeln. Blusen var skrynklig och hon såg trött ut. Hon satte ner sin handväska, som vanligt fylld av rapporter och dokument, strök en slinga av det lockiga röda håret ur ansiktet och såg sig irriterat omkring.
– Herregud. Vad har hänt här?
– Sa du inte att du skulle komma hem tidigt idag?
Rebecka skakade av sig skorna och hängde upp den mörkgrå kavajen på en galge.
– Jag blev sen.
Rösten hade en skärpa som Tom kände till alltför väl. Ksenia också, verkade det som, för hon backade långsamt ut ur hallen.
– Du blev *sen*? Och barnen då? Hade du tänkt att de skulle laga mat själva?
Rebecka gick förbi utan att svara honom. På vägen knäppte hon

upp sidenblusen och krängde av den. Hon öppnade badrumsdörren och kastade blusen i tvättkorgen samtidigt som hon nappade åt sig Toms slitna grå t-shirt. Sedan gick hon in i köket. Alexia satt oberörd vid matbordet och bläddrade i en tidning. Hon hälsade inte på Rebecka och verkade heller inte reagera över att hennes mamma endast var iförd vit spetsbehå och kjol.

På bordet bredvid Alexia stod den tomma burken med jordnötssmör. Köksbänken var täckt av havregryn, kakao och socker.

– Men herregud, mumlade Rebecka. Kan man inte lämna er ensamma i en halvtimme utan att ni river stället?

Alexia rullade ihop tidningen och försvann ut ur köket.

– En halvtimme? sa Tom. Du skulle ju ha varit hemma klockan sex.

Rebecka svarade inte. I stället öppnade hon kylskåpet och tog fram en halvdrucken flaska med vit bourgogne och hällde upp ett glas. Hon drack två djupa klunkar och vände sig mot honom. Sedan drog hon utstuderat långsamt på sig hans t-shirt, som om hon övervägde om han hade gjort sig förtjänt av ett svar.

– Jag *kunde* inte gå. Om du hade varit vd för Rysslands största investmentbank hade jag inte krävt av dig att du skulle komma hem klockan sex. Vi hade möte med den ryska Finansinspektionen. Som du vet måste de godkänna affären med Lehman Brothers, och de behagade inte dyka upp i tid. Det var inte mycket jag kunde göra åt saken.

Hon tömde glaset och hällde sedan upp mer vin.

– Du kan inte ens passa tiden första dagen som jag jobbar. Hur ska det då gå sedan?

Tom kände ilskan vakna till liv inombords. Det var sällan han blev riktigt arg, men Rebecka var en av de få personer som verkligen kunde konsten att provocera honom. För en sekund övervägde han att hälla ut hennes förbannade bourgogne i diskhon, men i stället tog han upp disktrasan och började torka köksbänken.

– Ett jobb som du bestämde dig för att tacka ja till innan vi hade diskuterat det, ja, sa Rebecka. Jag är inte din hemmafru!

Hennes röst var gäll och hon hade fått rosa fläckar på halsen.

– *Du* vill inte vara hemmafru. Hur tror du det känns för *mig* då,

Gagaringränden, centrala Moskva

som inte har varit något annat de senaste åren? Du gick med på att förses med gyllene handklovar i ett och ett halvt år till här i Moskva, utan att ens prata igenom det med mig först. Jag är jävligt trött på allt det här.

– Hur trött? sa Rebecka och hennes röst gick upp i falsett. Trött nog för att tacka nej till femtio miljoner dollar? När affären är klar får du gärna jobba hur mycket du vill. Eller spela tennis åtta timmar om dagen. Eller titta på sporten. Jag skiter i vilket. Men just nu finns det inga alternativ. Ska det vara så svårt att fatta?

– Du, svarade Tom som nu nått kokpunkten. Jag är förbannat glad över att jag äntligen har börjat jobba.

Rebecka kontrade med att ställa ner vinglaset med sådan kraft att foten sprack.

– Jävlar, sa hon, hällde i sig det sista vinet och slängde sedan glaset i soporna. När hon plockade upp de små skärvorna som låg på köksbänken svor hon till igen och stoppade sedan tummen i munnen.

Det blev tyst.

Tom tvekade en sekund.

– Skar du dig?

Hon nickade, fortfarande med tummen i munnen och med ett hjälplöst uttryck i de grå ögonen. Han tog ett steg fram till henne, lade händerna på hennes tunna axlar och ledde henne försiktigt fram till en av stolarna.

– Sitt.

Hon gjorde som han sa utan att protestera och han hämtade sjukvårdslådan, plockade fram bomullen och vätte en tuss med jod. Rebecka sträckte fram handen likt ett lydigt barn. Han granskade såret och tvättade det försiktigt.

– Det här hade aldrig behövt hända, mumlade Tom. Vi hade kunnat be barnflickan att stanna lite längre. Om vi bara hade planerat bättre ...

– Förlåt mig, avbröt hon honom. Jag borde ha ... ringt dig när jag blev sen. Men...

Han svarade inte.

– Jag var bara så förbannat mån om att inte missa ett enda ord som sades på det där mötet, fortsatte hon.

Gagaringränden, centrala Moskva

– Jag vet det, sa Tom och satte ett plåster med Kalle Anka-tryck på hennes tumme.

Hon skrattade lågt.

– Härligt, nu ser jag ut som en dagisunge.

– Du beter dig ju som en dagisunge.

– Jag är faktiskt glad att du är igång och jobbar, och att du trivs. Då slipper jag ha dåligt samvete för att du sköter allt.

– Bra, sa han.

Hon lade armarna runt hans hals. Tryckte sin varma kind mot hans hals och viskade i hans öra:

– När allt det här är över kommer vårt liv att bli fantastiskt. Jag lovar. Det kommer att bli helt fantastiskt.

KRIMINALPOLISEN, PETROVKA 38, MOSKVA

SERGEJ SKUROV VAR FORTFARANDE upprymd när han kom ut på gatan efter middagen med familjen. Tänka sig att han skulle bli farfar!

De två poliserna, som fått vänta eftersom han tagit mer än en timme på sig, satt och åt ur var sin McDonald's-påse när han klev in i baksätet. De hälsade och försökte förläget stoppa tillbaka hamburgarna i påsarna.

– Ät upp medan det är varmt, pojkar, sa han glatt till dem.

De blev märkbart förvånade och åt tacksamt upp det som var kvar.

– Till Petrovka? frågade den ene av dem.

När Skurov bekräftade att det var till polisens högkvarter han ville denna kväll satte de på blåljuset och drog iväg. Polisradion surrade på låg volym.

Alla lediga patruller till Cherkizovskijmarknaden. Sammandrabbning mellan nationalister och etniska grupper. Medtag kravallutrustning. Jag upprepar...

– I år kommer det rasistiska våldet att slå rekord, sa en av poliserna och vred ner volymen. Och kriget gör det ju inte bättre.

Skurov förstod precis vad han talade om. Moskvas åklagarämbete hade precis avslutat en utredning mot två nynazistiska ledare. Det var svårt att förstå att ett land som invaderats av nazister kunde skapa sina egna.

– Hur är det annars ute på gatorna? När sådant här inte inträffar, alltså? frågade Skurov.

– Mycket lugnare än för några år sedan, svarade chaufförens kollega från framsätet.

Det bekräftade Skurovs egen erfarenhet och den statistik han hade tillgång till. Mordfrekvensen var på god väg att halveras jämfört med för fem år sedan.

– Om folk bara kunde sluta supa så förbannat så skulle det knappt vara något bus kvar alls därute, inflikade polisen som körde.

– Då skulle vi bli utan arbete, skrattade kollegan. Det är tur att *bytovoj*-våldet lever kvar.

Skurov visste att det stämde. Enligt hans uppskattning var bortåt två tredjedelar av alla våldsbrott kopplade till alkohol och de flesta inträffade i hemmet, gärningsmannen och offret hade dessutom nästan alltid någon relation.

Tio minuter senare tackade han för skjutsen och klev av utanför polisbyggnaden på Petrovka 38, som putsats om i annan färg, den här gången i en milt grålila ton. Det gjorde ändå bara stället marginellt mindre dystert.

Skurov gick hemtamt genom huset på sin väg mot Antons rum. De flesta han mötte bar mörkgrå uniformer med gula och röda gradbeteckningar på. Precis som på Statsåklagarämbetet hade personalen militära grader. På den korta sträckan passerade han två högdragna generaler, inbegripna i ett lågmält samtal. Kanske diskuterade de den nye presidentens dekret nummer 460, som behandlade den "nationella antikorruptionsstrategin". Han hade själv läst det noggrant när det kom och välkomnat dess klarspråk: "Korruption har blivit vardag och karakteriserar ryskt samhällsliv. Den utgör ett systemhot", hade den forne juristen från Sankt Petersburg skrivit.

Anton satt framför datorn på sitt rum på utredningsavdelningen när Skurov steg in.

– Ledsen att behöva kalla in er så sent, men jag var rätt säker på att ni ville se det här.

Skurov satte sig ner bredvid honom.

– Den svenska ambassaden bevakas ju som ni vet dygnet runt av rysk polis.

Anton klickade på en fil så att en skiss av den svenska ambassaden dök upp på skärmen. Han pekade på fyra vaktkurer – en i varje hörn av ambassadområdet.

– De har till uppgift att skydda området och det kan ju behövas. Kommer ni ihåg kidnappningsdramat 1992 på ambassaden? Galningen som tog en svensk diplomat som gisslan och Grupp Alfa-chefen som frivilligt bytte plats med gisslan och dog på kuppen?

Skurov nickade till svar. Han övervägde att be Anton gå rakt på sak, men bestämde sig för att det var han själv som låg på minus och Anton på plus som suttit här och jobbat.

– Allt filmas och spelas in, fortsatte Anton. Jag har gått igenom materialet från tisdagsmorgonen fram till lördagsmorgonen.

Skurov var inte förvånad. Anton var den mest noggranne polis han någonsin träffat under sin trettioåriga karriär.

– Här ser man när Oscar Rieder anländer, sa Anton och pekade på en filmsekvens av förvånansvärt bra kvalitet. Titta här, man ser till och med att han går ostadigt. Det är kort efter den där middagen med de två kollegorna på Kafé Pusjkin, klockan kvart över tio. Anton pekade på den röda tidsangivelsen i det högra hörnet av filmen. Och sedan ser man hur ljuset tänds inne i residenset. Det är bara kameran från Mosfilmovskajagatan som kan fånga byggnadens framsida.

Skurov dolde en gäspning, men så tänkte han på att han skulle bli farfar och återfick energin.

– Till själva residenset, där Oscar Rieder vistades från tisdag kväll fram till sin död natten till lördagen, kom inga besökare utöver Ludmila, sa Anton tankfullt. Huvuddelen av trafiken till och från ambassaden utgörs av ryska medborgare som söker visum till Sverige. Viseringsavdelningen är öppen mellan nio och tolv, måndag till fredag. De som söker visum går runt till västra sidan av ambassadområdet och in i den separata viseringsbyggnaden. Tillströmningen av viseringssökande varierar. Titta bara.

Anton snabbspolade så att ett myrtåg av människor vällde in och ut ur viseringsbyggnaden. Onsdagen flimrade förbi på mindre än en minut.

– Fyrtio sökande under onsdagen.

Antons röst var så monoton att Skurov nu verkligen var i farozonen för att somna – han hade trots allt hunnit få i sig fyra–fem öl och champagne och konjak på det.

– Så på torsdagen ...

– Anton, avbröt Skurov honom. Har du inte någon som väntar hemma? Någon flickvän. Har du det?

Anton verkade faktiskt ha uppfattat Skurovs otålighet och svarade på frågan.

– Det finns en tjej, men det är inget allvarligt. Jag har inte tid med sådant. Titta här nu, Sergej Viktorovitj. Ni kommer att tycka att det är mödan värt, det lovar jag. På torsdagen kom det tjugoåtta personer för att söka visum. Och tjugoåtta viseringsansökande *lämnar* följaktligen ambassaden.

Som för att illustrera det han sagt tryckte han på en filmsnutt där man såg samma personer som gått in lämna ambassaden.

– Fredag. Stor tillströmning innan helgen, hela sextiotre sökande. Här går de in. Där kommer någon från en viseringsservicefirma, kommenterade Anton torrt. Och där är en gäststudent från Afrika. Men titta lite noggrannare på den här *muzhiken*, sa Anton.

Skurov granskade ryggtavlan på mannen som gick fram till viseringsavdelningen. Han såg alldaglig ut, men det var ändå någonting med den atletiska kroppsbyggnaden, det nedböjda ansiktet och de beslutsamma stegen som fick Skurov att reagera och skärpa koncentrationen.

– Och här går de ut. Alla ...

Skurov anade att det fanns en anledning till att Anton tryckte på hur många som *lämnade* ambassaden.

– Alla utom en? sa Skurov.

– Bra gissat, chefen. Jag har tittat på filmmaterialet till och med klockan sex på lördagsmorgonen och han kommer aldrig ut. Han skulle ju ha kunnat gömma sig på gästtoaletten i några timmar, men nej, han kommer inte ut ens när ambassaden stängs på kvällen.

– Han tar sig kanske ut via en annan väg över ambassadområdet?

– Då hade han fångats på en annan kamera. Nej, jag är rätt säker på att han smiter ut i den allmänna oredan när Oscar Rieder hittas död och vi gör utryckningen.

Anton spolade fram till en sekvens under fredagsnatten.

– Här. Två ambulanser, flera polisbilar och några bilar som jag gissar är från Lubjanka. Ser du mannen i hörnet där? Jag tror att det är killen som gick in i viseringsbyggnaden men aldrig kom ut.

Skurov satt tyst en stund.

– Personalen i den vanliga ambassadbyggnaden får också besök. Det kan ha varit någon av de besökarna.

– Jag tror inte det, svarade Anton. Jag har hört mig för med kanslichefen på ambassaden. Under tiden som Oscar befann sig i residenset var det bara kulturavdelningen som fick besök – av en 70-årig kvinnlig poet från Kazan. Och de enda som arbetade var tre ambassadvakter, andresekreteraren, en lokalanställd vaktmästare, som är 62 år gammal och lider av gikt, och tre kvinnliga ryska sekreterare.

– Du har inte legat på latsidan, Anton. Jag är imponerad.

– Jag hoppas att det var värt att komma in för, svarade Anton utan tillstymmelse till självgodhet.

– Okej. Vi utgår ifrån att det är vår man. Hur tar han sig i så fall från viseringsavdelningen till residenset? frågade Skurov.

– Det kunde inte kanslichefen svara på, men det är bara en kort bit mellan byggnaderna, så när han väl kommit in på området kan han ha gått in genom residensets köksingång eller en öppen altandörr. Frågan är hur han kom in i den inre delen av viseringsbyggnaden. Det finns två enskilda intervjurum som är förbundna med den inre delen via en dörr. Vi håller på att kolla vilka av de viseringsansökande som var på enskilda intervjuer.

– Bra. Vi måste försöka identifiera honom. Det här är den felande länken som jag hade på känn fanns där.

– Ni såg kanske att han medvetet dolde ansiktet. Vi måste fråga ambassaden om namnen på de sextiotre sökande som kom till dem under fredagen, men risken är väl att han använt en förfalskad identitet om han var ute efter Rieder.

Skurov bara nickade. Tyst konstaterade han att det varken var tur eller erfarenhet som gjorde Anton till en bra utredare – det var fallenhet. Den typ av skicklighet som inte kan förvärvas. Man var antingen född med den eller inte.

– Det är en sak till, sa Anton. Kriminaltekniska har gjort en analys på resterna av heroinet som hittades i kanylen. Jag har pratat med knarkspan om det också. Alla är eniga om att man inte hittar så rent heroin på gatorna i Moskva.

– Intressant, sa Skurov. Vad innebär det?

De satt tysta en stund.

– Inkräktaren kanske gav dem överdosen? föreslog Anton.

– Bara Gud vet, men vi ska ta reda på det, sa Skurov.

De satt tysta bredvid varandra.

– Det är så mycket som inte stämmer, mumlade Skurov knappt hörbart efter en stund. Inkräktaren, Ludmilas blåmärken, det där fotot på ambassadören och Oscars fästmö. Och så heroinet som var alldeles för koncentrerat.

– Kan Oscars död ha någonting att göra med att ambassadören hade ett förhållande med hans flickvän? Ville han göra sig av med sin son?

– Det finns bara två sätt att få reda på vad som hände på ambassaden – antingen får vi Ludmila Smirnova att berätta för oss eller så hittar vi mannen på bevakningsfilmen.

Anton nickade.

– Vi söker upp Ludmila i morgon bitti.

– Hon har avvikit från sjukhuset.

Anton log snett.

– Så oväntat. Oroa er inte. Vi kommer att hitta henne.

MARATECHS HUVUDKONTOR, STROMYNKAGATAN, MOSKVA

TOM STIRRADE UPPGIVET PÅ dokumenthögen som låg framför honom på skrivbordet. Den såg ännu tjockare ut än igår. Som om pappren på något mystiskt sätt ynglat av sig under natten. Han hade på egen hand försökt lista ut hur han skulle hantera de olika dokumenten, men inte kommit så långt. Inte heller hade han fått särskilt mycket hjälp av de andra cheferna på avdelningen för utrikeshandel – det var vattentäta skott mellan de olika enheterna för att minska risken för industrispionage.

– Förbannat varmt härinne, eller hur?

Tom tittade upp och såg Felix stå i dörröppningen.

– Vi felanmälde luftkonditioneringen i tisdags, men den har inte lagats ännu. Tyvärr är inte alla ryska företag lika effektiva som Maratech. En gång fick vi ställa upp portabla toaletter på parkeringsplatsen för att avloppssystemet bröt ihop. Jag vet inte vad som är värst, att jobba i en *banja*, eller att ständigt vara pissnödig.

Bastuliknelsen var träffande. Han hade försökt glänta på ett av de stora fönstren tidigare, men det verkade inte som om de var konstruerade för att kunna öppnas. Inte så konstigt kanske. Ett fall från tjugoförsta våningen skulle innebära en omedelbar död, och det var ingenting som en arbetsgivare ville förknippas med, oavsett om det rörde sig om en olyckshändelse eller ett självmord.

Felix van Hek tittade på traven av dokument på Toms skrivbord och rättade till den perfekt knutna sidenslipsen.

– Det brukar inte vara så här mycket pappersexercis. Om någon vecka, när du jobbat dig igenom alla dokument, kommer det att bli bättre.

Han drog fram en stol, satte sig bredvid Tom och lyfte upp pappershögen.

– Jag ska visa dig hur du gör det här lite effektivare.

Tom tvekade en sekund innan han beslutade sig för att han säkert fick visa Felix vad han arbetade med. Det fanns en sak som han däremot visste att han inte fick tala med någon annan än Vera Blumenthal om, och det var pågående upphandlingar och kontrakt som inte skrivits under.

Felix van Hek började bläddra i pappersbunten.

– Det är egentligen inte komplicerat. Bara omständligt. Som med all byråkrati, sa van Hek och log snett åt Tom. Jag tror det är lättast om vi börjar med de här slutanvändarintygen från Swedish Aerospace. Som du ser har Oscar redan skrivit ut dem på vårt brevpapper. Det är viktigt – du måste använda våra brevpapper, inte mallen från er svenska kontrollmyndighet ISP.

Tom visste att ISP, eller Inspektionen för strategiska produkter, som sorterade under UD, spelade en nyckelroll. All export av vapen, eller teknik med dubbla användningsområden, måste godkännas av dem.

– Titta här, vi har köpt femtusen pansarvärnsvapen, närmare bestämt granatgeväret Gustav Wasa, från Swedish Aerospace. Det här dokumentet bekräftar att vi mottagit vapnen och att vi förbinder oss att inte exportera dem vidare. Det du måste göra är att kontrollera att vi verkligen har fått sändningen och sedan signera och stämpla dokumentet. Sedan ska det skickas tillbaka. Fast det kan min assistent Jekaterina göra.

Tom blinkade och tittade på formuläret. Det sved till när en svettdroppe letade sig ner från pannan och in i ögat.

– Är det allt?

Felix van Hek log frågande.

– Hur menar du? *Allt?*

– Ja, är det verkligen alla uppgifter som behöver fyllas i?

Formuläret var betydligt lättare att fylla i än en visumansökan till Ryssland, trots att det gällde export av dödliga vapen och inte sightseeing på Röda torget.

Maratechs huvudkontor, Stromynkagatan, Moskva

Tom torkade svetten ur pannan med kavajärmen.

– Ja, det är allt. Men det du ser här har förstås föregåtts av en lång rad möten och kontakter mellan leverantören, ISP och oss. Allting är omgärdat av mycket noggrant utformade regler och en ytterst sträng kontroll. Så du kan vara lugn, sa Felix och lade sin hand beskyddande på Toms axel

– Och hur vet jag att vi mottagit ... femtusen Gustav Wasa?

– Ah, sa van Hek. Väldigt enkelt. Vi går in till Jekaterina och tittar bland mottagningskvittenserna.

Han reste sig upp, fortfarande med dokumentbunten i handen, och vinkade åt Tom att följa efter. Jekaterinas rum låg mitt emot i korridoren. Tom nickade åt den unga, blonda kvinnan. Hon hade en liten, eldriven fläkt stående på skrivbordet. Hennes långa hår fladdrade i draget.

– Till dokumentskåpen för norra Europa är det bara du, Vera och Jekaterina som har nyckel, sa van Hek högtidligt och pekade mot två ljusgrå dokumentskåp. Det högra innehåller alla mottagningskvittenser. Du kan låsa upp.

Tom tog fram nycklarna han fått och lät den minsta glida in i låset. Skåpet var fullt av exakt likadana gråblå pärmar.

– Här.

Felix van Hek tog ut en tjock pärm med texten "Mottagningskvittenser" på ryggen, bläddrade fram till ett ryskt dokument skrivet på mycket tunt papper och pekade på några siffror.

– Som du ser är de sorterade efter ordernummer. Och du bör ha samma ordernummer på slutanvändarintyget.

Tom kontrollerade siffrorna och nickade. Surrandet från fläkten bakom dem fick honom att tänka på en stor insekt, och det tog nästan emot att vända ryggen mot den.

– Numret stämmer.

– Precis. Och sedan tittar du på mottagningskvittensen. Femtusen Gustav Wasa har mottagits av armén. Närmare bestämt av ..., van Hek lät fingret löpa över det sladdriga ryska dokumentet i pärmen. Nu ska vi se, de har transporterats till arméns Tamanskaja-division i Kalininets. Det betyder att du kan signera intyget och lämna det till

Maratechs huvudkontor, Stromynkagatan, Moskva

Jekaterina här. Hon ser till att det blir stämplat, kopierat och skickat till den svenska myndigheten. Sedan sätter hon in kopian av dokumentet i den här pärmen.

Felix van Hek tog ut en annan, identisk pärm, men med texten "Slutanvändarintyg" på ryggen.

– Ytterligare en kopia förvaras i källararkivet, men det behöver du inte tänka på. Vi har alla dokument vi behöver häruppe.

Jekaterina mötte Toms blick och log försiktigt samtidigt som hon tvinnade en lång slinga av det blonda håret mellan tummen och pekfingret.

– Du kan fråga mig om det är någonting du undrar, sa hon.

Tom nickade, tacksam för all hjälp han kunde få.

– Och intyget skickas alltså till svenska ISP, sa han.

– Stämmer, svarade Felix.

– Så jag intygar alltså att vi fått vapnen och att de inte ska säljas vidare?

– Precis, sa van Hek.

– Men …

Det blev tyst. Det enda som hördes var ljudet från fläkten och hans egen ansträngda andning. Tom tvekade, osäker på hur han skulle formulera frågan som skavde.

– Men, hur vet jag att vapnen finns där?

Felix van Hek såg förvånad ut, som om han sagt någonting underligt, eller kanske bara dumt. Som ett barn som envisas med att upprepa samma fråga om och om igen.

– Det ser du ju på dokumentet från armén. I det här fallet Tamanskaja-divisionen.

– Jo, jag såg det. Men hur vet jag att de verkligen *finns* där och inte någon annanstans? Jag menar … jag har ju aldrig sett de där vapnen. Jag vet ju knappt hur ett … granatgevär ser ut. Ska jag själv inte göra någonting för att försäkra mig om saken? Dubbelkolla med enheten som får vapnen?

Jekaterinas blick vilade tungt på honom. Det fanns någonting vaksamt i de ljusa ögonen och för en sekund kunde Tom ha svurit på att hon ville berätta någonting för honom, men att hon avhöll sig

Maratechs huvudkontor, Stromynkagatan, Moskva

eftersom van Hek stod bredvid dem.

Felix van Hek slog igen pärmen med en liten smäll och såg på Tom med en medlidsam blick. Hans bronsfärgade ansikte glänste av svett.

– Det är bra att du är samvetsgrann, Tom, sa han långsamt och betonade varje ord. Du kanske tänker på det vilda 90-talet, då Sovjetunionens vapenarsenal förskingrades för en spottstyver. Det har hänt mycket sedan dess. Nuförtiden är kontrollen rigorös. Vi är byråkrater här, kuggar i ett mycket större maskineri. Det är vårt jobb att se till att alla dokument är i sin ordning. Vapnen är arméns ansvar. Och vi har ingen anledning att ifrågasätta hur de hanterar dem.

Tom trodde att Felix skulle säga någonting mer, men i stället nickade han kort och lämnade rummet.

Jekaterina mötte Toms blick.

– Stackare, sa hon och log svagt. Det kan inte vara lätt för dig att ta över efter Oscar och Ivan.

– Ivan?

Jekaterina stelnade till.

– Ja, alltså ... Ivan Ivanov. Har de inte berättat?

– Berättat vad?

Hon skruvade på sig.

– Ivan var Oscars *referent*.

– Jag visste inte att Oscar hade en assistent. Hur får jag tag på honom? Jag skulle behöva stämma av några saker.

Jekaterina såg ner på golvet och skakade långsamt på huvudet.

– Du kan inte få tag på honom. Det hände en olycka ... Ivan Ivanov är död.

I samma sekund hördes en suck från ventilationssystemet och sval luft strömmade äntligen in från gallren under taket.

NEGLINNAJAGATAN, CENTRALA MOSKVA

SKUROV OCH ANTON KLEV ur Mercedesen med solen brännande i nacken och gick den korta biten fram till den tunga, ornamenterade porten. Det var tidig morgon, men hettan var nästan olidlig och Skurov kände hur skjortan klibbade fast mot kroppen. Huset på Neglinnajagatan gav ett välskött och burget intryck från utsidan. Skurov var rätt säker på vad Ludmila ägnade sig åt för verksamhet och varför hon hade råd att bo i Moskvas centrum där priserna och hyrorna skenat under de senaste årens högkonjunktur.

De hade inte förvarnat Ludmila om att de skulle komma av rädsla för att hon skulle fly igen. Redan på sjukhuset hade Skurov känt sig säker på att hon dolde någonting, och nu var han rätt övertygad om att hon visste vad som hänt där i residenset den ödesdigra natten. Om Oscar Rieder blivit mördad och Ludmila bevittnat mordet så gjorde hon rätt i att ligga lågt och behövde erbjudas beskydd genom det federala vittnesskyddsprogrammet.

Skurov tryckte in portkoden som han hade fått av Poststyrelsen och klev in med Anton efter sig. Deras steg ekade mot golvet när de gick mot hissen.

– Ur funktion, sa Anton och nickade mot skylten som det stod *Remont* på.

De styrde stegen mot den breda kalkstenstrappan i stället. Det doftade rent av såpa och nytvättad sten. Någonstans ovanför dem hörde de en dörr som slog igen.

Det var ett gammalt hus, antagligen från tiden strax efter 1812, när Moskvaborna själva satte eld på sin stad för att jaga bort Napoleon.

Neglinnajagatan, centrala Moskva

Trappans nedslitna mittparti bar vittnesmål om de hundratals Moskvabor som släpat sig upp och ner under de senaste tvåhundra åren.

Anton stannade upp på den första trappavsatsen och bad honom med låg röst att sätta telefonen på ljudlöst.

Skurov tog upp mobilen och upptäckte att han hade fått ett meddelande från överläkare Weinstein. I ögonvrån såg han Anton kontrollera sitt tjänstevapen. Sedan några år var det praxis att åklagarna hade med beväpnad polis vid förhör.

– Tredje våningen? frågade Anton.

Skurov hade blicken fäst på displayen. *"Kan vi ses i morgon klockan 18.00 i baren på Le Pain Quotidien?"*

Det var smickrande men oläglig på alla sätt. Å andra sidan hade han aldrig sagt att han var gift. Någon ring bar han inte heller på fingret – i likhet med många andra ryska män. Han borde ha förklarat hur allt låg till redan när han besökt sjukhuset. Gjorde han det nu skulle det bli lite pinsamt.

– *Sjef?* Tredje våningen?

Skurov rycktes ur sina funderingar. Meddelandet hade fått honom att tappa fokus.

– Stämmer, svarade han och skyndade på stegen för att hinna ikapp Anton. Han passerade sin kollega, gick fram till lägenhet nummer 64 och sträckte fram handen för att ringa på.

– Vänta, sa Anton och lade handen på hans arm. Vi tar det lite lugnt, chefen. Var snäll och gå åt sidan. Anton lutade sig försiktigt fram emot dörren och lyssnade.

Skurov kände sig lite förnärmad över att bli kommenderad av en nästan trettio år yngre, nybakad polis.

– Överdriver du inte? Det här är inget tillslag.

– Två polismän blev beskjutna när de gjorde exakt samma sak för en vecka sedan, svarade Anton kort. En av dem fick två kulor i bröstet och dog på platsen. Det var hans första arbetsvecka.

Det här var Antons ansvarsområde, konstaterade Skurov och bestämde sig för att följa hans uppmaning. Han ville inte att ett misstag från hans sida än en gång skulle leda till en polismans död. Minnet av kommissarie Malkin, som Skurov tvingat ut på uppdraget som kostat honom hans liv, var inte mindre smärtsamt idag än fem år tidigare.

Återigen hördes ljudet av en dörr som öppnades någonstans, men sedan stängdes lika snabbt igen.

– Tänk på filmen, viskade Anton.

Skurov förstod att Anton syftade på mannen de sett på övervakningsbilderna från ambassaden och att det kunde vara proffs de hade att göra med.

– Ställ er bakom mig, Sergej Viktorovitj, sa Anton.

Anton drog fram sitt tjänstevapen med höger hand och ringde på dörrklockan med den andra. Signalen hördes tydligt genom den tjocka dörren, men ingen öppnade.

Anton ringde på en andra och en tredje gång.

– Kan vi gå in? frågade Anton.

Skurov nickade. De behövde få veta vad som hade hänt på ambassaden, och det snabbt. Ställföreträdande statsåklagaren skulle inte låta honom fortsätta utredningen utan starka skäl. Och han tvivlade på att hon skulle tycka att mannen som försvann in på ambassaden och aldrig kom ut igen var ett tillräckligt starkt skäl.

Anton drog fram en bunt dyrkar och prövade försiktigt en efter en.

– Svårare lås än jag trodde.

Skurov gick fram och ställde sig bredvid Anton. Han tittade på handtaget. Tog tag i det och tryckte det prövande neråt.

– Jag tror inte det är låst, sa han med låg röst till Anton.

Anton såg snopen ut.

– Okej, jag går först, sa Anton, öppnade försiktigt dörren och kikade in.

Skurov följde några steg efter.

Lägenheten badade i ljus från de stora fönstren som vette mot gatan. Anton stannade upp i hallen och vände sig mot honom och hans läppar formade ljudlösa ord.

Vi är inte ensamma.

Inom Skurov växte en välbekant känsla: en torrhet i munnen, ett diffust tryck över bröstet och en medvetenhet om var han hade varje del av sin kropp.

Anton rörde sig framåt på huk med pistolen framför sig. Skurov

Neglinnajagatan, centrala Moskva

iakttog honom när han tog sig fram genom det moderna köket med släta vita luckor och kromade barstolar.

Skurov hann uppfatta ett brak bakom sig innan hans ben slogs bort under honom.

Han sträckte reflexmässigt ut armarna för att hejda fallet, men innan han föll till golvet fångades han i ett järnhårt grepp.

– Stå still! Annars dör han.

Det regnade spott över Skurovs nacke. I ögonvrån såg han att Anton riktade pistolen mot angriparen.

– Jag skär halsen av honom om du kommer närmare, varnade den okände angriparen.

Skurov brukade inte ens tänka svordomar, men just nu ekade invektiven i hans huvud. Han skulle ju bli farfar! Förgäves försökte han låta bli att tänka på alla onödiga dödsfall han bevittnat. Alla lemlästade, vanställda kroppar och meningslösa tragedier. I stället försökte han fokusera på sin angripares röst, som var skrovlig men samlad.

– Jag är *spetsnaz* så håll dig på avstånd!

– Släpp honom, svarade Anton behärskat, fortfarande med pistolen höjd.

– Inte förrän ni talar om var ni gjort av min dotter. Jag kommer att ta livet av er båda om ni inte berättar det.

I samma ögonblick blev Skurov medveten om den långa kniven, vars spets befann sig oroväckande nära hans ansikte. Hans liv hängde på Antons omdöme och treåriga erfarenhet.

Man tog inga chanser med någon som hade ett förflutet inom *spetsnaz* – försvarsmaktens enheter med *spetsialnaje naznatjenija* – särskilda uppgifter. Säga vad man ville om armén, men specialstyrkorna var fortfarande skrämmande vältränade i att döda. De hade gått i spetsen i Afghanistankriget och under insatserna i Tjetjenien, där de varit de enda som de tjetjenska gerillakrigarna hade någon respekt för.

– Vi är från polisen, sa Anton. Jag kan visa min legitimation om du vill.

– Vad ska jag med en förfalskad legitimation till? svarade rösten bakom honom. En doft av tobak och tom morgonmage gjorde Skurov illamående.

Neglinnajagatan, centrala Moskva

– Jag skär ut ögat på honom om du inte slänger ifrån dig pistolen.

– Och jag skjuter dig innan du hinner skada honom, svarade Anton lugnt.

Vad i helvete gör du, Anton, ville Skurov skrika. Jag ska bli farfar. Jag kan inte dö nu!

Mannens grepp om Skurov hårdnade och knivspetsen närmade sig ögat.

– Stopp. Vi trodde faktiskt att vi skulle hitta din dotter här. Vi vill hjälpa henne.

– Sparka hit pistolen om du vill prata, svarade mannen kallt.

Knivspetsen var nu så nära att Skurov inte längre kunde se den tydligt.

– Här. Anton böjde sig ner och sköt iväg pistolen mot mannen, som med ett snabbt utfall plockade upp vapnet och knuffade Skurov åt sidan.

Skurov vände sig om och såg för första gången sin överman. Det var ingen jätte som han hade trott, utan en relativt kort, spenslig och brunbränd man. Han var klädd i kamouflagebyxor och en sliten t-shirt och såg härjad ut fast han måste vara yngre än Skurov själv.

– Vad gör ni här? sa mannen med en röst som plötsligt lät trött, som om tvekampen med Skurov dränerat honom på all energi.

– Jag är åklagare och vi söker Ludmila, som du säger är din dotter, svarade Skurov samtidigt som han försökte komma på benen och få fram sin åklagarlegitimation. Vi befarar att någon tog livet av en av hennes bekanta och försökte göra detsamma med henne. Jag var på sjukhuset och försökte få henne att berätta, men hon ville ingenting säga.

– Hon litar inte på någon längre. Varför skulle hon göra det? Och den ni letar efter är väl någon av hennes jävla kunder.

– I så fall vill vi gärna sätta dit honom. Vet du någonting som kan vara till någon hjälp?

– Ludmila ringde och bad mig att komma till hennes lägenhet. Jag hörde att hon var rädd, och hon ville inte säga vad som hade hänt.

Skurov såg att mannens ögon tårades när han talade om sin dotter.

– Jag hade tänkt stanna här tills hon kom hem, fortsatte mannen.

Neglinnajagatan, centrala Moskva

– Vet du om någon ville skada henne? frågade Skurov.

Mannen skruvade på sig av obehag, sjönk ner på en pinnstol och suckade.

– Varför gav Gud mig två så vackra döttrar? Båda valde samma bana. Kanske påverkade de varandra. Den yngre har jag låst in hemma för att hon ska komma på bättre tankar.

– Vad exakt sysslade hon med?

Skurov var tvungen att fråga, trots att han redan visste svaret.

– Titta er omkring! Vad fan tror ni? Vem har råd att bo så här? En ensamstående tjej vars pappa är pensionerad soldat? Hon träffade någon som fick henne att börja sälja sig själv. Sin kropp.

– Har du inga namn? Ingenting? frågade Skurov.

Mannen sänkte huvudet.

– Jag orkar inte längre. Det gick bra i skolan för dem båda. De har utbildning. Har haft riktiga arbeten. Men det räckte tydligen inte. Mannen torkade sig i ögonen och sänkte äntligen pistolen. Vad gör det här landet med folk? Mina döttrar tittade på andra tjejer som hade finare kläder och väskor. De ville ha likadana saker.

Skurov nickade. Kände medlidande, trots att mannen hade hotat med att sticka ut ögonen på honom.

– Hon har varit i Europa, fortsatte mannen. I Frankrike. På Malta. I Sverige.

Skurov mindes att Anton hade berättat att Ludmila blivit utvisad från Frankrike.

– Har du sett henne med någon kund? frågade Anton.

– Det har hänt. Jävla avskum. Om någon ... Om någon skadar henne så kommer jag att döda honom. Det svär jag.

Skurov mötte Antons blick.

– Vad gjorde du när du såg henne träffa kunder? frågade Anton milt.

Mannen tittade frånvarande framför sig

– Jag gick hem och tog mig ett glas. Och då kändes det bättre.

MARATECHS HUVUDKONTOR, STROMYNKAGATAN, MOSKVA

– SÅ DET ÄR DU som skriver under slutanvändarintygen nu?

Tom tittade upp från datorn. Mannen som han hoppats på att få träffa stod i hans rum. Kanske hade han misstolkat tonen, men hade det inte funnits något lite nedsättande i rösten?

Han reste sig upp och gick runt skrivbordet för att hälsa på Nisse Karlsson, vd för Swedish Aerospace. Just som han sträckte ut handen hörde han någon säga Nisses namn i korridoren. Ljuset från lampan i taket speglade sig i Karlssons kala huvud när han vände sig om.

– Du får vänta en minut, Oleg, sa Nisse Karlsson, vände sig åter mot Tom och skakade hans hand.

Maratechs vd, Oleg Sladko, stod utanför Toms dörr. När han lade märke till Tom gick han fram och hälsade pliktskyldigt innan han omedelbart retirerade ut i korridoren.

Man kunde nästan undra vem som var den mäktigaste av de två männen. Tom fick känslan av att det var Sladko som fick underordna sig Karlsson, trots att Maratech var kunder till Swedish Aerospace.

– Du var arbetslös i några år innan du fick jobbet hörde jag. Trivs du bra? frågade Karlsson.

Hur skulle han bemöta det?

– Självvald ledighet. Och det är lite tidigt att uttala sig om själva jobbet.

Tom tänkte på den själlösa blankettexercisen som upptagit större delen av hans tid.

Som om han läst Toms tankar sa Karlsson:

Maratechs huvudkontor, Stromynkagatan, Moskva

– Rieder lämnade väl efter sig en del arbete som du måste avsluta kan jag tänka mig.
– Jo.
– Vi på Swedish Aerospace är jävligt glada att du är här i alla fall. Och det är förbannat viktigt för svensk exportindustri att vi gör affärer med Maratech. Nu måste jag nog gå, sa Karlsson sedan och sneglade åt Sladkos håll. Vi ses nästa vecka, förresten. Du får se vad vi pysslar med när du kommer till Lappland.

På vägen ut ur rummet stannade Karlsson plötsligt till, som om han glömt någonting. Han vände sig om mot Tom.

– Och du, om några misslyckade riksdagsledamöter kritiserar det vi gör i Lappland så ska du inte lyssna på deras skitsnack. Kom ihåg det. Vår verksamhet är viktig för Sverige.

Tom stod kvar och såg dem försvinna bort i korridoren. Den korte, kompakte Sladko och den långe Karlsson, med huvudet framåtböjt och en giraffs gångstil. Han visste inte riktigt vad han skulle tro om Karlsson, som gav intryck av att vara mer oborstad än cheferna på stålverken i Ural.

Han avbröts i sina tankar av att Rebecka ringde.

– Det är klart. Pioneer Capital är sålt!

Hennes röst var fylld av upphetsning och glädje.

– Grattis!
– Alla papper är undertecknade.
– Fortfarande inga kontanter?
– Nej, bara aktier i Lehman Brothers, men ordföranden och jag såg till att de fick lägga på tio procent extra så att vi har lite marginal ifall de tappar i värde.
– Så allt är färdigt med andra ord? En dag kommer vi alltså att kunna flytta och hitta på någonting annat att göra med våra liv, sa han lite retsamt.
– Precis, skrattade Rebecka. Om vi bortser från att jag måste vara kvar i Moskva de där arton månaderna, men sedan kan jag bosätta mig var jag vill.

Återigen talade hon som om det bara gällde hennes framtid.

– Det är bara den där formaliteten med finans- och konkurrensmyndigheternas godkännande som ska till, sa hon. Vi har fått ett positivt förhandsbesked. Det är kanske läge att fira, bara du och jag? Kan du inte tänka ut något mysigt?

– Visst, svarade han och försökte mota bort irritationen.

Tom höll på att städa av sitt bord när Felix van Hek kom in.

– Sitter du här?

Felix lät förvånad.

– Ja, var annars?

– Du är ju svensk så jag trodde att du skulle vara med på mottagningen på svenska ambassaden till Karlssons och Maratechs ära.

– Tydligen inte.

Felix log.

– Du missar säkert ingenting. Att dricka gratissprit med en narcissistisk ambassadör är du väl ändå inte intresserad av? Dessutom har du väl råd att köpa din egen?

Tom förstod att han syftade på Rebeckas ekonomi och undrade hur mycket hans kollegor kände till om hans privatliv. Felix slog sig ner i hans besöksfåtölj och sneglade på fotot av Rebecka och barnen.

– Påminner inte Vera lite om din fru? De är ju båda framgångsrika kvinnor.

– Jag känner inte Vera tillräckligt väl, svarade han avvaktande.

– Vera är en fullblodskarriärist, men en trevlig sådan. Hon var gift en gång, men efter det äventyret bestämde hon sig för att aldrig mer fästa sig vid en man. Hon kan vara hård.

– Det förvånar mig inte.

Eftersom Felix hade parkerat sig i fåtöljen bestämde sig Tom för att ta tillfället i akt och försöka få svar på de frågor som låg och skavde.

– Varför samlade Oscar arbete på hög?

Felix gjorde en paus innan han svarade.

– Han fick problem på hemmafronten. Någonting med hans flickvän.

– Jag förstår, sa Tom, för det gjorde han faktiskt. Och vad hände med Oscars *referent*? Någon sa att han dog nyligen ...

– Det var en olycka, sa Felix snabbt.

Maratechs huvudkontor, Stromynkagatan, Moskva

– Vad hände?

Felix såg sig omkring, som om han var orolig för att någon annan lyssnade på deras samtal.

– Han ramlade ner på spåret i tunnelbanan och blev överkörd. Fruktansvärt. Han var nygift och hade en baby hemma.

Tom fick en distinkt känsla av att Felix inte ville diskutera det som hade hänt Oscars assistent.

– Går det bra med underskrifterna, förresten? sa Felix. Börjar du hinna ikapp?

– Snart klart.

– Fint, Tom. Ha en bra kväll. Och passa på att ta dig ett glas i kväll. Tro mig. Du har det trevligare hemma än på den svenska ambassaden.

STOCKSUND, NORR OM STOCKHOLM

KABINETTSSEKRETERARE JAN KJELLBERG FÖRSÖKTE förgäves spara dokumentet på datorn. Genom fönstret till arbetsrummet i villan strömmade den svala sommarkvällen in och fyllde rummet med sin mustiga doft av jord och gräs. Från den lilla musikspelaren i hörnet strömmade ouvertyren till Tannhäuser.

Han hade faktiskt fått den lilla Ipoden att fungera, trots att hela hans familj hävdat att han var en teknisk katastrof. Tyvärr verkade det som om de kanske skulle få rätt ändå, för datorn vägrade spara dokumentet som han hade jobbat med i över en timme.

The program is not responding. If you close the program you might lose information.

Vad i helvete betydde det? Skulle allt arbete försvinna om han helt enkelt stängde av datorn och sedan startade om den? Han visste inte. Han hade faktiskt ingen aning. Men vad hade han för alternativ? Datakillarna på jobbet hade packat ihop för flera timmar sedan och satt väl som bäst bänkade framför teven med en öl i handen och tittade på OS i Peking.

Han ställde sig upp. Masserade tinningen med handen och gick fram till fönstret. Den lummiga trädgården skimrade i månljuset. Bortom idegranshäcken skymtade han vattnet, blankt och stilla som ett stycke svart sidentyg utslängt på måfå över landskapet.

Han fingrade på mobilen.

Det var inte för sent att ringa. Och egentligen borde han ha hört av sig till Nisse Karlsson för länge sedan. Faktum var att han hade tänkt ringa igår, men då hade ett akut möte med utrikesministern kommit emellan.

Stocksund, norr om Stockholm

Om han skulle vara ärlig så avskydde han den där mannen. Men de hade tvingats samarbeta, eller rättare sagt, han hade varit så illa tvungen "att främja den sofistikerade svenska vapenindustrin" i form av Karlsson sedan närmare tio år. Redan innan Karlsson blev chef för Swedish Aerospace hade han varit en självgod, ohyfsad och provocerande obildad person. Karlsson hade alltid krävt och krävt, "för du vill väl göra ditt för att arbetstillfällen inte ska gå förlorade?" Nu var det dessutom val om två år och Värmland, där några av fabrikerna var belägna, vägde tungt opinionsmässigt.

Kjellberg knappade fram numret och ringde upp. Om det var någonting han hade lärt sig här i livet var det att problem inte försvinner av sig själva. I själva verket var de som cancertumörer – de växte och spred sig till helt andra områden om man inte hanterade dem på ett tidigt stadium.

– Karlsson.

– Hej, det är Jan Kjellberg. Jag ber verkligen om ursäkt ifall jag ringer olägligt ...

– Tjenare. Jo, jag är i Ryssland. Träffar några affärskontakter i Moskva. Fast just nu ser jag på sporten. Repris från i förmiddags. Så kläm fram vad du har på hjärtat.

Jan Kjellberg hörde ljudet från teven i bakgrunden och tänkte att det aldrig slog fel – ju mer obildad man var, desto större sportintresse hade man.

– Ryssland, ja. Det var faktiskt det jag ville tala med dig om. Jag vet inte riktigt hur jag ska säga det här, men jag fick ett samtal från en journalist för ett par dagar sedan och hon hade en del ... oortodoxa teorier angående vapenexporten till vårt stora grannland i öst.

– Jaha. Vänta lite ...

Ett avlägset jubel hördes. Och sedan någonting annat, ett knastrande ljud. Det lät faktiskt som om Nisse Karlsson åt chips. Sedan tystnade teven.

– Så där. Förbannat bra fotbollslag Nigeria har i år. Svartingarna rör sig som oljade blixtar över planen. Vad sa du nu?

Kjellberg tog en klunk av det kalla vita vin han hade hällt upp åt sig när han insett att han skulle bli tvungen att jobba sent.

– Jo, jag sa att jag blev kontaktad av en kvinnlig journalist som hävdade att vapen avsedda för den ryska marknaden har sålts vidare till diktaturer och oroshärdar och att vi inte reagerade när varningsklockorna ringde.

– Jaha?

Kabinettssekreteraren blev plötsligt förlägen. Det hände sällan. Som diplomat var han van att alltid behandlas respektfullt, även av direktörer i näringslivet, men en buffel som Karlsson brydde sig inte om sådant.

– Ja, självklart är det bara taget ur luften. Jag förutsätter i alla fall det. För inte kan väl ...

– Fram med det, sa Nisse Karlsson.

– Hur bemöter jag hennes anklagelser om jag nu skulle behöva det?

Kabinettssekreteraren hörde hur mannen suckade i andra ändan.

– Men för helvete, Kjellberg. Det där är ju bara det gamla vanliga vänsterbabblet. Du om någon borde väl veta bättre än att tro på en sådan där vänstervriden gnällfeminist.

– Och hur vet du att hon är feminist?

Han kunde inte låta bli att ställa frågan. Nisse Karlssons inställning irriterade honom. Inte för att han hade kallat journalisten för vänstervriden feminist, utan för att han baserat sitt uttalande på tyckande i stället för på fakta. Det uppstod en kort paus innan Nisse Karlsson svarade.

– Om du frågar mig så brukar de vara det. Vänstervridna bitterfittor hela bunten. Men jag antar att din fråga gällde om det ligger någonting i hennes anklagelse?

– Det utgår jag ifrån att det inte gör.

– Det kan du ge dig fan på att det inte gör.

– För om det *skulle* ligga någonting i det hon säger så vet både du och jag att det skulle kunna äventyra er nya baby. Ni har fått sjuhundra miljoner i statsbidrag för forskning och utveckling av svenska staten. Jag behöver väl inte påminna dig om vikten av att alla lagar och regler efterlevs.

Det uppstod en kort paus.

– Du hörde vad jag sa. Det där är bara tomt prat. Och om det inte

var något mer så tänkte jag se klart på fotbollen nu. Vad hette hon förresten, journalisten?
– Sonia Sharar.
– Det ringer en svag klocka. Men hon är hursomhelst ingen särskilt tongivande person. Sa hon någonting mer?
Kabinettssekreteraren kastade en blick på sin dator som brummade till och blinkade när den gick igång.
– Hon sa ... att Georg Rieders son blev mördad för att han visste för mycket om det här.
Det blev tyst i luren.
Kabinettssekreteraren sjönk ner på stolen framför datorn och betraktade skärmen med stigande oro. Små vita prickar rörde sig olycksbådande nerför den svarta skärmen, som snöflingor mot natthimlen.
– Som jag sa. En vänstervriden journalist som fått för sig att den tredje statsmaktens uppdrag först och främst är att sätta krokben för svensk exportindustri. Ingenting att ödsla tid på. Speciellt inte *din* värdefulla tid, Kjellberg.
Nisse Karlsson uttalade den sista meningen med ett oskyldigt tonfall, men piken var omöjlig att missa.
– Då säger vi så, sa kabinettssekreteraren.
– Det gör vi.
Kjellberg tog en djup klunk av vinet och tittade på meddelandet på skärmen.
System error. Hard disk failure detected. Run complete HDD scan to prevent loss of personal files.

MARATECHS HUVUDKONTOR, STROMYNKAGATAN, MOSKVA

TOM TOG DOKUMENTET I handen och gick tvärs över korridoren till Jekaterinas rum. Utanför det stora glasfönstret hovrade tunga, mörka moln över staden. Under flera veckor hade värmen varit tryckande och alla Moskvabor tycktes vänta på det förlösande oväder som aldrig ville infinna sig.

Jekaterina tittade upp från sin dator, log och fortsatte sedan att skriva. Fingrarna dansade över tangentbordet och ljudet påminde om en kulspruta. Hon bar en figursydd, svart dräkt och hade en mönstrad sidenschal hårt knuten runt halsen.

Tom tog fram den lilla nyckeln och öppnade dokumentskåpet. Dörren gled ljudlöst upp, blottade raderna av exakt likadana, prydligt organiserade pärmar. Han tittade på siffrorna på dokumentet som han hade tagit med sig in i rummet och lyfte ner en av de gråblå pärmarna. Sedan började han bläddra. Han gick igenom pärmen två gånger utan att hitta det han sökte.

– Jekaterina, kan du hjälpa mig en sekund?

När han vände sig om stod hon redan bakom honom, som om hon läst hans tankar. Om han inte hade vetat att heltäckningsmattan absorberade alla ljud, hade han trott att hon svävat dit från sin plats framför datorn.

Hon var lång, nästan lika lång som han var, och hon log försiktigt, som om hon ville be om ursäkt för att hon hade smugit sig på honom.

– Vad kan jag hjälpa dig med, Tom?

– Jag hittar inte mottagningsbeviset för den här försändelsen.

Hon tog pappret och kisade, som om hon tittade rakt mot solen.

Maratechs huvudkontor, Stromynkagatan, Moskva

Sedan lade hon pärmen på skrivbordet, satte sig ner och började bläddra bland de smörpapperstunna dokumenten.

Tom stod kvar. Någonstans i utkanten av staden tyckte han sig se en blixt, men det kunde vara inbillning. En reflex kanske, eller en solstråle som letat sig igenom de tjocka molnen.

– Tror du att det blir oväder? frågade han.

Hon svarade inte, fortsatte bara att bläddra. Sedan vände hon sig mot honom.

– Märkligt. Det finns inte här. Dokumentet finns inte här.

Hon reste sig, gick fram till dokumentskåpet, tog fram en liten pall och klev upp på den. Sedan började hon leta bland pärmarna på översta hyllan. Efter några sekunder stelnade hon till, ställde sig på tå och tog fram någonting långt bak på hyllan.

Hennes kinder hade fått färg av ansträngningen, eller kanske av någonting annat, upphetsning eller möjligtvis förvåning. I handen höll hon en tunn plastmapp med papper. Utan att säga någonting tog hon ut pappren och började bläddra igenom dem. Sedan nickade hon långsamt och såg med ens sorgsen ut. Tårar rann nerför hennes kinder.

– Jag vet inte varför de låg där bakom pärmarna, men det är Oscars dokument, sa hon och försökte dölja en snyftning.

– Vad är det, Jekaterina?

– Det är ingenting. Det är bara det att så många har gått och dött. Oscar och Ivan ...

– Jag förstår att det är svårt. En olycka kommer sällan ensam, men nu är det säkert slut på dem.

– Ja, *olyckor...*, sa hon kryptiskt. Det är nog bäst du tar hand om de här dokumenten.

– Vad är det för någonting?

Hon log sitt försiktiga leende igen.

– Åh, det vanliga. Slutanvändarintyg, mottagningsbevis. Offerter. Det verkar som om de har hamnat där av misstag. Det bästa är nog om du tar och går igenom dem också. Ledsen för det, jag vet att du fått ta mycket av Oscars administration, men du är väl snart igenom den där bunten?

Maratechs huvudkontor, Stromynkagatan, Moskva

Tom tog plastmappen och försökte dölja sin besvikelse. Jobbet på Maratech verkade mest bestå av meningslös pappersexercis. Om det var en sekreterare bolaget hade velat ha hade de kunnat anställa en direkt. Det hade dessutom varit betydligt billigare.

Så varför hade de velat ha honom egentligen?

Han tackade Jekaterina och gick in på sitt rum, lät mappen med papper glida ur handen och landa ovanpå de andra. Just som han skulle vända sig om för att hämta en kopp kaffe såg han någonting som stack ut ur mappen. Någonting som inte passade in bland de övriga dokumenten. Han nöp tag om pappret och drog ut det.

Det var en svensk tidningsartikel. Försiktigt vecklade han ut utklippet och läste.

"Svenska vapen hittade i Somalia".

Tom ögnade igenom texten. Tydligen hade det svenska granatgeväret Gustav Wasa hittats i Somalia. Granatgevären, som ursprungligen exporterats till Ryssland, var belagda med vidareexportförbud och enligt artikeln var det oklart hur de hade hamnat i inbördeskrigets Somalia.

Tom funderade. Varför hade Oscar haft artikeln bland sina dokument? Den var publicerad i juli, en månad innan hans död. Han undrade om Oscar klippt ut den på ambassaden eller om någon hade skickat den till honom?

Han läste vidare. "Sverige är idag världens sjunde största vapenexportör och en av de största i relation till sin folkmängd. Mer än hälften av exporten går till diktaturer som Saudiarabien och Förenade Arabemiraten. Huvuddelen av vapenexporten är avsedd för strid och svenska vapen har bevisligen använts i konfliktområden tidigare. Men det här är första gången som vapen avsedda för den ryska marknaden har hittats i ett konfliktområde. Johan Svensson, på Svenska freds- och skiljedomsföreningen, säger i en kommentar att ..."

– Hittat någonting intressant, Tom?

Han tittade upp.

Vera Blumenthal böjde sig över skrivbordet och han uppfattade den karakteristiska doften av citrus som hon alltid förde med sig. De två översta knapparna i hennes krämfärgade sidenblus var uppknäppta och han skymtade solbränd hud och en ljus spets-behå under.

Försiktigt drog hon igen dörren och satte sig på stolen mitt emot honom. Hennes gröna ögon fixerade honom och när hon lade huvudet på sned föll det långa mörka håret ner över axeln.

Han såg ingen poäng i att ljuga.

– Det är en artikel ifrån en svensk dagstidning. Jag hittade den bland Oscars papper.

– Har du någonting emot om jag ...?

Hon sträckte fram sin smala hand och tog artikeln innan Tom hann svara.

– Hm. Vera lyfte sitt välnoppade ögonbryn. Jag förstår inte svenska så bra, men jag tror att jag vet vad det här handlar om, Gustav Wasa som hittades i Somalia, eller hur?

Tom nickade och kände svetten bryta fram. Det irriterade honom och han intalade sig att han inte borde vara nervös. Han hade knappast gjort någonting fel, bara hittat och läst artikeln.

– Det står att de kom från Ryssland. Var det våra?

Vera gav honom en prövande blick och snurrade på sitt briljantbeströdda schweiziska armbandsur som måste ha kostat en årslön.

– Det var våra vapen, konstaterade hon torrt. Eller rättare sagt, vi importerade dem och levererade dem till en armébas i Rostov-na-Donu. Kort därefter försvann de. Ryssland är ett stort land, Tom. Förra året köpte armén in vapen för ett värde motsvarande 300 miljarder rubel. Det händer att vapen försvinner. Det finns oärliga människor överallt, till och med inom armén. *Tyvärr* också inom armen.

– Hur hamnade de i Somalia?

Hon ryckte på axlarna och samlade ihop sitt hår.

– Vem vet. Min gissning är att någon korrumperad general sålde dem vidare.

– Är de så förslagna att de säljer vapen vidare internationellt?

– Okej, kanske inte, men det finns mellanhänder.

Veras röst avslöjade inte om hon var irriterad.

– Du har väl hört talas om Khashoggi, fortsatte hon. Han var den störste vapenhandlaren i världen på 80-talet.

– Och det finns sådana här också?

Maratechs huvudkontor, Stromynkagatan, Moskva

– Där det finns en marknad finns det handlare. Oavsett hur det gick till så är jag lättad över att det handlade om Gustav Wasa.

– *Lättad?*

Tom förstod inte vad hon menade.

Vera lade sin svala hand över hans och lutade sig framåt. Doften av citrus fyllde hans näsborrar.

– De är *low-tech* i dagens värld. Ett standardvapen som utvecklades i slutet av 40-talet, men som förstås har förändrats en hel del sedan dess.

Tom visste att hon töjde på sanningen. Gustav Wasa hade utvecklats kontinuerligt av Swedish Aerospace. Den senaste versionen kunde slå ut alla så kallade MBT – Main Battle Tanks – eller stora stridsvagnar. Det fanns också mängder av ammunition att välja på. Den mot så kallade oskyddade mål var den ruggigaste – den innehöll tvåhundra metalldelar avsedda att trasa sönder "mjuka mål" – ungefär som en gigantisk hagelbössa.

– Om de hade hittat missiler på avvägar hade jag varit bekymrad. Men några granatgevär i Somalia är ingenting som får mig att ligga sömnlös. Och det tycker jag inte att du ska göra heller. Ett visst spill får man räkna med.

Han trodde först att hon skämtade, men när han mötte hennes blick förstod han att hon var allvarlig.

– Vapen exporteras, vidareexporteras, importeras och så vidare, sa Vera. Det är naturligt. I slutändan är det viktiga att människor lär sig samexistera snarare än att vi föreskriver vem som får köpa vilka vapen.

Han kunde inte låta bli att fascineras av Veras syn på vapen. Det hade lika gärna kunnat vara ordföranden för amerikanska National Rifle Association som talat, iklädd cowboystövlar och hatt.

– Vem skrev förresten artikeln? frågade Vera och släppte hans hand.

Tom fick en plötslig känsla av att hon medvetet hade rört honom för att vinna hans förtroende, och att de två uppknäppta knapparna i blusen hade tjänat samma syfte.

Han böjde sig fram och sökte längst ner på urklippet.

– Någon som heter Sonia Sharar.

Maratechs huvudkontor, Stromynkagatan, Moskva

Vera såg frågande på honom. I hennes ögonvrå kunde han ana en mycket liten, men envis ryckning.
– Känner du till henne?
– Jag har aldrig hört talas om henne, sa Tom sanningsenligt, samtidigt som han fick känslan av att det var något slags test hon utsatte honom för.

DANSSTUDION FRED ASTAIRE, TVERSKAJA-JAMSKAJAGATAN, MOSKVA

TROTS ATT HAN KÄNDE sig både stressad och hungrig hade Skurov svårt att hålla sig för skratt när han läste skylten som beskrev vilken typ av dans som dansstudion erbjöd lektioner i: latinsk dans, stripdans, argentinsk tango, vals, foxtrot, twist, swing, magdans och flamenco.

Han tände en cigarett medan han väntade. Flickan i receptionen hade sagt att passet snart skulle vara avslutat. Efter några minuter började en strid ström av svettiga danselever att lämna studion. De flesta var unga, söta kvinnor. Han kunde inte låta bli att beundra både deras figurer och klädsel. Flera av kvinnorna bar tights eller korta kjolar. Några av dem gav honom undrande blickar. Själv bar Skurov sin gröna blazer och ett par gabardinbyxor. Förhoppningsvis tog de honom för en väntande pappa.

Nästan sist av alla kom den som Skurov hade väntat på. Hans hår var vattenkammat och han hade som vanligt en nystruken vit skjorta på sig. Han nickade åt flickan i receptionen. Två kvinnliga elever gav honom uppskattande ögonkast.

– Jag är ledsen att ni fått vänta, Sergej Viktorovitj, sa han med skuldmedveten röst.

– Ingen fara, Anton. Vilken sorts dans är det som du tränar? Jag hoppas det inte är stripdans eller magdans. Skurov kunde inte låta bli att skratta när han sa det.

– Faktiskt inte, svarade Anton och såg besvärad ut. Just nu lär jag mig flamenco.

Dansstudion Fred Astaire, Tverskaja-Jamskajagatan, Moskva

– Jag förstår. Varför har du aldrig talat om för dina kollegor att du dansar?

– Det är ju en viss jargong på jobbet, som ni vet.

Skurov lade märke till en ung flicka i träningskläder som närmade sig Anton bakifrån. Hon lade armen om Anton, och innan han hann reagera gav hon honom en kyss. I nästa sekund var hon på väg bort. Efter några meter vände hon sig om och vinkade mot dem.

– *Poka*, älskling!

– Hej då, sa Anton förläget.

Skurov tittade på honom för att få en förklaring till vem flickan med de vackra benen och de lätta stegen var.

– Det är Darya, hon som jag berättade om, sa Anton.

– Jag förstod nästan det. Du, vi måste prata lite jobb. Vi är nog båda hungriga. Följ med så bjuder jag på någonting snabbt.

Det var bara ett par veckor kvar på semestrarna och Moskvaborna började så sakteliga återvända till staden. Skurov och Anton gick in på den populära Toro Grill och inväntade hovmästaren. Inne i restaurangen satt gästerna och tittade på teve. Georgien hade dragit sig tillbaka från det omtvistade området vid Sydossetien och ryska styrkor hade etablerat en skyddskorridor inne på georgiskt territorium. När reportern intervjuade ryska soldater hurrade gästerna på restaurangen. Ryssland hade vunnit kriget. Nästa nyhet var att en bank i USA höll på att gå i konkurs. De hann inte lyssna klart, för hovmästaren kom och sa att han hade lyckats hitta ett bord utomhus åt dem.

– Vad vill du ha? frågade Skurov.

– *Losys*, tack.

– Så du gillar lax, konstaterade Skurov och beställde en köttbit åt sig själv.

– Min far kom från Murmansk och min mor har berättat att han brukade säga att man skulle äta fisk.

– Ja, min fru tjatar också om att jag borde äta mer fisk. Den innehåller tydligen något som är nyttigt för hjärnan.

– Essentiella fettsyror. Omega 3.

Dansstudion Fred Astaire, Tverskaja-Jamskajagatan, Moskva

– Jag tror att du och Tamara skulle ha en del att tala om, konstaterade Skurov.

Anton såg så besvärad ut att Skurov bestämde sig för att byta samtalsämne.

– Jag antar att turen med Ludmilas pappa inte gav någonting eftersom du inte tar upp det, sa Skurov.

Anton och den före detta *spetsnaz*-soldaten hade under morgonen åkt runt till platser där pappan trodde att Ludmila kunde finnas. Skurov, som inte hade berättat om äventyret i Ludmilas lägenhet för Tamara, hade vaknat upp kallsvettig föregående natt av en mardröm där en lång kniv långsamt trycktes in i hans ena öga.

– Nej, det gav ingenting, svarade Anton och tog en klunk mineralvatten.

– Min chef var på mig i morse, sa Skurov. Jag sa att vi hade identifierat en potentiell inkräktare på residenset. Hon föreslog att vi skulle kontakta ambassadören och diskutera det. Men när jag ringde fick jag till svar att svenskarna hade bestämt sig för att rubricera Oscars död som en olyckshändelse och att ambassadören inte hade tid att träffa oss.

– Då får vi jobba vidare med andra uppslag, sa Anton. Jag har skickat några killar för att hämta upp alla viseringshandlingar på ambassaden från den aktuella fredagen. Om vi har tur får vi en match i fingeravtrycksregistret.

– Bra. Men det kan ta tid att hitta inkräktaren. Eller Ludmila. Under tiden måste vi arbeta brett med motivbilden. Vem skulle vilja se Oscar död?

– Jag föreslår att vi tar en titt på Oscars privatliv igen, sa Anton och lade ihop besticken på tallriken. Ni konstaterade ju att flickvännen, Adele Sydow, och ambassadören troligen hade en relation. Kanske kan vi ta reda på lite mer om den?

– Och använda den informationen för att göra ambassadören mer benägen att samarbeta, är det så du tänker?

– *Tochna*, sa Anton och nickade som bekräftelse på att Skurovs gissning var mitt i prick. Jag kallar Adele Sydow till förhör igen.

– Bra, då har vi en plan.

Skurov tog upp servetten och försökte dölja en rap.

– Det är en sak som gör att vi borde titta på Oscars arbetsgivare och kollegor också, sa Anton.

Skurov tittade intresserat på honom.

– Av en slump lade jag märke till att en Ivan Ivanov omkom i en tunnelbaneolycka fyra dagar efter Oscars död, fortsatte Anton. Till saken hör att Ivanov arbetade som *referent* åt Oscar.

– Det var som sjutton. Det nämnde inte Oscars kollegor när jag träffade dem. Det gillar jag *inte*. Någonting annat som jag bör veta?

De reste sig och gick mot Antons bil som stod parkerad en bit bort.

– Det där pappret som du tog på arbetsrummet i residenset den natten när Oscar dog, det som hade svaga konturer av siffror och bokstäver. Vi vet vad det stod.

– Och?

– Hela bladet var fyllt av bokstavs- och sifferkombinationer. De stod uppställda i grupper: RISC 1224, ARM 600, EFX 6402, och så vidare.

– Vad betyder det?

– Det vet jag inte. Ännu.

– Kan du titta närmare på det? Och jag tror det kan vara en god idé att be Tom Blixen hålla ögonen öppna efter den informationen också. Den bollen tar jag.

– Självklart, sa Anton. Jag har också funderat på vad kombinationerna betyder. Jag gissar att det har militär anknytning, så jag tänkte prata med någon på Generalstaben. Och förresten, Sergej Viktorovitj, tack så mycket för lunchen.

SHEREMETIEVOS FLYGPLATS

SKUROV GICK GENOM VAGNARNA på Aeroexpress, som trafikerade sträckan mellan Moskvas centrum och Sheremetievos flygplats. Han hade åkt med det en gång tidigare, när han och familjen reste till Paris. Han spanade efter Tom i de fullsatta vagnarna.

Han hade ringt Tom från restaurangen där han och Anton ätit lunch och fått veta att Tom var på väg att resa till Sverige. Skurovs första fråga hade varit om Tom var på väg hem för att träffa sin familj. Hans andra fråga hade varit vilken avgångstid tåget hade. Svaren var affärsresa och 12.45. Skurov hade haft exakt sex minuter på sig att tillryggalägga sträckan mellan restaurangen och Vitryska stationen. Att han och Anton råkat äta lunch precis invid stationen var en ren tillfällighet.

– Sergej!

Tom satt inklämd mellan en man i svart läderjacka, som såg ut som en affärsman av det provinsiella slaget, och en tulltjänsteman. Båda männen tittade upp när Skurov gick fram och skakade hand med Tom. Av en tillfällighet hade Skurov uniform på sig och kanske var det därför som männen erbjöd Skurov sina platser. Om det var någonting som Skurov uppskattade så var det den hövlighet som fler och fler av hans landsmän numera gav prov på.

– Vi måste sluta träffas så här, sa Skurov.
– Kanske det, skrattade Tom. Hur går din utredning?
– Den går framåt. Vi har fullt upp. Hur går det själv?
– Bra. Det känns äntligen som jag får komma igång med intressanta saker. Det har varit mycket ... pappersexercis.
– Jag förstår, svarade Skurov, medveten om att tåget skulle vara

framme om en kvart och att Tom säkerligen behövde ta sig till incheckningen då.

– Jag undrar om du har stött på några av de här bokstavs- och sifferkombinationerna när du har vänt på alla dina papper, sa han med en blinkning.

Skurov räckte fram listan som Anton sammanställt utifrån pappret som Skurov hittat i residenset.

Tom tog listan och granskade den.

– Det skulle underlätta om du berättade var du hittat dem.

Skurov svalde. Tom hade rätt. Han såg sig omkring. Tulltjänstemannen bredvid Tom tittade lämpligt nog ut genom fönstret.

– Det var något som vi tror att Oscar lämnade efter sig på residenset, sa han med låg röst.

– Okej.

– Jag skulle gissa att det kanske rör sig om koder, eller beteckningar på någonting, sa Skurov.

– Det är möjligt. RISC låter som någon teknikpryl.

Sheremetievo-2 nästa.

– Hör av dig om du stöter på de här beteckningarna.

Tom nickade och vek ihop pappret.

De tog farväl vid spärrarna. Skurov tittade efter honom, glad över att han verkade trivas på arbetet. Det var trots allt han som hade tipsat Tom om jobbet.

Skurov tittade på klockan. Han var tvungen att höra av sig till Julia Weinstein, som hade föreslagit att de skulle ses på Le Pain Quotidien. Han tänkte på hennes nätta figur och intelligenta ögon medan han rev sig i håret och vankade fram och tillbaka på perrongen i väntan på tåget tillbaka till Vitryska stationen. Så bestämde han sig. Knappade in ett meddelande med tummen och kände sig stoltare än på mycket länge.

Han skulle ju faktiskt bli farfar.

VIDSELE FLYGPLATS, NORRBOTTEN, SVERIGE

TOM HÄLLDE I SIG det sista av drinken och gav det tomma glaset till flygvärdinnan, som behandlat honom som en kung från det att han hade gått ombord på Sheremetievo. Han kände en märklig lättnad över att ha ett arbete att gå till och att få åka på tjänsteresa.

Från fönstret betraktade han skönheten som bredde ut sig under honom. Himlen var helt molnfri och den norra skärgårdens kobbar och öar låg utspridda som om de medvetet placerats ut på lagom segelavstånd från varandra.

Svensk sommar på landet.

Minnena sköljde över honom. Sommarlov, långsamma, lata dagar nere vid viken. Hans bråk med bröderna om de få värdefulla ägodelar de delade: luftmadrassen som de lagade varje år, kanoten och, framförallt, den lilla motorbåten. Augustinätterna när de hade lagt ut kräftburar med pappa. Han mindes känslan när han hade fått stanna uppe hela natten och mamma hade gjort nattamat åt dem när de kom hem. Han hade ringt henne nyligen och fått höra att de som vanligt skulle fiska kräftor allihop i år. Nästa sommar tänkte han ta med hela familjen så att de också fick uppleva det.

De cirklade in över Norrtälje och fortsatte bort mot hans hemstad Uppsala. Domkyrkans två tinnar och Uppsala slott stal all uppmärksamhet. Han studerade Mälaren som sträckte sig upp mot Dalby och gården Hammarskog, där han kunde urskilja de tre faluröda byggnaderna som utgjorde hans föräldrahem.

Han kunde faktiskt minnas vartenda ögonblick av den där vårdagen för tre år sedan då han, Rebecka och alla barnen hade besökt

Vidsele flygplats, Norrbotten, Sverige

hans föräldrar och hans storebrors familj. Rebecka hade varit fantastisk dagarna innan de åkte, då han gång på gång försökt backa ur besöket. Hon hade förklarat för honom att han måste göra det både för sin egen skull och för de andra i familjen. Han hade inte träffat sin storebror sedan olyckan som fått honom att lämna Sverige. Men han hade drömt mardrömmar om mötet fler gånger än han kunde räkna till.

Och så kom ögonblicket. Han hade stått på grusplanen utanför Stefans hus och väntat på samma sätt som man väntar på att en arkebuseringspluton ska avfyra sina kulor. Minnet av den döda brorsdotterns lilla kropp återvände med förödande kraft.

Stefan och hans fru hade kommit ut på farstutrappan. De hade sett vänliga ut. När Tom räckte fram handen hade de kramat om honom i stället. Sedan hade de suttit i köket. Länge. Gråtit tillsammans och nämnt Fanny vid namn flera gånger.

Det var först efter besöket som han insett att Rebecka hade förberett mötet med Stefan och hans familj långt i förväg. Hon hade berättat för dem om hur han lidit av skuldkänslorna under alla år. De, i sin tur, hade gjort klart för Rebecka att de aldrig hållit det som hänt emot Tom och att de ofta undrat varför han inte kom hem.

När de landade strömmade passagerarna av planet. Aeroflotbesättningen radade upp sig och tog farväl med breda leenden. Tom hade för länge sedan insett att han hade haft fel när han en gång sagt att ryssarna aldrig skulle kunna matcha västerländsk service – sanningen var att de numera ofta var bättre. Och han blev rörd, för han kände det som om han hörde ihop med dem, förstod sig på dem efter alla år i Ryssland.

De var *hans* folk.

I ankomsthallen passerade han Pressbyrån och stannade till vid Aftonbladets löpsedel: *Mellanhand fick 300 miljoner kronor när Swedish Aerospaces stridsflygplan såldes till Pakistan.*

Var det en slump att nyheten dök upp just idag när bolaget skulle ha en stor demonstration av sin kapacitet uppe i Norrbotten? Han stannade till och köpte en tidning. Det stod att agentprovisioner var standard för att vinna kontrakt och att de delades mellan tjänstemän och andra "konsulter". Vad hade Maratech för praxis? Han ville gärna tro att det ryska bolaget hade höga etiska krav.

Med kabinväskan rullandes efter sig tog han sig till terminal 2 där ett chartrat privatplan skulle flyga dem vidare till Vidsele militärflygplats. Tom visste inte mer än vad Vera och Felix hade sagt: att det var viktigt att svenska beslutsfattare fick bekanta sig med Oscars efterträdare och att hans närvaro var mer betydelsefull än han själv förstod.

Två kvinnor i vindjackor med Swedish Aerospace-tryck stod mitt i en grupp av människor. Den ena av dem såg bekant ut, men Tom kunde inte placera henne. Han gick fram till dem och presenterade sig.

– Hej, Tom! Vad roligt! Direkt från Moskva? Jag heter Marja och håller i all PR på den här resan. Känner du igen mig?

– Jo, men om jag ska vara ärlig minns jag inte riktigt var vi har setts.

– Du gick två klasser över mig på gymnasiet, på Katedralskolan.

– Just det! Du får ursäkta mig. Det var många år sedan.

Marja bara log.

– Vilka är det som är här? frågade Tom.

– Nästan hela riksdagens försvarsutskott, några från UD, ett par ambassadörer och försvarsattachéer, Försvarets materielverk och så generaldirektören från ISP.

– Jag förstår.

– Kan inte du gå över och prata lite med gänget där? sa Marja. Du kanske känner igen ledaren för Vänsterpartiet som står i mitten. Sedan är det en miljöpartist och en sosse från Norrbotten som är lite på kant med sina partikamrater. Alla tre är lite "teknikrädda" om jag uttrycker mig så.

Tom sneglade mot gruppen och särskilt på vänsterledaren, som såg betydligt äldre ut än när han hade sett honom på teve senast. Då, när han just bytt ut brevbärarjobbet mot riksdagen, hade han varit pinnsmal, men nu hade han en rejäl kula och grått hår. Han bar en mönstrad manchesterskjorta under en brun blazer. Tom gick bort till gruppen och presenterade sig.

Vidsele flygplats, Norrbotten, Sverige

– Åh, vad bra! sa Vänsterpartiets partiledare, Lars Olsson, aningen för högt, när han hörde vem Tom var. Några andra män, klädda i lammullströjor, tittade avvaktande åt deras håll. Tom fick en stark känsla av att de hade en annan politisk tillhörighet än Lars Olsson.

– Nu har vi chansen att få veta mer om vår vapenexport från någon som vet hur det fungerar i praktiken, fortsatte vänsterledaren, som om han ville visa borgerliga opponenter att han var nitisk när det kom till vapenfrågor.

Tom nickade, men valde att inte svara. Han märkte att Marja gav honom en granskande blick på avstånd, som för att kolla hur han skötte sig.

– Du har tagit över efter den där Oscar, väl? frågade miljöpartisten, som på sin höjd kunde vara några och tjugo.

– Det stämmer.

– Ingen som vet vad han dog av än? Unga människor dör ju sällan knall och fall så där, sa socialdemokraten och drog ut på orden på sävlig norrländska.

– En olycka, troligen, var allt Tom kunde komma på att säga och hörde själv hur märkligt det lät.

Den rosa bussen stack ut i den annars helt gröna naturen när de flög in mot Vidsele flygplats. Naturen var hypnotiserande i sin enformighet med vidsträckta, rundade kullar och Piteälven som slingrade sig mellan dem. Tom noterade att vänsterledaren, som satt bredvid honom, skruvade på sig när han såg bussen.

Swedish Aerospaces vd, Nisse Karlsson, tog emot på landningsbanan. De borgerliga riksdagsmännen med lammullströjor och Barbourjackor fick ryggdunkar och breda leenden liksom de socialdemokrater som gick strax bakom dem, men när Nisse såg vänsterledaren och hans följe stelnade han till.

– Jaså Lasse, du och Tom har funnit varandra, ser jag. Jag hoppas du har passat på att fråga honom om ett och annat.

– Absolut, svarade Lars Olsson.

– Fint, fint. Nisse Karlsson lade nästan faderligt handen på partiledarens axel. Du har förresten en egen välkomstkommitté som står och väntar utanför grindarna. Vi får gå och säga hej till dem också. Det är några journalister där som måste tas om hand. Det är väl bra att få några minuter i etern? I vanliga fall brukar de ju inte tycka att du är så intressant, sa Nisse Karlsson och skrattade rått.

Besöksgruppen lotsades mot de stora entrégrindarna i stängslet som omgav hela testanläggningen. Nu såg Tom vad det stod på den rosa bussen: "Kvinnor för fred i Kiruna".

Ett hundratal personer väntade utanför grindarna med vita banderoller med texten "Nej till drönare" och "Drönare dödar kvinnor och barn". Svenska freds- och skiljedomsföreningen och Kristna Fredsrörelsen var också där. Nästan samtliga demonstranter var kvinnor. Precis framför grindarna stod ett antal journalister med kameror och filmutrustning.

– Drönare dödar barn! Drönare dödar oskyldiga!

Demonstranterna och deras gälla rop föreföll obetydliga mitt ute i den vidsträckta fjällvärlden, men politikernas ansiktsdrag avslöjade att de ändå hade effekt.

– Hade det här varit Ryssland hade polisen tryckt in det här packet i piketerna, muttrade Nisse Karlsson åt Toms håll och styrde sedan stegen mot grindarna, som höll på att öppnas. Sedan höjde han rösten och ropade till journalisterna:

– God morgon, allihop. Det här är en informationsträff för utvalda personer, men riksdagsmännen här är vänliga nog att svara på några frågor.

Det hade börjat jäsa i gruppen av åskådare vid åsynen av Swedish Aerospaces arroganta vd, och aktivisterna kämpade för att hålla temperamentet i schack.

– Torbjörn Nilsson, Norrländska Socialdemokraten. Är det sant att ni redan börjat diskutera export av attackdrönaren Cryon?

– Det kan vi inte gå in på.

– Men ni har ju utländska representanter här...

– Torbjörn, sa Nisse med en ton som om han talade till ett olydigt barn, Cryon har många viktiga civila användningsområden. Som att spåra bärplockare som gått bort sig i era skogar. Fler frågor?

Vidsele flygplats, Norrbotten, Sverige

En kortväxt kvinna i en beige parkas tog ett steg fram ur ledet av demonstranter.

– Sonia Sharar, frilans. Hur kunde du, Lars Olsson, ledare för Vänsterpartiet, ställa dig bakom beslutet att Swedish Aerospace skulle få sjuhundra miljoner av staten för att utveckla mordvapen?

Hon spände sina mörka ögon i Olsson. Rösten och blicken tydde på ett patos lika starkt som demonstranternas, med den enda skillnaden att hon verkade kunna kontrollera sina känslor.

Tom sneglade mot vänsterledaren och såg hur han våndades.

– Sonia. Det är inte så enkelt. Socialdemokraterna försäkrade oss ...

– Följ partiprogrammet, svikare! ropade någon.

Plötsligt kom ett ägg farande, landade framför vänsterledaren och skvätte upp på hans skor och byxben.

– Okej. Om det är så ni vill ha det. Nu är det slut på utfrågningen, skrek Nisse Karlsson och tog ett kliv bakåt samtidigt som grindarna gled igen.

– Sjuhundrafemtio civila dödsoffer! Varav etthundrasextio barn!
– Sjuhundrafemtio dödsoffer! Etthundrasextio barn!

Lars Olsson vände sig mot Tom.

– Vi hade inget val, sa han med ett sorgset leende.

En buss körde dem till andra sidan av flygfältet där de klev ur. Marja hade bytt om till khakigrön overall och var omgiven av en grupp män med gravallvarliga ansikten. Bakom dem stod någonting som var täckt av gröna presenningar, en stor grå container och en giraff – en bandvagn med en uppfälld radarmast. Nisse Karlsson gled fram till Tom och viskade:

– Jättebra att du hänger med vänsterfalangen. Fortsätt med det.

Tom insåg med stigande förvåning att de förmodligen kände sig trygga med att han, en svensk, på något sätt var en garant för att exporten till Ryssland gick rätt till.

– Varmt välkomna till demonstrationen av Cryon. Ni kommer att få se vårt mest avancerade vapensystem någonsin, sa Marja med en röst som fick dem alla att lystra.

Vidsele flygplats, Norrbotten, Sverige

Hon lät sin blick svepa över de förväntansfulla gästerna.
– Jag lämnar över ordet till vår chefsingenjör.
– Tack, Marja. Projekt Cryon startade för över tio år sedan. Bakgrunden var att vi behövde aktivera och dra nytta av den kompetens som fanns inom företaget efter utvecklingen av Örnen. Över hundra högt kvalificerade ingenjörer behövde något att sätta tänderna i innan utvecklingen av nästa generation stridsflygplan påbörjades. Det började alltså som en *gap-filler,* men växte snabbt till någonting mycket större. Tillsammans med framförallt Frankrike har vi utvecklat en prototyp av en mycket avancerad drönare, som snart kommer att kunna serietillverkas.

En grupp kamouflageklädda män började dra av presenningarna. Bit för bit blottades en skapelse som var kallt grå i färgen. Den såg inte särskilt flygduglig ut och liknade mest en missbildad fågelödla.

– Cryon är i praktiken osynlig för radarsystem och kan bära en tung *payload*, fortsatte chefsingenjören. Det kan röra sig om både civil last och vapen. För att demonstrera Cryons potential kommer vi att genomföra en uppvisningsflygning och visa hur den kan oskadliggöra ett fientligt mål.

Tom noterade att stämningen i gruppen med ens blev spänt uppsluppen. Han såg också hur Nisse pratade med låg röst med de som han förstått var utländska militärattachéer.

– Vet du vad det där är? viskade vänsterledaren i Toms öra.
– Ett flygplan, svarade Tom och kände sig med ens dum. Jag menar en drönare, rättade han sig.

Olsson mötte hans blick och log sorgset.

– Det där är sjuhundra miljoner av våra skattepengar, sa han. Men vad skulle jag göra? Vapentillverkning skapar jobb.

Plötsligt började Cryon rulla. Lars Olsson, som stod som klistrad vid hans sida, följde tingesten med blicken när den rullade bort till andra sidan av start- och landningsbanan. Så började den accelerera och efter några hundra meter steg den mot den klarblå himlen.

– Följ med in i ledningscentralen, sa chefsingenjören och pekade på Tom och Lars Olsson.

Vinn över de mest skeptiska först, tänkte Tom.

Vidsele flygplats, Norrbotten, Sverige

Containern bemannades av två män i overall. De hade var sin joystick och en hel vägg av dataskärmar framför sig. Brummandet från hårddiskarna fyllde det trånga utrymmet.

– Härifrån styr operatörerna drönaren. Så länge vi har radiokontakt kan den vara miltals bort. Och tappar vi kontakten återvänder den hit. Roger där, till höger, har varit världsmästare i Counter-Strike, så det här är ingen match för honom att manövrera Cryon.

– Ser ni bilen där? frågade den ene drönaroperatören och pekade på en skärm. Det är ett fientligt fordon som kommer att elimineras.

Tom stirrade på målkorset som rörde sig över fordonet.

– Kom så går vi ut så får ni se skådespelet live, det är roligare, sa chefsingenjören.

De lämnade containern samtidigt som nästa grupp gick in.

– En minut till destruktion, sa chefsingenjören och pekade på fordonet som befann sig någon kilometer bort.

Deras blickar flackade mellan fordonet och himlen där de hoppades kunna se drönaren, men allt de hörde var ett surrande ljud.

– Hellfire avfyrad. Nedslag om sex sekunder, ropade chefsingenjören exalterat.

Det kändes som om tiden saktat in i avvaktan på den explosion som alla visste skulle komma. Tom undrade hur operatörerna inne i kontrollrummet skulle ha känt det om de vetat att fordonet innehöll levande människor och befunnit sig i en befolkad ort. Innan han hade tänkt tanken klart försvann det i ett svart moln och någon sekund senare slog ljudvågen emot dem.

STATSÅKLAGARÄMBETET, BOLSJAJA DMITROVKAGATAN 15, MOSKVA

SERGEJ SKUROV MÅDDE ILLA, fysiskt illa. Han tyckte inte om att förnedra människor på det här viset, men han kunde samtidigt inte blunda för att det faktiskt var en viktig del av hans jobb. Han var inte här för att få kvinnan i stolen framför honom att må bättre, att klappa henne på armen och säga att allting skulle bli bra. För ingenting blev någonsin bra när det redan hade gått så långt att han eller hans kollegor var inblandade. Då hade det redan gått åt skogen. Skurovs och Antons uppgift var kort och gott att bryta ner kvinnan för att få henne att göra medgivanden som de kunde använda.

Sin medkänsla hade han hängt av sig samtidigt som sin jacka.

Oscars flickvän Adele Sydow dolde sitt ansikte i händerna. Utan att säga någonting stack hon fram handen. Anton räckte henne en pappersservett till och mötte sedan Skurovs blick. Hans ansikte var helt uttryckslöst under det perfekt vattenkammade håret. Anton skötte sig bra. Han var den perfekte polisen. Utrustad med lika delar genuint rättspatos och handlingskraft. Totalt omutbar. Skurov funderade på vad han egentligen visste om privatpersonen Anton, om mannen ens gick att lära känna, men så mindes han att mötet i dansstudion faktiskt hade blottat en mänsklig sida hos kollegan.

Skurov harklade sig.

– Jag förstår att hela den här historien med Riederfamiljen känns obehaglig, men ...

Hon höll upp handen igen, men inte för att be om en ny servett, utan för att tysta honom.

– Att ni ens ... Vad är ni för människor egentligen? Hur kan ni ... Oscar har knappt hunnit kallna och ni sitter här och ... och, sa hon mellan snyftningarna.

– Er pojkvän sniffade kokain ifrån ett foto som föreställde ambassadör Rieder och er, avbröt Anton med monoton röst.

Det lät som om han läste högt ur tidningens väderprognos.

– Någon timme senare var han död, fortsatte Anton. Och samtidigt som allt det här hände var ni på Fårö i Sverige med hans far, en notorisk kvinnotjusare. För mig låter det som om Oscar dog av brustet hjärta.

Adeles gråt tilltog. Skurov kände illamåendet tillta, reste sig upp och tog några steg fram mot det öppna fönstret. Den heta augustiluften, mättad med sin doft av avgaser och ruttnande sopor från personalmatsalens lokaler, strömmade in i rummet.

Anton avvaktade, satt stilla med blicken fäst vid den gråtande kvinnan.

Så verkade Adele Sydow samla sig. Snöt sig på nytt och sträckte på ryggen. Mötte Skurovs blick utan att ge vika. Det fanns någonting trotsigt i de svullna, rödkantade ögonen. Någonting obändigt som Skurov anade att inte ens Anton kunde rå på.

– Ni vet *ingenting* om min och Oscars relation. Ingenting. Och oavsett vad jag gjorde på Fårö så har ni inte med det att göra, för det hade absolut ingenting med Oscars död att göra. Hur tror ni att det här känns för *mig* förresten? Min pojkvän sedan tio år hittas död bredvid en naken hora. I det svenska residenset. Alla pratar om det här nu. Hur jävla dum och naiv jag var. Alla som hävdade att han hängde sig kvar i Ryssland för att festa och ligga runt fick rätt. Hur tror ni att det känns för mig?

– Jag trodde ni hade en ... öppen relation? sa Anton.

Adele snöt sig på nytt. Samlade ihop det blonda håret i en tofs och lutade sig bakåt i besöksstolen. Hennes blick var tom.

– Det var mest Oscar som utnyttjade möjligheten till ... kontakter med andra.

– Och ändå stannade ni kvar i relationen?

Hon skakade på huvudet och såg ner på sina händer.

– Jag älskade Oscar. Men han var som ett barn. Han kunde inte ... Han menade inget illa, men han kunde inte låta bli. Han sökte alltid kickar, redan när han gick i skolan.

Hennes röst dog ut.

– Hur länge har ni haft en relation med Oscars far, ambassadör Rieder? frågade Anton i samma lugna ton som tidigare.

Kvinnan hävde sig upp ur stolen och lutade sig fram mot Anton. För ett ögonblick såg hon så hatisk ut att Skurov trodde att hon skulle ge honom en örfil. Sedan var det som om kraften rann ur henne. Hon sjönk tillbaka ner i stolen och sa med tonlös röst:

– Det har ni inte med att göra.

– Då frågar vi ambassadör Rieder om det, sa Anton.

– Visst. Gör det.

En antydan till ett leende skymtade förbi i Adeles svullna ansikte. Skurov registrerade det omedelbart. Höll de på att förlora greppet om henne? De hade inga ytterligare påtryckningsmedel att ta till. Hennes relation med ambassadör Rieder var deras enda starka kort. Det var dags att byta taktik.

– Vad skulle ni säga om jag berättade att ambassadör Rieder inte är särskilt behjälplig i utredningen av Oscars död? frågade Skurov och tittade allvarligt på Adele.

Det blev tyst i rummet. Det enda som hördes var ljudet från trafiken utanför och det brummande ljudet från kaffemaskinen i korridoren. Adeles leende var borta.

Hon började resa sig, men hennes ben skakade så mycket att hon satte sig ner igen.

– Oscar visste att jag brukade gråta ut hos hans pappa när han hade betett sig som en skit. Och han kände sin pappa tillräckligt väl för att veta hur han kände för mig. Jag ... jag var en idiot. Blev smickrad. Kunde inte säga nej. Oscar hade rätt, hans pappa är ett svin.

Tänk att man aldrig i förväg visste hur ett förhör skulle förlöpa, tänkte Skurov – här kom plötsligt medgivandet.

– Oscar var inte så arg för det, han hade blivit sviken av sin pappa så många gånger tidigare, tillade Adele.

– Fanns det någon som ville se Oscar död? frågade Anton.

– Självklart inte. Han var ofarglig som en unge. Han festade. Han var med andra tjejer. Men han var bara för ... *obetydlig* för att någon skulle vilja ta död på honom.

Anton och Skurov satt kvar i rummet efter att Irina hade visat Adele Sydow ut.

– Hon har rätt, sa Anton. Oscar Rieder tog inte livet av sig för att hon hade en relation med hans far. Och hon har ingen aning om varför han blev mördad. Jag sätter mina pengar på att det inte hade någonting som helst att göra med deras relation.

– Så vad tror du?

– En uppgörelse av något slag.

– Kan stämma. Det luktar kontraktsmördare lång väg.

– Om vi tror att det gäller affärer får vi ta och kolla det vanliga: affärshistorik, kompanjoner, kontrakt ...

– Bra, bra, sa Skurov.

De satt tysta en stund i den kvava värmen innan Skurov slutligen reste sig.

– Adele sa ju att Oscar hade blivit sviken av sin far många gånger. Vad tror du att hon menade? Han hade ju precis hjälpt honom att få ett prestigefyllt arbete.

– Det kanske var just därför. För att han hade ordnat det där jobbet åt honom. Minns ni vad Adele sa vid det förra förhöret? Att Oscar verkade bli irriterad när han såg inslag om vapen på teve?

– Det har du rätt i. Och vi vet ju att Oscar ringde sin pappa från residenset. Om det inte var om Adele han ville prata, så kanske det var om sitt arbete. Det kanske var ett rop på hjälp. Han var ju upprörd efter mötet med sin arbetsgivare.

– Jag tror ni har rätt, svarade Anton.

Skurov följde med Anton ut på gatan för att ta en cigarett.

– Jag tänker på det där sista som hon sa, mumlade Skurov. Det där om att Oscar var alltför obetydlig för att någon skulle vilja ta livet av honom. Skulle inte det vara det absolut värsta, att ha en partner som tycker att man är obetydlig? Inte odräglig eller opålitlig eller osympatisk. Bara obetydlig. Som om man knappt existerade.

ARLANDA FLYGPLATS, NORR OM STOCKHOLM

KVÄLLSSOLEN SPEGLADE SIG I den regnvåta landningsbanan utanför fönstret och skickade små vassa pilar av ljus in i väntsalen på Arlanda flygplats. Tom kisade, tittade ut och undrade hur lång tid det skulle dröja innan han kom hem till Sverige nästa gång.

Hem till Sverige?

Han hade bott så länge i Ryssland nu att han inte längre tänkte på Sverige som hemma. Sverige var där han vuxit upp och där hans släkt bodde, men det var också platsen där allting hade gått åt helvete.

Tom grep tag om kabinväskan och gick förbi baren där trötta resenärer dövade ensamhetens monotona värk, eller bara släckte törsten. Två flickor i Ksenias ålder kom småspringande med väskor i handen. De påminde honom om att det egentligen inte var platsen man bodde på som spelade roll, utan människorna man delade den med.

Ksenia, Rebecka och de andra barnen.

Hans människor.

Det enda som egentligen spelade någon roll, när alla inbillade materiella behov och ytligheter skalats bort. Kärnan i tillvaron.

Och Rebecka? Kände hon likadant, eller var jakten på det perfekta klippet – affären som skulle göra dem alla, eller i varje fall henne, ekonomiskt oberoende – viktigare?

Det hade funnits en tid när han var övertygad om att han kände Rebecka innan och utan. Att hon inte hade tänkt en tanke som han inte visste om, eller i alla fall kunnat ana sig till. Att han bara genom att se på henne, lägga sin hand mot hennes arm, med exakt precision kunde läsa av hennes sinnesstämning.

Arlanda flygplats, norr om Stockholm

Nu visste han inte längre.

Han öppnade dörren till toaletten och rullade in kabinväskan. Den stickande doften av ingrodd urin och desinfektionsmedel mötte honom. I spegelglaset såg han sitt eget trötta ansikte. Det cendréfärgade håret hade fått breda grå stråk och ringarna under ögonen hade börjat mörkna igen på samma sätt som när han arbetade på Pioneer Capital. Dörren öppnades bakom honom. Han vände sig om för att förklara att det redan var upptaget när en liten, mörkhårig kvinna trängde sig in och snabbt låste dörren.

Det var journalisten som hade ställt frågan om drönare utanför Swedish Aerospaces testanläggning i Lappland. Den ettriga, lilla kvinnan som stått utanför grindarna med en kamera i handen och kallat Swedish Aerospaces drönare för mordvapen. Han kände tydligt igen henne, men han mindes inte hennes namn.

Långsamt förde hon sitt pekfinger mot munnen.

– Vi har inte mycket tid så lyssna noga på mig. Vapen från Maratech säljs vidare på svarta marknaden för miljardbelopp. Det handlar om organiserad brottslighet, med förgreningar högt uppe i den ryska och svenska statsapparaten.

– Jag förstår inte ...

– Sch. Prata tyst.

– Men det finns väl ingen här som ...?

Kvinnan log överseende.

– Du har ingen aning om vad de hör och inte hör, och tro inte att det bara är i Moskva som du är övervakad. Lyssna nu. Personer inom Maratech samarbetar med kriminella element som säljer vapen vidare till diktaturer, krigförande stater och terrorister. Oscar Rieder fick reda på det här och kontaktade mig. Jag gav honom bevis för att vapnen användes mot oskyldiga civila. Och han hjälpte mig att få fram information inifrån Maratech. Det kostade honom hans liv.

Det blev en paus.

– Oscar Rieder dog av en överdos, protesterade han.

Hon gav honom en överseende klapp på axeln med sin seniga arm och började rota i sin handväska.

– Det stämmer säkert. Frågan är väl bara vem som gav honom den

Arlanda flygplats, norr om Stockholm

där överdosen. Oscar gick med på att ge mig det jag behövde för att avslöja Maratech och Swedish Aerospace. Men jag hann inte få allt.

– Swedish Aerospace, vad har de med det här att göra?

Hon fortsatte att rota i väskan.

– De visste också. På högsta nivå. Lita inte på någon, Tom.

Hon tog upp ett hopvikt papper, vecklade upp det och gav det till honom.

Tom tvekade, men tog sedan emot det. Det var en utskrift av ett mejl från Oscar Rieder till någon som hette Sonia Sharar. Själva mejlet innehöll bara en kolumn med nummer. Meningslösa nummer som inte sa honom någonting.

– Det är ordernummer, sa kvinnan och pekade på siffrorna. Ordernummer på försändelser med vapen som har mottagits av Maratech och sedan troligen sålts vidare på svarta marknaden.

– Och varför ger du det här till mig?

– Dels för att jag vill att du ska veta vad du har gett dig in på, dels för att jag behöver din hjälp att kontrollera om de här vapnen finns kvar i era lager eller på de ryska militära förband som de var avsedda för.

Tom kände hur kallsvetten bröt fram och munnen blev torr.

– Det här är inte mitt ... ansvar.

Hon skrattade ett torrt skratt och såg för en sekund road ut på allvar.

– *Det* är vad alla säger, Tom. Politiker, industrin, vapenlobbyn. *Det är inte mitt ansvar.* Åk hem nu till Moskva och se om du hittar de där vapnen i era lager. För jag kan sätta min högra hand på att de inte finns där. Om inte för mig, så gör det för din egen skull så att du sedan kan dra dig ur innan du blivit riktigt viktig för dem, för det vill du *inte* bli.

Tom tittade ner på pappret igen.

Från oscar.rieder@maratech.com. Till: sonia_sharar@hotmail. com.

Namnet lät bekant på något sätt, men han kunde inte minnas var han hört det tidigare.

Han mötte hennes mörka ögon och drog ett djupt andetag.

Arlanda flygplats, norr om Stockholm

– Vem är Sonia Sharar?
Hon log igen. Bredare den här gången.
– Jag är Sonia Sharar.

STATSÅKLAGARÄMBETET, BOLSJAJA DMITROVKAGATAN 15, MOSKVA

SKUROV TYCKTE ATT AMBASSADÖR Rieder på något märkligt sätt verkade ha krympt sedan de träffades senast. Kanske berodde det på miljön. Här, i Statsåklagarämbetets trista lokaler, och utan sina underdåniga kollegor från den svenska ambassaden, framstod han inte längre som den kraftfulle och imponerande mannen som Skurov mindes.

Ambassadören hade kommit ensam, inte ens tolken var med, och Skurov misstänkte att det berodde på att han anade att samtalet skulle komma att röra känsliga ämnen. Så känsliga att de inte ens var lämpade för tolkens öron.

Anton hällde upp kaffe åt ambassadören, som tackade och lutade sig tillbaka i fåtöljen.

– Jag vill börja med att tacka er för att ni tog er tid att komma hit, sa Skurov. Jag utgår ifrån att ni är en upptagen man.

Ambassadören svarade inte.

– Det är några frågor som vi skulle vilja reda ut med er, fortsatte Skurov. Det tar nog inte många minuter. En kaka?

Ambassadören skakade på huvudet när Skurov höll fram kakfatet.

– Ärligt talat så förstår jag inte varför det här är nödvändigt. Dödsorsaken är ju fastställd. Och den svenska polisen har lagt ner utredningen, så vitt jag förstår.

Skurov nickade deltagande.

– Som jag sa när jag ringde, finns det omständigheter som pekar på att Oscar faktiskt bragdes om livet. Kommissarie Levin har gått igenom alla bevakningsfilmer från veckan då Oscar dog, och utifrån dem har vi kunnat sluta oss till att någon smet in på ambassaden under fredagen och sedan stannade kvar i lokalerna.

– Det är inte möjligt. Hur skulle någon kunna smyga in i lokalerna? Vi har en rigorös säkerhetskontroll.

Anton redogjorde för vad de hade kommit fram till och visade ambassadören bilderna från bevakningskameran. När han pekade ut mannen som lämnade ambassaden mellan ambulanserna och polisbilarna bleknade ambassadören synbart.

– Men. Vad är det ni säger egentligen? Menar ni att min son blev mördad?

Skurov nickade.

– Det är vår teori.

– Men han dog ju av en över ... överdos ...

Ambassadören stammade och lade armarna i kors över bröstet som om han in i det sista ville värja sig mot deras påståenden.

– Det ena utesluter inte det andra, sa Skurov lugnt. Så nu undrar vi vem som skulle ha velat se er son död.

Ambassadör Rieder skakade långsamt på huvudet.

– Ingen. Han var helt ... oförarglig, ni måste tro mig.

– Jag ska säga vad jag tror, började Skurov prövande. Jag tror att Oscar hade hamnat i någon sorts knipa och att ni kände till det. De listor vi har fått från telebolaget visar att han talade med er flera gånger under veckan som han vistades på ambassaden. Både på tisdagskvällen och på fredagen. Och det var inga korta samtal. Under fredagen talade ni i sammanlagt fyrtiosju minuter.

Ambassadören skruvade på sig och satte ner sin kaffekopp med en smäll som var så kraftig att kaffet skvimpade ut på den vita laminatskivan.

– Vi talade om helt andra saker, sa Rieder. *Privata saker.*

– I en mordutredning finns det inga privata saker, sa Skurov.

Ambassadören lutade sig framåt och mötte Skurovs blick.

– Ni glömmer vem jag är, sa han. Jag kom hit för att vara hjälpsam och tillmötesgående. Jag behöver inte svara på några som helst frågor om jag inte vill.

Statsåklagarämbetet, Bolsjaja Dmitrovkagatan 15, Moskva

– Självklart inte, sa Skurov lugnt. Han gav Anton ett ögonkast för att se om han var beredd.

Ambassadören tog sin anteckningsbok och mobil som han lagt på Goteborg. På samma bord där kvinnan, som till slut berättat sanningen om sin och ambassadör Rieders relation, hade lagt sin handväska och sina tårdränkta näsdukar.

– Men jag skulle vilja be er att lyssna på mig i bara ett par minuter till. Vi tror att er son diskuterade någonting känsligt med er.

– Jaha. Det får stå för er. *Spasiba* och *do svidanija*, mina herrar. Jag önskar er lycka till med er utredning.

Anton var beredd.

– Vidare känner vi till att ni hade ett ... förhållande med er sons flickvän, Adele Sydow.

Ambassadören reste sig upp med en rörelse så häftig att fåtöljen nästan tippade bakåt.

– Vad i helvete ... Nu går jag härifrån.

Ambassadören plockade upp kavajen, som låg över ryggstödet och vände sig om för att lämna rummet.

– Jag kan ställa till ett smärre helvete för er ska ni veta! Om det så behövs ringer jag halva er regering. Dessutom åtnjuter jag diplomatisk immunitet för den händelse ni har glömt det.

Anton höll upp en hand mot Skurov, som för att be honom att vara tyst, sedan vände han sig mot ambassadören.

– Vänta. Vi är inte intresserade av era ... relationer. Allt vi vill är att lösa mordet på er son. Och vi är övertygade om att ni kan vara behjälplig där. Men om ni inte vill hjälpa oss kan vi förstås ingenting göra. Ni har er fulla rätt att gå härifrån utan att svara på en enda fråga. Men jag vill understryka för er hur lätt den här typen av skvaller sprider sig. Er relation med Adele Sydow skulle lätt kunna läcka ut till pressen, eller kanske till era svenska chefer. Märkligt egentligen, att vi människor är så intresserade av folks sexliv. Tycker ni inte?

Ambassadören frös mitt i steget. Skurov uppskattade att Anton självmant hade tagit på sig den här delen av förhöret.

– Era jävlar.

Ambassadören verkade osäker på vad han skulle ta sig för.

Statsåklagarämbetet, Bolsjaja Dmitrovkagatan 15, Moskva

– Kom och sätt er, sa Skurov. Vi står faktiskt på samma sida. Ni vill väl också veta vad som hände den där natten?

Ambassadören vände sig om och gick långsamt tillbaka. Sjönk ner i fåtöljen utan att möta Skurovs blick.

– Han var mitt enda barn, sa Rieder och tittade på sina händer.

– Jag vet, sa Skurov. Och jag vet också hur det känns att förlora någon man älskar. Låt oss jobba tillsammans för att lösa det här.

Rieder svarade inte, men Skurov kunde se tårarna som rann över de fårade kinderna.

– Han hade problem på jobbet. Men jag kan inte tala om det, för det är för känsligt. Det rör Sveriges säkerhet.

– Problem på Maratech? frågade Skurov och gjorde en anteckning i sin tummade svarta anteckningsbok. Vilken sorts problem?

Ambassadören suckade och skakade på huvudet.

– Stannar det mellan oss?

Skurov nickade, trots att han visste att Anton spelade in samtalet.

– Självfallet.

– Han misstänkte att Maratechs vapen försvann.

– Försvann?

– Ja, att någon på bolaget sålde dem vidare.

– Ni menar att någon stal dem?

Rieder nickade.

– Vem?

– Det visste han inte själv, men han berättade att han ville säga upp sig av det skälet. Han ville inte bli inblandad i någonting som han uppfattade som oetiskt.

– Och vad sa ni till honom då?

Rieder begravde ansiktet i händerna.

– Jag tyckte att han skulle stanna. Herregud, jag *bad* honom att stanna.

– Men varför det?

Skurov var förvirrad.

– För att det inte var hans ansvar att hålla ordning på alla de miljontals vapen som Maratech har i lager. För att exporten till Maratech är viktig för Sveriges vapenindustri. Och för att han äntligen hade skaffat ett jobb som han faktiskt också skötte på ett exemplariskt sätt. Jag såg ingen anledning för honom att ta på sig ett moraliskt ansvar för saker som faktiskt inte hade med honom att göra. Tänk om jag hade anat ...

– Vet ni vart vapnen såldes?

– Ingen aning. Jag vet bara vad media rapporterat. Att vapen hittades i Somalia. Men det kanske ni redan visste, ni verkar ju pålästa. Oscar pratade också om några personer som han misstänkte var mellanhänder. Det var tydligen svårt att skilja legitima kunder från de som planerade att sälja dem vidare illegalt.

– Han nämnde inga namn? frågade Anton.

Ambassadören skakade på huvudet, men sa sedan:

– Förresten, en gång i somras nämnde han något som hette IAC. Det var visst där som affärerna gjordes upp.

– IAC, vad är det? frågade Skurov.

Ambassadören mötte hans blick för första gången på flera minuter.

– Jag är ledsen. Jag kan inte hjälpa er.

– Jag förstår, sa Skurov. Tog ni upp det här med någon på Maratech?

– Ja, jag *tog upp* frågan med Vera Blumenthal. Jag kunde ju inte låta henne ana att Oscar misstänkte något, så jag frågade lite allmänt om Somalia och om hon visste hur vapnen hamnat där, men det gjorde hon inte. Och jag hade verkligen ingen anledning att misstro henne. Det sa jag till Oscar också.

När ambassadören hade försvunnit ut genom dörren vände sig Anton mot Skurov.

– Jag antar att det är rätt illa om vapen som stulits från det statliga monopolbolaget säljs på svarta börsen, eller har jag fel?

– Det är en *kashmar*.

Det var verkligen en mardröm – det enda Skurov kunde komma på som skulle ha varit värre var om polisen själva varit iblandade.

– Det kanske är dags att ta kontakt med våra kollegor inom underrättelsetjänsten?

Skurov svarade inte. Hans tankar hade gått till Tom Blixen. Ville

Statsåklagarämbetet, Bolsjaja Dmitrovkagatan 15, Moskva

det sig riktigt illa hade Skurov helt ovetande skickat honom rakt in i odjurets käftar när han rekommenderade honom att söka jobbet på Maratech. Nu fanns bara en sak att göra.

Han måste varna Tom.

KALININETS, 40 KM VÄSTER OM MOSKVA

– SKIT!

Tom hade för länge sedan tappat räkningen på hur många gånger han hade skrikit det i bilen på väg till Kalininets. Och nu låg han efter en vitrysk långtradare som vägrade flytta på sig. När en lucka öppnade sig i innerfilen tryckte han gasen i botten så att Landcruisern med nöd och näppe kunde slinka in framför fordonet.

Han hade gett sig av före klockan sju på morgonen för att slippa rusningen och kört ut på M1, Vitryska motorvägen, som ledde till Minsk. Nu hade han bara några kilometer kvar.

Snart var det dags.

Alltsedan mötet med journalisten Sonia Sharar hade han funderat, och kommit fram till att han ville ta reda på om hon hade haft rätt. Om hennes påståenden var sanna, var det kanske bra att hon kontaktat honom innan han på allvar hunnit sylta in sig i någonting.

Men han tvivlade på att hennes teorier stämde. Maratech hade alldeles för mycket att förlora på att se mellan fingrarna på storskalig illegal vapenexport. Företaget omsatte över tio miljarder dollar och var dessutom statligt ägt. Det förekom säkert en del svinn, som Vera hade påpekat, men det gjorde det på andra företag också.

Om det var sant tänkte han säga upp sig på stående fot, även om han bestämt sig för att i så fall inte ange några skäl annat än personliga.

Faktum var att det skulle smärta lite extra att sluta just nu. Veras och Felix attityd hade förändrats. Berget av administration som Oscar hade lämnat efter sig hade nästan försvunnit och ett antal nya, meningsfulla och utmanande uppgifter väntade på honom – exakt sådana som han hade blivit lovad när han skrev på kontraktet. Som att försöka övertyga finnarna att byta ut sina gamla ryska pansarbandvagnar mot nya, en affär som skulle vara värd tiotals miljoner dollar om den blev av.

Men det som gjorde Tom mest tveksam till att säga upp sig var Ksenia och de andra barnens förändrade attityd till honom. De tog honom inte längre för given. I stället bönade och bad de honom om att ge dem uppmärksamhet. Och Ksenia hade sagt till sina klasskamrater att han jobbade på en vapenfabrik – Rysslands största vapenfabrik. Det hade varit populärt och Ksenia hade frågat honom om han kunde ordna fram vapenattrapper till killarna.

Tom körde av motorvägen söderut och började närma sig utkanten av Kalininets, en liten ort där Tamanskaja-divisionen låg. Han hade sett den i arbete, på teve, när den ryckte ut till president Jeltsins hjälp vid stormningen av det ryska parlamentet – Vita huset – i oktober 1993, och under Tjetjenienkrigen. Nu skulle han besöka den som representant för Maratech. Han försökte slappna av, inte tänka på vad han hade framför sig och tittade ut på landskapet i stället.

Tom passerade små fabriker och lagerlokaler omgivna av likadana låga cementmurar och hemsnickrade hus. Men han såg bara några få åldringar som satt och sålde hemodlade grönsaker. När han hade kommit till Ryssland hade de funnits överallt och bjudit ut sina varor i desperata försök att tjäna några rubel för att överleva.

Många enfamiljshus var nybyggda och skiljde sig inte nämnvärt från husen i svenska förorter. Här bodde den ryska medelklassen, som fått det mycket bättre de senaste åren. Trafiken blev tätare och husen allt fler. Han passerade blå och grå tiovåningshus, de vanliga kioskerna och småbutikerna, men också några riktiga livsmedelsaffärer, som kedjan Magnits populära närbutiker.

Det var en helt vanlig morgon i en rysk förortsstad. I busskurerna stod välklädda människor och väntade, men barnen lyste med sin

Kalininets, 40 km väster om Moskva

frånvaro – de ryska skolorna började inte förrän den 1 september. Vart han än vände blicken såg han reklam för mobilabonnemang: Beeline, MTS, Megafon och Tele2.

Han intalade sig själv att han såg vanlig ut. Klädd i kamouflagebyxor med sidofickor, kängor och Maratechs vita pikétröja med företagslogon på ryggen och bröstet. En vanlig man på ett vanligt rutinärende – att inspektera Tamanskaja-divisionens optiska sikten som sålts av Sverige till Ryssland helt nyligen.

Det var Vera som hade propsat på att Tom skulle besöka Tamanskaja-divisionen. Svenska tjänstemän och riksdagsmän från försvarsutskottet hade föreslagit att Maratech skulle göra egna kontroller för att säkerställa att vapnen fanns där de skulle. Vera hade nappat direkt – om beslutsfattarna i Sverige kände sig trygga skulle affärerna gå bättre. När svenska tidningar skrev att vapen avsedda för Ryssland hittats i både Burma och Somalia var det ett perfekt motdrag för att förekomma politikernas oro och det var Vera klok nog att utnyttja.

– Så där, då har ni fått se alla våra trupptransportfordon som har era optiska sikten monterade. Är allt till belåtenhet och har jag svarat på alla era frågor? undrade den korrekte materielchefen, en överstelöjtnant med efternamnet Kolbasov.

– Jag är mycket nöjd, tack, svarade Tom.

Han hade varit runt i fler förråd, garage och övningsfält än han kunde räkna. Och vartenda optiskt sikte fanns där det skulle.

Men en annan sak lyste med sin totala frånvaro. På övningsfälten, i vapenförråden de passerat, i fordonen de hade besiktigat – ingenstans fanns ett enda svenskt granatgevär av modell Gustav Wasa, vilket var märkligt, eftersom divisionen enligt de dokument som Tom granskat hade ett överflöd av just det vapnet. Däremot hade han lagt märke till oräkneliga RPG – *rutjnaja protivatankavaja granata* – ryssarnas eget granatgevär, av modell 16 och 28. RPG var underlägsen den svenska motsvarigheten, vilket var anledningen till att ryssarna, precis som amerikanerna och många andra med dem, velat ha just Gustav Wasa. USA tillverkade en modell som hette 4AT under

Kalininets, 40 km väster om Moskva

licens från Swedish Aerospace. Faktum var att det kanske just i denna stund användes i Irak.
– Hittar ni ut själv? frågade överstelöjtnanten.
– Absolut, jag skulle bara vilja gå förbi kasernaffären och handla några saker. Den ligger väl ut till vänster om jag minns rätt?
– Alldeles riktigt, svarade överstelöjtnant Kolbasov, vars namn ordagrant betydde korv.

Tom vek av till vänster, förbi en lång kontorsbyggnad, och gick in i affären. En kvinna, som såg ut som om hon vaknat minuten innan, tog betalt för hans vatten och bananer. Han tyckte sig egentligen ha tillräckligt på fötterna för att kunna säga att Gustav Wasa troligen inte fanns på divisionen – trots att alla dokument indikerade att de borde ha funnits där. Det räckte för honom för att säga upp sig så fort han kommit tillbaka till Moskva.

En pluton passerade utanför. Soldaterna var klädda i stridsmundering med gevär över axlarna och ett par tunga kulsprutor och RPG-16 granatgevär. De var dammiga, svettiga och trötta. Gissningsvis var de på väg till kasernen för att göra sig av med utrustningen och sedan äta lunch.

Tom bestämde sig för att följa efter dem. Efter en kort bit lämnade de området, gick över en väg och marscherade in på en annan förläggning som av skylten att döma hette Infanteriskolan. Han slank med. Om granatgevären fanns så måste de vara här. Det var infanterisoldater som använde vapnet. Plutonen gick in på en gård, ställde sig på tre led och började lämna in vapnen till personalen på vapendepån. Han följde diskret efter dem. De två soldater som stod vid ingången till förrådsområdet tittade inte ens upp. När soldaterna lämnat in sina vapen gick han fram till en av öppningarna och kikade in. En trött man tittade upp när han tilltalade honom.
– *Da?*
– Maratech. Jag gör platsbesök här. Vi vill bara höra hur våra vapen fungerar.
– Vilka vapen? svarade mannen kort.
– De svenska granatgevären.
– *Svenska vadå?*

Mannen var irriterad. Märkligt. Ju artigare man var, desto otrevligare blev man ofta bemött. Han borde ha kommenderat mannen i stället, men nu var det för sent att sätta sig i respekt.
– Svenska RPG. Som RPG-16 eller 28, sa han och tog fram bilden på Gustav Wasa.
Materialaren kom fram och slängde en blick på fotot i Toms hand.
– Aldrig sett på Tamanskaja.

Tamanskaja-divisionens anläggning försvann bakom honom i backspegeln. Det var fredag och han tänkte inte tillbringa en minut längre här än vad han behövde.

Han insåg att han valt att bortse från flera märkliga förhållanden och sammanträffanden: Maratechs iver att visa upp honom för de svenska myndigheterna och Oscar Rieders och hans assistents mystiska och nästan samtidiga dödsfall.

Han var tacksam mot Sonia Sharar, som fått honom att inse att vapenindustrin fungerade precis som alla andra branscher – det ligger i sakens natur att producenterna vill sälja sina älskade produkter till så många som möjligt och ta till alla medel som står till buds för att nå sina mål. Med sin erfarenhet av finans- och bolagsanalys var det oförlåtligt att han inte hade gjort bättre efterforskningar innan han hade börjat på Maratech. Men precis som med dåliga investeringar berodde det på att han inte förmått skilja på sina privata motiv, den mänskliga faktorn om man så ville, och de rent rationella.

Sonia förtjänade ett tack. Han tog upp mobilen vid ett rödljus vid påfarten till M1:an och skrev ett kort meddelande.

Du hade rätt. Hälsn Tom.

I samma ögonblick som han tryckte på send hörde han sirener och tittade upp. En polisbil hade kört upp bakom honom. Den låg farligt nära och polismännen signalerade åt honom att stanna. Han körde av på den dammiga vägrenen, stängde av motorn och vevade ner rutan. En vägg av het luft som luktade vägdamm och torrt gräs slog emot honom när han lutade sig ut för att höra vad polismannen ville.
– Tom Blixen?
– Ja?

Kalininets, 40 km väster om Moskva

Han förstod inte hur polismannen visste vad han hette, men han fylldes av onda aningar när ytterligare två trafikpoliser klev ur och närmade sig hans bil med händerna vilande på sina vapen.

– Ur bilen! Ni är anhållen för brott mot den ryska federationens lag om intrång på skyddsklassat militärt område.

MATROSSKAJA TISJINAHÄKTET, MOSKVA

TOM KÄNDE ALLTFÖR VÄL igen den ökända gulvita byggnaden som skymtade framför polismännen. Matrosskaja Tisjina, "Sjömännens tystnad", var ett av Moskvas största häkten och platsen där oligarken Romanov suttit fängslad i ett par månader innan sin rättegång.

Häktade och anhållna i Ryssland hade ofta sämre levnadsvillkor än dömda fångar. Cellerna var överfulla av mördare, våldtäktsmän och vanliga oskyldiga – hederliga affärsmän som blivit angivna av konkurrenter, eller utmanat mäktiga tjänstemän. Det måste vara ödets ironi att Maratechs huvudkontor bara låg ett stenkast ifrån häktet.

De körde in på innergården. Innan han fick lämna bilen satte de på honom ett par slitna handbojor. Sedan leddes han in genom en port med texten *Inskrivning av interner*. Dörren ledde vidare till en korridor, där en fadd stank av rutten salami och svett genomsyrade den stillastående luften.

Mannen vid det skrangliga träbordet tittade upp på honom med likgiltig blick.

– Namn?

– Jag måste få tala med någon. Det här är ett misstag. Jag är svensk medborgare och …

– Säg ditt namn, annars hamnar du direkt på Korrigeringsavdelningen.

– Blixen, Tom.

– Utlänning? Då ska du få en extra trevlig cell, smålog inskrivaren och tittade upp mot polismännen som fört in honom och de två fångvaktare som hade anslutit sig. De småskrattade på ett sätt som han uppfattade som urskuldande. Kanske tyckte de lite synd om honom trots allt, för en av männen tog av honom handfängslen och gav honom en uppmuntrande dunk i ryggen.

Medan vakterna ställde sig en bit bort för att diskutera förra veckans fotbollsmatch mellan Spartak Moskva och Ural fortsatte inskrivaren att långsamt och med spretig handstil föra in uppgifter om Tom i sin liggare.

Tom granskade de slitna, gråmålade väggarna, stoppade händerna i fickorna och kände sedlarna som blivit över när han hade handlat på vägen till Tamanskaja.

Han beslutade sig för att det var värt ett försök, lutade sig långsamt fram mot inskrivaren och viskade:

– Som jag sa, det här är ett misstag. Kan ni kontakta överåklagare Sergej Skurov på Statsåklagarämbetet i Moskva och berätta att jag finns här? Jag skulle bli mycket tacksam.

Tom lade sedlarna på träbordet.

Inskrivaren gav vakterna en snabb blick och snappade sedan åt sig pengarna.

– Kan ni hjälpa mig? frågade Tom.

Inskrivaren mötte hans blick.

– Er adress? sa han likgiltigt.

Fångvaktarna instruerade honom att följa med in i ett annat rum. Han beordrades att klä av sig och lägga alla lösa saker i en trälåda. Under tiden iakttog de honom under tystnad. Den yngre fångvaktaren sa någonting som han inte förstod. De tittade på honom, och när han fortfarande inte förstod pekade de mot hans underliv och sedan mot en låda med plasthandskar som stod på ett bord. Tom försäkrade dem att han inte gömde någonting därnere och hoppades att de skulle tro honom.

Det började sjunka in att han hade kommit till helvetet.

Fångvaktarna sökte igenom hans fickor och kängor.

– Ta på dig, sa de sedan och pekade på en hög med skrynkliga kläder.

Han lyfte dem och kände en unken lukt, men lydde utan att ställa några frågor.

– Armarna på ryggen!

De satte på honom handbojor igen och ledde ut honom i en korridor. En schäfer började skälla och nafsa honom i hasorna. Ytterligare två fångvaktare anslöt sig. Tom gick framåtlutad, och allt han såg var det fläckiga betonggolvet.

Ingen av vakterna sa någonting. En frän stank genomsyrade lokalen och han kom på sig med att tänka på ladugården i Dalby. Hur doften av gödsel, boskap och pölar med dygnsgammal urin fått det att vända sig i magen på honom.

Han hade gett vad som helst för att få vara där nu.

Vakterna stannade. Framför dem tornade en gallergrind upp sig. En av männen anropade centralvakten, som släppte in dem, och de fortsatte in i en större sal med ett antal gallerceller på sidorna och en gång i mitten. Cellerna påminde Tom om burar. Luften var så kvav och fuktig att den knappt gick att andas. Han såg in i en cell där fångarna satt tätt packade likt kycklingar i en hönsfabrik. Männens ansikten uttryckte en vanmakt som fick det att knyta sig i Toms mage.

De stannade vid nästa bur. En fångvaktare låste upp handfängslet och Tom tittade rakt in i lejonets kula. En man med litet, rakat huvud som stod innanför gallret granskade honom från hjässan till fötterna. Hans blick fastnade vid Toms kängor.

– Nytt färskt kött! skrattade den rakade internen och blottade en tandrad som saknade en framtand.

Grinden öppnades.

– Backa! skrek hundföraren och släppte schäfern så att den kunde ställa sig mot gallret och skälla.

– In med dig!

Tom tvekade en sekund. I cellen trampade internerna på varandra för att hålla sig undan från den uppretade hunden. Det här var helvetet på jorden.

Han gick in i cellen.

En doft av uppgivenhet parad med rovlystnad fyllde cellen. Från taket hängde tältliknande kojer där internerna sov eller vilade. Tomma, oseende ögon stirrade på honom.

Tom visste inte vart han skulle ta vägen. Golvet var fullt av män som satt eller låg. Om någon rörde på sig var de andra tvungna att flytta på sig för att släppa fram honom.

Han blev stående. Den rakade internen utan framtand gick förbi honom.

– *Parti-tajm!* sa han milt och log mot Tom. Sedan fortsatte han bort mot andra ändan av buren, där ett lågt bord, omgivet av små pallar, stod. En gasolbrännare var på och en stor kittel med vatten kokade.

Tom kände en liten knuff i ryggen.

– *Molodoj tjelovek.*

Det var en gråhårig man i hans egen ålder som tilltalat honom "unge man". Mannen var ovårdad, men utstrålade ändå en slags värdighet. Han tittade ut från sin sängglugg och tecknade åt honom att komma fram.

– Jag kallas Pasja-Biznez. Jag har varit här i tre månader i väntan på min dom. Några konkurrenter bussade skattepolisen på mig för att bli av med mig. Vem är du?

Tom berättade om sig själv och att han inte visste varför han hade gripits.

– Då har du en mäktig fiende.

Han kunde inte ta in vad mannen just sagt. Troligtvis var alltihop ett misstag och han skulle vara släppt om ett par timmar. Men kunde han vara säker på det? Mannen framför honom hade suttit här i tre månader, det skulle han aldrig överleva.

– Du är hel och ren vilket gör dig spännande för Glimka och hans gäng, sa Pasja-Biznez och gav den skallige vid det lilla bordet en blick.

Tom rös när han hörde det och tittade åt samma håll. Mannen som hette Glimka höll på att injicera någonting i armen. En stor barbröstad man, som vid första anblicken liknade en muskelbyggare, men som vid en närmare granskning såg ut att vara byggd av späck, drog åt ett tygstycke runt överarmen på Glimka, som förde in spetsen på en smutsig kanyl i sin bleka arm.

– Några regler och några råd, sa Pasja-Biznez. Först. Jag är fredad, för jag får in saker här genom mina kontakter. Men dig kan jag inte skydda om de verkligen vill ha dig. Du är för spännande, lite *het* om du förstår vad jag menar. Glimka bryr sig bara om knark och sex. Och knark har han och de andra redan tillräckligt av.

Tom ville inte tro att var sant. Menade mannen det han sa?

– Om de vill ha mig. Ha mig hur då? Menar du att de våldtar?

– Vill de ha dig så ska du skatta dig lycklig om det stannar vid det. En kille i cellen bredvid, en ung grabb, blev förflyttad, men han kommer att få skita i påse på magen resten av livet. Har du tur får du inte tuberkulos, men vi andas alla samma luft härinne, så det går inte att vara säker. Och du kan räkna med att de flesta av oss har HIV. Jag är beredd på beskedet den dag de testar mig. Om jag kommer ut härifrån, vill säga. Mannen tystnade en stund och fortsatte sedan: Du kan inte dricka vattnet här, men du har rätt till kokt vatten från kitteln. Vänta tills Glimka är hög och ligger och hallucinerar innan du går dit bort bara.

Tom tänkte på alla rosslingar, på den råa hostan och bakterierna som säkerligen frodades på stengolvet.

– Vad ska jag göra?

– Du måste fundera på om det finns någonting som du kan erbjuda Glimka.

Det var svårt att känna någon riktig tacksamhet bara för att han hade fått råd om hur han inte skulle bli våldtagen, men han insåg att Pasja-Biznez faktiskt brydde sig om honom. Hade han tur skulle de upptäcka att han blivit satt i häktet av misstag innan någonting hände.

Plötsligt hördes det ett vrål från en av cellerna i salen.

– Jag dör!

Alla interner i hela salen började skrika som om det pågått en fotbollsmatch.

– *Vakt. Vakt. Vakt!*

Efter någon minut hördes ljudet av en skällande hund som närmade sig. Alla i buren utom Pasja-Biznez och Glimka, som satt vid bordet med halvslutna ögon, klättrade upp på gallret för att se vad som pågick.

Matrosskaja Tisjinahäktet, Moskva

Tom skymtade två vakter, beväpnade med kalasjnikovs. Någon minut senare såg han vakterna bära ut en kropp, med en stor röd fläck på magen. Mannen visade inga livstecken.

Klockan halv sex kom fångvaktarna med vagnar, fyllda med stora, buckliga kastruller. Internerna ställde upp sig på rad för att få en aluminiumskål med mat. Som nykomling i cellen fick han stå sist. Innehållet i skålen såg ut som en blek gröt med sönderkokta grönsaker i. Brödet däremot var det gamla hederliga svarta ryska brödet. Glimka och några av de andra tog inte sina skålar. Vid bordet hängde påsar med livsmedel som de måste ha fått utifrån.

Tom åt sin mat framför sin nye väns sängkoj.

– Ljuset släcks halv tio, sa Pasja-Biznez till honom i låg ton. Har du kommit på vad du ska göra ifall de ger sig på dig? De brukar vänta tills det är mörkt.

Tom insåg att han måste ta alla chanser han fick att komma härifrån innan natten. En man hade precis skurits ihjäl några meter ifrån honom och samma sak skulle kunna hända honom. Skurov hade inte dykt upp, så troligen hade inskrivaren aldrig ringt, bara tagit pengarna.

När fångvaktarna var på väg tillbaka genom salen med sina vagnar ålade han sig fram till gallret.

– Ursäkta. Jag har suttit här mer än tre timmar nu. Jag har rätt till ett telefonsamtal.

Om han fick igenom sin lagstadgade rätt, tänkte han ringa Rebecka, berätta att han levde och sedan be henne kontakta Skurov och den svenska ambassaden.

Alla drömmar om att få ringa ett samtal krossades när den kraftige fångvaktaren, som stod och rökte på andra sidan gallret, sa till honom att hålla käften.

Exakt klockan 21.30 släcktes ljuset i salen. I mörkret blev alla ljud mer påtagliga. Det var en sorglig blandning av snarkningar, stön, gråt och elak hosta. Själv låg Tom utsträckt på golvet med filten under sig. Det var för varmt för att ha den på sig. Han tänkte inte heller somna efter vad Pasja-Biznez berättat för honom.

Varje gång någon reste sig för att gå fram till hålet i golvet, som var dolt bakom ett duschdraperi, var han på sin vakt för att försäkra sig om att han inte skulle bli överraskad. Efter någon timme, när nästan bara snarkningar hördes i salen, lade han märke till rörelser i kojerna borta vid bordet. Han hoppades att det inte skulle vara det han fruktade.

Ljudet av viskningar nådde honom.

– Upp och hoppa, kompis, du ska smaka Glimka!

Tom sneglade åt andra sidan av buren, där Glimka och späckberget stod vid det lilla bordet. En smal intern stod på knä framför Glimka.

– Hämta det nya köttet, hörde han Glimka säga åt den store mannen, som långsamt började vagga fram emot Tom.

Tom försökte samla sig. Han hade bara sekunder på sig att bestämma sig, inte mer. Den fete var nästan framme vid honom och han kände hur varje muskel i kroppen var beredd, hur adrenalinet pumpade i varje cell.

– Nykomling, följ med bort till bordet. Vi har någonting till dig.

Tom reste sig. Muskelberget hade bar överkropp och hans bröst vilade tungt mot den svettblanka magen.

Den unge mannen som stod på knä framför Glimka hade precis börjat med sin förnedrande syssla.

– Tolstjak, börja du! sa Glimka. Sedan vill jag. Och jag ska ha kängorna!

– Ta av dig byxorna och ställ dig mot gallret, sa fläskberget med dov röst.

Tom började dra i bältet. Den tjocke växlade mellan att titta på Glimka och Tom.

Den fete mannen stod bredbent. Tom försökte tänka klart. Undrade om Pasja-Biznez eller någon av de andra var vakna, och om de skulle ingripa. Pasja-Biznez hade hursomhelst fått rätt och Tom hade ingenting att förhandla med för att freda sig.

Tom tog ett steg framåt och såg på den tjocke mannen, som upphetsat tittade på skådespelet vid bordet. Han tog sats och måttade en spark.

Matrosskaja Tisjinahäktet, Moskva

Kängan träffade köttberget någonstans strax ovanför knäskålen. För ett ögonblick stod Tom som förstenad medan han väntade på reaktionen. Den tjocke kippade först efter andan, men efter någon sekund hördes ett tilltagande vrål. Insikten om att hans spark måste ha träffat hyfsat rätt, eftersom späckberget både vrålade av smärta och föll framåt, fick Tom att skärpa sig. Han tog ett steg bakåt för att få den kraft han behövde i sin andra spark, som träffade mannen mitt i skrevet. Han skänkte sin kampsportstränare i källaren på Ostozjenkagatan en tacksam tanke.

Slå först och slå hårt.

Tjockisen ramlade i backen och Tom tittade åt Glimkas håll. Den unge mannen hade flyttat sig, men Glimkas skrev var bart och byxorna låg nedhasade runt fötterna på honom. Så gjorde Glimka en rörelse mot bordet, där en gammal ostbit låg bredvid två stora knivar.

Tom tog några steg mot Glimka samtidigt som han erinrade sig de mest förödande slag och sparkar han lärt sig – han kände sig så förberedd man kunde vara i ett slagsmål på liv och död. Glimka var ingen stor man, men hans ögon var nu fyllda av vrede i stället för lust. Tom bestämde sig för att svepa honom. Kängan träffade Glimka över smalbenen, men Glimka lyckades behålla balansen och lutade sig framåt för att nå bordet och knivarna.

– Du ska dö, väste Glimka.

– Du är redan död, sa Tom och övermannades av en primitiv önskan att ta livet av Glimka. En drift så stark att den nästan skrämde honom. Tusentals år av evolution hade inte förändrat någonting. Här, i den trånga cellen, gällde djungelns lag. Civilisationens tunna fernissa hade flagnat av så snart vakterna hade låst dörren bakom honom.

Tom sparkade mot Glimkas ben igen, men han drog sig undan.

Det var en fråga om sekunder, sedan skulle Glimka nå knivarna på bordet, och Tom gissade att han visste hur man hanterade dem. Han vräkte sig mot Glimka. Försökte få tag i hans huvud för att slå det i bordet eller golvet, men huvudet var så glatt av svett att han inte fick fäste. Han försökte sig på halsen i stället. Den ena handens fingrar fick grepp om Glimkas strupe, men samtidigt rörde sig hans motståndares händer över bordet, trevade efter knivarna som han visste fanns där. Tom insåg att han måste vara beredd på ett hugg bakifrån. Han släppte greppet om Glimkas strupe, retirerade någon meter och drog upp knät mot bröstet.

Glimka vände sig långsamt om. Han hade en kniv med ett kort blad i handen, en sådan som det tog tid att döda någon med. Det skulle vara svårt för Tom att träffa rätt, för den lille mannen var spänstig och rörde sig snabbt. Desperat sparkade Tom med hälen mot den punkt där han gissade att Glimkas ryggrad skulle befinna sig i nästa ögonblick. Klacken borrade sig in i Glimkas rygg. Han föll till golvet med ett otäckt krasande ljud.

Tom hörde hejaropen från internerna i cellen i samma stund som han insåg att den var fylld av vakter med batonger och elpistoler. De släpade ut honom. Han hann se Pasja-Biznez stå i ett hörn och iaktta honom och vakterna. Han lade också märke till ett diskret utbyte av blickar mellan hans vän och vakterna. Nickar i samförstånd, som en ordlös konversation.

Det sista han hörde var Glimka som skrek att de skulle ta det försiktigt när de lyfte upp honom, för han kunde inte röra benen.

STATSÅKLAGARÄMBETET, BOLSJAJA DMITROVKAGATAN 15, MOSKVA

BOLSJAJA DMITROVKAGATAN VAR FYLLD av ryska turister som kommit för att beskåda sin huvudstad och ungdomar som verkade njuta av hettan. Sergej Skurov försökte att inte irritera sig på att de gick i bredd och tvingade ut honom i gatan när han försökte komma förbi.

Han tänkte på att augusti var en månad som många hade en tveeggad inställning till. Den innebar förvisso semester för de flesta, men var samtidigt den period då katastrofer brukade drabbade landet. Kuppen mot Gorbatjov 1991, rubeldevalveringen och den ekonomiska kollapsen som följde 1998, husbombningarna 1999 och ubåtskatastrofen Kursk 2000. Han var inte vidskeplig, men att kriget mot Georgien också hade brutit ut i augusti fick honom att undra om det kanske fanns någon naturkraft som fick saker och ting att hända just då. Det kanske var värmen som framkallade dårskapen, tänkte han och torkade sig i pannan. Det var kanske ingen slump att han fått för sig att rekommendera Tom Blixen att söka arbete på Maratech i augusti? Han kände oron sprida sig i kroppen som ett gift – han hade sökt Tom på mobilen hela eftermiddagen utan resultat.

Skurov satt med sina svullna fötter på skrivbordet när Irina kom in med en kopp rykande Nescafé åt honom.

– Kan jag göra något mer innan jag går? frågade hon.

– Se till att få slut på den här värmeböljan, få regnet att skölja bort allt damm och ge oss lite svalka, sa han uppgivet.

– Drick mycket, Sergej Viktorovitj, gärna kefir blandat med vatten, svarade hon och gav honom sitt bredaste leende.

Hennes leende fick honom att för en sekund glömma Tom, men sedan återvände tankarna till vad som kunde ha hänt hans vän. Han bestämde sig för att ringa till Maratechs växel.

Kvinnan som svarade förklarade att Tom skulle vara på tjänsteärende fram till lunch.

– Men klockan är ju redan sex, sa Skurov och tittade ut genom fönstret, där skuggorna blivit långa och sträckte sig över de parkerade bilarna.

Kvinnan i växeln erbjöd sig att koppla samtalet vidare till avdelningens sekreterare, men Skurov avböjde. Han ville absolut inte att Maratech skulle få reda på att han och Tom kände varandra.

När han hade lagt på satt han kvar vid skrivbordet en stund och funderade. Om de hade rätt så var Oscar Rieders död kopplad till Maratech. Och han kunde föreställa sig vad Maratech var beredda att göra med dem som stod i vägen för deras affärer.

Anton stack in huvudet genom den halvöppna dörren.

– Allt väl?

Skurov nickade, trots den obehagliga känslan i maggropen.

– Bara fint. Och du? Har du fått klarhet i vad IAC är för någonting?

Anton skakade på huvudet.

– Faktiskt inte. Det finns två företag i Moskva med det namnet, men det ena är en grossistfirma som säljer mjölkprodukter och det andra hyr ut tävlingscyklar.

– Tävlingscyklar?

– Ja, du vet. Sportcyklar. Och sedan finns det ett antal idrottsorganisationer och några platser med liknande namn, men jag har svårt att tänka mig att de har någon koppling till Maratech.

– Hm. Ambassadören kanske hörde fel.

– Kanske, eller så är det en förkortning för något som vi inte förstår. Vi jobbar hursomhelst vidare med det. Om ambassadören hörde rätt kommer vi att hitta det.

Skurov nickade. Han tvivlade inte på att Anton skulle lösa mysteriet, bara han fick lite tid på sig.

I samma stund hördes ljudet av vassa klackar som snabbt närmade sig i korridoren och några sekunder senare dök Skurovs sekreterare Irina upp bakom Anton. Hon höll armen runt sin väldiga barm, på det sätt hon alltid gjorde när hon sprang, och kinderna rodnade av upphetsning.

Det var någonting med den där frodiga kroppen som han fann oemotståndligt lockande, trots att skönhetsidealet nuförtiden förespråkade avmagrade tonåringar.

– Ni har Matrosskaja Tisjinahäktet på tråden. Det är tydligen viktigt. Det gäller er vän, den där svensken, Blixen.

MATROSSKAJA TISJINAHÄKTET, MOSKVA

MANNEN SOM SATT MITT emot Tom i det lilla förhörsrummet gjorde sig ingen brådska. Han öppnade försiktigt den lilla påsen med socker, hällde ner det i kaffekoppen och rörde långsamt om med den vita plastskeden, som om hans tankar var någon helt annanstans. Sedan tog han fram ett paket Marlboro och sträckte fram det mot Tom.
– Cigarett?
Tom skakade på huvudet och kände en oändlig trötthet sprida sig i hela kroppen. Händerna skakade. Han visste inte var de befann sig eller vad klockan var. Vakterna som hade hämtat honom i häktet hade satt på honom ögonbindel, kört honom en kort sträcka med bil och slutligen lämnat honom här.

Mannen mitt emot log, tände en cigarett och drog ett djupt bloss.
– Förlåt. Jag glömde att ni inte röker. Ni är visst den hälsosamma typen. Tennis två gånger i veckan med er tränare Michail och joggingturer längs Moskvafloden när vädret är vackert. Men inte om det regnar. Ni bryr er om er hälsa, men ni är inte fanatisk. Andra saker är viktigare för er: Ksenia och Rebecka och hennes barn till exempel, trots att de går er på nerverna ibland. Den nya familj ni håller på att bygga upp av skärvorna från det som en gång var. Märkligt, inte sant, att ingenting verkar kunna släcka vår drift att ständigt återuppbygga kärnfamiljen. Trots att vi borde veta bättre.

Tom kände hur någonting knöt sig inom honom och han fylldes av en känsla av total uppgivenhet. Han borde ha förstått att de hade haft honom under uppsikt. Det var så saker fungerade i Ryssland.

Information var det mest gångbara av alla maktmedel. Så hade det varit i alla tider.

Mannen som visste så mycket om Tom, trots att de aldrig hade träffats, såg märkligt anonym ut. Medelålders, grått, lite tunt hår, chinos och skjorta med korta ärmar. Grå ögon, höga kindben under fårad, solbränd hud. Smala, lite fnasiga läppar. Ingenting anmärkningsvärt, ingenting som stack ut. Han skulle ha kunnat sitta mitt emot Tom på tunnelbanan varje dag i veckor utan att han hade lagt märke till honom. Kanske hade han också gjort det. Kanske var det han som hade följt efter honom till tennisträningen och på joggingrundorna som en osynlig ande.

– Jag kanske ska presentera mig, sa mannen. Jag är general Gurejev, chef för FSB:s antiterroristenhet.

Tom nickade utan att säga någonting. Ingenting förvånade honom längre. Det fanns ingen i Ryssland som inte visste vad FSB var – den ryska säkerhetstjänsten, som fram till 1995 hade hetat KGB. Men varför en general från FSB satt framför honom i ett litet förhörsrum visste han däremot inte. Som om mannen hade kunnat läsa hans tankar fortsatte han:

– Jag vill inte slösa vår tid, så jag ska gå rakt på sak. Vi har haft Maratech under uppsikt en längre tid. Vi misstänker att vapen försvinner ur deras lager och vi har skäl att tro att dessa vapen säljs vidare på svarta marknaden till subversiva grupper som har som mål att skada ryska intressen inom och utanför landets gränser. Din företrädare, Oscar Rieder, upptäckte det, och han stod i begrepp att avslöja sin arbetsgivare när han blev mördad. Hans assistent, Ivan Ivanov, likaså. Vi har att göra med hänsynslösa människor vars enda intresse är att berika sig själva på det ryska folkets bekostnad.

– Jag förstår, sa Tom.

Generalen log överseende. Som om Tom just sagt någonting lustigt men också naivt.

– Det tvivlar jag på att ni gör.

Det blev tyst en stund. Generalen fimpade cigaretten i kaffekoppen och torkade svetten ur pannan.

– Vi behöver er hjälp, Blixen, för att sätta stopp för det här. Ni har en unik inblick i Maratechs affärer och kan hjälpa oss att stoppa de här hänsynslösa brottslingarna, som inte drar sig för att underblåsa brott och konflikter för egen vinnings skull. De här individerna bryr sig inte om huruvida Maratechs vapen hamnar i händerna på terrorister eller diktatorer. De bryr sig bara om sin egen plånbok. Hittills har det rört sig om förhållandevis harmlösa vapen. Partier med automatvapen, granatgevär och ammunition, men vi har fått indikationer på att de planerar att sälja betydligt farligare vapen, med potentiell massförstörelsekapacitet.

– Vad för vapen?

Generalen såg ut att tveka en sekund, innan han fortsatte:

– Det är där ni kommer in. Vi behöver er hjälp för att kartlägga Maratechs köp- och transportrutter, så att vi kan stoppa det här innan fler människoliv går till spillo.

Tom kände svetten rinna nerför bröstet.

– Med all respekt, general, jag kommer att lämna in min avskedsansökan så snart jag kommer hem. Jag har bara arbetat på Maratech en kort tid och min kunskap om företaget är begränsad. Om jag ska vara ärlig är jag bara en byråkrat, en pappersvändare. Jag förstår inte hur jag skulle kunna ...

Generalen lutade sig framåt och fixerade hans blick. Små droppar av svett i hans panna glittrade i det kalla lysrörsljuset. De bleka, blodsprängda ögonen visade inga tecken på sympati.

– Låt mig vara tydlig. Ni har inget val. Ni har olagligen tagit er in på en rysk militäranläggning. Det är ett federalt brott som ger upp till femton års fängelse.

Tom avbröt honom.

– Jag bröt mig inte in. Som anställd på Maratech har jag rätt att inspektera företagets lager. Jag hade alla nödvändiga tillstånd.

Skymten av ett leende drog förbi i generalens i övrigt uttryckslösa ansikte.

– Det krävs ett *spetzpropusk* för det, ett specialtillstånd som ni inte hade. Dessutom tog vi er på bar gärning när ni lämnade infanteriförbandet där ni verkligen inte hade något att göra. Och enligt tjugosjätte paragrafen i ...

Matrosskaja Tisjinahäktet, Moskva

– Så varför släppte de in mig på ett ryskt förband över huvud taget?
– Spara era ursäkter till åklagaren, Tom Blixen. Om ni inte samarbetar med oss kommer ni att åtalas och tro mig, ni kommer att fällas för ert brott. Jag har ännu inte varit med om en militärdomstol som friat en anklagad.

Tom tystnade. Generalen hade rätt. De ryska domstolarna skiljde sig från sina västerländska motsvarigheter i det avseendet. När en person väl blev åtalad var processen kort och skoningslös.

Generalen harklade sig.

– Dessutom. Jag har förstått att er ... flickvän, Rebecka Hägg, inväntar ett godkännande från den ryska Finansinspektionen. Pioneer Capital ska tydligen köpas av en amerikansk investmentbank. Det kan bli mycket svårt att erhålla ett sådant tillstånd om vi inte hittar ... en lämplig samarbetsform.

Tom begravde ansiktet i händerna. Allt det här, det var mycket värre än han någonsin hade kunnat förutse.

Han sträckte på sig och mötte generalens blick på nytt. Den var helt renons på känslor.

– Se det som en god gärning, sa han, satte en ny cigarett mellan de torra läpparna och strök eld på en tändsticka. Den flammade upp med ett litet fräsande.

– Vad vill ni att jag ska göra? frågade Tom.

UTRIKESDEPARTEMENTET, GUSTAV ADOLFS TORG, STOCKHOLM

KABINETTSSEKRETERARE KJELLBERG ÖPPNADE DEN lilla plastlådan med sushi och hällde sojasåsen över de små laxtäckta riskuddarna. Utrikesministern hängde sin kavaj över stolsryggen, satte sig ner i den grå fåtöljen och nickade mot Lisa Ehrnrooth, pressekreterare och en av hans närmaste medarbetare.

– Ja, det gäller ju som sagt motköpsaffärerna i samband med försäljningen av stridsplanet Örnen till Sydafrika. Det kommer både sydafrikanska och svenska journalister till presskonferensen, började Lisa.

– Vi ger dem max en kvart. Och jag vill ha samtliga frågor skriftligt innan intervjun.

– Det kommer bli svårt, men jag ska försöka, sa Lisa och antecknade. Hennes långa, svarta lugg föll ner över ansiktet som en gardin när hon böjde sig framåt över blocket. Kabinettssekreteraren antog att det var modernt. Kort på sidorna och i nacken, men långt fram. Lisa var ung, kvinna, och öppet lesbisk, vilket innebar att regeringen kammade hem många mångfaldspoäng bland media och fotfolk. Dessutom var hon kompetent, vilket inte gjorde saken sämre.

– Skickar vi frågorna till president Thabo Mbeki också? frågade hon. Med tanke på att det börjar bli en delikat fråga därnere, menar jag.

– Det tycker jag. Så att han har möjlighet att förbereda sig. Och den där ungdomskören från Tensta får gärna vara med på presskonferensen efteråt. Se till att de syns på bild, bara. Jag vill inte att de står och gömmer sig bakom journalisterna.

– Självklart, sa Lisa, reste sig ur stolen och rättade till kavajen. Och hur gör vi med vänsterledaren Lars Olsson? Ska vi bjuda in honom till Sydafrikamiddagen efteråt?

– Strunta i honom. Låt honom sitta och pilla sig i naveln. Vem vet, han kanske hittar något.

Lisa skrattade mjukt. Hon var faktiskt riktigt vacker när hon log, trots den märkliga frisyren, tänkte Kjellberg.

– Om det inte var någonting mer så tänkte jag ta mig till kansliet nu, sa hon.

– Tack, det var allt, sa utrikesministern och försökte förgäves fånga en bit rå lax med pinnarna.

Lisa vinkade och försvann ut genom dörren med anteckningsblocket under armen.

– Skärpt ung tjej, sa Kjellberg.

Utrikesministern gav honom en outgrundlig blick och han visste med ens att han hade sagt någonting dumt. Han var bara inte säker på vad det var.

– Hon är trettioåtta, sa utrikesministern och tog en klunk av det gröna teet.

– Jag menade bara ...

– Jag vet vad du menade, avbröt utrikesministern. Så, vad var det du ville tala om?

Kjellberg vek omsorgsfullt servetten till en liten fyrkant som han ställde på högkant framför sig på bordet. Mötte utrikesministerns blick. Han såg sliten ut. De var båda slitna, vilket kanske kunde förklara den irriterade tonen dem emellan. Eller så var det för att det handlade om Afrika, som utrikesministern aldrig visat något större intresse för. I valet mellan att bistå en "förlorad" kontinent och fördjupa sig i sexig säkerhetspolitik visste han hur hans chef prioriterade.

Kabinettssekreteraren drog ett djupt andetag, som för att ta sats.

– Swedish Aerospace, sa han.

Utrikesministern stelnade till och suckade sedan ljudligt.

– Inte det där företaget igen. Vill jag höra det här?

– Nej, sa Kjellberg ärligt.

– Men du tycker att jag borde veta?
– Ja.
Utrikesministern tittade tveksamt på en rå räka, som om han övervägde om den var ätbar eller inte.
– Då är det väl bäst att du berättar.
– Jag blev kontaktad av en journalist, Sonia Sharar heter hon, som hävdar att vapen från Swedish Aerospace, som sålts till Ryssland, säljs vidare på svarta marknaden. Trots att Ryssland står som slutanvändare.
Utrikesministern lutade sig tillbaka i stolen, tog av sig glasögonen och masserade tinningarna.
– Och? Det är väl inte direkt någon nyhet att det finns ett visst svinn? Kunde hon presentera några bevis för sitt påstående?
– Hon hävdade att hon har bevis.
– Har du sett några?
– Ingenting.
– Då kan vi inte agera.
– Och om hon kan presentera någon form av dokumentation som underbygger hennes slutsats?
Utrikesministern såg ut genom fönstret med ett listigt ansiktsuttryck.
– Så länge som vi inte vet någonting med säkerhet kan vi inte vidta några som helst åtgärder, för det skulle ju kunna indikera ...
– Att vi vet någonting?
– Exakt. Därför gör vi absolut ingenting. Det i sig är ju ett visst bevis för ...
– Att vi ingenting vet?
Utrikesministern log svalt. De blev båda tysta en stund innan kabinettssekreteraren frågade:
– Ingen egen ... undersökning? Inte ens en diskret förfrågan till ISP?
– Verkligen inte. Vi håller oss så långt ifrån Swedish Aerospaces affärer som vi bara kan. Om vi däremot får ta del av någon ... komprometterande information så måste vi givetvis agera.
Kjellberg nickade. Utrikesministerns reaktion hade varit den för-

väntade. Men det var någonting annat också, någonting som skavde. Han tyckte inte om att vara den som förde grundlösa rykten vidare, men om det å andra sidan skulle visa sig ligga någonting i just det här ryktet var det av största vikt att utrikesministern fick ta del av informationen.

– Hon sa en annan sak också, den där journalisten.

Utrikesministern mötte hans blick. Ansiktet var slätt och uttryckslöst och kabinettssekreteraren påmindes som så ofta om hur pojkaktig ministern såg ut.

– *Bring it on.*

– Hon hävdade att Oscar Rieder var inblandad i det här på något sätt. Att han kände till att vapen såldes på svarta börsen och att han blev mördad för det.

– Knarkade inte han ihjäl sig?

– Det är just det. Jag fick precis ett samtal ifrån Säpo. De har just fått höra från det ryska Statsåklagarämbetet att åklagaren som leder fallet ändrat brottsrubriceringen till mord.

– Hm, sa utrikesministern och rynkade på näsan.

Utrikesministern var sällan svarslös. Faktum var att han oftast verkade agera på impuls, men trots det brukade han få rätt, det fick Kjellberg ge honom.

– Ingen kommer att fästa någon vikt vid vad det ryska rättsväsendet kommer fram till.

– Just den här gången kanske det är annorlunda, försökte Kjellberg.

– Har ryssarna någonting att vinna på att kalla det mord? Vill de smutskasta gamle Rieder? Han kanske har retat upp någon genom att hamna i fel säng? sa utrikesministern med ett kallt skratt och tömde sitt vattenglas.

GAGARINGRÄNDEN, CENTRALA MOSKVA

KLOCKAN VAR EXAKT TIO minuter i fem på morgonen när Tom låste upp dörren till lägenheten. När han klev in i hallen kände han den stickande doften av cigarettrök. Han smög försiktigt genom lägenheten för att inte väcka barnen. Kryssade mellan utspridda skor och kläder. Knäppte upp skjortan och kastade den i tvättkorgen i badrummet. Egentligen hade han velat ta en dusch. Skölja bort hela den fruktansvärda upplevelsen från häktet och det trånga förhörsrummet, men det lyste svagt från köket, så han gick in. Rebecka satt på en stol och rökte. Bredvid henne stod ett vinglas och en tom flaska chablis. Hon hade som vanligt en av hans gamla urtvättade t-shirts på sig. Hon såg uttryckslöst på honom, men sa ingenting.

– Jag är ledsen. Det hände en grej, sa Tom.

– Det tror jag säkert.

Han blev tyst. Hade inte energi nog att hitta på en undanflykt. För en sekund övervägde han om han faktiskt skulle vara helt ärlig. Berätta om de försvunna vapnen och om sin natt i häktet. Förklara att han just gått med på att bli informatör åt FSB i utbyte mot sin frihet och att affären mellan Lehman Brothers och Pioneer Capital skulle godkännas av den ryska Finansinspektionen.

Men det var det sista han kunde göra. Han vågade inte ens föreställa sig vilken kedjereaktion det skulle riskera att utlösa.

I stället satte han sig på en köksstol mitt emot henne. Utomhus hade mörkret redan börjat ge vika. Det bleka gryningsljuset silade in emellan de tunna grå linnegardinerna.

– Jag förstår att jag gjorde dig orolig. Jag är ledsen.

Gagaringränden, centrala Moskva

– Du har ingen jävla aning om vad jag känner.
Rebecka sluddrade. Hon måste ha hällt i sig hela flaskan själv.
– Förlåt. Det hände en grej på jobbet. Vi hade en ... kris. Jag var tvungen att ordna upp det.
Tom avskydde att ljuga för henne. Kanske var det för att han var ovan. För inte så länge sedan hade de delat allting. Han ville gärna tro att de skulle lyckas få tillbaka den intimiteten. Att den hudlösa gemenskap de byggt upp fortfarande kunde återerövras och bli en självklar del av deras liv.
Han mindes FSB-generalens ord.
Ingenting verkar kunna släcka vår drift att ständigt återuppbygga kärnfamiljen. Trots att vi borde veta bättre.
Borde han veta bättre? Var drömmen om en familj med Rebecka bara en fånig dröm? Ett hopplöst projekt som redan från början var dömt att misslyckas?
– Har ni inte telefoner på kontoret? Förresten ser du för jävlig ut, som något som katten har släpat in.
Han väntade en sekund. Fick lägga band på sig för att inte svara för snabbt.
– Det var kaos. Jag hade ingen möjlighet att höra av mig, sa han dröjande och tänkte att det i alla fall var sant.
Hon sa ingenting. Det betydde att hon inte var nöjd med hans svar och att hon skulle straffa honom med sin tystnad, ett vapen minst lika effektivt som hårda ord eller slag.
Hon fimpade cigaretten i vinflaskan och skrattade torrt.
– Av alla jävla ursäkter, Tom ... kunde du inte komma på något bättre? Vem har du varit med? Din vackra chef?
Tom kände frustrationen växa inombords. Allt detta ifrågasättande från Rebeckas sida, det var inte rättvist. Han hade varit borta hela natten – men att utgå ifrån att han vänstrade? Hade de inte lyckats bygga upp mer tillit än så under sina år tillsammans?
– Lägg av. Se inte så oskyldig ut. Jag vet vem hon är. Och jag vet att hon är både snyggare och yngre än vad jag är.
– Vet du hur många gånger jag har suttit och väntat på dig de senaste åren medan du har jobbat natt för att tjäna ihop miljoner åt

Gagaringränden, centrala Moskva

Pioneer Capital och dig själv?
– Åt *oss*, Tom. Jag gjorde det för *oss*. Dessutom är det inte samma sak.

Rebecka snöt sig i en bit toalettpapper, knycklade ihop det till en liten boll och lät den falla mot bordet.
– Hur då inte samma sak?
– Jag var tvungen. Som vd är man aldrig ledig.
– Så mitt jobb är inte lika viktigt?
Hon himlade med ögonen.
– Det sa jag inte.
– Det var väl *precis* det du sa.

Han gjorde en paus, bestämde sig sedan för att försöka sig på en mer försonlig taktik.
– Vi borde åka bort någonstans, sa han, bara du och jag. Ta vara på varandra.

Hon stirrade på honom som om han vore galen.
– Vad snackar du om? Åka bort *nu*? Det är väl inte så särskilt lämpligt med tanke på allt som händer. Dessutom, om du hade kommit hem igår så hade du vetat att vi har ett problem på Pioneer Capital.
– Ett *problem*?

Hon vred på sig i stolen. Hennes hår hade blivit lockigt i den fuktiga luften och hängde i långa korkskruvar ner över axlarna.
– Av någon jävla anledning har den ryska Finansinspektionen plötsligt satt sig på tvären och ställer en massa frågor om uppköpet.

Tom undrade om det var en slump, eller om FSB faktiskt redan hade agerat och satt press på Finansinspektionen.
– Du verkar väldigt stressad.

I samma ögonblick som han sa det visste han att han hade begått ett stort misstag. Rebecka avskydde att bli anklagad för att vara stressad – i synnerhet när hon verkligen var det. Det var som om hon uppfattade det som en inkompetensförklaring.

Hon reste sig upp så häftigt att stolen föll omkull med ett brak.
– För helvete, Tom, jag är ansvarig för ett bolag som omsätter miljarder. Bara för att du plötsligt bestämmer dig för att du vill ta ett terapijobb utan att diskutera igenom det med mig betyder inte det

Gagaringränden, centrala Moskva

att jag helt plötsligt är din jävla hemmafru.

Hon sluddrade inte längre, rösten var hård och artikuleringen lika vass och skarp som de dyra kockknivarna som hängde på skrytparad över spisen. Hennes hals var blossande röd, ett säkert tecken på att hon var på väg att bli rasande.

– Du frågade ju inte mig innan du skrev på för ett och ett halvt år till i Moskva, sa Tom lugnt. Hur tror du att det kändes? Det enda som gjort att jag har kunnat hålla entusiasmen uppe de senaste åren är tanken på att vi skulle kunna flytta härifrån. Till en plats där vi båda kunde få en möjlighet att utvecklas. Men nej då. Du lovar Lehman att du ska stanna i ett och ett halvt år till.

– Jag gjorde det för vår skull. Fattar du inte det?

Rebecka drog ner t-shirten över låren, som om hon plötsligt blivit påmind om sin nakenhet och ville skyla sig mot hans blickar.

– Jag har ingenting mer att säga dig, mumlade hon, vände sig om och försvann ut i riktning mot sovrummet.

LUBJANKATORGET, CENTRALA MOSKVA

MEDAN SKUROV TOG HISSEN upp till femte våningen i FSB-byggnaden på Lubjankatorget funderade han på hur han skulle kunna övertyga general Gurejev om att få vara en del av operationen där Tom Blixen nu stod i centrum. Så snart han hade fått samtalet från Matrosskaja Tisjina hade han begett sig dit, men bara mötts av agenter från FSB som vägrat låta honom träffa Tom, som flyttats till en hemlig förhörsplats. Han hade förgäves försökt att nå Gurejev. När de slutligen hade träffats vid halv fem på natten hade Gurejev först bara medgivit att de förhört Tom, och att han misstänktes för intrång på militärt skyddsområde. Efter en del hätska ord, som han kanske skulle få ångra nu, hade Skurov fått höra att Tom var släppt i utbyte mot att han samarbetade med FSB.

Han kunde inte låta bli att undra varför vissa människor alltid hamnade snett i tillvaron. Det fanns troligen inget bra svar. Det var som med kriminella. Ibland var det ett slumpmässigt snedsteg som ledde rakt i fördärvet och ibland var det som om de redan från födseln var predestinerade att dra till sig elände. Han kände fortfarande inte Tom tillräckligt väl för att veta varför han hade hamnat i den här situationen. Vad han visste var att Tom hade haft oturen att vålla en persons död och att han därefter sökt sig till Ryssland, där allting så småningom gått fel. Tom hade fått reda på att han hade en dotter när hon var sex år gammal, dotterns mor var död och själv hade han tvingats ge upp sin karriär för sin nya kärleks skull. Och nu var han indragen i en härva som han inte hade någonting att vinna på, mer än hoppet om att få återgå till sitt tidigare liv.

Lubjankatorget, centrala Moskva

Det tänkte Skurov kämpa för att ge honom.

Han klev av på antiterroristenhetens våning. Gurejev, numera generalmajor, hade nyligen blivit chef för hela FSB:s enhet för terroristbekämpning inom och utanför landets gränser. Skurov hade aldrig fått tillträde till de här lokalerna om inte Gurejev och han hade haft så starka personliga band – en nödvändighet om man ville ta sig riktigt långt i Ryssland. Tillsammans hade de gripit så många terrorister att det började bli svårt att hitta nya. Och att de båda blivit befordrade var bevis på att de tjänat på sitt nära samarbete genom åren.

En av Gurejevs assistenter bad honom att sitta ner i väntrummet. Han kunde höra generalens röst genom den tjocka ekdörren. Någon sekund senare öppnades den och två FSB-agenter med skottsäkra västar och hjälmar under armarna kom ut.

– Om det behövs så letar ni reda på *terroristi* på utedassen där de gömmer sig och gör slut på dem, ropade Gurejev efter dem.

– *Jest, tovarisjtj general!* svarade de med en röst. Ekot av deras "ska bli, kamrat general" vibrerade efter att de hade försvunnit.

– Serjosja, stig på, sa Gurejev som stod i dörren. Han hade fältkläder på sig och tjänstepistolen i ett benhölster runt låret.

Skurov gick fram och hälsade på generalen.

– Ibland måste man ut i verkligheten för att hålla sig alert, sa Gurejev. Kom in!

Gurejev plockade bort sin skottsäkra väst från besöksfåtöljen och tecknade åt Skurov att sätta sig. Skurov lade märke till att Gurejevs samling av fotbollsmemorabilia i väggskåpet fortsatte att växa i rasande takt. Generalen hade varit en ivrig Dynamo Moskva-supporter så länge Skurov hade känt honom. Samlingen hade nu utökats med foton på Gurejev i hedersbåset tillsammans med klubbens ägare, en av landets rikaste oligarker. Skurov kunde inte låta bli att förvånas över de allt tätare banden mellan kapitalet och säkerhetstjänsten. Hur höll man isär vänskap och arbete? Så kom han på att han själv var här i precis samma ärende – att hjälpa sin vän.

Makt korrumperar även den mest rättrådige, tänkte Skurov.

Lubjankatorget, centrala Moskva

– Har du några besparingar på banken?

Han blev lite överrumplad av Gurejevs fråga.

– Inte mycket, svarade han. Det mesta har jag lagt på datjan. Jag köpte en ny häromåret. Varför undrar du?

– Jag talade med vice finansministern, som sa att det börjar se oroligt ut i världen. Jag trodde vi var trygga med all vår olja och gas, men han påpekade att priserna kan sjunka om det smäller och då är vi rökta. Våra banker och företag har lånat miljardtals dollar utomlands för att kunna expandera och köpa varandra. En klok man den där finansministern. Har du rubel ska du nog ta och växla dem till dollar, det har jag gjort.

Det förvånade honom inte att en underrättelseofficer numera hade så bra insikt i ekonomin. Överallt talades det om det nya välståndet och hur man kunde tjäna ännu mer. Hans egen son Valerij hade sagt att när taxichaufförer talade om investeringar då var det dags att sälja allt man hade – och nu gjorde faktiskt chaufförerna just det. Tur att han och Tamara inte behövde bekymra sig eftersom de knappt hade några besparingar.

– Jag skulle vilja tala med dig om fallet Maratech.

– *Davaj*, svarade Gurejev, men jag behöver en konjak efter nattens övningar och den här morgonens tillslag.

Skurov förstod att "nattens övningar" syftade på förhöret med Tom.

Gurejev gick fram till barskåpet, hällde upp två glas och återvände till sittgruppen.

– När jag är med operativt brukar jag gå in bland de första, för att visa att man måste ta lite risker för att vinna, fortsatte Gurejev. Jag vet att du själv alltid har föregått med gott exempel utan en tanke på din egen säkerhet, det är därför jag högaktar dig.

Skurov blev faktiskt lite generad, precis som när Anton prisat honom nyligen.

– Det var jag som tipsade Tom Blixen om att söka arbete på Maratech, började Skurov och tog emot glaset. Han noterade att Gurejev gått över från armenisk till fransk konjak och att han bar ett stort schweziskt armbandsur.

Lubjankatorget, centrala Moskva

– Du kunde väl inte veta att någonting var skumt med Maratech. Du utgick självklart ifrån att allt skulle vara *kosher* på ett statligt bolag, det gjorde vi också. Det finns ingen anledning för dig att ta på dig något personligt ansvar, svarade generalen och suckade nöjt efter sin första klunk.

– Tom är en vän.
– Jag har förstått det.
– Ni gillrade en fälla för honom, eller hur?

Gurejev tittade på honom och log.

– Kanske, svarade han. Jag har mitt arbete att sköta, precis som du.

Skurov förstod att det var en återvändsgränd. Han var erfaren nog att veta att han aldrig skulle få rätt mot "nationella säkerhetsintressen". Det bästa han kunde göra var att övertyga Gurejev om att de båda skulle tjäna på att samarbeta. På så sätt skulle han kanske kunna skydda Tom.

– Det som hände på det svenska residenset och det som sker på Maratech hänger ihop, började Skurov. Vi har båda mycket att vinna på att samarbeta.

– Sergej. Med all respekt. Det här är en FSB-operation. Som du säkert förstår kan jag inte släppa in dig i den, sa Gurejev och drack halva sitt glas i ett svep.

– Jag leder en utredning som sannolikt involverar just dem som du är ute efter.

– Jag är rädd för att det ändå inte går.

Gurejev iakttog honom över glaset.

– Jag tänker fortsätta min utredning parallellt. Jag och polisen kommer att vända ut och in på hela Maratech.

– Det kan jag stoppa med hänvisning till den nationella säkerheten, svarade Gurejev lugnt.

– Det kan du säkert, men inte utan risk för att information om din operation sipprar ut.

Generalens ansikte mörknade, tycktes stelna. Förvandlas till en hård och orörlig mask.

Skurov bestämde sig för att fortsätta.

Lubjankatorget, centrala Moskva

– Du tänker använda en utländsk medborgare som mullvad. Jag har kontakter med den svenska ambassadören. Ett samtal till honom skulle få oöverblickbara diplomatiska konsekvenser, offentliga protester. Det skulle inte gå obemärkt förbi. De som du vill åt läser också tidningarna och tittar på teve. De kommer att förstå vad som håller på att ske. Din operation skulle smulas sönder.

– Jag hör vad du säger, men ...

Skurov insåg att hans argument tog skruv.

– ... att Blixen är din vän gör det hela komplicerat, fortsatte Gurejev. Du har en intressekonflikt. Är du säker på att du vill vara med i operationen? Jag kommer under inga omständigheter kunna ge dig all information.

– Det är okej. Men jag vill vara med. Och jag vill ha ditt ord på att ni inte utsätter Blixen för större fara än nödvändigt. Om hans liv är i fara måste ni skjuta ut honom direkt.

– Bra. Då har vi klarat av det. Du har mitt ord på att vi kommer vaka över honom. Men du ligger lågt tills vi fått det som vi behöver av honom. En mullvad gräver en bättre tunnel in till kornboden om den får vara ostörd. Uppfattat?

De höjde sina glas och drack. Det var kvavt och fuktigt som i en regnskog ute, men här satt de och drack konjak i Gurejevs luftkonditionerade kontor.

– Om jag har förstått det hela rätt så har det alltid läckt ut vapen från oss, och inte så lite heller. Så varför är det så viktigt för er att ni stoppar just den här läckan? frågade Skurov.

– Jag är rädd för att det kräver ett rätt långt svar ...

– Jag har all tid i världen.

Gurejev tittade sig omkring i sitt stora, mörka arbetsrum som var inklätt i ekfaner.

– När unionen föll samman hade vi världens största vapenarsenal och i princip ingen kontroll över den, med undantag för den strategiska raketarsenalen som vi som genom ett under lyckades hålla intakt. Du vet säkert att många av våra egna officerare skodde sig rätt så ordentligt. Det var oftast engångsaffärer. Men så fanns det de som lyckades bygga upp en lukrativ internationell *biznez*. De hade några saker gemensamt. De hade kontakterna med vårt vapenindustriella komplex, de hade varit utomlands, talade många språk och visste hur man gjorde affärer därute, och slutligen, de hade ofta ett bra *krysha*.

Skurov visste mycket väl vad Gurejev syftade på. *Krysha* betydde "tak", vilket innebar att de hade skydd från någon högre upp i hierarkin.

– Det fåtal som lyckades väl var generellt yngre, de hade tjänstgjort utomlands, ofta för GRU, fortsatte Gurejev. I något enstaka fall för oss, på KGB-tiden. Men det var GRU som hade hand om vapenleveranser till vänskapliga länder och grupperingar under Sovjettiden, så de kunde hantverket utan och innan.

Skurov hade inte kommit i kontakt med GRU – *Glavnoje Razvedivatolnoje Upravlenije*, militära underrättelsetjänsten.

– Vi vet att det finns åtminstone en, kanske ett par individer, som numera är exceptionellt väl skickade att bedriva den här typen av affärer, fortsatte Gurejev. Huvudmannen har ett utbrett kontaktnät i företrädesvis före detta Jugoslavien, Afrika, Mellanöstern och Centralasien. Vi vet att han har försett fler oroshärdar med vapen än någon annan person genom historien, inklusive Adnan Khashoggi. Problemet är bara att till skillnad från Khashoggi, som älskade att synas tillsammans med amerikanska politiker och filmstjärnor, så väljer vår Handlare från Omsk, som vi kallar honom, att vara extremt försiktig. Vi vet inte var Handlaren kommer ifrån, det ryktas om allt från Dushanbe och Kiev till Omsk i sibiriska stålbältet, vi vet inte vad han heter och vi vet inte hur han ser ut.

– Varför kallas han Handlaren från Omsk?

– För att han handlar i vapen, transporter och allt han får betalt i av krigsherrar och tyranner: kontanter, blodsdiamanter från Liberia, coltan eller tantalum från Kongo, till och med exotiska träd. Troligtvis har han något med Omsk att göra och den platsen är också ett av våra egna historiska centrum för vapenframställning.

Det började låta lite som en film, tyckte Skurov.

– Handlaren dyker upp i alla konflikthärdar, fortsatte Gurejev. Han är tydligen pålitlig, kan alltid få tag på saker och levererar dem i tid. Han kallas ibland för Mister DHL – betalning innan affär, men garanterad leverans. Till sin hjälp har han en flygplansflotta utspridd från Afrika och Västeuropa till Arabiska halvön.

– Det låter som om han har fått härja fritt i många år. Varför har inte amerikanerna gripit honom?

– De har inte haft någon anledning – förrän nu.

– Varför inte?

– Så länge det bara var afrikanska tyranner som köpte vapen så fanns det ingen anledning för dem att involvera sig. Dessutom hjälpte han dem vid några tillfällen. I början av Irakkriget och sedan i Afghanistan behövde jänkarna extra flygkapacitet. Då tog de hjälp av Handlaren.

– Och nu?

– Nu har Handlaren börjat förse vem som helst med vapen. Vi vet att han sålde till bägge sidor i Afghanistan, både till Norra alliansen och till talibanerna. Men det fick passera. Men nu har hans vapen hittats både i Venezuela och i länder som måste ha fått dem via Iran.

– Bryr vi oss ärligt talat om det?

– Mellan dig och mig, enda anledningen till att vi utreder det här nu är att vapnen börjar bli rätt avancerade och vi är rädda för att de ska falla i händerna på våra fiender, på terrorister.

– Och här kommer Maratech in i bilden?

– Exakt. De kan inte ställas till svars för att några granatgevär försvinner här och där. Det händer överallt. Någon officer på något förband får ett erbjudande som är för bra för att motstå ... Problemet är att nu importerar vi vapen också. Går det här för långt kan den importen komma att strypas. Men personligen är jag mest rädd för att avancerade vapen hamnar i fel händer.

– Jag tror att både Oscar Rieder och Tom Blixen misstänkte att just avancerade vapen var på villovägar. Vet ni förresten vad det gäller för sorts vapen?

– Det kan jag inte avslöja. Men det är knappast kalasjnikovs som skeppas till några krigsherrar i Afrika längre.

General Gurejev lät honom smälta informationen medan han gick och hämtade konjaksflaskan. Gurejev höjde flaskan åt hans håll, men Skurov skakade på huvudet.

Lubjankatorget, centrala Moskva

– Har ni några misstänkta på Maratech?
– Vår teori är att vem det än är som ligger bakom det här så måste det ske med chefens, Oleg Sladkos, goda minne. Jag tror däremot inte att Handlaren finns inne i organisationen, men jag tror att han och Sladko samarbetar på något sätt.

Skurov nickade och begrundade vad han just hört innan han tog till orda.

– Den här Handlaren, eller hans medhjälpare på Maratech, skulle väl knappast vara överseende med en mullvad?

– Nej, sa Gurejev och mötte Skurovs blick. Det gäller för Tom Blixen att slutföra sitt uppdrag snabbt och sedan dra sig ur. Annars kan inte ens vi skydda honom.

GOLJANOVO, NORDÖSTRA MOSKVA

LUDMILA SMIRNOVA VAR TRYGG. Känslan var som bomull och vaniljsås och ett varmt bad på samma gång. Hon låg på madrassen på golvet i Olgas lägenhet i Goljanovo och målade naglarna. Här skulle ingen hitta dem. Hon hade varit noggrann med att försäkra sig om att hon inte var förföljd. Hade genat över Tverskaja mitt i trafiken, trängt sig genom trånga barer i kvarteren bakom Majakovskijtorget och bytt tunnelbanetåg flera gånger. Några nätter hade hon sovit hos en bekant i Krasnogorsk, innan hon slutligen hade åkt hem till Olga i Goljanovo.

Olga hade blivit glad att se henne och kramat henne länge. Sedan hade hon strukit med handen över plåstret i Ludmilas panna utan att fråga vad som hänt. De hade lyssnat på musik och läst skvallertidningar. Rökt gräs och ätit piroger. Ludmila hade glömt att hon nästan inte ätit någonting på flera dagar, men ruset fick hungern att återvända med våldsam kraft.

Nu låg de på golvet, fnissade och pratade gamla minnen.

– Minns du Frankrike? frågade Olga.

Ludmila skrattade.

– Första gången som jag har blivit utvisad från ett land.

– Kanske inte sista.

– Äh, lägg av.

Ludmila skruvade på locket på nagellacksflaskan. Granskade sina händer i solljuset som silade in genom filten som hängde för fönstret.

– Reser du någonting nuförtiden? frågade Olga.

– Egentligen inte. Jag har hela min *biznez* här i Moskva. Du, då?

Olga var tyst en stund.

Goljanovo, nordöstra Moskva

– Jag tänker lägga av.

Ludmila granskade Olga. Tog in den knubbiga kroppen och det långa tjocka håret. De allvarliga bruna ögonen.

– Men *varför?*

Olga ryckte på axlarna.

– Jag har tröttnat.

– Vad tänker du göra i stället?

Olga tände en cigarett och såg upp i taket. En tunn slinga rök steg upp från hennes halvöppna mun.

– Vet inte. Jobba i affär kanske. Med kläder eller något.

– Tjänar man bra på det?

– Ingen aning.

Det blev tyst. Olga hostade till. En hård knackning hördes från ytterdörren. Bestämd. Som om den visste vad den ville.

Ludmila mötte Olgas blick.

– Det är nog bara någon av mina kunder, sa Olga och reste sig upp. Krängde på sig den tunna sidenkimonon och gick för att öppna.

Ludmila lutade sig bakåt. Såg upp i taket. Följde de långa sprickorna med blicken från vägg till vägg. Undrade varför Olga ville stå i affär när hon kunde tjäna tio gånger bättre på att gå på fest och äta middag med snygga och framgångsrika killar.

Olga pratade med någon ute i hallen. Det lät som en man. Hon skrattade mjukt, stängde ytterdörren och återvände in i rummet. Hennes kinder hade fått färg, hon såg uppspelt ut och fuktade läpparna med tungan.

– Ludmila, din kusin är här. Vi är bjudna på fest!

Bakom Olga stod mannen från ambassaden. Mannen med nålar och knivar och händer av sten. Mannen som var mörker och ondska och smärta och död.

Han log.

TENNISKLUBBEN CSKA, NORRA MOSKVA

TENNISKLUBBEN CSKA, SOM LÅG strax norr om Moskvas centrum invid tunnelbanestationen Dynamo, hade under de senaste åren varit Toms andningshål. Han hade flytt hit ibland redan under tiden på Pioneer Capital, när långa arbetsdagar och problem med klienter eller kollegor tärde på honom. Efter att han hade sagt upp sig från investmentbanken hade det blivit hans fristad och, om han skulle vara ärlig, kanske också den enda arenan där han hade fått tillfälle att hävda sig.

Tom plockade upp röret med bollar och ställde det bredvid sig på bänken. Han hade gärna spelat utomhus idag. En obarmhärtig sol hade visserligen stekt över Moskva sedan tidigt på morgonen och pressat upp temperaturen över 30-gradersstrecket. Men det fläktade i alla fall. Tennishallen, som saknade luftkonditionering, kändes nästan olidligt varm och stanken av svett genomsyrade den fuktiga luften.

Bakom honom slog en dörr igen och han hörde steg närma sig. Han kastade en snabb blick över axeln mot ingången. En man närmade sig med en tennisbag över axeln och en korg med bollar i ena handen. Det var inte Michail, hans tennistränare sedan fem år tillbaka.

Han satte sig på bänken och knöt sina skor. Öppnade röret. Lät de neongröna bollarna falla mot marken. De studsade ett par gånger och rullade sedan bort mot baslinjen.

Tom undrade hur länge FSB hade skuggat honom innan de slog till. Kanske hade de haft honom under uppsikt redan när han började på Maratech?

Tennisklubben CSKA, norra Moskva

I vilket fall som helst hade de fått honom precis dit de ville. Han hade inte hört någonting från Skurov, kanske visste han inte ens vad som hade hänt. Men Tom gissade att han skulle ha hållit med om att det bästa var att samarbeta med FSB och sedan lämna Maratech bakom sig.

Och efter det?

Skulle han bli hemmafru igen? Hade han ens en relation att komma tillbaka till? Rebecka hade inte talat med honom i morse. Hennes tystnad vid frukostbordet hade varit så kompakt och olycksbådande att till och med barnen ätit upp sin mat och klätt på sig utan att bråka eller protestera.

Mannen stod nu bredvid honom. Han var i trettiofemårsåldern, hade kort grånat hår och var vältränad.

Mannen log och sträckte fram en hand.

– *Privet*. Jag heter Juri. Michail har tyvärr blivit sjuk, sa han och satte sig ner bredvid Tom. Jag är din nya tennistränare. Och jag är också din kontaktman.

Utan brådska plockade mannen upp en racket ur sin bag och ett rör med nya bollar som var identiskt med det som Tom hade haft med sig. Sedan tog han fram två flaskor med mineralvatten.

– Jag visste inte om du hade med dig eget. Ta den ena.

Tom tog emot flaskan. Den var iskall, som om den kom direkt från frysen.

– *Kontaktman?*

Mannen nickade och strök sig över det snaggade håret med vänsterhanden.

– All kontakt rörande Maratech ska gå igenom mig. Vi kommer att ses här i tennishallen när vi har saker att avhandla.

Mannen räckte Tom röret med bollar som han hade haft med sig.

– I röret finns en krypterad mobil, som automatiskt byter det idnummer som skickas till operatören varje gång du ringer ett samtal. Använd den mobilen i stället för din egen. Jag föreslår att du vidarekopplar alla ingående samtal till det här numret. På så sätt behöver du inte byta ditt nummer. I den finns också ett nummer till oss. Ring det bara i nödsituationer. Fråga efter Juri. Mobilen innehåller också en sändare, som fungerar även om den är avstängd. Se till att alltid ha den med dig.

Mannen gjorde en paus, som om han funderade på hur han skulle formulera sig och fortsatte sedan:

– Det är för din egen säkerhet.

Tom såg sig omkring i tennishallen, plötsligt medveten om hur lätt det skulle vara för någon som ville spionera på honom att smälta in bland de tennistränande ungdomarna på banan längst bort eller kanske bland de medelålders kvinnor som var på väg ut efter en dubbelmatch.

– Det är grönt, vi har koll på vilka som är här, sa mannen som kallade sig för Juri när han såg Toms oroliga blick.

– Vad vill ni att jag ska göra?

Tom kände hjärtat rusa i bröstet. För länge sedan, när han var barn och bodde i Dalby, hade han ibland fantiserat om att bli agent. Och nu, när han befann sig mitt uppe i sin egen pojkdröm, var allt han kunde känna desperation och uppgivenhet.

Han hade inte valt det här.

Allt han hade velat var att ta klivet tillbaka in i yrkeslivet, att för en gångs skull känna att han behövdes till någonting annat än att skjutsa runt barnen till olika aktiviteter och gå på affärsmiddagar med Rebecka.

Juri drack en klunk vatten, torkade sig om munnen med baksidan av handen, tog upp sin racket och kände på strängarna som om han testade deras styrka.

– Vi behöver dokumentation om alla ingångna avtal och leveranser av vapen eller produkter med dubbla användningsområden inom de kommande tre månaderna. Och håll särskilt utkik efter större order eller order som innehåller högteknologiska komponenter. Antingen kopierar du de fysiska dokumenten eller så scannar du dem och sparar ner allting på ett USB-minne. Ta med informationen till vårt möte i nästa vecka. Lägg den i ditt bollrör och ge det till mig. Enkelt. Ett barn kan klara av det.

– Letar vi efter någonting speciellt?

Juri tvekade.

Tennisklubben CSKA, norra Moskva

– *Mensje snajesh, kpreptje spish* – ju mindre man vet, desto bättre sover man. Det är bäst för dig om jag inte berättar mer. Jag vet inte vad du tror om oss, men vi är faktiskt måna om din säkerhet.

Tom såg bort mot banorna vid utgången. Ungdomssektionen i klubben övade servar samtidigt som tränaren vrålade instruktioner. Det dova ljudet från bollarna ekade i lokalen.

– Och sedan? frågade Tom.

– Hur menar du, sedan?

– Ja, vad händer när ni har fått informationen? Kan jag säga upp mig då?

Juri log och ett fint nät av små rynkor syntes plötsligt i hans ansikte. Tom insåg att mannens vältränade kropp hade misslett honom och att han nog var minst tio år äldre än han först hade trott.

– Du måste förstå att jag bara är din kontaktman. Det är inte jag som bestämmer sådant där. Men om du vill kan jag föra frågan vidare.

Tom nickade.

– Gör det. Jag vill veta hur länge jag förväntas hjälpa er med det här. Jag måste kunna planera mitt ... liv. Det här är inte ...

Orden stockade sig i halsen.

– Jag tar upp det med min *sjef*, sa Juri och klappade honom lätt på benet.

– Vet Maratech att jag blev gripen? Kommer de att vara misstänksamma mot mig?

Juri skakade på huvudet.

– De vet att du besökte militärförläggningen, men antagligen inte att du togs i förvar efteråt. Det var fredag och de tror väl att du bestämde dig för att sluta tidigt. Jag vet inte om du tänkte på det, men våra agenter körde i en av trafikpolisens bilar. Skulle någon fråga så blev du anhållen för trafikbrott och släpptes först när du hade erkänt och betalat böterna. Däremot måste du utgå ifrån att ditt hem är avlyssnat. Detsamma gäller din mobil, din dator och din fasta telefon. Och jag behöver väl inte upprepa för dig att du inte kan diskutera det här med någon. Inte ens dina närmaste. *Speciellt* inte med dina närmaste. Så länge de ingenting vet är de säkra.

Tom visste inte vad han skulle säga.

– Och om någonting händer, om Maratech kommer på mig ...

– Då ringer du numret som finns i mobilen. Enkelt. Vi är på plats inom några minuter.

Tom öppnade flaskan, tog en djup klunk av det kalla vattnet, såg bort mot dörren och önskade sig ut i sommarkvällen. Hem till Rebeckas gnäll och barnens bråk. Till de statusfixerade mammorna på Ksenias balett och de meningslösa cocktailpartyn han tvingats gå på. Till tystnaden och tomheten i lägenheten när alla försvunnit iväg till jobbet eller skolan.

GOLJANOVO, NORDÖSTRA MOSKVA

– OLGA RUDAKOVA, SA INSPEKTÖR Anton Levin och smällde den svartvita bilden i bordet.

Kvinnan på fotot tittade in i kameran med halvslutna ögonlock. Håret var tovigt och underläppen sprucken.

– Prostituerad?

– Bötfälld tre gånger för prostitution och en gång för snatteri. Välkänd hos den lokala polisen. Hon sågs tillsammans med Ludmila Smirnova igår.

– Ludmila Smirnova? Kvinnan som hittades intill Oscar Rieders döda kropp?

– Exakt.

– Så du menar att den lokala ordningspolisen faktiskt läser efterlysningarna som vi skickar ut?

Skurov skrattade åt sitt lilla skämt och tog en bit av Spartak-kakan som hans assistent Irina hade tagit med till jobbet.

Anton verkade inte road.

– Det skulle kunna vara ett misstag. De liknar alla varandra, de där stackars småtjejerna. Men titta här!

Anton sköt över en bunt papper mot Skurov.

– Vad är det här?

Dokumenten var skrivna på ett språk som Skurov inte kände igen.

– Det är en rapport från den franska polisen. Du kanske minns att Ludmila Smirnova anhölls i en fransk skidort, misstänkt för verksamhet som inte var förenlig med fransk lag? Prostitution, med andra ord.

Skurov mindes det, men han förstod inte vad det hade att göra med kvinnan på bilden.

– Jag rekvirerade rapporten, sa Anton.

– Självklart, sa Skurov och undrade om Anton Levin över huvud taget lämnade någonting åt slumpen. Man kunde ha synpunkter på hans sociala förmåga, hans brist på humor och det faktum att han aldrig drack alkohol, men som utredare var han briljant, det måste Skurov medge.

– Jag utgår ifrån att du inte talar franska, sa Anton och bläddrade fram några sidor i dokumentet, så jag ska berätta för dig vad det står. Ludmila Smirnova arresterades tillsammans med flera andra unga ryskor. Anton gjorde en konstpaus och fortsatte sedan: och en av dem var Olga Rudakova.

Skurov visslade lågt.

– Så de kände faktiskt varandra?

– Ja, och Ludmila Smirnova finns i Moskva. Hos Olga Rudakova, närmare bestämt.

– Och var håller fröken Rudakova till?

– Hon är skriven på en adress i Goljanovo.

– Då är det väl bäst att vi åker dit? sa Skurov.

Anton körde bilen i nordöstlig riktning på Shchyolkovskoye Shosse. I den mötande filen stod trafiken helt stilla när morgonpendlarna försökte pressa sig in mot centrala Moskva. Solen stod redan högt på himlen och den torra, heta luften strömmade genom rutan som Skurov vevat ner för att kunna njuta av en cigarett.

Goljanovo, i Moskvas nordöstra utkant, var en sorglig förort fylld av förfallna betonghus från 60-talet som inhyste många av stadens yrkeskriminella. Skurov kände alltid att han liksom behövde ta sats för att åka ut till sådana här områden. Det var någonting med de förfallna huskropparna som gjorde honom nedstämd. Den anfrätta betongen och de oräkneliga raderna med likadana gapande tomma fönster. Som om själva husen berättade en historia om de människor som levde och dog där. Och det var ingen trevlig historia. Att Ludmila Smirnova skulle dyka upp just här var egentligen inte förvånande. Hon hade förvisso lyckats arbeta sig upp i världen. Skaffat sig en bostad på en fin central adress, men det hade förmodligen inte så många i hennes umgängeskrets.

Anton tog av från motorvägen och körde in mot bostadsområdet.

– Hon måste ha sett mördaren, sa Anton.

– Det är inte säkert att hon säger någonting till mig den här gången heller, sa Skurov.

Skurov stängde rutan så att luftkonditioneringen skulle få full effekt och lutade sig bakåt.

– Då kan vi inget göra. Men vi borde kunna vädja till hennes anständighet, sa Anton.

– Anständighet?

– Även prostituerade kan vara anständiga människor, sa Anton och såg för ett ögonblick plågad ut.

I den stunden önskade Skurov att han hade tagit sig tid att lära känna Anton bättre. Bakom den korrekta fasaden fanns otvivelaktigt en god människa. En idealist.

Anton svängde in framför ett av höghusen och parkerade bilen.

Trapphuset, som saknade fungerande belysning, stank av urin och matos. Någonstans hördes skriken från ett barn och det dova dunket av musik.

– Hissen är trasig, sa Anton. Det verkar som om Ludmila bara håller till i hus med trasiga hissar.

– Hur många trappor? frågade Skurov.

– Sju.

Skurov suckade.

De gick under tystnad i det mörka trapphuset. På femte våningen passerade de två unga killar som satt i ett hörn och sniffade lim. De såg ut att vara i femtonårsåldern och försvann lika snabbt och tyst som de förvildade hundarna som levde på gatorna utanför när de fick syn på Anton och Skurov.

De fortsatte vandringen uppåt. På sjätte våningen var Skurov tvungen att stanna till för att hämta andan.

– Är ni okej? frågade Anton och Skurov tyckte sig höra verklig omtanke i hans röst. Vi kan vila en stund om ni vill.

– Nej, vi fortsätter, sa han, och skämdes lite över att han hade svårt att hålla jämna steg med Anton trots sin fotbollsträning.

På sjunde våningen fanns fem dörrar. Anton tände sin ficklampa så att de skulle se bättre. Två av dörrarna saknade helt skyltar med lägenhetsnummer. En var igenspikad och övriga två hade lägenhetsnumret textat på papperslappar.

– Här är det, sa Anton och pekade på en sliten dörr.

Knackningarna ekade i det spöklika trapphuset, men i övrigt var det helt tyst. Inte ett ljud hördes inifrån lägenheten. Skurov mötte Antons blick.

– De är kanske inte hemma? sa Skurov.

Anton tittade på klockan.

– De jobbar natt. De sover nog.

Anton bankade hårt på dörren och lade sedan örat emot den.

– Inte ett ljud, sa han och vände sig mot Skurov. Vill ni att vi kallar på förstärkning?

– Lite sent påtänkt. Vi har inte tid att vänta. Vi går in.

Anton granskade sitt vapen och greppade dörrhandtaget. Dörren gled upp med ett gnällande ljud. Lukten av färskt blod var så intensiv att Skurov reflexmässigt lyfte handen mot näsan.

– Polis! skrek Anton, tog ett snabbt kliv in och sökte av varje fri vinkel med vapnet höjt framför sig. Inga ljud hördes. Fönstren i lägenheten såg ut att vara täckta med stora filtar, men det skarpa dagsljuset sipprade ändå in och lyste upp scenen. Anton släckte ficklampan och sjönk ner på knä. Två kvinnokroppar låg ovanpå varandra, till synes förenade i en grotesk omfamning. Golvet under kropparna var täckt med blod. Det gick inte att se vilka skador kvinnan som låg underst hade, men den översta kvinnan hade flera stick- och skärsår. Hon låg på rygg och de grumliga ögonen tycktes betrakta taket.

– Ludmila Smirnova, sa Anton, och Skurov hörde verklig sorg i hans röst. Vi kom för sent.

Anton lade handen prövande på kvinnans bröstkorg. Det var en försiktig rörelse, som rymde en sorts respekt.

– Hon är fortfarande varm, sa Anton. Den som gjorde det här kan inte vara långt borta.

I samma stund hörde de ett lågt, skrapande ljud inifrån lägenheten, som om någon drog en stol över golvet.

Anton flög upp från golvet med sitt tjänstevapen skjutklart.

MARATECHS HUVUDKONTOR, STROMYNKAGATAN, MOSKVA

USB-MINNET VILADE KALLT OCH blankt i Toms hand, likt en död akvariefisk. All information fanns där. Det hade inte ens varit svårt att komma åt den. Orderhistoriken, leveransdatumen och de enheter inom den ryska militären som skulle ta emot vapnen. Det var granatgevär, optiska sikten, övningsammunition och fältsjukhus. Rutinförsändelser. Ingenting uppseendeväckande. Sådant som ISP gett exporttillstånd för och ingenting som en journalist eller politiker skulle reagera på att Sverige exporterat – möjligen med undantag för granatgeväret Gustav Wasa, om man visste vad det kunde ställa till med.

Vad var det som Oscar hade hittat egentligen?

Det knackade lätt på dörren. Tom lät USB-minnet glida ner i kavajfickan.

– Hej, hur går det?

Vera såg glad ut. Det långa håret var uppsatt i en hög tofs och hon bar på en bunt papper.

– Bra, tack. Jag undersöker hur mycket finnarna kan tänkas spara på att köpa bandvagnar och nya prickskyttegevär från oss i stället för från väst.

Vera gick in och stängde dörren bakom sig. Sjönk ner i besöksstolen mitt emot Tom. En plötslig ingivelse sa honom att hon visste vad han precis hade gjort.

Hon log oskyldigt.

– Bra jobbat. Jag tog förresten med lite broschyrer från Swedish Aerospace. Det är bra om du bekantar dig lite mer med deras pro-

Maratechs huvudkontor, Stromynkagatan, Moskva

dukter också. Ryska armén vill köpa fler, men det är vårt jobb att utvärdera vilka som är mest prisvärda.

Hon lade en bunt med färgglada trycksaker på skrivbordet och sträckte sedan på sig, som en katt. Samlade håret till en knut i nacken, men det blå bandet till passerkortet fastnade i en hårslinga. Hon såg med ens irriterad ut, tog av passerkortet och lade det på bordet bredvid broschyrerna.

– Så hur trivs du nu, Tom?

– Bra. Det var ju en del pappersexercis i början, men nu är uppgifterna mer ... utmanande. Det känns spännande.

Hon höjde på ögonbrynen, som om hans svar roade henne, och plötsligt kände han sig som en elev som försökte övertyga sin lärarinna om att han visst var både motiverad och intresserad. Han blev irriterad över sin egen reaktion, för han förstod inte varför Veras närvaro gjorde honom så osäker. Men det var någonting med henne, någonting som han inte kunde sätta fingret på, som påverkade honom. Hon fick honom att känna sig naken på något sätt.

– Du är ambitiös, Tom, sa hon utan att utveckla vad hon menade.

Innan Tom hann svara ringde Veras mobil och hon inledde en hätsk ordväxling på ryska, som av allt att döma handlade om en läckande diskmaskin. Efter någon minut tryckte hon bort samtalet, reste sig och slätade ut kjolen.

– Du får ursäkta mig. Jag har en hantverkare hemma och det verkar som om han har sågat av ett vattenledningsrör. Jag måste hem. Jävla klåpare, det är vad de är, de där ukrainarna. Kan du be Jekaterina att gå ner till Grigorij på Forsknings- och utvecklingsavdelningen med det här?

Vera lade någonting som såg ut som en utskrift av ett mötesprotokoll på skrivbordet och försvann ut från rummet med små, snabba steg. Hon var försvunnen innan han hann svara.

Tom sträckte sig efter broschyrerna som hon lämnat kvar. "Swedish Aerospace – Protecting the Peace Since 1968" stod det på den första. Han bläddrade vidare. Nästa trycksak beskrev stridsflygplanet Örnens användningsområden och var späckad med målande berättelser om hur nöjda olika länder var med planet. Framsidan vi-

sade en bild på planet mot en intensivt blå himmel och texten: "Örnen
– The Face of Success". Underst låg ett informationsblad om Gustav
Wasa, med exempel på olika typer av ammunition som kunde användas till granatgeväret. Som vanligt kände Tom ett lätt illamående
när blicken fastnade på den 84 millimeters ammunition som var speciellt avsedd för "soft targets". Det var termen för oskyddade mål.
Som människor. Ammunitionen var specialutvecklad för att orsaka
maximal skada på mänsklig vävnad. Det var muskler och senor och
ben och alla de mjuka, köttiga och sårbara delar som vi människor
är byggda av. Tom undrade hur de svenska granatgevär som hittats i
Somalia hade använts, om "soft targets" varit huvudmålen även där.

Bilder från nyhetsrapporteringen fladdrade förbi på hans näthinna.
Sönderskjutna byggnader i Mogadishu, döda etiopiska soldater som
fallit offer för någon av Al-Shabaabs bomber. Amerikanska trupper i
Djibouti som vankade av och an vid gränsen till Somalia. Och överallt dessa barn med tomma blickar, som befann sig mitt i förödelsen,
och satt i spillrorna av raserade byggnader eller stod bredvid lemlästade kroppar med likgiltiga ansiktsuttryck.

Soft targets.

Tom sköt undan broschyrerna. Av någon anledning hade han inte
förstått den fulla innebörden av det som han gett sig in på. Kanske
hade han inte velat förstå att han, en byråkrat, som tillbringade sin
tid på ett luftkonditionerat kontor i centrala Moskva, åt flotta luncher med kunder och leverantörer från hela världen och återvände
till ett tryggt hem varje kväll ändå på ett osynligt, men ofrånkomligt, sätt var länkad till de där barnen i Somalia.

Så såg han Veras passerkort med det blå bandet. Hon måste ha
glömt det när hon skyndade iväg för att läxa upp sin klantiga hantverkare. Han sträckte sig fram och plockade upp kortet som bar den
röda markeringen som visade att det gav tillträde till alla säkerhetsklassade avdelningar på kontoret.

Sekunden senare visste han vad han måste göra.

Våning tre var inte lik de andra våningarna. Glasytorna på de övriga
planen, som skapade en luftig och öppen känsla, var ersatta med

Maratechs huvudkontor, Stromynkagatan, Moskva

tjocka stålväggar och i stället för heltäckningsmatta var golvet belagt med sten. Vid entrén till Forsknings- och utvecklingsavdelningen stod en uniformerad säkerhetsvakt och fingrade på sin mobiltelefon med ett uttråkat uttryck.

Tom gick med medvetet bestämda steg förbi mannen, som inte för en sekund släppte sin mobil med blicken.

– Vem ska du träffa? frågade mannen.

– Grigorij ... Tom sneglade på mötesprotokollet. Grigorij Karpov.

Vakten kastade en slö blick på honom.

– Första rummet till höger, muttrade han.

Tom nickade, drog passerkortet genom kortläsaren och gick in när den tunga säkerhetsdörren ljudlöst gled åt sidan.

Den fönsterlösa lokalen badade i ljus och ett tjugotal män och kvinnor i vita rockar arbetade framför datorer med stora skärmar. Tom visste inte vad han hade väntat sig, i alla fall inte det här. Han kom att tänka på en science fiction-film.

En ung man med hästsvans och en sliten t-shirt under den vita rocken kom fram till honom.

– Kan jag hjälpa dig?

– Hej. Grigorij Karpov skulle ha det här.

Tom höll fram mötesprotokollet, som om det varit en passersedel. Mannen kastade en kort blick på det och nickade åt Tom.

– Okej, jag följer med dig till honom. Han sitter inne i säkerhetsavdelningen.

De passerade genom rummet och gick fram till ännu en ståldörr försedd med kodlås och kortläsare. Mannen med hästsvansen tog ut ett tuggummi ur munnen och kastade det träffsäkert i en papperskorg som stod flera meter bort. Kollegorna visslade.

– Snyggt, sa en kvinna som stod och granskade en automatkarbin. 2–0 till dig.

Han log nöjt och fingrade på sin hästsvans. Sedan slog han in en sexsiffrig kod och vände sig mot Tom.

– Kortläsaren är trasig, så vi får köra på kodlåset.

Mannen log brett och blottade en gulnad tandrad samtidigt som han höll upp dörren.

Maratechs huvudkontor, Stromynkagatan, Moskva

– Alexander Katovskij, sa han och sträckte fram handen.
– Tom Blixen. Jobbat här länge?
Mannen skakade på huvudet.
– Nä. Tog examen på MAI för ett år sedan.
MAI var förkortningen för Moskvas institut för flygteknik.
– Du då? frågade Alexander. Jag gissar att du sitter på direktionsvåningen.
– Stämmer. Jag är helt ny. Arbetar framförallt med handel med Skandinavien. Jag har faktiskt aldrig varit härinne förut.
– Det är det inte många som har, sa Alexander och log brett. Alla som sitter här är ingenjörer. Vi utgör bolagets nördiga hjärta, kan man kanske säga. Och härinne sitter säkerhetsavdelningen. Grigorij Karpov sitter längst bort.

Rummet liknade det förra, med den skillnaden att männen och kvinnorna som arbetade här såg något äldre ut. På skärmarna snurrade 3D-skisser, som Tom gissade var ritningar. På en annan skärm såg han beteckningen "EFX 6402" – det var bekant på något sätt, men han kunde inte minnas var han hade sett det tidigare. Han gick långsamt igenom rummet samtidigt som han lät blicken svepa över skärmarna.

Ordet "fuselage" passerade förbi på en skärm och på en annan tyckte han sig kunna urskilja texten "robust interface ... inventory list ..." Ett inbundet häfte stack upp ur fickan på en kvinna som passerade förbi med en kopp rykande hett kaffe i handen. Tom vände sig om efter kvinnan och lyckades se delar av häftet: ...ritical parts of base sta...".

Alexander såg hans blick, men misstolkade som tur var situationen.
– Jag vet, hon är het som en mynningsflamma, sa han och flinade lågt.

Alexander stannade till framför ett rum, öppnade dörren och pekade.
– Därinne är Grigorij, sa han.
Mannen, som satt längst bort, var i femtioårsåldern, kraftigt överviktig och hade en slokande krans av grått hår runt sin kala hjässa. Hans ansikte var blankt, som om han just smörjt in sig med

Maratechs huvudkontor, Stromynkagatan, Moskva

solkräm, och att döma av hans telefonsamtal var han upprörd över någonting.

– Vi väntar tills han är klar. *Sjef* tycker inte om att bli avbruten.

Tom nickade och tittade på två skärmar som satt på väggen bredvid Alexander. Någonting som såg ut som en övervakningsfilm från en produktionsanläggning flimrade förbi. Gestalter i vita dräkter med huvor och blänkande visir var i färd att montera ett jättelikt avlångt metallföremål på en stor cylinder. Det såg ut att vara minst fem meter långt och drygt en meter brett, hängde i vajrar från taket och hanterades uppenbarligen med största försiktighet.

– Där ser du killarna på våning två, sa Alexander lågt. Dit har inte ens vi tillträde. Fast vi har ju koll på dem ändå.

– Bygger de någonting?

– Faktum är att det är precis tvärtom, sa Alexander kryptiskt.

– Vad är det för någonting? frågade Tom, som inte kunde slita blicken från skärmen. En obehaglig känsla växte sig allt starkare inom honom, som om hans kropp instinktivt hade förstått någonting som hans intellekt ännu inte förmådde greppa.

– Det där, sa Alexander långsamt, är någonting som du aldrig har sett.

Tom vände sig bort från skärmen. Illamåendet var tillbaka och trots värmen i det klaustrofobiska, fönsterlösa rummet kände han hur han frös.

Alexander kastade en blick på Grigorij.

– Han har avslutat sitt samtal nu, sa Alexander.

Tom retirerade utom synhåll för Grigorij.

– Kan du ge dokumentet till honom? Du kan väl säga att du fick det av Jekaterina. Det var egentligen hon som skulle lämna det, men jag täckte upp för henne.

– Självklart, svarade Alexander. De skakade hand och Tom föreslog att de skulle äta lunch någon dag i kantinen.

När vakten släppte ut Tom blev han yr. Var tvungen att luta sig mot den kalla metallväggen för att återfå balansen. Öronen susade, hjärtat dunkade hårt i bröstet och han drabbades av en stark känsla av overklighet.

Maratechs huvudkontor, Stromynkagatan, Moskva

Han blundade, försökte andas lugnt och intalade sig själv att det inte fanns någon anledning att få panik. Han hade kommit in på avdelningen utan problem. Ingen hade upptäckt att han hade Veras passerkort och dokumentet var överlämnat.

Han började långsamt gå mot hissarna.

Han hade all anledning att vara nöjd med sig själv. Han skulle leverera informationen till sin kontaktman på FSB, och sedan tänkte han säga upp sig från Maratech och aldrig mer komma tillbaka. FSB borde bli nöjda.

Bilderna från Somalia återvände och nu var barnens tomma ögon riktade mot honom. Han försökte få kontroll på andningen.

Soft targets.

Vem i helvete sköt mot människor med granatgevär? Hur kunde Sverige, som så gärna slog sig för bröstet för sin egen rättfärdighet, sanktionera det?

– Tom, vad gör du här?

Felix kom ut ur hissen och granskade Tom med frågande blick.

– Jag skulle ... Jag gick av på fel våning.

– Mår du inte bra, Tom?

Felix ansikte var uttryckslöst och hans röst var låg, som om han var mån om att vakten, som stod några meter bort, inte skulle höra.

– Jag tror att jag har druckit för lite.

Felix var tyst en stund.

– Hur gick det på Tamanskaja förresten?

Tom förstod först inte frågan, så Felix upprepade den.

– Tamanskaja, du var ju där och tittade. Hittade du någonting ... intressant?

Felix ställde frågan i neutral ton.

– Inte direkt ...

I samma stund som Tom uttalade orden visste han att han hade begått ett misstag, men yrseln och känslan av illamående fick honom att tappa kontrollen. Han såg att Felix registrerat sekunden av osäkerhet och det vaga svaret. Bestämde sig för att inte ljuga.

– Jag menar, allt var okej med de optiska siktena. Men jag hade kanske förväntat mig att se lite fler Gustav Wasa.

– De kanske inte används just nu?
– Du har säkert rätt.
– Och sedan finns det ju alltid ett visst svinn.
– *Svinn?*
– Ett visst svinn är oundvikligt.
– Jag förstår.

Felix nickade och granskade honom en stund under tystnad.

– Jag måste gå. Har ett möte här. Du kanske borde lägga dig och vila en stund, sa Felix och klappade Tom på axeln innan han försvann in på Forsknings- och utvecklingsavdelningen.

Tom stod kvar. Golvet gungade oroväckande under honom och susandet i öronen hade vuxit till ett dån, som från en flod av sibiriskt smältvatten över tajgan om sommaren.

GOLJANOVO, NORDÖSTRA MOSKVA

ANTON GAV SKUROV EN blick och viskade:
– Det är någon därinne.

Skurov nickade. Det skrapande ljudet inifrån lägenheten kunde inte ha kommit från ett gammalt kylskåp, eller ens från en råtta som sprungit och gömt sig – ljudet måste ha kommit ifrån en människa.

– Jag går in. Håll er bakom mig, viskade Anton.

Skurov spanade in i dunklet. De döda kvinnorna låg staplade på varandra som djurkadaver på golvet i den lilla hallen. Framför sig kunde han se ett större rum, möblerat med en fåtölj och ett par madrasser. Kläder låg slängda i högar lite här och var på den slitna plastmattan.

De gick långsamt in i rummet. Anton först, med draget vapen och Skurov strax efter, osäker på hur han bäst skulle kunna bistå sin unge kollega om någonting hände. Som åklagare var han inte beväpnad.

I det högra hörnet skymtade han ett litet pentry med diskho och två kokplattor. Smutsig disk stod staplad i travar på bänken bredvid. Flugor flockades på en tallrik med intorkad mat och diskhon var till brädden fylld med tomma colaburkar.

Anton rörde sig metodiskt framåt och säkrade vinkel efter vinkel av vardagsrummet. Det fanns ingenstans att gömma sig.

På golvet bredvid madrasserna låg ett oöppnat paket med kondomer och några flaskor med nagellack. En rosa morgonrock i tunt tyg och en svart behå hängde från en spik på dörren.

Skurov kastade en blick bakåt mot hallen. De döda kvinnorna frammanade minnen av brottsplatser som han hade besökt under sin långa karriär.

Goljanovo, nordöstra Moskva

Döden.

Man vande sig aldrig vid den. Trots att överåklagare Sergej Skurov sett hundratals döda kroppar slutade de aldrig att beröra honom. Han brukade tänka att han på något sätt bar med sig alla dessa män, kvinnor och barn som han hade träffat på, att de följde honom som osynliga skuggor vart han än gick. Kanske ville de bara påminna honom om någonting – livets värde eller tillvarons oförutsägbarhet. Kanske var de inte nöjda med det arbete han hade utfört för att fånga in och lagföra deras banemän.

Det enda Skurov var säker på var att de skulle följa honom resten av livet. Och nu hade ytterligare två skuggor sällat sig till gruppen: Ludmila Smirnova och hennes olyckssyster Olga Rudakova. Skurov tänkte på Ludmilas pappa, den magre Afghanistanveteranen, som vigt sitt liv åt att skydda sina två döttrar. Trots alla sina ansträngningar hade han inte lyckats. Ludmila hade gått precis det öde till mötes som pappan hade fruktat.

– Bingo, viskade Anton och pekade mot en dörr innanför pentryt. Den var täckt av delvis bortrivna klistermärken.

Anton smög fram till dörren. Vinkade åt Skurov att ställa sig utom skotthåll. Själv intog han position vid sidan om dörröppningen med vapnet riktat mot dörren.

Skurov såg hur Antons hand långsamt rörde sig mot handtaget. Sekunderna kändes oändliga.

Med en blixtsnabb rörelse tryckte Anton ner handtaget.

Dörren rörde sig inte. Anton tog ögonblickligen skydd vid sidan av dörren. Skurov blev med ens rädd att dörren skulle splittras av en hagelsvärm från andra sidan.

Anton bankade på dörren med knuten näve.

– Polis. Öppna dörren!

Ingenting.

Så hördes en svag röst från andra sidan.

– Polis? Äntligen!

– Öppna dörren, upprepade Anton och backade ett steg.

– Ta det lugnt. Jag har inte gjort någonting. Hur kan jag veta att ni är poliser?

Goljanovo, nordöstra Moskva

– Öppna, annars sparkar vi in dörren.

Tystnad.

Anton mötte Skurovs blick, tog sedan sats och sparkade på den klena dörren som gav vika med ett brak.

Längst in på golvet bredvid en trasig toalettstol satt en man hopkurad. Han såg på dem med en tom blick.

De befann sig på Antons rum på Petrovka 38. En av polisens specialutrustade arrestbilar hade hämtat mannen de funnit i Olga Rudakovas lägenhet och fört honom till en cell i polishögkvarterets källare. På vägen tillbaka hade Skurov fått ett samtal av sin chef. Gripandet av mannen hade kommit mycket lägligt, och han hade inte haft några problem med att övertyga henne om att låta honom fortsätta utredningen. Ett dubbelmord var ett dubbelmord, och han var mest lämpad att utreda det. När hon hade frågat om han behövde hjälp hade han avböjt.

Anton lutade sig bakåt, tycktes tveka en sekund, gjorde sedan en gest mot Skurovs cigarettpaket och frågade:

– Får jag?

– Självklart. Jag visste inte att du rökte.

– Det gör jag inte heller.

Anton tog en cigarett, reste sig upp, öppnade fönstret på glänt och strök eld på en tändsticka. Doften av Moskvanatten blandades med cigarettrök. Skurov blinkade mot den kalla lysrörsbelysningen och gned sig i ögonen. De hade förhört den misstänkte i närmare fyra timmar utan att komma fram till någonting.

– Vladimir Kirov, sa Anton, gäspade och satte sig mitt emot Skurov vid skrivbordet. Trettioåtta år och ren som sibirisk snö, av registerutdragen att döma. Men han har inget jobb, kan inte förklara hur han försörjer sig och mina killar hävdar att han är känd för att umgås i kriminella kretsar. Om han är oskyldig lovar jag att äta upp min björnmössa.

Kirov hade hävdat att han tittat förbi Olga Rudakova, som han inte hade sett på länge. Han sa att han hade funnit kvinnorna på golvet och blivit så rädd när Anton och Skurov knackade på, att han förskansat sig på toaletten. De hade hittat spår av blod i handfatet – antagligen hade Kirov tvättat sina händer där. De hade också själva hittat mordvapnet – en blodig kniv, instucken i spolningsmekanismen i toalettcisternen.

– Jag skulle kunna skriva en bok om alla märkliga undanflykter jag hört under åren, sa Skurov. Och den här var inte särskilt originell. Inte direkt dålig heller, den är i alla fall inte lika långsökt som många andra. Jag skulle ge den en femma på en tiogradig skala.

Skurov mindes mannen som mördat sin hustru i badkaret och hävdat att han gått in i badrummet med en kniv i handen för att skära bort en gammal kabel, halkat på en klick schampo och ramlat ner i badkaret och av misstag stuckit kniven rakt i sin hustrus hjärta.

– Och fingeravtrycken? frågade Skurov.

– Vi bör få svar från tekniska inom tjugofyra timmar om hans avtryck finns runt kropparna och på mordvapnet. Har vi tur matchar de något gammalt brott också.

– Och hans tillhörigheter?

– Ingenting graverande, tyvärr. Plånbok med id-kort, ett par bensinkvitton och några hundra rubel. Och en mobiltelefon.

– Fanns det någonting intressant i mobilen?

Anton fimpade cigaretten omsorgsfullt i kaffekoppen, tittade fundersamt på den som om han försökte utröna någonting om dess beskaffenhet och slängde den sedan i papperskorgen.

– Han hävdar att han inte minns koden. Att han är för chockad för att komma ihåg den.

– Självklart.

Någonting som liknade ett leende skymtade förbi i Antons slätrakade ansikte.

– Vi har skickat den till tekniska. Ge dem någon dag så får vi svar på alla våra frågor. En fyrsiffrig kod är en barnlek för dem. Det finns bara tiotusen alternativ.

– Är vi säkra på att det var han som dödade tjejerna?

– Ja, sa Anton utan en sekunds tvekan. Och vi kommer att kunna bevisa det. Jag har fått lite preliminärinformation från tekniska som styrker det ytterligare. Ge mig bara lite tid så ska jag sätta ihop ett vattentätt förundersökningsprotokoll.

– Se till att få fram rapporten så snabbt som det bara går.

GAGARINGRÄNDEN, CENTRALA MOSKVA

TOM GLÄNTADE PÅ VARDAGSRUMSFÖNSTRET och tittade ut i mörkret. Mitt emot låg en liten park, med lummiga träd, och bakom den skymtade *chrustchovkan* – det slitna 60-talshuset som var den enda byggnad som avslöjade att de inte bodde i ett förrevolutionärt Moskva. Ett stenkast längre bort låg Österrikes vackra ambassad, och strax bakom den lekskolan där Rebeckas yngsta dotter hade gått. Han lutade sig ut och drog ett djupt andetag av den fuktiga nattluften. På avstånd skymtade Frälsarkatedralens upplysta guldkupoler.

Den ursprungliga katedralen hade rivits 1931 för att ge plats åt "Sovjeternas palats" – ett enormt monument med en staty av Lenin på toppen, som pekade segervisst framåt för att visa på kommunismens väg. Men bygget drabbades av problem på grund av att marken var sank och projektet lades på is. Nikita Chrusjtjov omvandlade så småningom byggnadens grund till världens största offentliga simbassäng. På 90-talet började den ursprungliga Frälsarkatedralen rekonstrueras och år 2000 stod den klar.

Tom skulle just stänga fönstret när han lade märke till bilen som stod parkerad tvärs över gatan. Han var säker på att det var samma bil som han hade sett när han kom hem. Glöden från en cigarett rörde sig i den mörka kupén.

Långsamt backade han bort ifrån fönstret. Det fanns inget sätt att få klarhet i vem det var som satt därute i mörkret – han kunde knappast rusa ner och fråga. Det kunde vara en tillfällighet. En livvakt eller chaufför som väntade på sin chef som var inne hos sin älskarinna. Men, det kunde också vara FSB som vakade över honom. Eller

Maratech som var honom på spåren.

Tanken framkallade samma illamående som drabbat honom tidigare under dagen.

Bygger ni någonting?

Faktum är att det är precis tvärtom.

Tom var inte dummare än att han förstod vad det betydde. De monterade isär någonting för att granska konstruktionen – *reversed engineering*. Ett utmärkt tillvägagångssätt för den som ville serieproducera någonting, men inte hade full tillgång till ritningar, komponenter eller know-how.

Och sedan mindes han hur Felix uttryckslösa ansikte hade granskat honom, noterat varje ansiktsuttryck, varje ord, vid hissarna.

Han satte sig på stolen framför skrivbordet och slog på datorn.

Räkna med att de avlyssnar all telefon- och datatrafik.

Juris ord. Men Tom hade inte för avsikt att leta efter, eller skicka, någon känslig information. I stället sökte han på "Somalia" och "krig". Det kunde väl knappast vara känsligt att fördjupa sig i det geopolitiska läget på Afrikas horn? Faktum var att det ingick i hans arbetsuppgifter att hålla sig uppdaterad om världens alla oroshärdar.

Han fick över en miljon träffar, men i stället för att gå in på någon av sidorna klickade han sig vidare till bilderna. Döda soldater, utmärglade kvinnor, leriga jeepar fyllda med pojksoldater med kalasjnikovs nonchalant över axeln. Byggnader så sönderbombade att det som återstod skulle ha kunnat användas som sandlådefyllning.

Och barnen, där var de igen. De tittade anklagande på honom med sina tomma ögon, som om de såg hans svek genom kameralinsen och internetuppkopplingen och de tusentals mil som skiljde dem åt.

Någon lade en hand på hans axel. Tom tittade upp och såg Rebecka. Hon hade blicken fäst på skärmen och en rynka hade djupnat i hennes bleka panna.

– Vad är det där?

– Somalia, svarade han. Våra vapen hamnade där, trots att de var belagda med vidareexportförbud.

– *Våra* vapen?

– Maratechs vapen. Svensktillverkade granatgevär.

Gagaringränden, centrala Moskva

Hon gav honom en undrande blick.
– Och hur gick det till?
Tom ryckte på axlarna.
– Ingen aning. Troligen någon korrupt anställd som sålde vapnen vidare.
– Varför är du så intresserad av det där?
– Det känns fel, bara.
– Det är klart att det är fel. Men det är ju knappast ditt ansvar.
Det blev en paus.
– Vems ansvar är det då?
– Inte vet jag. Rebecka sänkte rösten. Måste du vara så jävla aggressiv?
– Någon måste ju ta ansvar. Alla kan ju inte bara blunda för det här.
– Men Tom, lägg av. Du kan ju inte lasta dig själv för att någon kriminell individ ...
Hon hann inte avsluta meningen. Tom förstorade en av bilderna och pekade på den.
– Titta här. Tolvåringar i Mogadishu går omkring med automatvapen på axeln. De är jämngamla med Ksenia och Alexia ...
– Men säg upp dig då. Om du nu har så stora moraliska betänkligheter.
– Jag kan inte, skrek han i panik innan han hunnit hejda sig själv.
Rebecka tittade på honom med höjda ögonbryn. Han kunde inte riktigt tolka hennes ansiktsuttryck. Hade hon förstått vad han egentligen menade, att han bokstavligen inte *kunde* sluta?
Rebecka suckade.
– Du är inte den enda som har problem. Jag börjar faktiskt undra om någon inflytelserik person vill stoppa vår affär med Lehman. Men jag tänker inte oroa mig för det just nu.
Han svalde. Önskade än en gång att han hade kunnat berätta hela sanningen för Rebecka.
– Snälla Tom, kan du inte komma och titta på *Kommissarie Morse* i stället?
Rebecka gäspade och kramade hans axel lätt. Han var besviken

och irriterad över att hon inte förstod hans upprördhet, att hon – precis som resten av den industrialiserade världen – hellre bänkade sig framför en tevedeckare än engagerade sig i de somaliska barnsoldaternas öden.

– Ksenia vill att du säger god natt, sa Rebecka och försvann bort mot teverummet.

– Kommer strax, sa han och gick mot Ksenias rum.

Den lilla blå lampan med fiskar på skärmen var fortfarande tänd och rummet badade i ett mjukt, turkost sken. Han satte sig på sängkanten, lutade sig fram och kysste henne på kinden. Drog in doften av varmt barn och nytvättade lakan.

Ksenia låtsades sova. Ögonen var hårt hoppressade och andetagen överdrivet ljudliga. Tom stack in en hand under täcket för att kittla henne, men innan han nått fram till magen började hon fnissa ljudligt.

De följde samma ritual varje kväll.

– God natt, sa han och pussade den lilla fräkniga näsan.

– God natt, sa Ksenia, fattade tag om hans öron, drog honom mot sig och pussade hans näsa.

Han stod kvar en stund i rummet bredvid Ksenias säng och betraktade den mjuka barnkroppens rundning under duntäcket. Den smala armen hängde slappt över sängkanten. Handen var smutsig och naglarna hade sorgkanter.

Soft targets.

Ksenia måste ha sett hans blick för hon satte sig upp i sängen och blinkade.

– Meh. Vad är det?

– Ingenting. Sov nu, sa han och gick fram till fönstret, drog gardinen åt sidan och tittade ner mot Gagaringränden.

Bilen stod kvar och i kupén anade han konturerna av en människa.

MARATECHS HUVUDKONTOR, STROMYNKAGATAN, MOSKVA

TOM ÖGNADE IGENOM DE senaste nyheterna i *Financial Times*. Investmentbanken Bear Stearns hade övertagits av en jättebank för en spottstyver. Flera bedömare menade att det var bra, att marknaden hade fått lära sig en läxa och att faran nu var över. För en sekund funderade han över Lehman Brothers, som stod i begrepp att betala Rebecka, så snart hon kunde säkra den ryska Finansinspektionens godkännande – det som general Gurejev verkade kunna bestämma över.

Han plockade ihop pappren på bordet och stoppade mobilen i fickan. Felix mörka huvud dök upp i dörren.

– Jag tänkte äta lunch på den azerbajdzjanska restaurangen borta vid metron. Vill du hänga med?

Han blev förvånad över inbjudan. Felix brukade äta lunch med kunder, oftast från Mellanöstern, i direktionsavdelningens matsal. Så sent som dagen innan hade han försökt lista ut vilket språk de hade talat.

– Tack, men jag ligger efter. Jag tar något nere i kantinen idag.

Felix nickade kort och försvann ljudlöst bort i korridoren. Tom insåg att han faktiskt var rädd för Felix – eller i alla fall på sin vakt mot honom. Sedan Felix sett honom utanför Forskning- och utvecklingsavdelningen hade Tom grubblat över hur mycket han hade förstått. Det sista han ville var att försätta sig i en situation där Felix konfronterade honom med en massa frågor – frågor som han inte skulle kunna besvara utan att bli avslöjad som en lögnare.

Han nappade åt sig plånboken och gick mot hissarna. Den tjocka

Maratechs huvudkontor, Stromynkagatan, Moskva

heltäckningsmattan påminde om mjukt gräs i en park. Inte ens på den tiden när han hade jobbat på Rysslands största investmentbank hade de haft så här lyxiga lokaler: importerade italienska skinnmöbler i ljust skinn med kromade ben, konst på väggarna och kaffemaskiner som förde tankarna till lyxrestaurangerna runt Tverskaja. Maratech var uppenbarligen ett företag som tjänade tillräckligt med pengar för att satsa på de anställdas trivsel.

I kantinen var kön redan lång och ljudnivån hög. Varje dag serverades ett antal enklare rätter som *pelmenij* – rysk ravioli – med kaninfyllning, biff stroganoff, fisk samt mängder av olika sallader, pajer, piroger och smörgåsar.

Tom ställde sig bakom ett par kvinnor som stod och pratade. Av samtalet att döma var de rörande eniga om att det hade varit rätt av presidenten att gå till motangrepp mot den där maktgalne georgiske ledaren och tvinga honom till en förnedrande kapitulation.

Några meter framför dem skymtade han en gänglig ung man med hästsvans klädd i vit rock. Det tog några sekunder innan han insåg att det måste vara Alexander, som hade visat honom runt på Forsknings- och utvecklingsavdelningen. Han trängde sig förbi kvinnorna och lade handen på mannens axel.

– *Privet*, Alexander!

Mannen vände sig långsamt om. Tvärs över hans panna löpte ett långt sår och det ena ögat var igensvullet av ett jättelikt blåmärke som bredde ut sig långt ner på kinden.

– Herregud, vad har hänt?

Alexander frös i rörelsen och såg sig sedan oroligt omkring, som om han letade efter någon i den långa kön.

– Jag kan inte prata med dig, sa han sedan och vände ryggen åt Tom.

Tom blev stående med brickan i handen och en växande obehagskänsla. Kunde det finnas ett samband mellan Alexanders beredvillighet att hjälpa honom och det som han hade råkat ut för? Hade någon läxat upp Alexander för att han pratat med Tom? Tanken fick honom att kallsvettas.

Han intalade sig att han var paranoid. Maratech var ett stort och

Maratechs huvudkontor, Stromynkagatan, Moskva

respekterat företag, som knappast misshandlade sina medarbetare.
Eller?

Aptiten försvann och ersattes av illamående medan han lät tankarna löpa fritt. Felix hade sett honom utanför Forsknings- och utvecklingsavdelningen. Det skulle ha varit enkelt att ta reda på vem han hade talat med därinne.

Susandet i öronen återkom med full kraft, liksom känslan av att golvet var i gungning. Det kändes med ens som om alla i rummet granskade honom, utvärderade honom för att avgöra om han var vad de misstänkte.

En förrädare.

Han ställde tillbaka den blå plastbrickan. Började gå mot utgången med blickarna brännande i nacken. Om de hade gjort så mot Alexander bara för att han hade talat med Tom, vad kunde de då inte göra mot honom?

Han stapplade igenom den marmorklädda korridoren, förbi säkerhetskontrollen och ut genom entrédörrarna, utan att se på människorna som vällde in i byggnaden efter lunchen. Den bländande solen och doften av avgaser slog emot honom som en kompakt vägg. Han tog tag i räcket och blev stående, betraktade trafiken som rusade förbi på den sexfiliga gatan utanför. Det var totalt vindstilla och svetten trängde fram. Det vanliga moskovitiska bakgrundsdånet från trafiken, vägarbetena och sirenerna som ljöd på avstånd var öronbedövande.

I den sekunden bestämde han sig. I exakt det ögonblicket, stående i solen på Maratechs trappa, visste han vad han måste göra.

Det handlade inte bara om Alexander och om vad han hade sett på Forsknings- och utvecklingsavdelningen, utan också om bilderna från Somalia som hade plågat honom de senaste dagarna. Och det handlade om Rebecka. Deras relation hade sakta men säkert börjat falla samman, som ett dåligt sovjetiskt husbygge. För Tom, som levt så länge ensam, utan någon kontakt med sin mamma, pappa och sina bröder, var relationen till Rebecka och barnen det viktigaste. Och det var därför han visste vad han skulle göra.

Han tänkte säga upp sig på direkten.

Maratechs huvudkontor, Stromynkagatan, Moskva

Hur FSB skulle ställa sig till det anade han, men han hade fått tag i den information som de ville ha. Och oavsett hur de skulle reagera så fick han hantera det när den dagen kom, för han tänkte inte be om deras tillåtelse.

Vera satt vid sitt skrivbord och talade i mobilen när han kom tillbaka. Hon vinkade åt honom att komma in. Han drog igen dörren och satte sig i hennes besöksstol. Lädret gnisslade under hans tyngd, en svag doft av parfym och kaffe fyllde det svala, luftkonditionerade rummet.

Hon lade ifrån sig mobilen på bordsskivan, mötte hans blick och log.

– Goda nyheter. Det verkar som om Indien kommer att köpa trettio stycken Mi-26, trots allt. Det blir officiellt på torsdag.

Mi-26 var en militär transporthelikopter, relativt välkänd för allmänheten eftersom den använts flitigt vid saneringen i Tjernobyl. Förhandlingarna om den indiska storordern hade pågått i flera år utan att parterna hade kunnat enas. Indien var det land som köpte mest vapen av Ryssland, och därmed också Maratechs enskilt viktigaste kund.

– Kul, sa Tom utan att känna någon som helst entusiasm.

Vera verkade ana att någonting var fel. Precis som Rebecka tycktes hon ha en förmåga att nosa sig till vad han kände. Hon lutade sig bakåt och fixerade hans blick med sina gröna kattögon.

– Har det hänt någonting?

Tom såg ner på sina händer som vilade i knät. De skakade.

– Jag tänker sluta.

Veras ansikte var uttryckslöst medan hon granskade honom.

– Får jag fråga varför?

– Av personliga skäl. Det fungerar inte med min relation. Jag är rädd att jag snart inte har någon familj kvar om jag fortsätter jobba här. Och familjen är viktig för mig. Jag önskar bara att jag hade kunnat förutse det här. Det känns inte bra att ställa till det för er ... det var verkligen aldrig min avsikt.

Vera var tyst en stund.

– Det kommer olägligt, sa hon sedan och knackade irriterat med

Maratechs huvudkontor, Stromynkagatan, Moskva

pennan mot skrivbordet. Vi har flera stora affärer på gång med Sverige och Finland, och för våra svenska samarbetspartners är du en viktig garant för att allting går rätt till. Jag hörde också att du fick god kontakt med de svenska försvarspolitikerna under besöket hos Swedish Aerospace. Skulle du sluta får vi börja om från scratch.

Tom nickade. Han kunde knappast säga att Maratechs affärer med Swedish Aerospace var skälet till att han ville bort från företaget.

– Som jag sa. Jag önskar att jag hade kunnat förutse det här.

Vera suckade.

– Hur länge kan du tänka dig att stanna?

Tom dröjde lite med svaret.

– Egentligen vill jag sluta så snart som möjligt.

Hon nickade. Sträckte sig fram över bordet och lade sin hand över Toms. Han ryckte ofrivilligt till av beröringen. Känslan av hennes svala hand mot hans hud fick honom än mer ur balans.

– Ja, men enligt kontraktet har du sex månaders uppsägningstid. Jag ska prata med Oleg Sladko, och jag kommer att göra allt jag kan för att du ska kunna sluta snabbare, men vår vd är inte precis ... empatisk. Han är en hård man, Tom. Jag har svårt att tänka mig att han skulle släppa dig tidigare, med tanke på de affärer som är på gång. Du får nog förbereda dig på att stanna i sex månader till.

TENNISKLUBBEN CSKA, NORRA MOSKVA

TOM SATT PÅ BÄNKEN invid tennisbanan. På de angränsande banorna hördes svordomar, stön och skratt, men han varken såg eller hörde människorna runt omkring sig. Allt han kunde tänka på var bollröret som stod bredvid honom på bänken, med sitt livsfarliga innehåll.

Han hade övervägt att stanna kvar i sängen på morgonen. Begrava sig under lager av lakan och aldrig mer gå upp. Han hade inte sovit en hel natt sedan Sonia Sharar överraskat honom på Arlanda. Han låg vaken till långt in på natten och försökte hitta vägar ur den till synes omöjliga situation som han hamnat i. Prövade olika handlingsalternativ, vägde deras för- och nackdelar mot varandra. Och först efter timmar av fruktlöst ältande gled han in i någon sorts halvdvala som vanligtvis varade till fyratiden. Sedan låg han tyst och betraktade Rebecka som sov lugnt bredvid: det röda håret som krusade sig i tinningarna, märkena från kudden på hennes fräkniga kind som gryningsljuset blottade, de smala armarna som låg ovanför huvudet, som om hon sträckte sig efter någonting.

Tom tog en klunk av sitt vatten. Det var olidligt varmt och han förstod inte hur han skulle orka spela med Juri.

I samma sekund såg han Juri närma sig. Stegen var lätta och obesvärade och han bar som förra gången på en tennisbag och en korg med bollar. Han höjde handen till en hälsning och Tom nickade tillbaka.

Han gick fram till Tom, placerade tennisbagen mellan knäna och satte sig ner på bänken.

Tennisklubben CSKA, norra Moskva

– Så du ville ha en extra träningstid. Det måste ha hänt någonting viktigt.

Tom såg in i Juris ljusa ögon och undrade för en sekund vem han egentligen var. Varför Juri frivilligt hade valt att verka i denna skuggvärld som Tom till helt nyligen hade varit helt omedveten om.

– Jag vill ut. Felix van Hek kom på mig när jag snokade runt på Forsknings- och utvecklingsavdelningen.

– Vad gjorde du *där*?

– Jag skulle överlämna ett dokument.

– Fick du tag på informationen som jag bad om?

Tom kände svetten bryta fram i pannan. Men han kände någonting annat också, en vrede som växte sig allt starkare inom honom. Han hade inte gjort någonting för att förtjäna det här. Han hade knappt ens fått en parkeringsbot under alla år i Moskva. Han hade gjort allting rätt och ändå hade det gått åt helvete.

– Lyssnar du ens på vad jag säger? sa Tom. Felix kom på mig utanför avdelningen. Han vet någonting. Och en kille som hjälpte mig blev sönderslagen. Jag kan inte stanna kvar på Maratech! Jag vill ut. Nu. Och jag sa upp mig igår.

Juri gav honom en snabb blick.

– Du gjorde *vad*?

– Du hörde vad jag sa. Jag gick in till Vera Blumenthal och sa upp mig.

Juri skakade långsamt på huvudet och slöt ögonen.

– Det var inte bra, Tom. Det har vi aldrig godkänt. Juri spände blicken i honom. Nu kommer de att bli misstänksamma.

– Det är de redan. Någon bevakar mitt hus.

– Ta det lugnt nu.

– Jag bryr mig inte om det längre. Jag är hotad till livet, min flickvän är på väg att lämna mig. Jag vill bara därifrån.

– Nu tar vi en sak i taget, sa Juri och Tom anade en hårdhet i hans röst som han inte hade hört tidigare. För det första är det vi som bevakar dig. För din egen säkerhets skull.

– Ni? Jag *är* alltså hotad.

– Det har jag inte sagt.

Tennisklubben CSKA, norra Moskva

Tom misstänkte att Juri hade lotsat många mullvadar genom deras miserabla liv. Han visste hur man skulle hålla dem på sträckbänken utan att knäcka dem.

– Så fick du tag i informationen?

Tom drack mer vatten. Hans kropp kändes uttorkad som en öken. Han ville bort från den här värmen. Bort från Moskva, från Ryssland. Han visste bara inte vart han skulle ta vägen.

– Ja. Jag fick tag på informationen.

– Bra, och du har den med dig idag?

Tom nickade mot bollröret som stod bredvid honom på bänken.

– All information som jag kunde komma över med min säkerhetsklassning och lite till.

Han berättade inte någonting om projektet som Forsknings- och utvecklingsavdelningen arbetade med. Om det avlånga föremålet som han hade sett ingenjörerna montera loss och det gapande såret i Alexanders ansikte.

Juri klappade honom lätt på armen.

– Bra. Jag visste att du skulle klara av det.

– Allt finns där. Alla bevis ni behöver. Låt mig gå nu och se till att min flickväns affär godkänns av Finansinspektionen. Det var dealen.

Juri satt tyst en stund. Verkade betrakta dubbelmatchen som pågick på banan bredvid.

– Det är inte riktigt så enkelt, Tom.

– Vad menar du? Jag har gjort allt som ni har bett mig om och utsatt mig själv för risken att bli exponerad. Ni lovade att det var det enda jag behövde göra.

Juri lyfte handen.

– Lyssna på mig, Tom. Jag ska ta den här informationen till min uppdragsgivare. Och jag kommer att återberätta det som du har sagt. Men låt mig vara helt ärlig: det sämsta du kan göra nu är att fly hals över huvud. Det skulle väcka för mycket uppmärksamhet. Om de inte var misstänksamma tidigare så kommer de att bli det då. Vad du måste göra är att låtsas som om allting är som vanligt även om du har sagt upp dig. Gå till arbetet. Fika med dina kollegor. Jobba på som vanligt. Gör ingenting som kan väcka uppmärksamhet. Invänta instruktioner från oss.

Tennisklubben CSKA, norra Moskva

Juri plockade fram sin racket och tog Toms bollrör.
– Allting kommer att ordna sig om du bara gör som jag säger.
– Har du familj, Juri?
Juri stelnade till och mötte Toms blick. Såg förvånad ut, som om han inte förstod frågan eller kanske inte var bekant med begreppet.
– *Familj?*
– Ja. Har du familj? Barn? Människor som är beroende av dig?
– Det spelar ingen roll, Tom. Det här handlar inte om mig. Jag är oviktig.

De satt tysta en stund. Juris fårade ansikte var fullständigt nollställt. Han hade blicken fäst vid en punkt strax ovanför utgången. Genom de smutsiga fönsterrutorna kunde Tom se att mörka moln dragit in. Kanske var det efterlängtade regnet på väg, till sist.

– Jag har en son, sa Juri tyst och gjorde en paus. Han är sexton. Vi är inga monster, Tom. Vi är bara människor som försöker göra det rätta.

KAFÉ XENA, CENTRALA MOSKVA

TOM HADE RINGT SKUROV och berättat hur FSB tvingat honom att bli informatör. Skurov hade märkligt nog inte låtit förvånad, men hade ändå insisterat på att få träffa honom direkt.

Han satte sig där Skurov instruerat honom att vänta. Han hade gjort allt som Skurov sagt åt honom: lämnat sin egen mobiltelefon hemma och hoppat på och av bussar och tunnelbanor. Nu satt han här i båset på Kafé Xena och väntade.

Det liv som han inte hade haft vett att njuta av för en månad sedan var borta. Det hade hackats ner i småbitar och auktionerats ut mitt framför ögonen på honom och det fanns ingenting han hade kunnat göra för att hejda det. Han hade satsat allt på att bygga upp en trygg tillvaro för Ksenia, sig själv och Rebecka och hennes barn. De åren hade nu visat sig vara förgäves, de hade inte hindrat allt därhemma från att rasa ihop. Han höll på att förstöra Rebeckas livsverk och fast hon inte visste om det än, var det som om hon redan kände det.

Kroppen värkte som om han hade drabbats av kraftig influensa och massiv träningsvärk på samma gång. Tänk om FSB gjorde verklighet av sitt hot om att han skulle tvingas tillbringa åratal i ryska fängelser. Tänk om Maratech bestämde sig för att göra sig av med honom.

Det var först när han kommit hem efter att ha besökt Forsknings- och utvecklingsavdelningen som han hade kommit på vad det var för häfte han hade skymtat i en av ingenjörernas fickor. På Vidsele militärflygplats hade han varit inne i en sådan enhet som han trodde beskrevs. Han hade kommit fram till att häftets hela titel måste ha varit "Critical parts of base stations". Det kunde röra sig om basstationer för mobila radarsystem eller kanske artilleri- eller luftvärnssystem. Men beteckningen EFX 6402, som seglat upp på en av ingenjörernas skärmar, var det som hade övertygat honom. Han mindes att det var en av sakerna som Skurov hade frågat honom om på Aeroexpress. Det hade stått på pappret som Skurov hittat i det svenska residenset samma natt som Oscar dött.

Klockan närmade sig sex på eftermiddagen och lokalen började fyllas på. Han lade inte märke till Skurov förrän han nästan var framme vid båset där Tom satt. Skurov bar på två öl och två glas vodka som han satte ner på bordet. Först när Skurov satt sig ner mitt emot honom lade Tom märke till den andre, mycket unge mannen som plötsligt trängde sig ner bredvid honom, även han med en uppsättning öl och vodka.

– Jag är glad att se dig, Tom. Det här är polisinspektör Anton Levin som hjälper mig med fallet. Du kan lita helt på honom. Berätta nu vad som har hänt. Förresten, börja med att dricka vodkan så att vi ser ut som arbetskamrater som firar att dagen är över i stället för några som har ett hemligt möte.

De höjde sina glas och drack. Tom kom att tänka på krogbesöket efter fotbollsmatchen när de iakttagit Ksenia som lekte på flodbanken. Det kändes oändligt avlägset nu, men vodkan hjälpte honom i alla fall att acceptera den situation han befann sig i.

Tom gav den unge polisen en blick. Mannen såg lika nollställd ut som Juri. Skurov däremot hade samma djupa, närvarande blick som alltid. Tom undrade om Skurov hade reflekterat över att det var han som fått honom att ta jobbet på Maratech.

– Hur går det med Oscar Rieder-utredningen? frågade Tom.

– Vi kommer dit, svarade Skurov. Berätta först vad som har hänt. Har du hittat någonting på Maratech som tyder på illegal verksamhet?

– Då bryter jag definitivt mot tystnadslöftet som jag gav FSB.

– Vi hanterar det.

Skurov såg lugn ut.

Tom tog en klunk av ölen, försökte samla sig, låtsades som att allt var normalt: en bar fylld av människor som slappnade av och umgicks. Han intalade sig att det som fanns bortanför gick att bemästra – om han bara lyckades med att tänka klart.

Kafé Xena, centrala Moskva

Han berättade om efterforskningarna på Maratech i detalj, först tvekande, med Juris varningar i färskt minne, men sedan allt mer frispråkigt.

Skurov och hans unge kollega ställde frågor och Skurov skrev som vanligt ner anteckningar i sin tummade svarta anteckningsbok, med den karakteristiska spretiga handstilen som troligen bara han själv kunde tyda. Polisen däremot, verkade helt lita på sitt minne och antecknade ingenting under hela samtalet.

– Har du sett bokstavs- och sifferkombinationerna som Anton gav dig? frågade Skurov till slut.

– Beteckningarna är namn på processorer som ingår i ett kontrollsystem för en farkost, förtydligade Anton.

Tom hajade till och lade märke till att Skurov också skärpte sin uppmärksamhet.

– Det är processorer som måste kunna arbeta både snabbt och energisnålt. Snabbt därför att det handlar om att räkna ut distans, färdriktning och lutning korrekt på en millisekund – annars kan farkosten störta. Energisnålt därför att kraften måste ransoneras, det finns inte mycket att tillgå där processorn befinner sig, inget uttag att stoppa elsladden i. EFX 6402 är ett integrerat kretskort. Det är ytterst tåligt mot temperaturväxlingar och andra påfrestningar.

– Du sa att det handlade om ett kontrollsystem för en farkost, vad är det för farkost? undrade Tom.

– Jag har naturligtvis inte tillgång till information om allt som din arbetsgivare Maratech importerar, men jag tror inte att det är flygplan för det är vår egen flygindustri rätt duktig på. Nej, jag tror att farkosten som du såg dem montera isär var någonting annat. Någonting som styrs på distans. Om vi skulle söka igenom Maratech skulle vi säkert hitta ritningar. Information om tillverkningsprocessen. Data om styrsystem och GPS. Målsökande kameror, som använder sig av både infrarött ljus och laser.

– Så *vad* är det?

Skurovs röst var otålig som ett barns. Själv behövde Tom inte vänta på svaret. Han visste det redan. Han hade ju sett allt med egna ögon däruppe i Vidsele. Han hade bara inte förmått sammanfoga de fragmentariska bitarna av information tidigare, sett hela pusslet i sin ohyggliga tydlighet.

– Allt talar för att det antingen är en prototyp till, eller rentav en färdig attackdrönare. Gissar jag rätt finns det redan experter – ingenjörer och instruktörer – på plats hos kunden, för know-how är centralt för att kunna sälja ett så avancerat vapen.

Tom tittade på Anton Levin och varken kunde eller ville dölja att han var imponerad. Det var inte bara Skurov som var skicklig insåg han nu, den unge polisinspektören verkade komplettera honom perfekt.

Skurov mötte Toms blick.

– Tom, om jag förstod dig rätt så berättade du inte om det här för FSB? Du gav dem listorna på konventionella vapen som Oscar redan hade sammanställt. Till det lade du information om vapen som du visste saknades, och som därför troligen försvunnit på illegal väg.

Tom nickade.

– Jag tror att det var klokt. Det ska vi behålla för oss själva ett tag.

– Har du fått indikationer på att Maratech utbildar kunder om drönare? frågade Anton.

Tom skakade på huvudet och kom plötsligt att tänka på Felix långluncher och workshops med kunder från Mellanöstern. Kunde de vara kopplade till någon form av utbildning? Sedan mindes han mötet med Felix utanför Forsknings- och utvecklingsavdelningen. De misstänksamma blickarna och frågorna.

– Jag tror att Felix van Hek är mig på spåren.

– Då måste vi vara extra försiktiga med honom, sa Anton och gjorde en notis i sin anteckningsbok.

– Har du hört någon nämna Handlaren? Eller Handlaren från Omsk? frågade Skurov.

– Nej.

Tom lyssnade när Skurov återgav vad de visste.

– FSB kanske vet mer än de berättar, sa Tom.

– Kanske det, svarade Skurov. Men vi måste inrikta oss på att ringa in vem inom Maratech som samarbetar med Handlaren.

Skurov återgav för Tom var de stod i sin utredning. Berättade att de tagit mannen som gett Oscar och Ludmila deras överdoser och sedan undanröjt Ludmila och hennes väninna.

Tom skakade på huvudet när Skurov var klar. Försökte förstå, foga samman bitarna till en begriplig bild.

– Jag kan inte hjälpa er mer. Jag har sagt upp mig. De vill att jag stannar kvar under min uppsägningstid, men jag vet inte om jag klarar det ...

Skurov nickade.

– Jag förstår varför.

– Tom, sa Anton. Det var första gången som inspektören nämnde honom vid förnamn. Var inte orolig. Vi kommer att hjälpa dig från och med nu. Men du måste spela med. Vi behöver köpa oss lite mer tid. Det bästa är om du går med på att arbeta uppsägningstiden ut, kanske till och med drar tillbaka din uppsägning. Sitt still i båten och gör ingenting överilat.

De drack upp det sista av ölen. Några minuter senare hade Skurov och Levin gått. Och Tom hade återfått hoppet om att kunna ta sig ur mardrömmen.

Han var inte längre ensam.

KHIMKI, NORDVÄSTRA MOSKVA

ÖVERÅKLAGARE SKUROV TRÄFFADE GENERAL Gurejev utanför Dynamo Moskvas hemmaarena i Khimki. Som chef för antiterroristavdelningen var Gurejev numera alltid omgiven av livvakter. De tittade misstänksamt i alla riktningar, väl medvetna om att deras chef skulle vara en fin fjäder i hatten för vilken terrorist som helst.

– Du ville tala med mig, Sergej.

– Kvinnan, som var det enda vittnet till mordet på ambassadörssonen, blev tystad av en *killer*.

– *Prostitutkan*?

Skurov nickade. Det var väl det enda Gurejev hade lagt på minnet om stackars Ludmila.

– *Killern* då?

– Honom har vi, och vi tror att det var han som mördade Oscar Rieder också.

– Bra. Men han kommer säkert inte att avslöja vem det var som gav ordern, eller hur?

Gurejev visste lika väl som Skurov att kedjan mellan en kontraktsmördare och en uppdragsgivare brukade vara komplicerad, men för den sakens skull inte omöjlig att nysta upp.

– Den risken finns, svarade Skurov. Vi får hitta en annan väg framåt. Men jag kom faktiskt hit för att tala om Blixen.

– Ja?

– Ni pressar honom för hårt. Han kommer att sluta i ett kylfack på bårhuset. Ni måste ta ut honom från Maratech, nu.

– Jag kan inga detaljer, Sergej, men jag lovar att titta på det i morgon.

– I morgon kan han vara död.

– Nu ska vi inte överdriva. Jag ser ingen överhängande fara för hans liv. Vi har full kontroll på situationen.

– Jag håller inte med dig. Tre människor har mist livet de senaste veckorna och då räknar jag inte med Ivan Ivanov.

– *Nu* går det inte, Sergej. Det är match! Kom med upp i båset, ta några öl och njut lite av livet.

– Så gör man inte med vänner. Man överger dem inte. Du lämnar inte en sårad kamrat efter dig.

– *Chto za tjort*, Sergej? Du glömmer bort att han är en FSB-informatör. Och som informatör får man räkna med vissa risker.

– Jag håller med om att det är åt helvete. Åt helvete eftersom du inte håller vad du lovade.

Skurov hade lovat sig själv att han skulle behärska sig, men han reagerade alltid lika starkt när han upplevde att någon försökte slingra sig ur en överenskommelse.

– Vänta lite längre bort, fräste Gurejev till sina livvakter. Motvilligt gick de och ställde sig vid ett glasstånd.

– Och du håller inte fast vid vår plan. Låt mig friska upp ditt minne. Du sa att du ville ta fast den som tog livet av den där ambassadörssonen och försökte mörda kvinnan – som nu tyvärr ändå är död. Du sa också att du trodde att Blixens arbete inifrån Maratech skulle kunna hjälpa dig med det.

– Inte om det sker till priset av hans liv. Du gav mig ditt ord på att ta ut honom om han var i fara. De är honom på spåren.

– Sergej. Jag måste varna dig. Det här är ett fall för FSB nu och du är med från insidan på nåder. För att vi känner varandra. Och bara för att vi alltid samarbetat så väl. Jag hoppas kunna ha hjälp av dig även den här gången.

– Jag tror inte Blixen har hjälpt er ett dugg. Så varför behålla honom? Ni kan fortsätta spana på andra sätt.

– Du har inte hela situationen klar för dig, Sergej.

– Då får du se till att förklara den.

I bakgrunden hördes hurrarop från stadion. Gissningsvis var det spelarna som gjorde entré. Gurejev vände sig mot ljudet och tittade på sitt stora schweiziska armbandsur.

– Jag kan säga så här mycket. Det rör sig om mer sofistikerade vapen än terrorister någonsin har kommit i närheten av.

Det stämde med vad Anton, han själv och Tom hade kommit fram till. Generalen ljög i alla fall inte på den punkten. Och han förväntade sig inte heller att Gurejev skulle gå så långt som att berätta att det rörde sig om obemannade flygplan. Drönare.

– Har svensken sagt något till dig? Han har blivit strikt instruerad att inte tala om det här.

– Nej, det har han inte. Jag vill bara att vi ska tala klarspråk, sa Skurov lugnt. Jag vill försäkra mig om att du är öppen mot mig.

Skurov tänkte snabbt igenom sina alternativ och räknade på oddsen att han skulle lyckas med att få ut Tom mot Gurejevs vilja. De var inte bättre än oddsen att man skulle få bygga en muslimsk böneskola på Röda torget.

Gurejev verkade ha förstått att de måste lösa det här innan Skurov skulle släppa iväg honom till hans efterlängtade match.

– Tar vi ut Blixen ur operationen i det här läget riskerar vi alla inblandades säkerhet, och det inkluderar Blixen. Nyheter sprids snabbt i den här staden. Handlaren och hans medhjälpare på Maratech är nervösa nu. Deras *killer* är i era händer och det vet de med säkerhet.

Skurov fick ge generalen att han möjligen hade rätt i sitt resonemang. Kanske var det han själv som inte kunde analysera allt så rationellt som han brukade, eftersom det gällde en god väns öde.

– Så nu löser vi det här *po-gentlemenskij,* inte sant? sa Gurejev och lade en hand på hans axel. Så fort matchen är slut tar jag över det operativa ansvaret. Vi tar ut honom direkt om han är hotad. Nöjd nu? Kan jag få njuta av min match utan att du anklagar mig för att bryta mitt löfte?

– Okej, svarade Skurov, medveten om att hans ton avslöjade hans besvikelse.

SVENSKA SKOLAN, LENINSKIJ PROSPEKT, MOSKVA

TOM HADE LÄMNAT KONTORET tidigt för att hämta Ksenia från skolan. Han gick med lätta steg nerför Gagaringränden. Mötet med Skurov och Anton hade fått honom att känna en viss tillförsikt.

Han var inte ensam längre.

Han gick in i närbutiken, som tillhörde kedjan Perekrjostok. Ksenias vanliga drickyoghurt var slut, så han köpte lite frukt i stället. Kassörskan hälsade vänligt. Bakom henne, på en packlår, satt den kvinnliga väktaren med det kortklippta svarta håret. Tom hade berättat om väktaren och kassörskan för Rebecka, som lovat att hon själv skulle se efter om han hade rätt.

– De är ihop, ingen tvekan om det, hade Rebecka sagt tvärsäkert en lördagskväll när hon hade varit nere och köpt några flaskor dyrt men dåligt vin.

Medan han betalade undrade han om de vågade visa sin kärlek. Tongångarna i landet började skärpas mot homosexuella i takt med att propagandan för så kallade "traditionella värderingar" blev allt mer intensiv. Inte för att han tyckte så väldigt synd om just den här butchen, som alltid såg lika sur ut. Jag är inte här för att ragga på din flickvän, ville han nästan säga.

Han korsade Gagaringränden och tryckte på bilnyckeln men ingenting hände, vilket bara kunde betyda en sak. Han låste upp dörren manuellt. Konstaterade att ljuset i kupén var påslaget. Något av barnen hade antagligen läst serietidningar i baksätet igen. Tom lämnade bilen och joggade ner mot Pritjistenkagatan. Trafiken var tät, men det var omöjligt att vinka in en privatbilist – *tjastniki* i folkmun – som

Svenska skolan, Leninskij Prospekt, Moskva

ville ta en körning. Konjunkturen var glödhet och Moskvaborna behövde inte längre dryga ut kassan genom att köra svarttaxi.

Till slut lyckades han hitta en reguljär gul taxi vid Friedrich Engelsstatyn på Kropotkinskaja. Han fick nästan bita sig i tungan när han hörde det hutlösa priset för att åka till Leninskij Prospekt.

I vanlig ordning sa chauffören till honom att han inte behövde sätta på sig säkerhetsbältet. Och som vanligt förklarade Tom att det inte var för att han trodde att de skulle åka fast utan för att det var en säkerhetsåtgärd. Och som alla andra chaufförer svarade mannen då med förolämpad röst att han var en säker förare.

Tom såg Ksenia redan på avstånd. Hon stod bredvid en grupp barn från Japanska skolan, som låg i samma vackra byggnad som Svenska skolan. En mamma som han kände igen stod och pratade med henne. Han betalade ockerpriset och hoppade ur taxin. Mamman vinkade åt honom och gick mot sin bil.

– Hej, pappa!
– Min älskling, förlåt att jag är sen, batteriet hade laddat ur.

Irritationen var som bortblåst i samma sekund som han såg sin dotter.

– Hur ska vi komma hem?
– Vi kan ta metron.

Det var egentligen alldeles för varmt för att åka tunnelbana, men Tom visste att Ksenia älskade att åka kommunalt. Och han tyckte att det var nyttigt att hon fick se hur vanliga ryssar hade det.

– Ja!

De gick mot stationen. Hettan tycktes stråla upp från de dammiga vägbanorna och dånet från trafiken gjorde det svårt att föra en konversation. Solen, som fortfarande stod högt på himlen, brände i ansiktet. Ksenia kisade mot himlen och stack sin lilla hand i hans.

Han njöt av tiden som han tillbringade ensam med Ksenia och insåg att det skulle komma en dag när hon inte längre föredrog hans sällskap, när hennes uppmärksamhet skulle rikta sig bort, mot världen utanför deras hem på Gagaringränden och skolans trygghet.

Så mycket kvar att upptäcka. Elva år och ett helt liv framför sig, som väntade på att utforskas. Så många faror som han inte skulle kunna skydda henne ifrån. Tanken svindlade. Medan de satt och väntade på tåget gav han henne en apelsin som hon snabbt skalade och slängde i sig.

– Hungrig?

– Det var typ ... jätteäcklig mat idag. Korv och potatismos.

– Svensk mat, svarade han och skrattade.

– Din är *mycket* godare.

Ksenia tog en banan ur hans hand samtidigt som det smutsgröna tåget rasslade in på stationen.

– Är det vårt tåg?

– Nej, vi ska ta nästa.

Tåget bromsade in, dörrarna öppnades och en flod av människor vällde ut.

– Pappa. Tycker du att jag är mest rysk eller svensk?

– Jag vet inte, lite både och kanske.

– För jag är inte som de andra på skolan. Jag är liksom ... du vet, typ ... allvarligare. Så är väl ryssar? Jag minns inte hur mamma ... alltså, min riktiga mamma var.

Ksenia såg plötsligt ledsen ut och vände sitt fräkniga ansikte mot bananen i sitt knä. Tom visste inte vad han skulle svara.

– Din mamma var rätt allvarlig, men det kan svenskar också vara. Se bara på mig.

– Meh. Du är ju glad, pappa. Fast ... kanske inte just nu.

– Har du märkt det? sa han eftertänksamt och tittade på tåget, som påminde om en handhamrad konservburk, framplockad ur ett gammalt svenskt mobiliseringsförråd.

Det var nästan tomt nere på perrongen när strömmen av passagerare försvunnit uppför trappan. Bara några tanter satt kvar på bänkarna med var sin bok i handen. Många ryssar läste fortfarande överallt, på tåg och bussar och när de stod i kö. Tom brukade ofta tänka på Ryssland som en av de sista litterära utposterna i världen.

Ksenia sa någonting, men oväsendet när tåget lämnade perrongen gjorde att han först inte uppfattade vad hon sa.

– *Jag sa, ska du och mamma skiljas?*

Han stelnade till. Det hade alltså gått så långt att barnen började tro att familjen skulle splittras. Det var inte så länge sedan Ksenia hade börjat ta efter sina bonussystrar och säga mamma till Rebecka. Både han och Rebecka hade tolkat det som ett tecken på att hon kände sig trygg och jämbördig i den nya familjen, att de faktiskt hade vuxit ihop på något märklig sätt under de år de hade levt tillsammans. Blivit till en familj, vad det nu var nuförtiden. Vad skulle han svara henne? Risken fanns ju faktiskt att han och Rebecka inte skulle hitta tillbaka till varandra.

– Nej, såklart inte. Varför tror du det?

– Amanda sa att hennes föräldrar ska skiljas. Och hennes föräldrar verkar mer kära än du och mamma. De typ ... *pussades* och så på skolgården.

Ksenia gjorde en äcklad min.

– När kommer vårt tåg, pappa?

Tom såg på den digitala klockan som hängde ovanför tunnelmynningen.

– Om ett par minuter. Vi måste skynda oss om vi ska hinna till baletten.

Ksenia tappade bananen på marken.

– Jag glömde mina balettkläder.

– Vad menar du? Glömde du dem hemma?

– Nä. På skolan.

Tom dolde irritationen som han kände.

– Ska vi gå tillbaka och hämta dem? Kanske hinner vi ändå.

De småsprang den korta sträckan tillbaka till skolan. Skolgården låg öde och parken intill var tom. Just som de skulle gå in ringde Toms mobil. Han tittade på displayen.

Vera.

– Spring in du, sa Tom till Ksenia. Jag måste ta det här samtalet.

Han ställde sig i skuggan av ett av de stora träden, drog in doften av grönska och avgaser och svarade.

– Jag har pratat med Oleg Sladko, sa Vera utan omsvep. Vi kan självklart inte hindra dig från att sluta, men vi behöver dig hos oss under din uppsägningstid. Vi har många affärer på gång i Norden.

Förhandlingarna som du har inlett med Finland är inne i ett känsligt skede, för att inte tala om de svenska relationerna. Vi förväntar oss att du stannar, och att du är lojal mot oss under din uppsägningstid.

Tom lutade sig mot trädet, tryckte pannan så hårt mot stammen att det kändes som om barken trängde igenom huden. *Behövde* han stanna i sex månader till? Vad skulle hända om han gick hem idag och sedan aldrig återvände till jobbet? Så mindes han Skurovs och Antons råd.

Spela med. Sitt still i båten. Gör ingenting överilat.

– Jag förstår, sa Tom.

Vera gjorde en paus innan hon svarade.

– Jag är inte säker på att du gör det. Jag vill inte att du ska få några *problem*, Tom. Om du ställer till med någonting nu kan inte ens jag hjälpa dig, hur mycket jag än vill. Förstår vi varandra?

Tom kände en märklig kyla sprida sig i kroppen. Hotade Vera honom, eller var det ett tafatt försök att ge honom ett uppriktigt råd i en pressad situation? Han hörde att Vera suckade i luren när han inte svarade.

– Det är ditt val, sa Vera. Nu måste jag gå, Felix väntar utanför. Vi ses i morgon.

Han stod kvar framför trädet, förlamad av Veras ord och oförmögen att tänka klart. Dånet från trafiken på Leninskij Prospekt lät med ens så högt att han satte händerna för öronen. Vad hade han egentligen åstadkommit med sin uppsägning? Ingenting, antagligen. Han var fortfarande FSB:s mullvad, styrd av människor som inte brydde sig om ifall han dog eller levde, så länge som han inte satte käppar i hjulet för deras planer.

Hur många vapen skulle hinna byta händer på svarta börsen under den tiden? Vilken skada skulle drönarna tillfoga civilbefolkningen i något land som låg tillräckligt långt bort för att ingen skulle orka bry sig?

Soft targets.

Tom hoppades att Sonia Sharar skulle lyckas avslöja dem alla – för sanningen var att han själv var för feg för det. Han hade en enda önskan, och det var att få tillbaka sitt liv. En sådan liten människa var

Svenska skolan, Leninskij Prospekt, Moskva

han alltså, när allt kom till kritan. Det enda han ville var att skydda sig själv och människorna han älskade.

Han visste inte hur länge han hade stått vid trädet. Kanske fem minuter, kanske tio. Skuggorna hade blivit längre, de sträckte sig som långa armar över skolgården och solljuset hade fått en varmare, dovare ton. En svag vind fick trädkronornas löv att prassla ovanför honom.

Varför kom inte Ksenia?

Han såg på klockan. Tjugo över fem, han måste ha stått under trädet i minst en kvart. Och att hämta påsen med balettkläder kunde väl inte ta mer än några minuter.

Han gick fram till den pampiga rosa byggnaden, utsmyckad med vita kolonner, som sökte sig mot himlen. Dörren gled upp med ett gnissel. Det lyste i korridorerna, men ingen syntes till. Han gick in till vänster, där Ksenias klass höll till. En ensam kvinna i huckle svabbade golvet. Hon arbetade sig långsamt men metodiskt mot honom. Den röda plastspannen var till brädden fylld med brungrått smutsvatten som skvimpade över kanten varje gång hon doppade svabben.

– Ursäkta, såg ni en flicka här för en stund sedan?

Kvinnan vände sig mot Tom och stödde sig mot svabben. Hon var äldre än han först hade trott. Tunga ögonlock hängde som draperier ner över ögonen och skymde hennes blick. Någonting som han först trodde var en stor fluga, men som vid närmare anblick visade sig vara en jättelik vårta, satt på hennes överläpp.

– Den lilla som skulle hämta sin väska?

Hennes röst var oväntat mjuk.

– Ja, just det.

– Hon gick för tio minuter sedan. Med väskan.

Kvinnan återgick till att svabba golvet och Tom sprang ut på skolgården. Inga människor syntes till. Han ropade Ksenias namn, gick ut på gatan och sökte med blicken längs trottoaren. Till slut gick han tillbaka till tunnelbanan för att kontrollera att hon inte hade missförstått honom och väntade på honom där.

Men Ksenia syntes inte till.

Svenska skolan, Leninskij Prospekt, Moskva

Kvällsrusningen var i full gång, och det var betydligt mer folk i rörelse nu än när de kom. Han sökte med blicken efter Ksenias kastanjefärgade tofs någonstans längs den oändliga trottoaren som försvann i fjärran.

Ingenstans. Hon fanns ingenstans.

Hur hade hon kunnat försvinna när han stod på skolgården? Veras samtal hade distraherat honom, men Ksenia måste ändå ha sett honom när hon kom ut.

Eller?

Tom sprang tillbaka till skolgården och ropade Ksenias namn. Gick tillbaka till skolbyggnaden, men dörren var låst nu och korridorerna innanför låg mörka och tomma. Han bankade på dörren med sådan kraft att han blev rädd att glaset skulle spricka. Till slut sjönk han ner på trappan, plockade fram mobilen och slog Rebeckas nummer med darrande händer.

– Jag förstår inte vad du menar, sa Rebecka. Hon är här.
– Hon är ...
– Lugna dig. Hon är här hemma, med oss.

Det tog en stund innan Rebeckas ord sjönk in.

– Hon är hemma. Någon från Maratech skjutsade hem henne. En kollega till dig. Visste du inte det?

STATSÅKLAGARÄMBETET, BOLSJAJA DMITROVKAGATAN 15, MOSKVA

ÖVERÅKLAGARE SERGEJ SKUROV TÄNDE vad han lovade sig själv var kvällens absolut sista cigarett och vände sig mot Anton.
– Jag lyssnar.
Anton lade försiktigt ner pappersbunten som han bar på och satte sig mitt emot Skurov i en av Ikeafåtöljerna. Trots en lång dags arbete i stekande hetta såg Antons skjorta fortfarande skinande ren och välpressad ut. Själv längtade Skurov efter en dusch mer än någonting annat. Luftkonditioneringen hade börjat föra ett sådant oljud att han hade bestämt sig för att han hellre svettades än hade den på. Han antog att det var ett ålderstecken – oförmågan att stå ut med höga ljud, oavsett om det var musik, störande trafik eller fläktars monotona surrande.
– Vi har hittat en match på Vladimir Kirovs fingeravtryck.
– Mannen som mördade Ludmila Smirnova?
Anton nickade och Skurov anade någonting uppspelt i hans blick. För en sekund påmindes Skurov om hur han själv hade varit när han först började arbeta som åklagare. Han hade jobbat dag och natt och försummat både sin hustru och sina barn i jakten på rättvisa. Som om rättvisan verkligen existerade som ett absolut begrepp och inte bara skipades genom att en dom avkunnades.
Om han hade vetat det han visste idag kanske han hade handlat annorlunda. Tillbringat mer tid med Anja och Valerij när de var små. Förhoppningsvis fanns det fortfarande tid att gottgöra dem.
Han mötte sin unge kollegas blick och lyckades pressa fram ett

svagt leende. Tiden gick fort. Han fick se till att dra nytta av Antons valpaktiga entusiasm så länge den varade. Tids nog skulle han också bli varse att rättssystemets kvarnar kunde förvandla även den mest ambitiöse idealist till en cynisk pappersvändare.

– Ja, sa Anton, men matchen fanns inte i det federala förbrytarregistret utan i vår egen utredning.

Skurov nickade. Han kände väl till att det federala förbrytarregistret, som innehöll fingeravtryck och DNA från alla dömda brottslingar, hade sina brister. Av den anledningen jämförde ofta utredarna själva avtryck från brottsplatser med misstänkta.

– Berätta, sa Skurov och bestämde sig för att Anton hade förtjänat att få glänsa en smula. Han var trots allt en lysande polis, även om han hade mycket att lära innan han kunde navigera i rättssystemets dunkla labyrint, där kontakter och särintressen vägde betydligt tyngre än teknisk bevisning och det luddigt definierade begrepp som kallades rättvisa.

– Som ni kanske minns tog sig Oscar Rieders mördare in på ambassaden tillsammans med ett antal personer som sökte visum, och höll sig sedan gömd i lokalerna under natten, sa Anton. Vi samlade in alla visumansökningar, totalt sextiotre stycken, och lyckades säkra fingeravtryck ifrån samtliga. Av dessa gällde tjugo ansökningar kvinnor, så de sorterade jag bort omedelbart, och femton gällde barn eller åldringar. Återstod tjugoåtta män i lämplig ålder. På en av de visumansökningarna fanns Vladimir Kirovs fingeravtryck. Namnet på ansökningen var förstås påhittat, men handstilen kunde vi matcha till några handskrivna lappar med telefonnummer som vi hittade i Kirovs plånbok.

– *Molodets,* sa Skurov men ångrade sig i samma stund. För även om Anton var ung så var det fel att kalla honom för duktig pojke. Så vad du säger är att Vladimir Kirov bevisligen var på svenska ambassaden. Då kan vi binda honom till mordet på Oscar Rieder. Fanns Kirovs avtryck inne i residenset också?

– På ett ställe.

Anton log.

– Bara på ett ställe?

– I arbetsrummet på övervåningen. På undersidan av blocket som beteckningarna var skrivna på.

Skurov tänkte att detta var ytterligare en merit på Antons redan långa lista. Han mindes hur hans unge kollega kommenderat runt teknikerna för att leta efter avtryck överallt.

– Han måste ha burit handskar, men tagit av sig dem när han rev av bladet som Oscar skrivit på.

– Exakt, svarade Anton. Han dödade både Oscar Rieder, den prostituerade kvinnan, Ludmila Smirnova, och hennes väninna. Och nu har vi bevis som binder honom till de tre morden.

– Utmärkt! Har du förhört honom om det här?

Anton skakade på huvudet.

– Jag ville prata med er först. Dessutom var jag tvungen att åka ut och informera Ludmila Smirnovas pappa om att dottern är död. Vi fick inte tag på honom på telefon ...

Anton tystnade.

– Afghanistanveteranen? Gick det bra? frågade Skurov försiktigt och tänkte på den tärde mannen i kamouflagebyxor.

– Han bröt ihop fullständigt. Men det är kanske inte så konstigt. Och sedan lovade han att hämnas Ludmilas död.

– Det gör de alltid, mumlade Skurov och gjorde en paus innan han fortsatte: Har ni fått någonting mer ur Kirov?

– Han tiger som muren. Håller fast vid sin historia om att han bara tittade förbi flickorna och hittade dem döda. Men vi ska förhöra honom i natt också.

Skurov nickade. Att förhöra misstänkta under vargtimmarna var en nedärvd praxis från Stalintiden.

– Men det är inte allt, fortsatte Anton. Vi har tittat igenom videoupptagningarna från den svenska ambassaden igen. Även om vi inte med säkerhet kan identifiera Vladimir Kirov har vi hittat en sekvens med en man som skulle kunna vara han.

Anton lade fram en grynig, svartvit utskrift som visade en man som stod bredvid en ambulans. Mörkret och den dåliga bildkvaliteten gjorde det omöjligt att se vem det var.

– Det där skulle kunna vara vem som helst.

Anton lyfte handen i en ordlös invändning.
— Vänta lite. Den här bilden visar en man som lämnar det svenska residenset samtidigt som utryckningsfordonen anländer. Enligt uppgift var det ingen av de anställda som gick hem från ambassaden då, så vår hypotes är att det var mördaren som smet ut i den allmänna uppståndelsen. Det går inte att med säkerhet identifiera mannen som Vladimir Kirov, men vad vi kan säga är att han var lika lång.
— Och *hur* vet ni det?
— Titta här. Han står bredvid ambulansen. Den är exakt 242 centimeter hög och mannen når hit upp på den. Anton pekade med fingret på bilden. Om vi drar av ett par centimeter för skorna innebär det att mannen på bilden är 183 centimeter lång, plus eller minus ett par centimeter.
— Och hur lång är Vladimir Kirov?
Anton log brett.
— Gissa!

GAGARINGRÄNDEN, CENTRALA MOSKVA

– NÄSTA STATION LUBJANKA.

Metrons metalliska röst dröjde sig kvar i huvudet på Tom, som stod inträngd vid dörrarna när tåget bromsade in på stationen. Han var så skakad av händelsen vid Svenska skolan att han åkt flera stationer för långt.

Vad hade Rebecka egentligen menat med att Ksenia fått skjuts hem av någon från Maratech? Ingen på Maratech kände Ksenia, ingen hade ens träffat henne.

Han gick av. Trängde sig igenom massan av svettiga pendlare för att ta sig till andra sidan av perrongen och åka tillbaka.

Lubjanka.

FSB satt vid Lubjanka. Toms tankar gick till Juri. Satt hans kontaktman någonstans ovanför honom just nu? Visste han om vad som hade hänt, att Ksenia hade försvunnit från skolan med någon som hävdade att han kom från Maratech?

Tåget rullade in på stationen och han gick på.

Han önskade intensivt att han hade kunnat lämna organisationen som satt där – och företaget som det hade i sitt sikte.

Han gick av vid Kropotkinskaja och sprang den korta vägen hem till huset på Gagaringränden. Lade ifrån sig portföljen i hallen. Barnens sneakers stod ovanligt prydligt uppställda på rad innanför dörren, som ryska soldater på Röda torget på Segerdagen. Han skymtade Ksenias Converse, som hon vägrade att slänga, trots att de såg ut som om de tillhörde en uteliggare. Det var tyst. Alldeles för tyst. Inget fniss och bråk, ingen teve som malde och inget dovt dunk

Gagaringränden, centrala Moskva

av musik inifrån något av flickornas rum.

Han gick ut i köket. En hemhjälp som han aldrig hade träffat tidigare tittade förvånat på honom och presenterade sig sedan. Hon höll på att plasta in resterna av middagen. Köket var skinande rent, allt var i perfekt ordning. Så svårt hade det alltså varit att byta ut honom mot en tonårstjej från Ukraina. Kanske var alla utbytbara?

Speciellt han själv.

Kanske var det inte honom Rebecka älskade, eller hade älskat, kanske var det bara funktionen han fyllde. En partner, någon att dela vardagen och det förflutna i Sverige med. Någon som *förstod* var de kom ifrån, i ett land där allting fungerade annorlunda. De kanske bara hade varit varandras livbojar. Han log åt den slitna liknelsen. Livbojar eller inte, deras situation hade i alla fall varit jämbördig. De hade behövt varandra lika mycket. Tillsammans hade de byggt upp en familj. Det slog honom att det var hans största bedrift – och utmaning – i livet.

Ksenias dörr stod på glänt. Hans dotter satt på sängen och fingrade på sin mobil. Rebecka satt på golvet nedanför med huvudet lutat mot väggen utan att säga någonting, nästan som om hon sov. Tom anade trötthet i hennes ögon och någonting annat, kanske uppgivenhet, eller rädsla.

– Hej, pappa!

Han sjönk ner på knä framför sängen och kramade Ksenia hårt. Hennes magra kropp vred sig i hans grepp.

– Aj, inte så *hårt*.

Han släppte henne och satte sig ner på golvet han också.

– Är du okej, Ksenia?

– Varför skulle jag inte vara det?

Hennes röst rymde en sorts trots som han inte kände igen. Snart tolv, på väg att bli stor. Han fick påminna sig om att inte behandla henne som ett litet barn längre.

– Vad hände? frågade han.

Ksenia suckade och återgick till att fingra på mobilen.

– Han sa att du var tvungen att prata med någon på jobbet och att du bett honom att skjutsa mig hem, och det stämde ju. Du gick ju iväg för att prata med någon från jobbet, så jag tänkte att det var okej.

Rebecka gav honom en blick. De hade varit noga med att redan från tidig ålder lära barnen att aldrig följa med någon främmande, men trots alla förmaningar hade Ksenia ändå gjort just det.

– Han hade ett sådant där kort också, som det stod Maratech på. Som du har, sa Ksenia med lägre röst, som om hon anade att hon hade gjort någonting fel.

– Vad hette han? Hur såg han ut?

– Meh. Inte vet jag. Vanlig. Som en gubbe.

– Hur då som en gubbe? Som jag?

Ksenia gjorde en grimas.

– Nä. Äldre. Eller, jag vet inte. Varför är det så viktigt? Han var snäll. Jag fick en glass och så skjutsade han mig hem.

Ksenia lade långsamt ner mobilen i knät, mötte hans blick.

– Förlåt.

Rebecka harklade sig.

– Vi måste prata. Han gav henne det här också.

Hon räckte honom ett vitt kuvert. Tom tog emot det. Det var öppnat och han utgick ifrån att Rebecka redan hade tittat i det. Med fumliga händer tog han upp det svartvita fotot som låg inuti. Det var en bild på Rebecka, Tom och de fyra barnen vid ett middagsbord. Han lutade sig framåt och granskade bilden närmare i det svaga skenet från Ksenias sänglampa. Det såg faktiskt ut som om de satt och åt middag på den lilla italienska restaurangen på Pritjistenkagatan. Tända ljus stod på bordet och någonting som såg ut som en halväten pizza skymtade på Ksenias tallrik. Rebecka lutade sig framåt som om hon sträckte sig efter vinflaskan.

– Vänd på det.

Rebeckas röst var låg.

Tom vände på fotografiet. På baksidan hade någon textat med bläckpenna.

Vi ser dig.

De satt vid bordet i köket. Barnen sov, eller låg i alla fall tysta i sina sängar. Rebecka masserade sina tinningar och tittade ner i bordsskivan.

Gagaringränden, centrala Moskva

– Vad är det som händer, Tom?

Hon viskade, men han kunde inte undgå att höra skärpan i hennes röst. En vass underton av anklagelse.

– Jag vet inte.

– Men *för helvete*. Du försvinner på nätterna, någon som utger sig för att komma från Maratech tar Ksenia och lämnar det här ... Rebecka pekade mot fotografiet som låg på bordet. Det är en varning, Tom, det fattar till och med jag. Och det här är Ryssland – ett sådant budskap får man inte ignorera. Vad har du trasslat in dig i? Du måste berätta.

För en sekund kände han en nästan oemotståndlig längtan att berätta för henne, förklara allt som hänt sedan han börjat på Maratech, berätta om natten i häktet och hans löfte till FSB. Men sedan mindes han Juris ord.

Diskutera inte det här med någon. Inte ens dina närmaste. Speciellt inte med dina närmaste. Så länge de ingenting vet är de säkra.

Han såg sig omkring i köket. Allt var skinande rent. Välstädat. Hade de buggat hans bostad? Fanns det avlyssningsutrustning i lamporna? I panelerna ovanför skåpen? Bakom tavlorna? Lyssnade de på deras samtal just nu? Var den nya hemhjälpen bara en hemhjälp, eller kanske någonting helt annat?

Han slöt ögonen. Det spelade ingen roll om de hörde honom eller inte – i samma ögonblick som han invigde Rebecka i det som hade hänt skulle hennes liv också vara i fara. Den risken kunde han inte ta.

– Det finns ingenting att berätta, sa han.

Rebecka slog handflatan i bordet med oväntad kraft.

– Din jävel. *Ljug* inte för mig. Jag kan ta mycket, men inte det.

Han mötte hennes blick utan att svara.

– Idag fick jag ett samtal från en av cheferna på Finansinspektionen, fortsatte Rebecka. Han sa rakt ut att jag borde ha bättre koll på min man och antydde att du är skälet till att de förhalar affären med Lehman. Du har trampat på fel tår och nu straffas jag för det. Richard Gold på Lehman säger att de snart tröttnar. Vi hade fått ett positivt förhandsbesked. Det skulle ha varit en enkel match. Om inte du hade sabbat allting, alltså.

Gagaringränden, centrala Moskva

Anklagelserna fick Tom att må illa.

– Hur kunde du sätta ditt eget intresse framför vårt bästa? viskade Rebecka och såg på honom med ögon som var svullna av gråt. Nu behöver du inte leka hemmafru i alla fall. Jobba hur mycket du vill. Ligg med den där Vera Blumenthal om du vill.

– Vera? Vad fan har hon med det här att göra?

– Kom igen. Hon är snygg. Framgångsrik.

– Vad har *det* med någonting att göra?

– Så du tycker att hon är snygg?

– Det sa jag inte. Herregud. Rebecka ...

– Jobba och satsa på din karriär du.

– Du ska ju sälja Pioneer ...

– Hur ska jag kunna det *nu*, din idiot?

Han skakade på huvudet, visste inte vad han skulle säga.

– Du behöver inte svara, mumlade hon Du håller på att förstöra hela affären, hela mitt livsbygge. Och du sätter vår familj i fara.

– Rebecka, jag ... jag vet inte vad det här handlar om.

– Ta dina hemligheter och dra åt helvete. Jag vill inte se dig mer.

Hon försvann med snabba steg mot badrummet och stängde dörren efter sig.

STATSÅKLAGARÄMBETET, BOLSJAJA DMITROVKAGATAN 15, MOSKVA

ANTON TOG UPP BILDEN av den unga Vera Blumenthal och höll den mot whiteboarden. Hennes långa mörka hår, som räckte nästan ända ner till midjan, dolde nästan Unga pionjärernas obligatoriska röda schal.

– Vera Blumenthal, sa Anton och fäste bilden med en tejpbit. Född 1970. Utmärkte sig tidigt som friidrottare och A-student. Gruppledare i Unga pionjärerna och senare också framträdande inom Kommunistpartiets ungdomsorganisation Komsomol. 1988 fick hon ett stipendium och reste till Havanna för att studera till ingenjör och läsa spanska. Där blev hon kvar i sju år. Under en kortare period var hon gift med kubanen Miguel Alonso López. Han studerade medicin, men dog i en motorcykelolycka våren 1995 på motorvägen mellan Havanna och Santa Clara. Vera var med. Hon satt bakom López på motorcykeln, överlevde mirakulöst, men ådrog sig allvarliga skador. Efter pojkvännens död flyttade Vera tillbaka till Moskva och började jobba på Maratech. Hon avancerade snabbt och är idag internationell försäljnings- och marknadschef. Ogift, inga barn och så vitt jag förstår är arbetet hennes främsta intresse.

– Och din bedömning är? frågade Skurov.

Anton skruvade lite på sig.

– Jag kan inte uttala mig om hennes karaktär. Men hon är i alla fall den hon utger sig för att vara, och det finns ingenting som tyder på att hon skulle vara kopplad till några misstänkta individer eller grupper. Hon har rest mycket under alla år, ibland befunnit sig utomlands i månader, men det ingår nog i arbetet.

Statsåklagarämbetet, Bolsjaja Dmitrovkagatan 15, Moskva

– En karriärist utan liv?
– Någonting i den stilen.
– Fortsätt, sa Skurov och tryckte in den sista biten av sin Big Mac som Irina gått och köpt åt dem innan hon slutade för dagen.

Anton vände sig om, tog upp en ny bild och tejpade fast den på anslagstavlan bredvid Vera.

– Oleg Sladko, vd för Maratech. Född 1960 i S:t Petersburg. Läste ekonomi vid Leningrads universitet och började efter det på KGB:s skola nummer 401 i Okhta i S:t Petersburg. Han var verksam inom KGB i tio år innan han började arbeta inom det militärindustriella komplexet. Efter trogen tjänst blev han utnämnd till vd för Maratech, som på den tiden hette Statliga institutet för teknologi och försvarsutveckling. En veteran i branschen, med utmärkta kontakter både internationellt och i Ryssland. Gifte sig 1982 med sjuksköterskan Nutsa Babluani, som han träffade när han var stationerad vid Vaziani utanför Tbilisi i Georgien. Hon jobbade på militärsjukhuset som var knutet till militärbasen. De har fyra söner, sju, åtta, tio och tolv år gamla. Vi hittar ingenting anmärkningsvärt på Oleg Sladko, förutom att han inte verkar vara så operativt inblandad i verksamheten som man kanske skulle förvänta sig av en vd. Mitt intryck är att han mest reser omkring och äter flotta middagar med guvernörer och politiker. Men jag kan självklart ha fel.

Skurov begrundade det som Anton hade berättat. Han hade själv sett Oleg Sladko skymta förbi på teve och omnämnas i tidningarna. Som vd för Maratech var han en av Rysslands mäktigaste män.

– Fortsätt!

Anton nickade.

– Nu kommer vi till det verkligt intressanta. Felix van Hek, fyrtiotvå år gammal enligt uppgift.

– *Enligt uppgift?*

Anton strök sig över hakan och om Skurov inte misstog sig kunde han skymta antydan till skäggstubb.

– Jag får inte hans bakgrund att stämma, sa Anton.

– Han är till hälften ryss, till hälften holländare, fast mamman invandrade från Indonesien om jag inte minns fel.

– Det är just det. Han verkar ha sin holländske styvfars namn. Mamman är frånskild och bor i Jodenbuurt, det gamla judiska området i Amsterdam. Men jag har inte lyckats hitta hans ryske far. Jag kan i alla fall inte hitta något spår efter honom i Holland.

Anton sjönk ner på stolen mitt emot Skurov. Han såg trött ut. Skurov gissade att han varit igång i minst ett dygn.

– Här. Skurov hällde upp kaffe från kannan och räckte Anton koppen. Han tog emot den utan att svara.

– Jag har inte kontaktat våra holländska kollegor angående van Hek eftersom ni uttryckligen bad mig att vara diskret, men jag har satt mina bästa spanare på att kolla upp honom. Varje morgon äter han frukost på ett litet kafé nere på Tverskaja. Vi upptäckte en sak, egentligen av en ren slump. Vid två tillfällen satt samma kvinna vid bordet bredvid honom på kaféet.

– De kanske gillar croissanterna där? föreslog Skurov.

Anton skakade frånvarande på huvudet, som om han hade tankarna på annat håll.

– Igår morse hade Felix med sig en liten papperspåse när han kom. Den såg tom ut, men det gick inte att avgöra om den verkligen var det. Hursomhelst. Han ställde den på golvet bredvid bordet och åt sin frukost. Så långt, ingenting märkligt. Men när han gick lämnade han kvar påsen. Nu råkade det vara så att Andrej, min spanare, var på toaletten just då, så vi missade honom. Men som tur var upptäckte han att papperspåsen stod kvar. Av någon anledning, kalla det intuition, bestämde sig Andrej för att stanna. Han hade ju redan missat van Hek och såg ingen anledning att sticka iväg efter honom på Tverskaja. Där kryllade det av folk och han skulle aldrig ha hittat honom. Just som Andrej skulle gå, reste sig kvinnan vid bordet intill upp, tog med sig van Heks påse och gick.

– Ett misstag?

– Knappast. Andrej bestämde sig för att skugga kvinnan och kallade på förstärkning för att säkerställa att hon inte skulle upptäcka dem.

Skurov nickade. Det var bara i filmer och dåliga polisromaner som ensamma poliser framgångsrikt kunde skugga misstänkta. I verkligheten behövdes en hel grupp av skickliga spanare för att undgå upptäckt.

– Så, hursomhelst, kvinnan promenerade bort till Pusjkinskaja och gick ner i tunnelbanan. Och enligt Andrej var hon ett proffs. Extremt noga med att inte bli upptäckt. Hon gick ner på perrongen där tågen mot Planernaja går. Där knölade hon ner påsen i en papperskorg. Sedan hoppade hon på nästa tåg västerut.

Antons historia fascinerade Skurov så mycket att han tappade intresset för maten. Hans pommes frites låg orörda i sin lilla röda papperskartong.

– Vad hände?

– Vid det här laget hade Andrej fattat att det var påsen han skulle följa och inte kvinnan, så han satte sig ner och väntade på perrongen. Efter ett tag avlöstes han av en annan spanare. Exakt sju minuter senare kom en man och plockade upp påsen ur papperskorgen. Honom tappade vi tyvärr bort nästan direkt, men Elena, spanaren som skuggade honom, kunde peka ut honom på bilder från bevakningskameran i rulltrappan.

Anton plockade fram ytterligare en bild. Den var ovanligt tydlig för att vara tagen av en övervakningskamera och visade en man i trettioårsåldern iförd t-shirt och jeans.

Skurov suckade.

– Otur att vi tappade honom.

– Eller inte, mumlade Anton. För när vi satt och gick igenom bilderna kom en kollega med ett förflutet inom FSB förbi. Och ... han kände igen mannen.

– *Han kände igen honom?*

Anton nickade och såg plötsligt ut som om han skulle somna. Skurov påminde sig om att han skulle beordra honom att åka hem och få åtminstone ett par timmars vila när han var klar med sin berättelse.

– Aaron Kovacs. Till hälften ungrare, till hälften israel. Jobbar tydligen på handelsavdelningen på Israels ambassad.

– Hm, sa Skurov.

– Du förstår kanske vad det betyder?

– Mossad?

Anton nickade.

– Det finns sannolikt en koppling mellan Felix van Hek och den israeliska underrättelsetjänsten. Och dessutom finns det luckor i van Heks bakgrund som vi inte kan förklara. Vi har upptäckt någonting annat också.

Skurov var inte förvånad. Anton skulle säkerligen kunna spåra en fimp på Röda torget hela vägen tillbaka till fabriken om han bara fick några dagar på sig, men för tillfället såg han så blek ut att Skurov blev orolig.

– Nu tar vi paus. Och du äter upp det där som Irina köpte till dig. Vad är det förresten?

Anton öppnade locket på en av förpackningarna.

– Två caesarsallader, sa han apatiskt.

Skurov tittade på Anton, som i sin tur verkade titta på en kaffefläck på den vita bordsskivan. Han insåg att han använt en nästan faderlig ton mot honom. När Anton ätit klart tog han en servett, gned omsorgsfullt bort fläcken på bordsskivan och harklade sig.

– Jag ska bli pappa, förresten.

Skurov blev mållös. Anton Levin, ett under av rysk perfektion och effektivitet, som dessutom aldrig berättade någonting som helst om sig själv, hade anförtrott sig åt honom, Sergej Skurov. Mitt i en rafflande historia om israelska agenter och mord, dessutom.

– Gratulerar! sa Skurov när han kommit över sin förvåning. Är det den där vackra flickan som vi mötte utanför dansstudion?

Anton log snett på ett sätt som fick Skurov att ana att gratulationer kanske inte var på sin plats.

– Ja, det är hon, sa Anton och tittade ner i kaffekoppen, som om han letade efter någonting i sumpen.

Skurov funderade en stund.

– Ett barn är en välsignelse. Varken Anja eller Valerij var planerade, men de är det bästa som har hänt mig.

– Jag växte upp utan pappa. Jag skulle ha velat att mitt barn växte upp i en kärnfamilj.

– Det är det väl inget som hindrar?

– Hon blev gravid nästan direkt. Vi hade bara träffats några gånger.

Skurov fick plötsligt lust att förklara för Anton att man inte råder över allting här i livet. Men så tänkte han på vilken press Anton måste ha på sig.

– Oroa dig inte, Anton. Vi löser det här fallet och sedan går jag till din chef och begär att du ska få rejält med kompledigt.

– Tack, Sergej Viktorovitj.

Anton gav honom ett blygt ögonkast. Han började ana varför Anton var så formell, han var inte van att umgås med män. Särskilt inte äldre män.

I tystnaden som följde hörde Skurov hur mikron plingade till från pentryt intill. Han funderade på hur han själv skulle ställa sig till att bli förälder mot sin egen vilja. För även om Anja och Valerij inte hade varit väntade så var de välkomna. Det var en stor skillnad.

Plötsligt började Anton att tala med låg och monoton röst, som om hans plötsliga infall av förtrolighet aldrig hade ägt rum.

– Fyra dagar efter mordet på Oscar Rieder, den 12 augusti närmare bestämt, dog en annan Maratechanställd. Vi pratade om det tidigare. Han hette Ivan Ivanov och arbetade som *referent* åt Oscar.

– Just det.

Skurov mindes att han funderat över varför Maratechcheferna inte nämnt det för honom när de hade träffats.

– Han blev överkörd av ett tunnelbanetåg på Kropotkinskaja. Det klassades som en olycka, så ingen gjorde väl någon koppling till Oscar Rieders död. Men vi bestämde oss för att titta närmare på händelsen. Vi rekvirerade bevakningsfilmerna från perrongen. De visar att det var rätt mycket folk i rörelse den kvällen och det går inte att avgöra om Ivanov föll eller blev knuffad. Men vi hittade någonting annat.

– Jag lyssnar.

Anton lade fram ännu ett foto på bordet. På bilden syntes en grupp människor som stod på perrongen och inväntade tåget. Skurov kunde urskilja ett äldre par och några medelålders män, som såg ut som fotbollssupportrar.

– Den här bilden är tagen ungefär trettio sekunder innan Ivan Ivanov faller ner på spåret.

Skurov såg på fotot igen utan att upptäcka någonting anmärkningsvärt.

– Vad letar vi efter?

– Titta på den här mannen, sa Anton och pekade på en av de spöklika gestalterna. Han står en bra bit ifrån Ivanov, så han hade ingenting att göra med själva olyckan. Frågan är bara vad han gör där.

Skurov böjde sig närmare bilden, kisade och försökte placera det pixlade, svartvita ansiktet. Det tog några sekunder innan han såg vem det var. Insikten träffade honom som ett slag i mellangärdet.

Skurov visslade till.

Det rådde inget tvivel om saken. Mannen på bilden, som lugnt verkade invänta tåget ett tjugotal meter ifrån den olycksalige Ivan Ivanov, var Felix van Hek.

PRITJISTENKAGATAN, CENTRALA MOSKVA

TOM GICK PLANLÖST NERFÖR Pritjistenkagatan i riktning mot Kropotkinskaja. Han tänkte hålla sig borta tills Rebecka hade lagt sig. Tanken på en vodka lime på restaurang Vanilj dök upp. Om inte det här var rätt tillfälle att dränka sina sorger på så visste han inte vad som var det. Han var tvungen att rensa ut Rebecka ur huvudet.

Trots att klockan var efter åtta var det mycket folk ute. Moskvaborna började komma tillbaka efter sina semestrar. Det efterlängtade regnet hade uteblivit och nattflanörerna var klädda i tunna klänningar och t-shirts.

Han kom fram till den italienska restaurangen där någon hade tagit kortet på honom, Rebecka och barnen. Han stannade utanför fönstret, lutade sig mot rutan och tittade in. Hans andedräkt skapade små, fuktiga fläckar på glaset. Någon hade stått just här, i mörkret, och fotat dem när de åt och denne någon var mån om att Tom skulle veta att han var förföljd.

Vi ser dig.

Mobilen plingade till. Det var ett sms från Skurov. "Ses om tjugo minuter? Viktigt". Tom svarade "okej". Hade det inte varit för ordet "viktigt" skulle han ha föreslagit att de tog ett glas tillsammans. I samma sekund som sms:et gick iväg ringde mobilen. Det var ett svenskt nummer som han inte kände igen, och han övervägde att låta bli att svara. Sedan länge bar han på en gnagande oro för att en dag få ta emot det där samtalet som handlade om att hans mamma eller pappa råkat ut för någonting. Samtalet som skulle betyda att det för alltid var för sent att ta igen de förlorade åren.

Pritjistenkagatan, centrala Moskva

Han svarade och fortsatte att titta in genom fönstret till restaurangen. De flesta gäster hade gått, men några dröjde sig kvar, smuttade på halvfulla vinglas eller avslutade desserten.

– Det är Sonia Sharar. Vi träffades på ...

– Jag minns, avbröt han henne. Vi borde inte prata.

Han blev tyst. Ville inte säga någonting som kunde vara komprometterande om de var avlyssnade.

– Det kan inte vänta och du måste få veta.

Tom funderade ett ögonblick. Sonia hade själv varnat honom om att han kunde vara avlyssnad. Han måste utgå ifrån att åtminstone FSB hörde varje ord han sa. Å andra sidan visste de säkert redan om att han hade haft kontakt med Sonia – så det utgjorde egentligen inget hinder för att tala med henne.

– Jag lyssnar, sa Tom och fortsatte gå längs gatan.

– Jag har precis fått bevis för att Swedish Aerospaces vd, Nisse Karlsson, har tagit emot mutor via ett schweiziskt företag som han äger. Närmare sjuttio miljoner kronor har betalats till Unicorn Investment i Zurich för någonting som de kallar för marknadsföringsomkostnader. Unicorn Investment ägs av Nisse Karlsson och en schweizare. Pengarna kommer ursprungligen från Maratech, men har förts över via flera utländska bolag och banker. Men med lite hjälp från en begåvad datakille har jag lyckats spåra hela kedjan av överföringar. För mig räcker det som bevis för att Nisse Karlsson vetat om precis vad som händer med de vapen som de skeppar över till Ryssland och dessutom sett till att sko sig på att låta det fortgå.

– Vem på Maratech har gjort de här överföringarna?

– Det går inte att se. Men jag gissar på att det är någon av de seniora cheferna, eftersom få medarbetare har behörighet att godkänna så här stora utbetalningar. Tillsammans med det som du berättade, att vapen försvunnit från ryska förband, har vi ett case. Jag tänker konfrontera UD med det här, förklara att jag både har bevis för illegal vapenhandel, tack vare en källa inom Maratech, och att Nisse Karlsson är med på det hela.

Tom frös mitt i steget. Att gå ut och offentligt berätta att det fanns en källa inom Maratech i det här läget skulle försätta honom i fara.

Pritjistenkagatan, centrala Moskva

– Du kan inte säga att du har en källa på Maratech. Det kan äventyra min säkerhet om det kommer ut att någon på företaget har läckt.

Tom hörde ett klickande ljud och gissade att Sonia tände en cigarett. Sedan hostade hon till.

– Du kan känna dig helt trygg med att jag inte kommer att nämna ditt namn, Tom. Och om det känns bättre kan jag hänvisa till att min källa har insyn i Maratechs affärer i stället för att nämna att källan finns på insidan av bolaget. Varför skulle någon tro att det var du, förresten? Jag kan säga att det var Oscar Rieder som gav mig informationen.

– Jag vet inte ...

– Lita på mig. Lyssna nu. Ryktet säger att det är en riktigt stor affär på gång och jag vill inte ha på mitt samvete att oskyldiga civila dör i Somalia, Burma eller Mellanöstern bara för att jag arbetade långsamt. Någon i det här jävla landet måste ha civilkurage nog att sätta dit den där mutkolven Karlsson och hans entourage.

– Vad är det för affär?

Sonia svarade inte direkt.

– Låt mig säga så här, jag är till nittionio procent säker på att Swedish Aerospace tänker skeppa över komponenter och ritningar som möjliggör produktionen av deras drönare i ett tredje land. Men jag är inte säker på vilket land det är.

Tom funderade på om han skulle nämna att han kommit fram till precis samma sak, men avstod. Han ville inte bli mer inblandad i det här än han redan var.

– Och vad förväntar du dig att UD ska göra?

– Innan någonting publiceras i frågan tycker jag att det hör till god pressetik att åtminstone ge dem tillfälle att uttala sig. Dessutom måste ISP sätta stopp för fler leveranser till Maratech omedelbart.

– Så när ska du tala med UD?

– Så snart som jag kan. Jag tänker åka ut till kabinettssekreterare Jan Kjellberg, bulta på dörren tills han öppnar, trycka upp bevisen i hans självgoda nylle och avkräva honom en förklaring. Och jag tänker göra det i kväll.

KITAJ GOROD, CENTRALA MOSKVA

KLOCKAN VAR EXAKT KVART i nio på kvällen när Tom hoppade in i åklagare Skurovs bil, som hade stannat till utanför kyrkan i Nikitniki. Bakom dem bredde Kitaj Gorods labyrint av gator och historiska monument med anor från 1500-talet ut sig.

Skurov tryckte på gasen, drog ner volymen på musiken och nickade åt Tom.

– Hur är det med dig?

Tom visste inte vad han skulle svara på denna synbart enkla fråga. Känslan som han hade burit på under dagen var att någon stulit hans liv och att den enda som kunde ta tillbaka det var han själv.

Frågan var bara hur.

– Jag vet inte, hörde han sig själv säga.

Utanför passerade staden förbi. Neonljus och billyktor lyste upp den mörka sensommarkvällen. Turister och Moskvabor på kvällspromenad strosade fortfarande längs trottoarerna. De passerade restauranger och barer som alla var fullsatta. Det gick bra för Ryssland. Pengarna strömmade in, små krig vanns i en handvändning och landet hade råd att köpa avancerade vapen från utlandet. Ingen verkade ta notis om finansoron i USA, det betraktades som ett lokalt fenomen, långt ifrån Moskva.

– Vi måste prata, Tom. Din närvaro på Maratech är tydligen så viktig för FSB att de inte vill släppa dig riktigt ännu, men om du ska stanna där måste du åtminstone få ta del av informationen som vi har grävt fram.

– Och vad händer om jag helt enkelt åker härifrån, tar nästa plan till Sverige?

Kitaj Gorod, centrala Moskva

– De låter dig aldrig lämna landet. Och om du inte går till jobbet kommer Maratech att bli ännu mer misstänksamma än de redan är. FSB har rätt i att det bästa du kan göra just nu är att ligga lågt och inte dra uppmärksamheten till dig. Mitt råd till dig, Tom, är att vänta ut det här. Gör ingenting förhastat och försök för guds skull inte spela hjälte.

Tom vände sig bort från Skurov. Kände skrattet bubbla upp inom sig, men det dog innan det nådde ut i den kvava kupén. Varför skulle han spela hjälte? Han var helt ointresserad av att få en kula i nacken för att säkerställa att Maratechs vapen stannade på rysk mark. Det enda han ville var att allting skulle bli som förut.

Det sista kändes inte särskilt troligt, inte ens om allt annat gick som planerat. Och om han rannsakade sig själv, visste han att Rebeckas vrede mot honom bara var en del av problemet. Under de senaste veckorna hade deras gräl också lockat fram en sida hos henne som han inte var säker på om han tyckte om. En hänsynslöshet och ett totalt fokus på de där pengarna som försäljningen av Pioneer Capital skulle inbringa. Som om de skulle lösa alla problem. Ville han leva med en sådan människa?

– Någon tog Ksenia idag, sa Tom.

Tom tittade fortfarande ut genom sidorutan.

– *Tog Ksenia?* Vad menar du?

– Någon som utgav sig att vara från Maratech plockade upp henne efter skolan och skjutsade henne hem.

– Vi stannar här, sa Skurov och körde in bilen på en mörk parkeringsplats på en bakgata.

Tom såg sig omkring. Inga människor syntes till. Byggnaderna runt omkring dem vilade tysta och mörka. Skurov tog fram ett paket Marlboro, tände en cigarett och vevade ner rutan en bit. På avstånd hördes bruset från trafiken på Teatralny Proezd.

– Är hon okej?

– Ja. Men de lämnade ett meddelande.

Tom berättade om fotot.

Skurov suckade, lutade sig tillbaka och slöt ögonen.

– Maratech?

Kitaj Gorod, centrala Moskva

– Inte vet jag. Vem annars? FSB?

Skurov skakade på huvudet.

– Nej, det stämmer inte. Men oavsett vem det var så är det ännu viktigare nu att du ligger lågt.

– Vad var det du ville berätta?

Skurov vände sig mot honom. Cigarettens orangea öga glödde i mörkret.

– Kommissarie Anton Levin och jag har gjort en bakgrundskoll på dina kollegor på Maratech. Jag kände att det var det minsta vi kunde göra för att hjälpa dig i det här läget.

– Hittade ni någonting?

Skurov nickade långsamt. Mörkret mjukade upp konturerna av hans ansikte och han såg plötsligt yngre ut. Tom kom att tänka på att det var länge sedan de hade talat om någonting annat än Maratech. Han hade ingen aning om hur Skurovs fru eller barn mådde. Eller hur Skurov själv mådde, för den delen.

– Vi har tittat närmare på Oleg Sladko, Vera Blumenthal och Felix van Hek.

– Och?

– Det finns någonting som du bör veta om van Hek. Vi har hittat indikationer på att han har kopplingar till Mossad, den israeliska underrättelsetjänsten.

– Mossad? Skämtar du?

Skurovs ögon var svarta när han mötte Toms blick.

– Vi har sett honom överlämna någonting, förmodligen information, till Mossad.

– Men varför skulle han göra det?

Skurov ryckte på axlarna.

– Vem vet. Det finns en hel del luckor i hans förflutna, kanske har han arbetat för Mossad länge. Och att de har informatörer, eller till och med agenter, inne på Maratech är i sig inte förvånande. Med tanke på att Maratech är en av världens största vapenexportörer, och förser halva Mellanöstern med bomber och granater, ligger det i Israels intresse att hålla ett öga på dem.

Skurov plockade fram ett papper ur fickan och vek upp det. I det skumma ljuset i kupén var det svårt att urskilja vad det föreställde. Tom tände lampan i taket.

– Känner du igen honom?

Skurov pekade på en man som stod i utkanten av en grupp människor på vad som såg ut att vara en perrong. Tom kände omedelbart igen mannen med det mörka håret och kostymen.

– Det är Felix.

– Stämmer. Och en bit bort står en annan Maratechanställd, Ivan Ivanov.

Skurovs valkiga finger pekade på en man som stod farligt nära kanten på perrongen med en tidning i handen. I hörnet på bilden läste han "Kropotkinskaja, 2008-08-12, kl. 20.45".

– Ivanov? sa Tom. Han dog i en olycka, eller hur?

– Han dog mindre än en minut efter att den här bilden togs. Föll ner på spåret. Eller blev knuffad. Vi vet inte vilket ännu.

– *Dödade* Felix honom?

Skurov skakade på huvudet och sprätte ut fimpen genom den halvöppna rutan.

– Nej. Men vi tror att han kanske var där för att träffa van Hek. Möjligtvis skulle Ivanov lämna någonting till van Hek. Det är i alla fall vår hypotes.

– Varför träffades de i så fall inte på Maratech?

– Gissningsvis för att de inte ville bli sedda tillsammans på jobbet. Speciellt inte om de skulle utbyta känslig information.

– Och vad betyder det här för mig?

Skurov blev tyst. Hans mörka ögon sökte sig mot de parkerade bilarna utanför. Verkade leta efter någonting i mörkret, en rörelse eller kanske konturerna av en människa.

– Vi vet inte ännu. Men van Hek döljer någonting och jag ville att du skulle veta det för din egen säkerhets skull. Var försiktig med honom.

Tom nickade.

– Du kan behålla utskriften, vi har originalet, sa Skurov och räckte Tom pappret.

Tom tittade än en gång på bilden. Den smidige och vaksamme arbetsnarkomanen van Hek – informatör för Mossad. Han kunde inte tro att det var sant. Av någon anledning skulle han ha haft lättare att ta in att Oleg Sladko var korrupt. Han som aldrig visade något genuint intresse för verksamheten utan i stället bara susade förbi i periferin på väg till någon bankett eller något viktigt möte.

– Jag skjutsar dig tillbaka, sa Skurov och drog upp musiken igen. Och vi har inte träffats idag.

I samma sekund vibrerade Toms mobil till i fickan. Efter viss tvekan tog han upp den och läste meddelandet.

– Det är Vera. Någonting har tydligen hänt. Hon vill att jag kommer förbi hemma hos henne.

De satt tysta i bilen, som om de båda övervägde vad Tom borde göra. Det blev Tom som bröt tystnaden först.

– Kan du skjutsa mig dit?

TJISTIJE PRUDI, CENTRALA MOSKVA

VERA ÖPPNADE DÖRREN OCH släppte in Tom i lägenheten. Hon såg trött ut, som om hon inte hade sovit eller kanske legat sjuk hemma.
– *Privet*. Tack för att du kunde komma.

Han såg sig omkring. Lägenheten andades välbärgad elegans. I vardagsrummet intill hallen skymtade han antika möbler och modern konst. Handväskor och högklackade skor låg slängda i en hög på golvet i hallen och en svag doft av parfym svävade i den svala luften.

– Vad har hänt? frågade Tom.

Hon log svalt. Skakade lätt på huvudet och samlade med ett vant grepp det långa, mörka håret till en knut i nacken.

– Varför skulle det ha hänt någonting?

Han ångrade genast sin fråga.

– Eftersom du ville att jag skulle komma hem till dig.

– Jag kan inte komma över det där med din uppsägning. Det känns som om jag har försummat dig, som om jag borde ha frågat hur du har haft det. Vi kan väl ta ett glas vin och prata om det?

Han följde henne in i det vita, minimalistiska köket utan att säga någonting.

– Är du hungrig förresten? sa hon och öppnade kylskåpet. Jag har lite sushi.

Han var verkligen hungrig, men såg ingen anledning att berätta det. Händelsen vid Svenska skolan och hans möte med Skurov hade fått honom att glömma allt vad mat hette och han kunde inte minnas när han senast åt.

– Jag tar gärna lite.

Vera dukade upp på blekt blå porslinstallrikar på köksön och hällde upp vitt vin åt dem båda. Sedan sjönk hon ner på en av barstolarna och vinkade åt honom att sätta sig.

Tom satte sig mitt emot och betraktade henne när hon balanserade en riskudde mellan pinnarna.

– Så ... vad jag tänkte, började Vera.

– Uppsägningen, förekom han henne. Jag känner att jag kanske har gjort för stor affär av allt.

– Du kanske kan ompröva ditt beslut?

– Ja, kanske.

– Ingen vore gladare än jag om du stannade, Tom.

Hon gav honom sitt varmaste leende hittills. Märkligt nog kändes det bra att göra henne till lags.

– Hur mår du egentligen? sa hon och lade huvudet på sned.

– Bra, tack.

– Du ljuger dåligt.

Han insåg att de senaste veckornas stress antagligen syntes på honom.

– Problem hemma, sa han kort.

– Hm. Är din flickvän inte nöjd med att du också har en karriär nu?

– *Om* hon nu är min flickvän fortfarande.

Vera höjde de svarta ögonbrynen.

– Så pass? Förlåt om jag lägger mig i, men vad hade hon väntat sig? Jobbar hon inte rätt mycket själv? Hon är väl vd för den där investmentbanken?

Han nickade och fångade upp en bit syltad ingefära.

– Hon har alltid jobbat mycket.

– Så vad är problemet egentligen?

Tom funderade. Hur nära ville han egentligen komma Vera? Det kändes som om han var på väg att gå över en gräns, slå in på en väg som kanske inte var möjlig att backa ifrån senare. Han slog bort tanken som fånig. Han hade få vänner i Moskva och hade egentligen aldrig talat med någon av dem om sin och Rebeckas relation. Plötsligt fanns det så mycket som ville ut, så många ord som trängdes för att bli sagda. Så mycket frustration som krävde att få utlopp.

Tjistije Prudi, centrala Moskva

– Hennes jobb är alltid så mycket viktigare än mitt. Hennes karriär går före allting annat. Hon har jobbat hårt i så många år, och nu är hon på väg att lyckas. Och jag unnar henne det, men ...

– Vad är viktigt för dig? Vad gör dig lycklig?

Tom visste först inte vad han skulle svara. I många år hade han trott att lycka var att förtränga det förflutna. Sedan hade lycka blivit synonymt med familjen. Nu insåg han att inte ens den räckte. Barnen växte. Relationen med Rebecka krackelerade.

Vera sträckte sig fram och lade sin varma hand över hans.

– Förlåt. Jag har inte med det där att göra. Men jag kan se på dig att du inte mår bra. Och jag bryr mig om dig, Tom. Du kan tala med mig om du vill.

– Det är bara det att ... Alla år här i Moskva. Allting har varit på hennes villkor. Och när jag slutligen bestämmer mig för att börja jobba igen så har hon ingen som helst förståelse för att det kräver tid och engagemang. Och nu ...

Tom tittade på klockan.

– Jag borde gå hem. Tack för sushin. Och för att du lyssnar.

– Sch. Vera tog hans hand. Stanna lite till. Vi går in och sätter oss i soffan en stund.

De gick in i vardagsrummet och satte sig. En stor tavla med stadsmotiv prydde väggen ovanför sofforna. Den såg ut att vara från sekelskiftet och kontrasterade mot de övriga, moderna målningarna och fotona.

Vera såg hans blick, hällde upp mer vin i glasen och nickade tankfullt.

– Omsk, sa hon sedan. Min pappa kommer därifrån. Han var en hög chef på Omsk Transmash. Du känner kanske till dem? De producerade stridsvagnar. Bland annat. Pappas ögonsten var T-80, den första stridsvagnen som drevs med gasturbin. Ja, jag är uppvuxen inom industrin, kan man väl säga. När andra ungar lekte med dockor lekte jag med vapenattrapper.

Ett leende skymtade förbi i hennes ansikte.

– Bor dina föräldrar kvar där?

Vera kröp ihop till en boll intill honom, trädde armarna runt benen och lutade huvudet mot knäna.

– De är döda båda två, sedan många år. Och jag har inte varit i Omsk på evigheter. Vi flyttade till Moskva när jag var liten, så jag har inga barndomsminnen därifrån. Det är väl därför tavlan är så viktig för mig.

Hon fingrade på vinglaset med ett frånvarande uttryck. På nära håll såg han ett fint band av fräknar över hennes näsrygg och kinder, som om någon stänkt färg på måfå över hennes ansikte.

– Och du? sa Tom. Hur lever du själv?

– *Jag?*

Hon skrattade plötsligt till, som om frågan var mycket märklig.

– Ingen man?

– Nej. Jag levde ihop med en man på Kuba för många år sedan och det är kanske därför som jag känner igen mig i beskrivningen av din och Rebeckas relation. Det är en lång historia, men jag hängde upp hela mitt liv på honom och jag vill inte ha det så igen. Kärleken gör människor svaga. Och jag vill vara stark.

Så mötte hon hans blick, ögonen glittrade okynnigt.

– Men det betyder förstås inte att jag inte gillar män.

Tom slog ner blicken, plötsligt märkligt medveten om hennes närvaro. Den atletiska kroppen, det finskurna ansiktet. Bröstens rundning under det tunna sidentyget. För första gången på länge kände han någonting som liknade lust vakna till liv inombords. Och det var en smärtsam upplevelse. Inte lusten i sig, utan vetskapen om vad han och Rebecka hade förlorat.

– Jag måste gå, sa han, började resa sig upp, men Vera fattade tag om hans arm och drog ner honom i soffan igen. Hon kröp närmare honom och skrattade lågt. Sedan lade hon handen helt lätt på hans lår och mötte hans blick.

– *Tom.*

Han visste inte om det var en fråga eller ett konstaterande och innan han hunnit säga någonting så kysste hon honom. Och allt det som han med förkrossande säkerhet visste var fel kändes med ens rätt. Försiktigt trevade han med handen i hennes nacke. Löste upp knuten så att hennes långa hår föll ner över axlarna. Kände smaken

av ingefära och soja på hennes tunga. Förnam värmen från hennes kropp som strömmade emot honom i mjuka vågor.
Hon hade förstås rätt. Kärleken gör människor svaga.

KRIMINALPOLISEN, PETROVKA 38, MOSKVA

KLOCKAN VAR ÖVER TIO när Skurov knackade på den redan öppna dörren. Anton Levins skrivbord var som vanligt oklanderligt rent. Några pennor stod i givakt i ena hörnet. En bunt papper låg i det andra och ett fat med smörgåsar stod mitt på bordet. Anton själv satt på sin stol och tittade koncentrerat på datorskärmen med ryggen böjd.

– Kom in, sa Anton. Jag är ledsen om jag störde er.

– Det är ingen fara. Jag hade inte hunnit åka hem. Jag träffade Tom i Kitaj Gorod, sa Skurov och kastade en blick på smörgåsarna på bordet. Rejält tilltagna, inbjudande skivor av kallt kött och saltgurka låg på det mörka brödet.

– Jag var lite hungrig – man står sig ju inte på den där skräpmaten – så jag bad min assistent att ordna lite annan mat till oss, sa Anton.

Skurov nickade tacksamt. Satte sig på den rangliga besöksstolen.

– Du tänker då på allt, Anton.

Anton gav honom en vänlig blick.

– Hur var det med Blixen?

Skurov sträckte sig efter en smörgås.

– Jag skulle ljuga om jag sa att det var bra. Men jag berättade i alla fall för honom om van Hek. Jag skulle aldrig förlåta mig själv om någonting hände honom för att vi inte hade berättat att han jobbar för Mossad.

Anton nickade och strök bort några osynliga dammkorn från det skinande rena skrivbordet.

– Vad trodde Blixen själv om van Hek?

– Jag tror att informationen kom som en total överraskning för honom.

– Precis som för oss, mumlade Anton, tog kniven och gaffeln och började skära sin smörgås i mycket små och exakt lika stora bitar.

– Ingenting förvånar mig längre i den här utredningen.

– Har du funderat på hur FSB kommer att ställa sig till att vi har gjort en egen liten personundersökning av Vera Blumenthal, Felix van Hek och Oleg Sladko?

– Jag tror att vi ska undvika att informera dem om det, sa Skurov.

Anton nickade och knäppte upp den översta knappen i sin välstrukna skjorta. Skurov funderade på det som Anton hade berättat, att han skulle bli pappa. För en sekund övervägde han att ta upp det med honom igen. Fråga hur han mådde och om han kanske ville ha hjälp med någonting. Men så bestämde han sig för att det var bättre att låta Anton berätta i sin egen takt.

– Vi har fått tillbaka Vladimir Kirovs mobil från teknikerna, sa Anton.

– Och?

– Finns ingenting misstänkt i den. Men jag bad teknikerna ta fram en lista på uppringda och mottagna samtal under de senaste två månaderna och jag tror att jag har hittat någonting.

Anton lade ifrån sig besticken på tallriken, lutade sig fram mot pappershögen, tog upp en utskrift med telefonnummer och sköt den tvärs över bordet mot Skurov.

Skurov plockade upp pappret. Numren var markerade med blå och rosa överstrykningspenna. Intill telefonnumren fanns noteringar med datum och samtalens längd.

– Som ni ser har det inte ringts så många samtal till och från mobilen. Totalt tio stycken. Några nummer har vi kunnat avfärda. Ett går till Kirovs mamma, henne har han ringt tre gånger. Ett går till videobutiken i kvarteret där han bor och ett till den federala skattemyndigheten. Eftersom han använt mobilen så lite tror jag att han har haft den i ett speciellt syfte, som att hålla kontakt med sina uppdragsgivare. Vi hittade faktiskt ett samtal till en känd, kriminell kasinoägare. Jag skulle tro att han behövde hjälp med inkassering.

Skurov lyssnade uppmärksamt samtidigt som han sträckte sig fram och tog en smörgås till.

– Men det finns ett nummer som dyker upp på fyra ställen här, fortsatte Anton. Och det är tidpunkterna för de samtalen som intresserar mig. Någon från det här numret har ringt upp Kirov kvällen före mordet på Oscar Rieder, och morgonen efter det. Sedan var det lugnt ända till dagen innan de båda kvinnorna mördades. Och sedan finns det ett missat samtal från det numret dagen efter morden på kvinnorna.

– När Kirov satt anhållen och mobilen var avstängd?

– Precis.

– Så vem är det som har ringt Vladimir Kirov i samband med morden?

Anton tog tillbaka pappret som om han var rädd för att Skurov skulle smutsa ner det och lade det överst i högen.

– Det går till en oregistrerad kontantkortsmobil.

Skurov funderade en stund. Utanför hade himlen svartnat och det enda som syntes var gatlyktans kalla ljus. Hemma i lägenheten i Leninbergen satt Tamara säkert och väntade på honom.

– Har vi prövat att ringa numret? frågade Skurov och plockade fram sin mobil.

TJISTIJE PRUDI, CENTRALA MOSKVA

TOM LÅG MELLAN DE svala lakanen i Veras säng och tittade på fotot av en massajkrigare, som hängde på väggen bredvid fönstret. Små katastrofer kan man förbereda sig för, tänkte han. Det är mot de stora katastroferna man saknar skydd.

Att han själv skulle ligga här, naken i Veras säng, hade han aldrig ens i sin vildaste fantasi kunnat tänka sig. Men att hans handlande så här i efterhand kändes oförklarligt var förstås ingen ursäkt för hans beteende. Faktum kvarstod. Han hade delat sin åtrå – den som hade varit reserverad för Rebecka i så många år – med en annan kvinna. En kvinna han knappt kände och som dessutom var hans chef.

Vad betydde det här egentligen?

Tom blev plötsligt illamående. Han tog upp sin telefon för att få någonting annat att tänka på. Inget meddelande från någon han brydde sig om. Tyst från Rebecka och tyst från Ksenia, som i vanliga fall brukade skicka små fyndiga meddelanden till honom.

Han lade sin mobil på nattduksbordet.

Inifrån badrummet hörde han duschen som strilade och en liten smäll när Vera ställde ner någonting på handfatet. Ljuden, så märkligt välbekanta. Så lika dem som han var van att höra hemma hos Rebecka och barnen. Och ändå var allting fel: fel badrum, fel säng. Fel kvinna.

Tom ville hem.

Han ville göra allt som stod i hans makt för att komma tillbaka dit han och Rebecka hade varit för bara någon månad sedan.

Han borrade ner ansiktet i kudden. Drog in doften av fuktigt dun och sin egen svett. Önskade sig långt bort från Vera Blumenthal och

Maratech. Till platsen och tidpunkten när det enda irritationsmomentet var barnens bråk och att Rebecka aldrig kom hem när hon hade lovat.

I samma stund som han hörde Vera stänga duschkabinen om sig ljöd en mobilsignal. Den kom inte, som han först trodde, från Veras mobil i vardagsrummet, utan från en annan telefon, som verkade ligga i bokhyllan invid dörren.

Långsamt reste han sig upp, gick fram till hyllan och tittade, sedan trevade han med handen ovanpå böckerna. Efter någon sekund kände han den kalla metallen mot fingrarna och slöt handen runt mobilen.

Hans första tanke var att ge mobilen till Vera. Men när han såg numret på displayen stelnade han till. Han kände igen det, för han hade själv slagit det otaliga gånger de senaste åren.

Och ändå förstod han inte. Kunde inte se sambandet. För numret på displayen gick till överåklagare Sergej Skurov.

Snabbt tog han med sig mobilen, smög ut i vardagsrummet och svarade.

– Sergej?

Det blev tyst, men han kunde höra tunga andetag.

– *Tom?*

– Varför ringer du Vera Blumenthal?

Det blev tyst igen.

– Det gör jag inte. Eller, vad menar du? Har jag kommit till Vera Blumenthals mobil?

– Ja. Hon är inte här just nu, så jag svarade.

– Var är hon?

– Hon är ...

Tom ville inte säga att hon stod i duschen. Han ville över huvud taget inte avslöja någonting som fick Skurov att ana vad som hade hänt mellan honom och Vera.

– Hon är i arbetsrummet, sa han lågt.

– Kan hon höra dig?

– Det tror jag inte.

– Lyssna noga nu, Tom. Mobilen som du håller i din hand kan

kopplas till morden på Oscar Rieder och ytterligare två personer. Be mig inte förklara hur, det tar för lång tid. Men det innebär att Vera kan vara inblandad i det här, eftersom mobilen är i hennes ägo.

– Nu förstår jag inte. Du sa ju precis att van Hek ...

– Jag vet vad jag sa, men det utesluter inte att Vera också är inblandad. Var försiktig, Tom. Berätta inte att du svarade i telefonen och försök ta dig därifrån utan att hon märker någonting.

Tom hörde hur Vera stängde av duschen.

– Ligger du fortfarande i sängen?

Vera skrattade när hon kom ut ur badrummet med en handduk lindad runt de smala höfterna. Hon förde med sig en pust av fuktig, nyduschad hud.

Under handduken skymtade Tom ärret, som löpte över hela magen. Hon hade inte velat berätta hur hon hade fått det när han hade frågat henne.

Tom satte sig upp, sträckte sig efter kalsongerna och skjortan och började klä sig.

– Jag måste åka hem.

Vera frös till mitt i rörelsen och uttrycket i hennes ansikte hårdnade.

– Jag förstår.

Tom tog upp byxorna från golvet, skakade dem lätt och klev sedan i dem.

– Missförstå mig inte, sa han. Jag vill gärna ... träffas mer, men jag måste hem nu.

Vera tittade bort, drog handduken tätare om kroppen och förde handen mot brösten.

– Du gör som du vill. Men jag måste prata med dig och Felix först. Han är här när som helst.

Så rafsade hon åt sig kläderna, återvände in i badrummet och låste om sig.

Tom blev sittande på hennes säng, med blicken återigen fäst på massajmannen. Han önskade att han hade kunnat byta plats med honom.

STOCKSUND, NORR OM STOCKHOLM

DET VAR LABRADORTIKENS SKALL, och inte bankandet på ytterdörren, som väckte Jan Kjellberg ur sin ytliga men välbehövliga sömn. Iklädd endast en rökrock gick han nerför trapporna för att undersöka vad som stod på. På något intuitivt sätt visste han redan att något djävulskap var på gång. Det hade hänt för många tråkigheter den senaste tiden: Dödsfallet i familjen Rieder. Utrikesministerns plötsligt avvaktande hållning gentemot honom. Och så hans hustrus beslut att tillbringa resten av sommaren i Torekov i stället för att följa med till Nice som planerat. Och så var det förstås problemen med kisseriet. Hans läkare hade sagt att det antagligen var ofarligt, att äldre män ofta fick trängningar nattetid, men att man behövde göra fler undersökningar innan man kunde säga någonting säkert.

I hallen stannade han till, övervägde att tända lamporna, men beslutade sig för att låta bli. Mest för att han inte orkade konfronteras med de färgglada tavlor som hans fru målat på en konstkurs på Österlen och som nu hängde innanför entrén.

Han gick fram till ytterdörren och kikade ut genom glaset. Augustikvällen var mörk, men han såg konturen av en liten mörkhårig kvinna avteckna sig mot ljuset från gatubelysningen. Hans första tanke var att det var grannarnas hembiträde, och att någonting måste ha hänt med familjen i det rosa putshuset bredvid.

Han öppnade dörren.

– Jag heter Sonia Sharar. Jag är journalist och jag måste prata med dig. Nu.

En isande kyla spred sig i kabinettssekreterarens kropp. Han drog åt skärpet i rökrocken och skälvde ofrivilligt till.

Stocksund, norr om Stockholm

– För helvete, människa. Vet du vad klockan är?
– Om du inte släpper in mig nu så kommer jag att publicera information som bevisar att du och dina kollegor inom Utrikesdepartementet gått ryska vapenhandlares ärenden. Och att Nisse Karlsson tagit emot miljontals kronor i mutor. Du väljer själv om du vill få informationen nu eller om du vill läsa om det i tidningen. Jag ger dig en chans att förbereda dig, Kjellberg. Och det är den enda chans som du kommer att få.

Kjellberg backade ett steg och släppte in kvinnan i hallen.

Hon såg inte ut att vara äldre än hans egen dotter. Liten och späd, med en märklig handvirkad väska över axeln och det mörka håret uppsatt i en boll på hjässan, som lilla My.

Han gick före henne in i köket, fortfarande osäker på om han gjort rätt som släppt in henne. I och med att han lyssnade på kvinnan skulle det bli omöjligt att förneka att han fått kännedom om vad det nu var som hon ville berätta. Å andra sidan ville han inte öppna morgontidningen och se sitt namn i fetstil på framsidan.

Ibland fick man välja det minst skadliga av två mycket dåliga alternativ.

– Sätt dig, sa han. Jag går och klär om.

Han lämnade henne, gick upp till övervåningen och stängde sovrumsdörren försiktigt. Plockade fram sin mobiltelefon och ringde upp Nisse Karlsson, som svarade efter fem signaler.

– Har det hänt någonting?

Nisse Karlsson lät nyvaken.

– Det kan du ge dig fan på. Hon är här, den där journalisten. Sonia någonting. Hon sitter i mitt kök och babblar om att hon har bevis för att ryssarna säljer era vapen vidare. Och för att du har tagit emot mutor. Vad *i helvete* handlar det här om?

Det blev tyst i några sekunder innan Nisse Karlsson åter tog till orda.

– När tänkte hon visa dig de här bevisen?
– Hon sitter i mitt jävla kök nu, upprepade Kjellberg och insåg att han börjat låta som den där förbannade Karlsson. Jag är på övervåningen och byter om för tillfället. Sedan ska hon visa mig sina så

Stocksund, norr om Stockholm

kallade bevis. Och jag vill veta vad det här handlar om nu.
– Är hon *hemma* hos dig?
– Ja. Det är ju det jag säger.
– Hör nu, Kjellberg. Jag vet inte vad det här handlar om, men jag tänker ta reda på det. Gå ner och prata med henne och hör efter vad hon vill. Sedan får du väl hänvisa till er pressjour.
– Jag känner till proceduren. Det var inte därför som jag ringde dig.
– Och jag kan inte göra någonting förrän jag vet vad det är för så kallade bevis hon har. Prata med henne och ring mig sedan.
Kabinettssekreteraren lade på luren utan att svara.

När han kom ner till köket satt Sonia Sharar på en av de antika, avlutade stolar som hans hustru ropat in på auktion och drack en Coca-Cola, som han antog att hon hade haft med sig. Den svarta hunden satt inställsamt framför henne, som om den förväntade sig en smakbit av något slag och reagerade inte när han kom in i rummet.

Han satte sig mitt emot henne vid bordet och tog på sig glasögonen.
– Tänker du berätta för mig varför du har kört upp mig så här dags?

Hon svarade inte, men tog fram en bunt papper ur den virkade väskan, lade den på bordet och sköt långsamt över den mot honom. Tveksamt tog han emot den, osäker på om det var klokt att ens titta på pappren.
– Vad är det här?
– De första fem dokumenten är utdrag från olika utländska bolagsregister. De visar att Nisse Karlsson, genom ett antal bulvanbolag, är ägare till ett företag som heter Unicorn Investment med säte i Schweiz. Efter det ligger tre kontoutdrag som visar att bolaget fått en insättning på närmare sjuttio miljoner kronor från Maratech för så kallade *marknadsföringsomkostnader*. Och slutligen finns en förteckning över vapen som levererats från Swedish Aerospace till Maratech och som nu enligt vittnesuppgifter saknas i lagret.

Kabinettssekreteraren bläddrade igenom dokumenthögen utan att läsa. Text och siffror flimrade förbi. Om dokumenten bevisade det kvinnan påstod hade de den kanske största skandalen genom tiderna inom UD på halsen. Frågan var vad han skulle göra åt det. Han skulle givetvis bli tvungen att ringa utrikesministern så snart kvinnan hade gått. Kanske skulle de hålla ett krismöte redan i natt. Det hade hänt tidigare. Faktum var att det sämsta han kunde göra nog var att inte kalla till ett sådant krismöte.

Återigen tänkte han på hanteringen av tsunamikatastrofen och hur efterdyningarna av den fadäsen sakta men säkert decimerat de seniora tjänstemännen på departementet.

Han tänkte inte låta det upprepas.

– Hur fick du tag i det här?

Kabinettssekreteraren hörde att hans röst var märkligt svag, nästan bara en viskning trängde fram mellan de torra läpparna.

– Som du vet kan jag inte röja mina källor.

Kabinettssekreteraren anade vilka dessa personer var. Familjen Rieder igen. Och det skulle ju bli svårt att kontrollera vad Oscar Rieder hade sagt eller inte, eftersom han gått och dött så förbannat lägligt.

– Vad tänker du göra med det här?

– Det kommer att publiceras i ett kommande nummer av tidskriften Raster. Jag kan inte ge dig ett datum ännu, det beror på när jag blir klar med artikeln. Men eftersom kontrollmyndigheten ISP sorterar under UD vill jag ge dig tillfälle att kommentera det här innan det går i tryck.

Att det var just Raster som skulle publicera artikeln var föga förvånande. Med sin vänsterprofil och sitt fokus på undersökande journalistik föreställde han sig att de skulle kasta sig över artikeln.

– Det är handelsministern som ytterst ansvarar för ...

Sonia log åt hans tafatta försök att slingra sig.

– Jag måste ta det här vidare på departementet innan jag kan ge en officiell kommentar. Hur mycket tid har jag?

– Du får till i morgon på dig.

Hans initiala reaktion var att opponera sig mot den orimligt korta deadlinen, men det var som om han helt hade dränerats på energi.

Stocksund, norr om Stockholm

Som om den lilla, mörkhåriga kvinnan berövat honom all kraft i samma sekund som hon steg över tröskeln till hans välordnade hem.

Sonia Sharar reste sig upp och tog väskan i handen.

– Jag går nu. Jag gissar att du har en del att göra. Du kan behålla kopiorna på dokumenten. Mina kontaktuppgifter finns på första sidan.

Han nickade.

– Jag följer dig ut.

De gick till hallen. Sonia sneglade mot trappan som ledde upp mot övervåningen.

– Trevligt hus du har. Det verkar vara lukrativt att vara UD-anställd.

Han fnös.

– Knappast. Huset har jag ärvt av min mor, om du nu måste veta det.

Hon ryckte på axlarna.

– Oavsett vilket. Det är fint. Så du hör av dig?

– Jag hör av mig.

Kabinettssekreteraren stod kvar i ytterdörren och betraktade Sonia Sharar när hon lämnade huset. Hennes steg var lätta och fjädrande, på samma sätt som hans hade varit i början av karriären. Då, när han föreställt sig att han skulle uträtta stordåd, bidra till att utradera fattigdom och konflikter. Göra skillnad för människor.

Nu visste han förstås bättre.

Sonia Sharar stannade till. Plockade fram någonting ur sin väska. En låga flammade till i mörkret när hon tände en cigarett. I samma sekund hördes motorljudet från en bil som accelererade.

Han spanade i mörkret, men kunde först inte urskilja någonting. Så frigjorde sig skepnaden av en bil som i hög hastighet närmade sig med släckta lyktor. Sonia Sharar frös till mitt i rörelsen. Hon hade flyttat handen och han kunde se cigarettens glöd i höjd med hennes höft.

Han ville blunda, men tvingade sig att se vad som hände. Bilen träffade den späda kroppen med så stor kraft att hon slungades iväg flera meter upp i luften. För en sekund såg det ut som om hon svävade, sedan slog hon i asfalten och blev liggande orörlig i en hög. Bilen stannade upp för en sekund och dörren öppnades. Så stängdes den igen, som om någon därinne bara velat kontrollera vad som hänt. Sedan accelererade den och försvann i mörkret.

Kjellberg rusade fram till henne. Tog den välkrattade grusgången i tre kliv, öppnade grinden och sprang utan att tänka.

Redan innan han hade hunnit fram till kroppen visste han att hon var död. Huvudet låg i en märkligt bakåtböjd ställning och till och med på avstånd kunde han se att skallen hade spräckts. En stor pöl av ångande blod växte på asfalten. I det kalla ljuset från gatubelysningen såg det svart ut. En bit ifrån kroppen låg cigaretten, som fortfarande glödde, men den säckiga väskan syntes inte till.

Han vände sig om och kräktes i idegranshäcken och fastän han inte ville, var tanken där, lirkade sig in i hans medvetande som en fripassagerare. Den var motbjudande. Bisarr till och med, mot bakgrund av vad som just hade hänt, men han kunde inte hindra den när den väl hade fått fäste.

Det här kan lösa en del problem.

KRIMINALPOLISEN, PETROVKA 38, MOSKVA

– VI MÅSTE ÅKA DIT nu! sa Skurov till Anton, kanske aningen för högt förstod han, för en man i polisskjorta med korta ärmar tittade nyfiket in i arbetsrummet. När han såg Skurovs mörkblå åklagaruniform vände han i dörren och försvann lika fort som han hade dykt upp.

Skurov kände stressen tillta. Inte nog med att Tom var i fara, det var dessutom han som hade försatt honom i den situationen. Han skulle aldrig kunna förlåta sig själv om någonting hände honom.

Anton nickade bara lugnt och tog upp telefonen. Skurov var tacksam över att han inte verkade dras med av hans egen sinnesstämning.

– Kom båda två. Ta lätt insatsutrustning. Avfärd om två minuter.

Skurov snubblade till i trappan på väg ner till den jättelika parkeringen bakom polishögkvarteret. Antons unga ben tog däremot tre trappsteg i taget, med metodisk precision. Vad hade han inte gett för att få vara så där ung igen, om så bara för en dag. Att kunna springa snabbast på fotbollsplanen, uppvakta en ung doktor Weinstein och känna den ungdomliga euforin och spänningen inför vad livet kunde bära med sig. Allt han kände nu var tunga ben och en gnagande oro.

De hade knappt kommit ner förrän två civilklädda män med korta AK-74:or och skottsäkra västar i händerna anslöt sig till dem. Anton lotsade dem till polis-Mercedesen.

Anton hoppade in i baksätet tillsammans med Skurov och stängde dörren samtidigt som bilen accelererade ut från parkeringsplatsen.

– Till Mjasnitskaja. Fort.

– Vi tar Petrovskij–Trubnaja, sa den ene av Antons kollegor.

Skurov tittade på klockan, som var exakt 23.45. Han påminde sig själv om att inte gå händelserna i förväg. Det var inte säkert att Tom var i fara. Ett kvällsmöte med Vera Blumenthal kunde säkert sluta hursomhelst, speciellt mot bakgrund av allt trassel som Tom verkade ha hamnat i. Problemet var bara att kvinnan troligen var inblandad i mord på minst tre människor. Han hoppades innerligt att Tom redan var på väg därifrån, som han hade uppmanat honom. Men om de kom fram och gjorde bedömningen att Toms liv var i fara så tänkte han personligen gå in och få ut honom, om så FSB åtalade honom. Någon fortsatt operation på FSB:s villkor kom inte heller på tal nu när de visste att Toms chef var ett hot.

– Hur kunde vi missa Vera Blumenthals inblandning? sa Skurov.
– Antingen för att hon bara är en del i näringskedjan, eller ..., sa Anton.
– Eller *vad?*

Skurov var irriterad. Han visste inte om det berodde på att han började tvivla på sin egen förmåga i ljuset av allt Anton lyckats med på sistone. Han intalade sig att han var mer storsint än så.

– Eller för att hon har en av de bäst bevarade täckmantlar vi har stött på, avslutade Anton sin mening.

Sirenerna tjöt och de fick hålla i sig hårt för att inte slungas mot fönstren eller varandra när de kryssade sig fram genom Moskvatrafiken mot Vera Blumenthals bostad.

– Jag har hittat ett samband, sa Anton lågt. Vera reste mycket i Afrika under slutet av 90-talet och i början på 00-talet för Maratechs räkning. Det var under samma år som ryska vapen dök upp i mängder i flera oroshärdar därnere. Vera var regelbundet i Monrovia i Liberia. Det var under samma period som Charles Taylor krigade mot ...

– Menar du att ...?

I samma ögonblick slängdes de framåt när bilen tvärnitade och sedan åkte de slalom mellan de fordon som blockerade Stretenskij Boulevard i höjd med oljebolaget LUKoil:s huvudkontor.

– Amerikanerna försökte identifiera den ryske vapenhandlare som de trodde låg bakom vapenleveranserna, sa Anton. De lyckades aldrig. Och här i Ryssland visste man bara att personen gick under benämningen Handlaren från Omsk. Jag tror det finns en möjlighet att Blumenthal tack vare sitt jobb på Maratech, som gjorde legitima affärer med vänligt sinnade stater, parallellt var involverad i en sido-*biznez*.

Skurov tittade ut genom rutan, där staden passerade förbi. Trafiken hade glesnat och kvarteren blivit mer exklusiva. Bilarna som stod parkerade var nya och dyra. De hade inte långt kvar nu.

– Stäng av sirenerna, beordrade Anton.

– Jag är imponerad av din slutledningsförmåga, sa Skurov.

Han gav sig själv en klapp på axeln för att han var generös nog att ge sin unge kollega beröm.

– Tror du att hon kan vara Handlaren från Omsk? Den person som Gurejev trodde var hjärnan bakom allt? frågade Skurov.

– Ingen aning, svarade Anton, som ibland påminde Skurov om en schackspelare som gjorde genidrag efter genidrag utan att visa något som helst tecken på självgodhet. Det var väl därför andra kunde fördra hans intelligens.

– Men varför tror du att Mossad har en agent på Maratech?

– De vill väl veta vart vapnen tar vägen. Men jag tror att det är något speciellt som fått dem att bli verkligt intresserade. Mossad riskerar inte livet på sina agenter för några sketna granatgevärs skull.

– Jag antar att du tänker på drönarna?

– Exakt.

Bilen svängde av från Stretenskij Boulevard, ner på Mjasnitskaja.

– Kör lugnt fram till huset, killar.

Skurov noterade två stora svarta SUV:ar som svepte förbi dem i motsatt riktning på den enkelriktade gatan.

– Fan vad de beter sig bara för att de har rätt bokstavskombination på nummerskyltarna, mumlade chauffören.

Skurov tittade ut genom fönstret. De exklusiva innerstadsområdena hade återigen blivit befolkade på vardagarna. Många av Moskvas nyrika invånare hade tröttnat på att pendla från datjorna som de hade byggt för några år sedan, och tillbringade allt mer tid i staden som numera erbjöd allt ifrån den bästa sushin väster om Nagasaki till nybakade franska patisserier.

– Det måste betyda att de är rädda att fysiska drönare eller drönarteknologi ska hamna i fel händer, sa Skurov.
– Precis.
Antons röst hade faktiskt spår av upphetsning i sig.
– Vem skulle vara intresserad av att köpa så avancerade vapen, ha pengarna och kompetensen att hantera dem och samtidigt vara villig att förse Israels fiender med utbildning, stöd och materiel?
Skurov tänkte febrilt. Internationell politik hade aldrig riktigt legat för honom.
Anton bad sina kollegor att stanna ett femtiotal meter ifrån Vera Blumenthals bostad, på motsatt sida av huset.
– Iran.
– Vad? sa Skurov.
– Iran är på väg att utveckla kärnvapen, så varför skulle de inte skaffa sig drönare också? Och de har resurserna att hantera drönare – visste du att det krävs fler än etthundrasextio personer för att hålla en Predatordrönare flygande? Och utöver operatörerna, som styr drönaren, behövs ett tjugotal övervakningsanalytiker på marken och sedan tillkommer underhållspersonal. Men Iran har definitivt resurserna. Finansiellt och personellt. Dessutom lär de vara på väg att skicka upp en spionsatellit, vilket ju underlättar om man vill styra drönare på distans.
– Och de och israelerna kommer ju inte så väl överens, så mycket vet jag, sa Skurov.
– Nu är vi någonting på spåren, log Anton och såg plötsligt nöjd ut.
Skurov tyckte att poliskollegan hade börjat visa prov på vissa mänskliga sidor den senaste tiden. Känslor, till exempel.
– Det förklarar intresset från våra kollegor på Lubjanka.
Anton nickade.
– Om drönare skulle försvinna till Iran så skulle det säkert vara extremt känsligt. FN:s säkerhetsråd har antagit flera resolutioner mot Iran, resolutioner som Ryssland varit med och röstat fram. Till exempel för två år sedan, 2006, när de införde sanktioner på investeringar inom olja och gas, förbjöd export av raffinerade petroleumprodukter och kraftigt begränsade handelsmöjligheterna. Vad skulle hända

om det kom ut att ett statsägt ryskt företag läckte avancerad militär teknologi till Iran? Det skulle vara oerhört genant för Ryssland. Och amerikanerna skulle nog också bli rätt så irriterade. I Iran finns en mängd mer eller mindre extremistiska grupperingar. Tänk dig talibaner eller al-Qaida med drönare. Eller till och med drönare som bär kärnvapen.

– Det verkar lugnt utanför porten, avbröt en av poliserna från framsätet. Säkert att er kille är kvar?

– Jag ringde honom för femton minuter sedan, sa Skurov. Då var han i hennes lägenhet.

– FSB har troligen span på lägenheten, så bli inte förvånade om vi stöter på dem, sa Anton. Se till att vi inte börjar skjuta på varandra bara. Och ligg lågt med de tyngre vapnen.

De lämnade automatvapnen i bilen med en av poliserna. Skurov slängde av sig åklagarkavajen.

– Det är bråttom, sa Anton. Jag tar mig in i hennes hus. Du, Kolja, går upp i huset mitt emot och försöker titta in i hennes lägenhet.

– Jag kan höra mig för i tidningskiosken därborta om de har sett någonting, sa Skurov.

Anton nickade.

– Vi ses här om exakt tio minuter.

TJISTIJE PRUDI, CENTRALA MOSKVA

NATTLUFTEN VAR KVAV OCH asfalten klibbade under skorna. Ett dovt, olycksbådande muller hördes på avstånd.

Veras ena livvakt gick två steg ifrån honom, som om han visste att Tom lekte med tanken på att fly i natten. Det var inte alls omöjligt att han skulle lyckas komma undan. Han var snabb och många människor var i rörelse. Ironiskt nog låg Lubjanka bara tre–fyrahundra meter längre bort. Men Tom antog att FSB hade honom under bevakning och då fanns det ingen anledning att fly. Juri hade ju lovat honom att de skulle vaka över varje steg han tog. Kanske var mannen i läderjacka på andra sidan gatan, som stod och tittade på dem, en av Juris kollegor. Kanske var den kvinnliga tidningsförsäljerskan en av FSB:s agenter. När livvakten öppnade dörren åt honom och signalerade att han skulle hoppa in i baksätet på Veras svarta SUV visste han att han snart skulle få svar på om han hade handlat rätt.

Någon satt redan i baksätet. Felix mörka ansikte avtecknade sig i ljuset från kupélampan. Hans ögon glödde och svetten glänste på hans hud.

En kollega som egentligen inte var en kollega. Om han skulle tro Anton och Skurov var Felix medlem av en av världens mest fruktade underrättelseorganisationer, som systematiskt kartlade och mördade staten Israels fiender.

Vera hoppade in i framsätet och Tom satte sig bredvid Felix, vilket bröt mot rysk kutym. För chefen satt alltid i baksätet. Ingen sa någonting, varken livvakten, Vera eller Felix. Tystnaden tycktes växa och anta en fysisk form, blev till en mur som skiljde honom ifrån Vera, kvinnan han delat säng med för mindre än en timme sedan. Han föreställde sig hur han sträckte ut handen emot henne, men hindrades av det massiva avståndet, av tystnaden och av hemligheterna som han visste skiljde dem åt. Med ens fick han en obehaglig föraning om en förestående urladdning, som om någonting måste ske för att ett nytt jämviktsläge skulle infinna sig.

Chauffören accelererade i nordlig riktning på Mjasnitskaja. Bakom dem låg följebilen, där den andre av de två livvakterna färdades. Tom noterade att de mötte en polisbil som var på väg i motsatt riktning.

Kupélampan i baksätet var fortfarande tänd, troligen för att Vera ville kunna se dem. Det gula ljuset speglades i Felix blanka ansikte. En ensam svettdroppe letade sig lojt nerför hans seniga hals, likt en insekt på väg mot ett fat med sötsaker. Vera justerade backspegeln med en precis rörelse. Ljuset gjorde det svårt att se om hon tittade på dem, men Tom kände sig lika exponerad och oskyddad som en fisk i ett akvarium. Felix stirrade rakt fram med sammanbiten min och händerna hårt knutna i knät. Vera öppnade rutan några centimeter och den svaga doften av svett ersattes långsamt av avgaser. Någonstans på avstånd syntes en blixt. För en sekund lystes Veras ansikte upp och Tom mötte hennes blick i backspegeln.

Hennes ögon avslöjade ingenting om vad hon tänkte.

De korsade Stretenskij. I den lummiga allén gick par hand i hand och några barn var fortfarande ute med sina föräldrar på en sen promenad. Tom tänkte att han skulle ge allt som han ägde för att gå där med Ksenia, Rebecka och hennes barn. Bara en minut i deras sällskap, en dag när solen sken och ingen hotade dem till livet.

Han blundade. Kände reflexmässigt med handen i fickan efter mobilen, men hittade den inte. Det tog några sekunder innan han mindes.

Han hade lagt mobilen på Veras sängbord och där måste den ha blivit kvar.

TJISTIJE PRUDI, CENTRALA MOSKVA

EFTER TIO MINUTER SAMMANSTRÅLADE den lilla gruppen vid polisbilen. Skurov kunde redan på avstånd se att ingen hade goda nyheter, men det hade han inte heller förväntat sig efter det han hade fått veta av kioskägaren.

– Inte ett ljud inifrån våningen, sa Anton. Såg du några rörelser inne i lägenheten, Kolja?

– Man har begränsad insyn från huset tvärs över, men det såg stendött ut.

– Kioskägaren visste mycket väl vem Vera är, sa Skurov. För en stund sedan såg hon Blumenthals SUV köra iväg med en följebil, men hon var upptagen med en kund så hon såg inte vilka som satt i bilarna.

Det kunde ha varit dem de mötte på vägen till lägenheten, tänkte Skurov och insåg att skulden han kände över Toms situation började grumla hans omdöme.

– Tom har inte hört av sig? frågade Anton.

– Jag tror inte det, sa Skurov, men tog upp sin mobil för säkerhets skull. Inga meddelanden.

– *Sjef*. Vi måste nog kontakta Gurejev. De bevakade säkert Tom.

Skurov nickade och vände blicken mot horisonten. En blixt syntes på avstånd.

– Jag ser om våra tekniker kan triangulera Toms mobil under tiden, tillade Anton.

AKADEMILEDAMOT SACHAROVS GATA, CENTRALA MOSKVA

BILEN GLED LOJT FRAM längs Akademiledamot Sacharovs gata. Tom försökte släppa tankarna på familjen och i stället bara flyta med, tänka på alldagliga saker, som hur dammiga asfaltstrottoarerna såg ut och hur mycket skräp som hade samlats i rännstenen. De körde inte längre särskilt fort och han fick en känsla av att Vera väntade på någonting.

Till slut kom han fram till att det var mer misstänkt att inte fråga någonting än att faktiskt göra det.

– Vad är tanken med kvällens övning?

I samma stund som han ställde frågan kom Tom att tänka på vad kvällens tidigare övning hade bestått i. Vitt vin och sushi. Otrohet med chefen. Han kunde fortfarande känna Veras doft på sin hud. Kanske kunde Felix också det.

– Du ska veta att jag hellre hade stannat hemma än befinna mig i den här situationen, svarade Vera.

För mindre än en timme sedan hade de legat sammanslingrade i hennes säng. Kropp mot kropp, hud mot hud. Tom undrade hur hon hade kunnat vara så varm mot honom då och så kylig nu. Han gissade att hon hade förfört honom med flit, bara för att hålla honom kvar i lägenheten tills Felix och livvakterna kom med bilen.

De körde ut på Ringleden, vände och åkte sedan in på Prospekt Mira. Vid tunnelbanestationen saktade chauffören ner och körde in i en parkeringsficka, där två bilar stod parkerade.

– Vi ska byta bilar här, sa livvakten utan ytterligare förklaring.

Moskvanatten var mättad av fukt och kvardröjande hetta från

Akademiledamot Sacharovs gata, centrala Moskva

dagen tycktes stråla upp från vägbanan. Mullret från det antågande ovädret, som lät som stenblock som satts i rullning, hade ökat i styrka och skapade en olycksbådande ljudkuliss. Gruppen klev ur och satte sig tillrätta på samma sätt som tidigare i de nya bilarna, som doftade av fabriksnytt läder. Det här var inte bara en nattlig åktur genom staden, det var helt uppenbart. De var på väg någonstans, och Vera var dessutom mån om att de inte skulle kunna spåras.

Bilen startade.

– Kommer ni ihåg sekretessförbindelsen som ni skrev under när ni började på Maratech?

Veras fråga kom helt oväntat efter flera minuters tystnad. Varken Tom eller Felix svarade.

– Tom?

Han harklade sig.

– Berätta, vad stod det? frågade Vera.

– Att vi omfattas av absolut tystnadsplikt tills rysk domstol löser oss ifrån den, sa Tom.

Han anade vart hon ville komma.

– Ingenting mer? Felix?

– Att man ska rapportera eventuella oegentligheter och problem till sin närmaste chef, sa Felix.

– Precis. Har du gjort det, Tom?

Veras ton var fjäderlätt och det tog några sekunder innan orden sjönk in.

Svetten bröt fram och Tom lyfte på armarna så att skjortan skulle släppa från armhålorna. Kunde han räkna med att FSB fanns i närheten för att skydda honom om allt gick åt helvete? Han tvivlade allt mer på det. Kunde han ens vara säker på att de visste var han befann sig utan mobiltelefonen, som blivit kvar i Veras lägenhet?

– Tom! Sover du? Varför har du inte berättat för mig om Tamanskaja-divisionen?

– Berättat vad?

– Du letade tydligen efter någonting där, någonting som du inte hittade. Och det hade ingenting med optiska sikten att göra.

Felix tittade ut genom fönstret, men Tom såg att det ryckte i hans mungipa, som om han ansträngde sig för att hålla tillbaka ett leende.

Han borde ha förstått mycket tidigare. Felix hade sitt uppdrag, han arbetade för Mossad, vilket betydde att han hade en helt egen agenda. Det var logiskt att han försökte rikta Veras misstankar mot Tom. Kanske var det så han hade gjort med Oscar också. Tom bestämde sig för att själv gå på offensiven och vinna Veras förtroende.

Återigen såg han Veras nakna kropp framför sig, mindes känslan av hennes andedräkt mot hans hals. Det borde finnas skäl för henne att vilja tro honom.

– Jag borde ha berättat för dig att jag inte hittade några Gustav Wasa, men jag trodde inte att det var så viktigt.

Han avvaktade en sekund, kände sig osäker på om det här var rätt väg att gå. Vera iakttog honom i backspegeln, men han kunde inte se hennes ansiktsuttryck, bara den mörka blicken som inte släppte honom för en sekund.

– Och varför drog du den slutsatsen?

Hennes röst var helt renons på känslor. De kunde lika gärna ha diskuterat avtal.

– Därför att du sa till mig att ...
– *Vad?* frågade hon irriterat.
– Både du och Felix sa att ett visst svinn är naturligt i den här branschen. Som i alla branscher, antar jag. På Pioneer Capital skar vi mellan köpare och säljare när vi handlade med aktier. Vi tjänade mer på det viset. Nästan alla gjorde det, så varför skulle inte vi också göra det då? Men det var ingenting vi pratade om i fikarummet, om du förstår vad jag menar.

Tom hade för länge sedan passerat gränsen för sin skådespelartalang, men för ögonblicket trodde till och med han på vad han sa, så han bestämde sig för att fortsätta.

– Skulle jag komma till dig, som en skolpojke, och påpeka att några granatgevär var försvunna? Du har väl nog med problem. Det var väl ändå inte därför som du anställde mig?

Felix leende var borta. Han verkade ställd, som om han aldrig kunnat föreställa sig att samtalet skulle utvecklas på det här sättet.

Vera släppte Tom med blicken och tittade ut genom fönstret. De

Akademiledamot Sacharovs gata, centrala Moskva

hade vänt tillbaka till Ringvägen och körde nu österut i mörkret. Blixtar lyste upp natthimlen med jämna mellanrum. Tom noterade en blick mellan Vera och hennes livvakt och fick känslan av att de väntat på något och nu hade fått klarsignal.

– Jag tillåter ingen illojalitet, sa Vera. Någon hos oss läcker information. Och en av er ljuger. Jag tänker ta reda på vem det är.

Tom kände en kyla sprida sig i kroppen, trots värmen i kupén. Såg att Vera studerade honom i backspegeln igen och vågade inget annat än att besvara blicken.

– Illojal är ju precis vad Tom har varit, sa Felix lugnt.

– Utveckla det! sa Vera.

– Jag tog upp det med honom nyligen, sa Felix. Att han borde ha informerat dig om det han såg på Tamanskaja.

– Du ljuger, sa Tom. Du sa att ett visst svinn är helt normalt.

Han insåg att han avskydde Felix – en människa som hade till livsuppgift att förstöra livet för andra. Som Oscars *referent* Ivan Ivanov. För vad? Ett högre mål? Som att förse några generaler i Tel Aviv med information, få dem att känna sig pålästa och kompetenta?

Han såg inget som helst skäl till att skydda Felix längre.

– Det finns mer som du borde veta, sa Tom. Direkt efter mitt besök på Tamanskaja blev jag stoppad av polisen. De tog mig till Matrosskaja Tisjina.

Vera hade vänt sig om mot honom. Hennes mörka hår föll ner över axlarna och för första gången sedan de påbörjat bilfärden såg han nyfikenhet och kanske också oro i hennes blick.

– Är det sant? Varför berättade du inte det?

– Ingenting hände. Jag var ute efter några timmar. Du var bortrest just då och jag ville inte oroa dig. Dessutom. Jag tyckte att det hela var lite pinsamt. Att göra bort mig så efter bara några veckor, och kanske få sparken, kändes inte särskilt lockande. Vad skulle jag ha att återvända till?

– Jag förstår, sa Vera.

Det fanns ingenting anklagande i hennes röst.

– Så, berätta nu för mig vad du vet om Sonia Sharar.

Sharar.

Akademiledamot Sacharovs gata, centrala Moskva

Innan Tom hade återvunnit kontrollen hade ansiktsmusklerna frusit i ett uttryck av förvåning och rädsla. Med ens insåg han att det prov han trodde att han hade bestått så väl bara var en uppvärmning inför det som komma skulle.

Vad visste Vera?

TJISTIJE PRUDI, CENTRALA MOSKVA

SKUROV TÄNDE CIGARETTEN SAMTIDIGT som Anton klev ur polisbilen.

– Killarna inne på Petrovka får in en signal härifrån, sa Anton.

Skurov anade vad det berodde på – Tom hade antingen glömt eller tvingats lämna kvar sin mobiltelefon hemma hos Blumenthal.

– Om det hade funnits ett annat sätt att spåra dem så hade du väl redan kommit på det?

– Stämmer, svarade Anton.

– Helvete, sa Skurov. De kan vara på väg att avslöja honom. Och i så fall kommer de att göra sig av med honom. Jag lovade mig själv att få Tom levande ur det här. Det är mitt fel att han har hamnat i den här situationen.

Anton iakttog Skurov medan han tog ett par djupa bloss på sin cigarett. I samma stund ringde Skurovs mobil.

Det var general Gurejev.

– Gurejev är på väg in, sa han till Anton när han hade lagt på. Han vill att vi ska ses hos honom.

– Hur lät han?

– Inte glad. Men det är inte jag heller. De hade span på Tom, men av någon anledning kom avlösningen en halvtimme för sent, så de missade när Tom och Blumenthal åkte. Och när de väl kom kunde de konstatera att Toms mobil var kvar i lägenheten, så de drog slutsatsen att han också var där.

– Hade de inte span på Blumenthal? frågade Anton.

– Nej. Vi missade henne. Och det gjorde tydligen FSB också, sa Skurov kort.

– Missade henne?
– Ingen trodde väl att det skulle vara en kvinna. Det misstaget har jag gjort förut, sa Skurov.

Mercedesen med Anton, Skurov och de två tungt beväpnade poliserna stannade framför portarna till FSB vid Lubjankatorget. Anton tackade för hjälpen och bad kollegorna att vara beredda om han skulle behöva dem igen.

För första gången i sin karriär tog Skurov hissen neråt i stället för uppåt i FSB-byggnaden. Kommandocentralen låg tre våningar under marken och på dörrarna satt skyltar med texten: "Federalt centrum för antiterroristoperationer". Rummet innanför var fullt av teveskärmar som visade kartor och filmsekvenser från bevakningskameror i olika delar av huvudstaden. Några av operatörerna nickade när de kom in.

General Gurejev var inbegripen i ett samtal med en man som han kallade för Juri. Efter en stund lade Gurejev märke till dem och sträckte långsamt på sig. Skurov drog ett djupt andetag och inväntade generalens hälsning, men generalen stod bredbent och tyst framför dem.

– Ni missade Tom, trots att du personligen lovade att skydda honom, sa Skurov.

Gurejev tittade trött på honom. Troligen utled på förebråelserna han fått av Skurov under de senaste dagarna. Eller kanske bara irriterad över att han släppt in dem i operationen över huvud taget. Skurov visste inte vilket, och han brydde sig inte heller. Han var bara besviken på att en av de människor han kommit att betrakta som en verklig bundsförvant hade ignorerat hans personliga vädjan att skydda Tom.

Personliga relationer betydde allt i Ryssland. De avgjorde om läkaren skulle anstränga sig lite extra för att rädda livet på ens släkting, om ens barn skulle få den där platsen på universitetet eller om polisen skulle vända på varenda sten i en utredning. Och han och Gurejev hade den typen av relation, det var i alla fall vad han hade trott fram till nu.

Tjistije Prudi, centrala Moskva

– Juri. Kan du se till att vi får lite kaffe? Det kanske lugnar känslorna lite.

– Jag vill inte lugna känslorna, jag vill ha svar, sa Skurov.

Den senige mannen som hette Juri hade frusit fast i steget i stället för att komma iväg och ordna kaffe.

– Varför är du så upprörd, Sergej?

– Du lovade att hålla i operationen själv.

– Jag står ju här, svarade Gurejev lugnt.

– Du, du ..., fnös Skurov.

Gurejev behandlade honom som ett argt barn och det uppskattade han inte.

– Ja. *Jag*. Jag håller i operationen precis som jag lovade.

– Nu, ja, men det är lite väl sent när Tom redan är försvunnen och vi står här utan en aning om vad som händer. Han kan ju vara halvvägs till Smolensk vid det här laget. Ni har pressat honom att förse er med information, och så visar det sig att ni missar honom för att dina killar hade bråttom hem till middagen.

Juri verkade ha kommit fram till att det var bäst att hämta kaffet, för plötsligt var han borta. Skurov suckade uppgivet och märkte till sin förvåning att Antons ansiktsuttryck faktiskt var spänt. Det var i och för sig inte så märkligt. Anton, en nybakad polisinspektör som hamnat på en plats han nog aldrig trott att han skulle få besöka, stod inför Rysslands mäktigaste terroristbekämpare som fick skäll av en upprörd åklagare.

En sergeant i militärkläder kom med en bricka. De fick var sin pappmugg med förvånansvärt gott kaffe. Skurov undrade om FSB, som alltid kostades på det bästa, kanske hade fått en importerad kaffemaskin.

– Vi hade faktiskt span på Felix van Hek, började Gurejev och smuttade på sitt kaffe. Men han lurade oss. Exakt hur vet jag inte, men han smet ur nätet. Oleg Sladko står också under bevakning.

Gurejev pekade på en skärm med en rörlig bild av en entréport.

– Men *inte* Vera Blumenthal? sa Skurov och insåg att hans röst avslöjade hans uppgivenhet.

– Vi har avlyssnat henne och gått igenom hennes mejl löpande.

Men nej, för tillfället hade vi inte span på henne. Ingenting pekade på att hon skulle vara inblandad i någonting. Ni tror väl inte att *hon* är spindeln i nätet? Har ni något på henne?

Anton förekom Skurov.

– Vi visste det inte heller förrän hon visade sig ha kopplingar till tre mord, sa Anton. *Killern* som vi har i förvar ringde henne i anslutning till morden på Oscar Rieder och de prostituerade kvinnorna.

Gurejev tittade lite konfunderat på Skurov, som för att se om han skulle acceptera att en underordnad polis svarade på en fråga avsedd för honom själv.

– Det var faktiskt bara en tillfällighet att vi fick upp det spåret, sa Skurov.

– Du ser själv, sa Gurejev med ett leende. Det är inte så lätt att få allting rätt alltid.

Kaffet var urdrucket. De hade gått igenom Vera Blumenthals inblandning och diskuterade tänkbara sätt att spåra hennes bilar med hjälp av operatörerna i kommandocentralen. Till sin hjälp hade de trafikpolisens närmare sjuhundra kameror i Moskva. Och Skurov, som pratat med kioskägaren vid Veras lägenhet, kunde ge en rätt exakt beskrivning av fordonen.

Sergeanten fyllde på deras koppar medan Gurejev i lugn ton instruerade sina operatörer hur de skulle koncentrera övervakningsnätet. Skurov hade aldrig tidigare fått en så detaljerad inblick i de tekniska möjligheter som FSB hade till sitt förfogande. På en annan plats i byggnaden satt till exempel IKSI – Institutet för kryptering och skydd av information. Avdelningen uppskattades ha cirka tvåhundra professorer på sin anställningslista, vilket fick Skurov att tänka på sin pappa Viktor, som hade stuckit till honom George Orwells bok *Djurfarmen* när Skurov var tonåring. Trots att skildringen av ett dystopiskt övervakningssamhälle hade gjort stort intryck på Skurov hade det aldrig slagit honom att han själv kanske levde i just ett sådant samhälle. Den sovjetiska propagandamaskinen var effektiv, och han hade ofta tyckt synd om barnen i väst, som var så utelämnade åt kapitalismens hänsynslöshet. Pappa Viktor hade haft en hel låda med litteratur som ansågs olämplig eller otillåten under kommunisttiden. Och tillsammans hade de diskuterat flera av böckerna. Det hade tagit många, många år innan Skurov insett vad hans pappa egentligen hade försökt lära honom.

Skurov kände ett plötsligt sting av saknad efter sin gamle far.

– Vi kan inte hitta dem, sa Gurejev till slut. Vi har tekniska problem på grund av ett åsknedslag, flera av våra kameror är utslagna.

– Det måste finnas ett annat sätt, sa Skurov. Vi kanske kan kontakta Maratechs vd, Oleg Sladko. Han borde veta hur man når Vera.

– Vi riskerar inte operationen, Sergej, sa Gurejev bestämt. Vi vet inte vilka som är inblandade.

– *Något* måste vi göra, sa Skurov.

– Ja, men inte det. Vi har indikationer som pekar på att någonting stort är i görningen.

– Du måste nog vara lite mer specifik än så.

– Okej. Det här stannar mellan oss. Kom, sa Gurejev och gick ut ur kontrollrummet.

Skurov och Anton följde efter.

– Inspektören stannar, sa Gurejev och vände sig om mot Skurov.

– Han följer med. Han är den bäste polis som jag har arbetat med.

– Jag har kalsonger som är äldre än vad han är, fnös Gurejev och skakade på huvudet, men vinkade samtidigt åt Anton att ansluta sig till dem.

Skurov noterade att Anton verkade ha förändrats. Tidigare hade han mest påmint Skurov om en mönsterelev i skolan, men nu anade han äkta pondus och stolthet i Antons steg.

Gurejev stannade upp vid ett pentry med en imponerande kaffe- och temaskin. Han tog ut en flaska mineralvatten ur ett kylskåp.

– Vi tror att transporter av högteknologiska vapen eller komponenter redan har genomförts. Jag är övertygad om att den eller de som vi vill sätta åt är pressade. De vet att vi är dem på spåret och vill ha allt överstökat så snabbt som möjligt. Sedan kommer de att ligga lågt, och då blir de svårare att hitta än en amerikansk flagga i första maj-demonstrationerna på Röda torget.

Gurejev drack upp vattnet och tryckte ihop flaskan med ett knak till en liten plastboll.

– Felix van Hek, sa Anton.
– Vad pratar han om?
Gurejev tittade på Anton och sedan på Skurov.
– Det är dags att tala om Felix van Hek, sa Skurov med låg röst.

CENTRALA MOSKVA

– SONIA SHARAR? JOURNALISTEN?

Tom tyckte själv att han lyckades låta oberörd när han uttalade hennes namn. Han hade bara haft ett ögonblick på sig att bestämma hur han skulle hantera frågan. Om han skulle fortsätta att ljuga skulle det krävas att han gjorde det med inlevelse. I det ögonblicket tänkte han på Gottsunda dans & teater, dit hans mamma hade tagit honom som tioåring. "Ni tror att ni överdriver, men åskådarna tycker fortfarande att ni är för återhållsamma", hade den invandrade, grekiske läraren sagt på sin brutna svenska.

Vera fortsatte att granska honom intensivt i backspegeln. Hon visste rimligen om att han och Sonia Sharar hade träffats i Vidsele, men hon borde inte känna till mötet på Arlanda. Sonia Sharar hade trängt sig in efter honom på toaletten, de hade inte setts tillsammans någon annanstans. Men tänk om han hade fel. Vad han sa nu kunde betyda skillnaden mellan liv och död. Och om hon inte visste vad som hade skett på Arlanda och han nämnde något om mötet skulle misstankarna mot honom riskera att flamma upp. Vad skulle hända då? Skurov hävdade att Vera hade stått i kontakt med Oscars mördare, det om något var väl en fingervisning om vad som skulle kunna hända honom själv.

– Sharar har jag bara sett på övningsfältet i Lappland ...

Någonting fick honom att tveka. En känsla av fara, som han inte kunde sätta fingret på. Kanske var det Felix strama, uppmärksamma hållning, som om han inte ville missa ett enda ord som Tom sa, kanske var det rynkan som hade djupnat i Veras panna, kanske var det bara en ingivelse.

– ... och på Arlanda där hon trängde sig på mig, tillade Tom.

Vera verkade andas ut lite när han avslutat meningen. Ansiktsdragen mjuknade och hon blinkade flera gånger.

– På Arlanda? Vad hände?

Veras röst lät återigen som en åklagares, vilket fick Tom att tänka på Skurov. Hon visste mer, Tom kunde ana sig till det i den mörka kupén. Höra det på hennes tonfall, se det i axlarnas spända hållning.

Hennes känslor röjde henne.

– Du vet den där artikeln om vapen som hade hittats i Somalia ...

Tom ansträngde sig för att låta oberörd när han fortsatte.

– Hon ringde och bråkade lite om den. Insisterade på att det försvann mycket fler vapen än så.

– Och du sa ingenting till mig? sa Vera.

– Jag sa ju det, sa Felix irriterat. Tom har dolt saker för oss hela tiden. Tror du verkligen att det beror på att han inte ville tynga oss med *sina problem*? Ursäkta, men jag tycker att det låter *väldigt* långsökt.

– Jag hade slutat på Maratech direkt om jag verkligen hade trott att det förekom allvarliga problem.

– Den där kvinnan, Sharar, har tydligen sammanställt listor på vapen från bland andra Swedish Aerospace, som hon påstår har försvunnit, sa Vera lågt. Vet du någonting om det, Tom?

Tom såg ut genom rutan på staden som försvann bakom dem i mörkret. Bullret från det annalkande ovädret trängde igenom motorljudet. Hur skulle han komma ur det här? De kunde rimligtvis inte känna till vad som hade hänt *inne* på toaletten på Arlanda.

Eller?

Han mindes Sonia Sharars nätta kropp intill honom på den stinkande toaletten. Hur det blåaktiga ljuset hade speglat sig i hennes mörka ögon när hon lutat sig fram emot honom och viskat.

Sch. Prata tyst. Utgå ifrån att alla dina mobilsamtal och alla dina möten, hemma eller på jobbet, är avlyssnade.

– Listor? Nej. Några sådana har jag inte sett.

Det blev dödstyst i bilen. Allt som hördes var motorns mjuka spinnande och det dämpade, regelbundna dunkandet när hjulen passerade över vägens betongskarvar. Ytterligare en blixt lyste upp kupén.

Hade han missat någonting? Vera verkade känna till vad som hade hänt. Men hur kunde hon göra det? Det fanns inga kameror inne på toaletterna på Arlanda. Och listan hade han förvarat helt säkert, ingen kunde ha sett den.

– Du ska veta en sak, sa Vera. Ingen ljuger för mig! Hennes röst var fylld av återhållet ursinne. Jag utgår ifrån att du inte direkt uppskattade vistelsen i häktet. Jag kan se till så att du hamnar där igen. För alltid.

Konturerna av Veras ansikte flöt ihop och Tom drabbades av ett häftigt illamående. Orden kom från kvinnan som för en stund sedan viskat i hans öra att han var fantastisk, att hon ville ha honom.

– Du äventyrar våra karriärer, Maratech, och allt vad vi gör, fyllde Felix i. Det här svarar väl på frågan om vem som har läckt, eller hur?

– Kanske det, sa Vera, som verkade ha lugnat sig lite. Men information från den nordiska avdelningen läckte ut långt innan Tom kom till oss. Hursomhelst, nu är det slut med det.

– Den sista mullvaden sitter bredvid mig, sa Felix.

Tom hade inget val, han måste gå till fullskalig attack. Mot Felix.

– Okej. Hon körde upp en konstig lista i ansiktet på mig. Men den sa mig ingenting. Vad som än har hänt mellan Sonia Sharar och Nisse Karlsson så är det personligt. På sätt och vis förstår jag hennes misstänksamhet mot honom. Till och med hans egna medarbetare baktalar honom.

– Har du listan som du fick av henne? frågade Vera.

– Någonstans bland mina papper.

Felix skrattade lågt.

– Varför gav du den inte till oss? sa Vera.

– För att det hon sa var så sjukt. Hon påstod att det var drönardelar som vi fått. Drönardelar! Till och med jag vet att Sverige aldrig skulle exportera det till Ryssland. Inte när det fortfarande muttras om varför Ryssland fick tillstånd att köpa Gustav Wasa. Hade ni trott på det om ni hade varit i mina kläder?

Vera var tyst ett tag. Sedan sa hon korthugget:

– Du skulle ha berättat, men framförallt skulle du inte ha ljugit för mig.

– Okej. Jag ber om ursäkt. Då ska jag lägga alla korten på bordet ...

Ett kraftigt dån hördes utifrån i samma stund som bilen åter lystes upp av en blixt.

– Jag fick något annat av Sharar.

Tom gjorde en konstpaus för att inte riskera att Vera missade någonting. Sedan plockade han fram sin plånbok och tog fram pappersutskriften som Skurov gett honom. Trots att den svartvita bilden från tunnelbaneperrongen var grynig såg man tydligt mannen som stod strax bakom klungan av människor på perrongen.

– Här, du kan ta den Felix. Jag utgår ifrån att Sharar var ute och cyklade när det gäller den här bilden också.

Tom räckte Felix fotot som visade honom stå ett par meter bakom Ivan Ivanov på tunnelbanestationen sekunderna innan han föll ner på spåret.

– Vad är det? frågade Vera.

Tom iakttog Felix som krampaktigt höll i fotografiet. I samma stund började tunga regndroppar falla mot rutan.

FSB:S HÖGKVARTER, LUBJANKA, CENTRALA MOSKVA

GENERAL GUREJEV TITTADE MISSTROGET på Anton Levin och strök sig över sin orakade haka.
– Skulle Felix van Hek arbeta för *Mossad?* Nu får du nog förklara.
Gurejevs röst avslöjade en kombination av indignation och förlägenhet.
– Jag förstår att ni tycker att det låter konstigt, sa Anton fullständigt kolugnt.
Skurov hade bestämt sig för att låta Anton löpa linan ut och se om den skulle hålla. De hade redan försökt få Gurejev att kontakta Oleg Sladko, men han var helt omedgörlig. Nu hade de inget bättre att komma med. Men det var en kalkylerad risk att stövla in på FSB:s hemmaplan.
Gurejev, som hade varit lugn fram till nu, vände sig hastigt mot Anton igen.
– Vem har gett dig den informationen?
– Jag bedömer den som tillförlitlig, sa Anton, men jag kan inte avslöja min källa.
– Jag kan tvinga dig att ge mig den. Juridiskt, eller på annat sätt. Det vet du också. Det räcker med att jag ringer ett samtal.
– I samband med ett helt vanligt polisiärt ärende identifierade vi en man som heter Aaron Kovacs, svarade Anton, med självbehärskning. En av mina män såg när van Hek överlämnade någonting till honom. Genom mina kontakter och lite tjänster och gentjänster fick jag klart för mig att denne Kovacs troligen arbetar för Mossads lokalkontor här i Moskva. Felix van Hek observerades också i samband med Ivan

Ivanovs död. Vi tror att Ivanov värvades som informatör av Felix.

– Det måste vara någon på SVR som har gett dig den informationen, fräste Gurejev. Men till mig, som faktiskt borde fått veta, sa de inget! Det är för helvete grovt tjänstefel.

Skurov funderade. Gurejev hade rätt. Anton hade berättat att det var en bekant ute på SVR – *Sluzhba Vneshnej Razvedki* – ryska kontraspionagets topphemliga anläggning i Moskvas utkanter, som hade hjälpt honom.

– Jag ska ringa idioterna ute i Jasenoje och tvinga dem att ge mig allt som är relevant för min operation. SVR är en del av FSB. Och jag och SVR:s chef har samma tjänstegrad.

– Egentligen är det rätt naturligt att Mossad har infiltrerat Maratech, fortsatte Anton, till synes helt opåverkad av generalens upprörda tirad.

Gurejev bet ihop käkarna och Skurov insåg att han hade svårt att behärska sig. Han hade önskat att Anton formulerat sig lite mindre självsäkert.

– Låt oss ponera att "teknologin", som vi alla tre vet är lika med drönarkomponenter och know-how från framförallt Swedish Aerospace, ska säljas till Iran, fortsatte Anton.

– Hur kan *du*, som så vitt jag vet bara har arbetat som polis i ett par år, och inte har någon som helst militär eller säkerhetspolitisk erfarenhet, uttala dig om Iran? sa generalen syrligt.

– Iran har hotat att utplåna Israel i många år. De har utvecklat robotar som kan nå Israel. När Israel anföll den shiitiska organisationen Hizbollah i södra Libanon förrförra året så var de förberedda. Hizbollah har ofta förutsett den israeliska arméns manövrar. Israelerna har aldrig riktigt velat tillstå det, men Hizbollah har haft tillgång till spaningsdrönare. Möjligtvis rätt primitiva sådana jämfört med den svenska attackdrönaren Cryon och amerikanernas modeller, men likväl effektiva. Det stod rätt snart klart för Israel att det var deras ärkefiende Iran som hjälpt Hizbollah med drönarna.

Gurejev stod tyst en stund. Skurov kände en tilltagande oro över hur han skulle hantera att en junior polis stövlade in på ett område som så uppenbart tillhörde FSB. Dessutom hade Anton generat den

FSB:s högkvarter, Lubjanka, centrala Moskva

mycket äldre generalen genom att bevisa att han var bättre informerad. Det brukade man inte komma undan med i rättsväsendets hierarkier, så mycket visste han.

– Du kanske borde byta jobb och börja arbeta för mig? sa Gurejev och tvingade fram ett leende.

Skurov visste inte om det var för tidigt att pusta ut. Anton däremot log faktiskt lite, med illa dold stolthet.

– Det är mot bakgrund av det du säger som vi är inkopplade, började Gurejev. Ett misstag i kedjan som hanterar import av vapen kan innebära att attackdrönare hamnar i händerna på terroristorganisationer. Och innan vi vet ordet av kan de vändas emot oss. Vi behöver den här teknologin själva, och för att få tillgång till den måste vi se till att vapenhandlare inte använder Maratech och Ryssland som transitland och på så sätt misskrediterar oss som en laglig importör.

Skurov insåg att tiden inte stod stilla bara för att de byggde upp det nödvändiga förtroendet dem emellan.

– Du hade en idé om hur vi kunde använda Felix? bröt han in.

Anton nickade.

– Om vi har rätt så borde israelerna ha hög beredskap just nu. Har ni tillgång till avlyssning av israeliska intressen här i Moskva?

– Jag kan ordna så att vi får ta del av den, svarade Gurejev. SVR har inte precis varit behjälpliga hittills, så de får försöka kompensera det nu. Jag förstår vad du är ute efter. Vänta här medan jag går och ringer några samtal.

CENTRALA MOSKVA

– DET ÄR ETT VANLIGT foto av en tunnelbaneperrong, där jag råkar vara med, sa Felix.
– Ge mig fotot, befallde Vera.
– Det är inget viktigt, mumlade Felix.
– Ge mig det jävla fotot, sa jag.

Tom iakttog Felix när han motvilligt räckte fram den fläckade, svartvita utskriften till sin chef. Han visste utantill vad som stod skrivet i det högra hörnet. "Kropotkinskaja, 2008-08-12, kl. 20.45."

Vera var tyst. Sekunderna gick. Felix skruvade på sig, men sa ingenting. Ett glest regn smattrade mot rutan och vindrutetorkarna gnällde rytmiskt.

– Varför skulle Sonia Sharar ha ett foto av mig? Jag tror inte att du har fått det av henne, sa Felix långsamt med betoning på varje ord. För första gången sedan de satte sig i bilen mötte han Toms blick. Det hårda, nästan hånfulla draget runt munnen rimmade illa med hans rädda ögon.

Tom undrade om han hade skrivit under Felix dödsdom genom att visa fotot. Om det skrynkliga pappret som han burit med sig skulle visa sig vara ett lika dödligt vapen som de som Maratech hade i lager. Felix blick mörknade.

– *Vem* har gett fotot till dig, Tom? sa Vera.
– Sonia Sharar. Och var hon har hittat det har jag ingen aning om. Hon sa bara att det föreställde en informatör som senare blev mördad, och att Felix var den som skulle ta emot informationen. Hon sa att jag måste vara försiktig med Felix, att hon inte visste vem han jobbade för, men att hon trodde att det var åt Mossad.

Tom tystnade. Tänkte att fotot måste få göra arbetet åt honom.

Veras mobil ringde. Hon mumlade någonting och lyssnade sedan en lång stund innan hon lade ner den i knät.

– Stanna bilen, sa Vera.

Chauffören saktade in vid vägkanten.

Det ryckte i Felix ögonvrå och han gjorde en rörelse med högerhanden mot vänster armhåla. Tom hade varit med tillräckligt länge i Ryssland för att känna igen den gesten. Han kontrollerade om hans vapen var redo. Tom hade uppenbarligen träffat mitt i prick med fotot.

Och Anton och Skurov hade haft rätt om Felix.

FSB:S HÖGKVARTER, LUBJANKA, CENTRALA MOSKVA

SKUROV TITTADE PÅ VÄGGKLOCKAN som var uppsatt i mitten av raden av ur som visade tiden i olika zoner i det ryska imperiet. Alla var av det ryska märket Poljot – samma klocka som den ryske presidenten delade ut till särskilt förtjänstfulla medborgare i Ryska federationen. Klockan visade 00.42, Moskvatid. Det hade gått snart en timme sedan Skurov hade haft sitt korta samtal med Tom och bara Gud visste vart han hade tagit vägen sedan. Skurov intalade sig att det kanske rörde sig om ett helt vanligt affärsmöte. Men nu sa Gurejev att han hade indikationer på att någonting stort var på väg att hända. Han kunde bara tolka det som att Vera lurat, eller tvingat, iväg Tom av något skäl.

Efter vad som kändes som en evighet kom Gurejev tillbaka.

– Vi har fortfarande inte sett röken av Vera Blumenthals följe, men ...

Han gjorde en paus, men Skurov ville låta honom tala till punkt och inväntade därför tyst fortsättningen.

– ... vi har noterat en ovanligt hög aktivitetsnivå i nätverket kring den israeliska ambassaden, Rysk-judiska konstföreningen och El Al, det israeliska flygbolaget. Det avviker helt klart mot det normala mönstret och tyder på att någonting är i görningen.

– El Al är en klassisk placering för Mossadpersonal, sa Anton vänd mot Skurov.

– Kommunikationen som vi har snappat upp är antingen krypterad eller kodad, fortsatte Gurejev. IKSI arbetar på det, men vi har inte fått fram någonting som avslöjar var Felix befinner sig, eller vart Vera Blumenthal och Tom är på väg.

– Jag kom just att tänka på en sak som ambassadör Rieder nämnde som hastigast, sa Anton.

Skurov försökte komma på vad det kunde vara som Anton avsåg.

– Avlyssnar ni iranska intressen också? frågade Anton.

Gurejev nickade. Hans tidigare fientlighet mot Anton verkade ha ersatts av en slags uppgivenhet i takt med att Anton serverade sina briljanta slutledningar.

– Ja, sa Gurejev.

– Kan vi få ta del av utskrifterna från den senaste veckan?

– Det ordnar vi.

Medan Skurov och Gurejev var borta i pentryt hade Anton gått igenom de senaste dagarnas utskrifter av avlyssningarna. När de kom till bordet där Anton satt tittade han upp.

– Ambassadören sa något om IAC. Oscar Rieder hade nämnt för honom att det fungerade som en sorts mötesplats för Maratech och presumtiva köpare, köpare som vi nu tror kan vara iranier. Vi undersökte saken, men hittade varken något företag eller någon plats med det namnet som verkade intressant. Jag tror att det är Iran Air Cargo. Det nämns nämligen på flera ställen under de senaste dagarna. Några viktiga besökare kom tydligen dit på besök för ett par dagar sedan, står det här, sa Anton och bläddrade till en sida där han ringat in några ord. Jag har kollat adressen. Det ligger i Zjukovskij.

– Säger det dig något? frågade Skurov och mötte Gurejevs blick.

– Det ligger i närheten av Bykovos flygplats, sa Gurejev.

Skurov väntade spänt på att Gurejev skulle säga någonting mer.

– Iran Air Cargos gamla kontor ligger i ett industriområde nära flygplatsen, vill jag minnas, fortsatte Gurejev.

– Känner ni till det? frågade Anton.

Gurejev strök med handen över sitt fårade ansikte och verkade tveka.

– Ja. Iran Air Cargo stängde igen för några år sedan. På den tiden Iran fick importera kärnkraftsutrustning från oss och västvärlden var det en viktig transporthubb, men sedan det blev förbjudet att sälja till dem och de började smuggla i stället har de inte använt den vä-

gen. Följ med, sa Gurejev och tog ledningen mot kommandorummet.
– Vilka kan komma till Zjukovskij först?

Gurejev lutade sig över en av operatörerna som zoomade in kartan runt Zjukovskij och Bykovos flygplats, ett tjugotal kilometer sydost om Moskvas centrum.

– Det här är vår enda ledtråd, sa Skurov. Vi måste dit nu.

– Uppta bevakning på avstånd. Ta inga risker. Vi får på inga villkor riskera att de avbryter sin operation, sa Gurejev till mannen vid skärmarna. Sedan vände han sig mot Skurov. Gör er i ordning. Jag måste bara ringa ett samtal, sedan åker vi.

En grupp män i full mundering väntade i regnet vid bilarna som Gurejev beordrat fram. De bar skottsäkra västar med FSB:s emblem på ryggen och var tungt beväpnade. En av dem räckte västar till Skurov och Anton. Skurov skakade på huvudet när han fick frågan om han ville ha ett handeldvapen. Anton gjorde detsamma. Skurov visste att han redan var beväpnad.

– Med tanke på Mossads inblandning vill jag fråga om du är av judisk härkomst, sa Gurejev medan de klev in i en av de första jeeparna.

– Jag är *ryss*, svarade Anton med en kraftfullhet som förvånade Skurov. Min lojalitet med Ryssland är hundraprocentig. Att det stod "judinna" i min mammas pass är oväsentligt.

– Gott, svarade Gurejev och gav Anton en snabb, men likväl symboliskt viktig, klapp på axeln.

M5, SYDOST OM MOSKVA

BILEN BROMSADE MED ETT ryck och bakom den saktade följebilen in. Vera öppnade sin dörr i samma ögonblick som bilen stannade. Hennes livvakt var tydligen programmerad att göra som sin chef, för innan Tom själv hunnit kliva ur hade livvakten lämnat bilen och gått över till Felix sida. Och innan Felix kommit sig för att öppna sin egen dörr hade livvakten gjort det åt honom.

Regnet hade ökat i styrka. Tunga droppar sökte sig från Toms hjässa nerför hans kinder, som tårar, och på marken bredde stora, smutsiga pölar ut sig. Här och var stack torrt gräs och små döda buskar upp.

Ytterligare två män i en minibuss från Maratechs säkerhetsavdelning anslöt sig till dem.

Medan de andra samlades kring Felix, som nu gått ur bilen, passade Tom på att se sig omkring. De hade stannat på en rastplats vid sidan av motorvägen. Hans blick sökte efter något som kunde tyda på att FSB skuggade dem: bilar som passerade, fordon som stod parkerade i närheten. Men ingenstans såg han något annat än vanliga personbilar som sporadiskt körde förbi dem på väg bort i natten. Än en gång utvärderade han sin situation. Vad tänkte Vera om honom? Risken att hon förstod att han var en informatör var överhängande. I bästa fall hade bara en misstanke mot honom fötts, en misstanke som kanske gick att hantera. Kanske borde han passa på att fly nu, medan de var upptagna med Felix.

Hans tankar avbröts av Vera.

– Har du någonting på dig som går att spåra? Mobiltelefon? Sökare? frågade hon och tog ett steg fram mot Felix.

– Vad är det frågan om, Vera?
Felix röst var mycket låg, han nästan viskade.
– Det vet du. Jag tar inga risker.
– Det där fotot. Du kan väl ändå inte ... ta det på allvar?
Ingen av de andra sa någonting.
– Svara på chefens fråga, har du någonting som går att spåra?
Veras livvakt tog ett steg närmare Felix.
– Det är klart att jag inte har.
– Visitera honom, sa Vera kort, vände sig bort med uttryckslöst ansikte och såg in mot den mörka skogen som låg bortom rastplatsen.

Livvakten genomförde en lika ingående visitering som häktespersonalen hade hotat Tom med. Att Felix bar vapen verkade inte förvåna någon, för de tog det lugnt ifrån honom utan att kommentera det. Medan Felix klädde på sig kom en av männen från följebilen fram till Vera och bad henne stiga åt sidan. Sedan viskade han någonting i hennes öra. Hon nickade kort och gick sedan tillbaka mot bilen. Hennes högklackade skor halkade i leran och hon fattade tag om livvaktens axel för att inte falla.

– Nu fortsätter vi, sa hon.
Säkerhetsmännen lystrade omedelbart.

Tom undrade var hon hade vant sig att befalla beväpnade män med samma självklarhet som hon läxade upp anställda eller förhandlade med kunder. Kunde man lära sig sådant, eller var det en egenskap man föddes med?

Tom satte sig åter bredvid Felix i baksätet på Veras bil. Det hade lika gärna kunnat vara järnridån som återuppbyggts mellan dem. De såg inte på varandra och de sa ingenting.

Vera avslöjade inte med ett ord vad hon tänkte om det som hade försiggått i bilen innan de stannade och Tom fick en allt starkare känsla av att det var han som dragit det kortaste strået. Det enda han hade åstadkommit med fotot var att Felix hade fått uppleva den förnedrande kroppsvisiteringen.

Veras mobil ringde på nytt.

– *Da*, vi har bytt bilar. Och ja, vi har allting med oss. Men varför ska vi dit?

Vera gjorde en paus och antecknade någonting på ett papper som hon gav till chauffören. Sedan nickade hon.
— Vi hinner. Jag förstår, det ska jag. Nej, du behöver inte oroa dig för det. Jag tar hand om dem. Brukar jag göra dig besviken?
I nästa ögonblick startade bilen.

M5, SYDOST OM MOSKVA

BILEN FLÖG FRAM I mörkret. Skurov förväntade sig nästan att få höra smällen när de bröt igenom ljudvallen. Han satt bredvid Anton bakom Gurejev och chauffören, med ytterligare två män i sätena bakom sig. Det var först när Skurov lade märke till de medföljande agenternas axelemblem med FSB:s svärd och ett stort "A" som han insåg att det var de fruktade terroristbekämparna från Grupp Alfa som general Gurejev hade tagit med sig.

Grupp Alfa var Rysslands mest omtalade insatsstyrka mot terrorister och gisslantagare och stod under Gurejevs befäl. Skurov hade sett deras arbete på nära håll ett par gånger. Att de var med betydde att Gurejev räknade med att de kunde möta hårt motstånd, från Blumenthals folk eller från iranierna. Eller både och.

Bilens telefon ringde och Gurejev tryckte fram samtalet.

– Allt lugnt just nu. Hur långt har ni kvar?

– Femton minuter. Förslag på hur vi ska inta position?

– Ta väg 102 och stanna i byn Pervomajka. Gå igenom skogspartiet mot öster så kommer ni till en förkastning med god sikt över parkeringen och lastplatsen framför Iran Air Cargo. Vi har intagit position där. Vi skickar våra koordinater.

– Uppfattat. Rapportera omedelbart ankommande transporter till området.

– Uppfattat, general.

Bilarna saktade ner något när de kom in på en mindre, asfalterad väg. Regnet piskade mot rutorna och blixtarna avlöste varandra i mörkret. Skurov lade märke till några människor som gick ute i vägbanan men i sista sekund fick slänga sig i diket för att undvika att bli påkörda.

Gurejev vände sig om, mötte Skurovs blick och nickade långsamt. En blixt lyste upp hans fårade ansikte och för ett ögonblick såg det ut att vara hugget i sten.

– Det blir en lång natt, sa Gurejev.

PERVOMAJKA, SYDOST OM MOSKVA

TOM SATT BAKÅTLUTAD MED ögonen slutna. Lyssnade på regnet och vindrutetorkarnas oavbrutna idisslande. Han önskade sig bort, men varje gång han tänkte på upplevelsen i häktet kändes hans nuvarande situation hanterbar. Det var väl därför Veras hot om att se till att han hamnade i häktet igen hade haft en sådan effekt på honom. Han skulle göra i princip vad som helst för att slippa återvända till det helvetet igen.

Vera vände sig mot chauffören.
– Vad är det där för bil? Den har legat efter oss ett tag.
– Volgan? frågade chauffören. Vi körde om den för ett par kilometer sedan. Jag såg honom tydligt. En alkis i en skrothög. Ett under att den fortfarande rullar. Ingenting att oroa sig för.

Vera nickade och återgick till att fingra på de två mobiler som hon hade i knät.
– Felix, sa hon dröjande. När vi kommer fram vill jag att du tar ledningen.

Tom öppnade ögonen. Granskade siluetten av Felix. Trots mörkret tyckte han sig se hur Felix andades ut.
– Självklart. Tack.

Tom insåg att fotot hade varit verkningslöst och förmodligen försatt honom i en ännu sämre sits än tidigare. Insikten om att Vera anade att de skuggades och effektivt vidtog alla nödvändiga steg för att inte exponera sig, växte sig också allt starkare. Dessutom hade hon känt till allt som hade hänt mellan honom och Sonia Sharar. Någon läckte information till Vera. Han måste vara beredd på att hon också visste att han var informatör åt FSB.

Pervomajka, sydost om Moskva

De körde in på en liten grusväg, och Tom kände instinktivt att de närmade sig resans mål. Regnet piskade mot rutan och vägen blev allt gropigare ju längre de åkte. I skenet från billyktorna skymtade trasiga stängsel som omgav den smala vägen på båda sidor.
– Då så, sa Vera. Det är dags.

PERVOMAJKA

SKUROV LÅG PÅ MAGEN i gräset på en kulle ovanför industriområdet där Iran Air Cargo hade haft sitt kontor. Han hade fått låna en keps av Gurejev, men regnet sökte sig nerför nacken och in under hans tröja, som sakta men säkert förvandlades till någonting som påminde om en blöt disktrasa. Den uttorkade marken förmådde inte absorbera skyfallet, och stora pölar bredde ut sig. Ur vattnet stack solblekta grästuvor upp, likt hårtestar. Slokande buskar med torra blad prasslade och viskade i vinden, som tilltagit i takt med att ovädret dragit in.

Skurov höjde mörkerkikaren, torkade regnet ur ansiktet och pressade den mot ögonen. De ljusgröna konturerna av tre bilar framträdde. De första två såg ut att vara SUV:ar och den tredje en minibuss. Samtliga körde med släckta strålkastare.

– Här kommer de! Nu är det bara att ta dem med byxorna nere, sa Gurejev som satt på huk bredvid honom och Anton.

Grupp Alfas män låg utspridda längs sluttningen och ytterligare en grupp hade smugit inpå byggnaden. Några av männen hade prickskyttegevär riktade mot bilarna och kontorsentrén.

Gurejev hade förklarat att han tänkte slå till när iraniernas representanter och Vera gjorde sitt utbyte. Med det beskydd han trodde att Maratech hade någonstans uppifrån behövde han ha övertygande bevis för att illegal vapenexport förekommit innan han ingrep.

Skurov tryckte mörkerkikaren hårdare mot ansiktet. Bilarna körde långsamt. De två personerna i framsätet på den första bilen liknade gröna vålnader. Han var lättad över att de hade lokaliserat Veras grupp, men kände samtidigt en gnagande oro över vad som hade hänt med Tom. Tänk om han inte fanns i någon av bilarna. De kunde mycket väl ha skjutit och dumpat honom längs vägen, som en säck med sopor. Varför skulle de egentligen ta med honom till mötet med iranierna? Det var ologiskt.

Bilarna stannade. De befann sig fortfarande cirka hundra meter från lran Air Cargos byggnad.

– De misstänker något, sa Skurov.

Det var ett påstående, och han hoppades få mothugg.

– De stannar för att kontrollera att allt är lugnt, sa Gurejev.

Sekunderna gick, men ingenting mer hände. Så tändes ljuset i en av bilarna.

Skurov blinkade och tog kikaren ifrån ögonen. Minibussen, som kört sist, började långsamt röra sig framåt. Den körde om den mittersta bilen och lade sig bakom den första SUV:en.

– Vad gör de? frågade Skurov.

– Omgrupperar, svarade Gurejev.

Skurov tog upp kikaren igen. Några sekunder senare öppnades dörrarna i de båda SUV:arna. Gröna gestalter hoppade ut. Skurov försökte avgöra om någon av dem kunde vara Tom.

– Han där till höger måste vara Tom, sa Skurov. Jag känner igen kroppsbyggnaden och sättet han rör sig på. Han lever. Tack gode Gud.

– Jag tror att Vera Blumenthal och van Hek sitter kvar i bilen, sa Anton.

Efter ett par minuter öppnades bildörrarna. En liten gestalt, som Skurov gissade var Vera, gick fram emot Tom samtidigt som Felix satte sig i förarsätet på bilen.

– Jag är rätt säker på att det var Felix van Hek som just satte sig i framsätet, sa Anton.

Två fylligare gröna skepnader närmade sig från den bakre SUV:en och anslöt sig till dem som de identifierat som Vera och Tom.

– Jag undrar varför de samlas runt Tom, sa Anton. Det ser inte bra ut.

PERVOMAJKA

BILEN STANNADE. EN STOR öppen yta, som liknade en parkeringsplats, låg framför dem. En förfallen byggnad syntes längst bort, där skogen tog vid. Huset var mörkt och parkeringsplatsen tom. Regnet piskade i ljuskäglorna från några svaga strålkastare utanför entrén.

– Du kan gå ur bilen, Tom.

Veras röst var neutral.

Tom öppnade dörren, klev ut i regnet. Blåsten tog tag i hans skjorta och tvingade upp den som ett segel som plötsligt fångats av vinden. Vassa regndroppar piskade mot hans mage. Bakom sig hörde han hur dörrarna slog igen i följebilen. Han vände sig om. Två av säkerhetsvakterna var på väg fram mot honom. Inne i bilen satt Vera och Felix kvar och pratade. Genom den regnstrimmiga rutan såg han att Felix log och nickade. De två männen, som han inte kunde minnas att han hade sett tidigare, stannade ett par meter ifrån honom. Mannen som stod närmast hukade mot regnet, tände en cigarett och tittade sig omkring.

Efter någon minut kom Felix och Vera ut ur bilen. Vera log mot Felix och Tom hörde att hon tackade honom. Hans antagonist satte sig i framsätet. Innan han stängde bildörren gav han Tom ett segervisst ögonkast.

– Tar ni hand om honom? sa Vera till sina säkerhetsmän.

Illamåendet återvände med full kraft. Männen svarade någonting, men orden drunknade i dånet från en åskknall.

– Vera?

Hon mötte hans blick. Trots mörkret kunde Tom ana ett uttryck av sorg, eller kanske besvikelse, i hennes ansikte. Hennes spända hållning hade mjuknat något, axlarna hade sänkts och hennes armar hängde slappa längs sidorna.

– Följ med killarna nu, sa hon med en röst som plötsligt lät trött.

Männen nickade mot Vera. Den som rökt slängde sin cigarett i en vattenpöl, gick fram och lade handen på Toms arm.

– Du måste tro på mig, sa Tom och vände sig mot Vera.

Hon undvek att möta hans blick. Vände bort ansiktet. Blöta, mörka hårtestar klibbade mot hennes kinder och nacke.

– Det spelar ingen roll vad jag tror eller inte just nu. Följ bara med dem.

Hon var helt sluten.

Tom tänkte på samtalet hemma hos Vera. För första gången hade han känt att han kommit verkligt nära henne. Även om hon bara hade förfört honom för att få honom att stanna kvar hos henne hade han känt en förtrolighet, en närhet – och inte bara en fysisk närhet.

Han mindes hennes ord.

Kärleken gör människor svaga. Och jag vill vara stark.

Det slog honom att hon var en bitter människa. Sviken av livet. En sådan som bara utnyttjade andra för att nå sina egna mål. Kanske lite som han själv hade varit tills han fick veta att han var pappa till Ksenia. Tills han fått den familj han aldrig tidigare haft.

Ksenia.

Vad gjorde hon nu? Tanken på henne gjorde fysiskt ont, som glasbitar som malde runt någonstans i mellangärdet och långsamt skar sig in i hans kropp. Han hade aldrig trott att han hade förmågan att älska ett barn, att han faktiskt var kapabel att känna den typen av kärlek. Speciellt inte för ett barn som han hade lärt känna riktigt väl först när hon var sex år.

Och ändå fanns den där. Kärleken. Lika självklar som havet och solen och doften av Moskvas heta vägbanor och ruttnande sopor i augusti.

Soft targets, tänkte han. Vi är alla *soft targets*.

PERVOMAJKA

– DE FÖR BORT TOM. Helvete.

Skurov hade försökt hindra sina känslor från att ta överhanden, men när han såg de två männen röra sig bort med Tom kunde han inte hålla sig längre. Han kunde inte stå och se på medan Tom kom till skada.

– Vi måste undsätta honom, sa Skurov.

– Ingenting görs innan jag har sett utväxlingen mellan iranierna och Maratech. Jag vill sy in hela gänget på livstid i Lefortovo.

Gurejevs ord lämnade ingenting öppet för tolkning.

– De kanske inte vill att han ska se utväxlingen? Så att det inte finns några vittnen ...

Antons röst dog ut.

Trots att de hade intagit position på höglänt terräng så hade marken förvandlats till lervälling och det fanns inte längre någon poäng med att försöka undkomma vätan. Det var lika blött överallt. Skurov tryckte kikaren så hårt mot ansiktet att det gjorde ont. Plötsligt föll Tom framåt, som om han tappade balansen eller blev knuffad, Skurov kunde inte avgöra vilket.

– Helvete. Vad gör de? sa Skurov.

– De börjar röra sig igen, sa Gurejev, som hade uppmärksamheten riktad mot bilarna.

Felix van Hek körde långsamt framåt med minibussen i släptåg.

Skurov fortsatte att iaktta vad som hände med Tom. Vera stod ensam kvar vid den parkerade SUV:en. Hon hade något i den högra handen, men det gick inte att se vad det var.

– Var redo! sa Gurejev i sin kommunikationsradio.

Han talade med de Alfa-soldater som stod beredda bakom några containrar i närheten av byggnaden.

Tom reste sig upp igen. Skurov andades ut och begravde för ett ögonblick ansiktet i det blöta gräset. Lättnaden var nästan fysisk, som om någon befriat honom från en tung börda. Han förde kikaren mot ansiktet igen. Gruppen stod stilla nu. I ögonvrån såg han hur Gurejev tog upp en mobil.

– Gurejev här. Vad? En gammal Volga, med en ensam luffare i? Det tror jag inte. Fortsätt enligt plan!

Generalen stoppade tillbaka mobilen i fickan.

Felix bil parkerade framför ingången till det förfallna huset där Iran Air Cargos nedlagda kontor låg.

Gurejevs samtal hade fått Skurov att för en sekund glömma Tom. Han vände nattkikaren mot gruppen igen.

– *Helvete*, sa han så högt att Anton fick säga åt honom att vara tyst. Men när Anton själv riktade sin kikare mot Toms grupp svor han lika högt.

PERVOMAJKA

DE STOD EN BIT ifrån Vera och bilen, på någonting som en gång måste ha varit en parkeringsplats, men som nu förvandlats till en grund damm fylld av smutsigt vatten. Regndroppar studsade mot den svarta vattenytan där torra löv och skräp flöt omkring, som ensamma farkoster i natten.

Männen hade beordrat ner Tom på knä. Stenar skavde mot hans knäskålar och han kunde känna hur vatten trängde in runt benen och i skorna.

Det hade börjat som en helt vanlig kväll i Moskva. Hur många gånger hade inte han promenerat hem med Rebecka och barnen, på väg ifrån något av de otaliga kalas som han brukat störa sig så på? Och nu stod han på knä mellan två beväpnade män som kunde döda honom vilken sekund som helst. Hur hade det gått till egentligen?

– Vem jobbar du för?

– Maratech. Jag arbetar bara för Maratech.

– *Sjef* tror inte det. Hon vill veta sanningen.

– Jag talar sanning.

– Vad säger du, Volodja? Jag tror inte han har berättat allt för oss. Vad tycker du att vi ska göra?

Volodja spottade och tog fram någonting som såg ut som en kniv.

– Vi gör väl som vanligt. Börjar lite försiktigt så att han förstår att vi menar allvar.

– *Davaj*.

PERVOMAJKA

VIBRERANDET FRÅN GUREJEVS TELEFON drunknade nästan i oväsendet från det tilltagande regnet. Generalen drog irriterat fram mobilen.
– Ja? Bra. Gör det.
Gurejev lade mobilen åt sidan och mötte Skurovs blick.
– Vi kan inte ligga här och vänta på att de avrättar Tom, sa Skurov. Vi måste gå in nu.
En soldat kröp fram från under en buske och gjorde ett tecken åt sin chef.
– Grupp två ber om instruktioner.
Gurejev såg först på Skurov och sedan på soldaten.
– Vi avvaktar. Alla stannar på sina platser.
Skurov motstod impulsen att lägga sig raklång ner i sörjan, begrava ansiktet i det smutsiga vattnet och ge upp. Gurejev tänkte låta Tom gå sitt öde till mötes utan att göra någonting för att hindra det.

Han mötte Antons blick. Anton, som också hört Gurejev, skakade långsamt på huvudet, som om han också hade svårt att förstå mannens passivitet.

Skurov vände uppmärksamheten mot Toms grupp, som befann sig på den bortre delen av parkeringsplatsen nedanför dem. De gröna siluetterna av de två kraftiga männen avtecknade sig tydligt. Men Tom syntes bara till hälften. De måste ha tvingat ner honom på knä. Det var så man brukade avrätta fångar.

Skurov kände sig illamående. Han kunde inte sitta och se det hända. Än en gång lät han kikaren svepa genom natten. Vera stod fortfarande kvar vid bilen som blivit kvar. Hon var orörlig och verkade iaktta vad som hände.

Pervomajka

Anton hade rest sig upp och rörde sig hukande fram mot Gurejev. Skurov hörde deras samtal. När Anton uttalade de ord som han själv hade tänkt säga drabbades Skurov av en overklig känsla, som om han stod bredvid sig själv, utan makt att förhindra eller påverka det som skedde.

– Jag förstår att ni vill avvakta tills ni har tillräckligt med bevis mot Vera Blumenthal. Men jag vill arrestera henne som misstänkt för inblandning i mord – och det är ett polisiärt ärende.

– Vi gör *ingenting*, svarade Gurejev.

Skurov kunde för första gången höra obeslutsamhet i generalens röst.

– Men vi måste ju ...

– Jag har högre rang, och ni deltar som observatörer i FSB:s operation.

– Jag håller inte med ... vi bevittnar en avrättning av en av era informatörer och ni vill att vi ska sitta här och titta på?

Skurov anade att generalen rådgjorde med sitt samvete.

– Vi avvaktar i några minuter till. Om någonting händer svensken innan dess får mina *snajpers* försvara honom.

Skurov reste sig mödosamt upp.

– Nej, sa Skurov.

– *Nej?*

Generalens ansiktsuttryck speglade en kombination av förvåning och misstroende.

– Nej, jag tänker inte vänta på att de avrättar Tom. Jag går in nu. Och du får skjuta mig om du vill stoppa mig.

PERVOMAJKA

PLÖTSLIGT STOD HON FRAMFÖR Tom, en mörk skugga mot den ännu mörkare skogen. Hon gjorde ett tecken åt säkerhetsmännen att flytta på sig och sjönk ner på huk bredvid Tom. Det droppade från hennes långa hår och den våta sidenblusen smet åt kring hennes smala armar.

– Ingen ljuger för mig, viskade hon med ansiktet så nära att hennes mun snuddade vid hans kind.

Han rös.

– Vad är du för människa egentligen?

– Du vet *precis* vem jag är.

– Nej. Jag trodde att jag kände dig, men jag hade fel. Du har ingen moral, du bryr dig inte om någon annan än dig själv och du skyr inga medel för att få det du vill. Det är ditt ansvar att de där barnen i Somalia skjuts med svenska vapen. Dina händer är täckta av deras blod. Jag såg det bara inte tidigare.

Hon strök honom försiktigt över kinden.

– Stackars Tom. Det är lite sent att agera världssamvete nu. Du kanske skulle ha tänkt igenom din inställning till vår verksamhet innan du började arbeta hos oss.

Han svarade inte.

Benen hade börjat domna och smärtan i knäna hade tonat bort. Han slöt ögonen och en märklig känsla av frid fyllde honom. Han var inte rädd längre. De skulle döda honom, men de skulle aldrig vinna.

Långsamt reste han sig upp. Benen skakade och för en sekund trodde han att de skulle ge vika.

– Du är en liten människa, Vera.

Hon reste sig upp och vände bort ansiktet.

– Gör det då! skrek han. Döda mig! Vad fan väntar du på?
– Gör slut på honom, sa Vera lugnt till säkerhetsmännen och nickade mot Tom.

PERVOMAJKA

SKUROV SPRANG SNABBARE ÄN han någonsin gjort på fotbollsplanen, mot parkeringsplatsen där Vera, Tom och ytterligare två män befann sig. Regnet piskade mot ansiktet när han snubblade över buskar och trampade snett i vattenpölar.

Han var bara ett tiotal meter bort när Vera vände sig emot honom med armarna i kors. Märkligt nog verkade hon inte förvånad över att se honom. Tom och de andra männen stod några meter bort. I den ene mannens hand blänkte ett knivblad till i ljuset från en avlägsen, ljudlös blixt.

– Släpp honom, sa Skurov.

Vera började långsamt gå mot Skurov. Hennes högklackade pumps sjönk ner i leran och hindrade hennes steg. Efter ett par meter krängde hon av sig skorna och fortsatte barfota. Hon stannade alldeles intill Skurov.

– Överåklagare Skurov?

Ett avlägset muller steg och dog sedan ut. Regnet verkade ha lättat något.

– Släpp Tom, Vera. Det är över. Vi har bevis som binder er till morden på Oscar Rieder, Ludmila Smirnova och Olga Rudakova. Och vi vet att ni är Handlaren från Omsk.

– Och om jag säger att ni har fel?

Skurov skrattade lågt.

– Vera Blumenthal, jag anhåller er för morden på ...

– Håll käften, annars säger jag åt mina män att skjuta er direkt. Hon såg sig omkring. Det är mörkt och isolerat här, eller hur? Ni kom smygande genom skogen med draget vapen, vi såg inte vem ni

---

att vanda Skurov på sidan. Tom såg det gapande röda hålet i Skurovs rygg. Någon räckte fram fler tryckförband, som generalen lade i en halsduk och låste fast med knät mot det gapande såret.

Pervomajka

— *TjePe* — helikopter på plats om tio minuter, sa någon.
Tom hade hört förkortningen för nödsituation förr.
— Vem sköt honom?
Antons röst var låg.
— Någon av Blumenthals män, mumlade Gurejev med uppgivet ansiktsuttryck. Det är för jävligt.

Tom fattade Skurovs slappa hand, tryckte den hårt trots att han visste att han var medvetslös. När ljudet från helikoptern närmade sig hade de redan hunnit sätta dropp på Skurov och lagt honom på en bår. Sjukvårdarna bar iväg med Skurov och Tom undrade om han inbillade sig eller om det faktiskt var så att Skurov inte längre andades.

Helikoptern lyfte med ett öronbedövande ljud och de blinkande ljusen försvann i riktning mot Moskva och något av akutsjukhusen som Skurov själv så ofta hade besökt.

TVÅ MÅNADER SENARE

UTRIKESDEPARTEMENTET, GUSTAV ADOLFS TORG, STOCKHOLM

KABINETTSSEKRETERARE JAN KJELLBERG VAR inte alls bekväm med situationen. Efter närmare fyrtio års arbetslivserfarenhet och interaktion med media tyckte han att mediaträning var en rätt fånig nymodighet, som egentligen bara kostade en massa pengar, men utrikesministern hade insisterat och Kjellberg hade valt att inte gå i polemik. Det gällde att välja sina strider, och om nu utrikesministern trodde att en skäggig journalist i trettioårsåldern hade någonting att lära honom var det kanske bäst att hålla god min.

Utanför fönstret föll ett snöblandat regn över Gustav Adolfs torg. Trafiken kröp igenom rondellen, där hålet från sommarens vägarbete fortfarande gapade som ett öppet sår.

Pressekreterare Lisa Ehrnrooth lade en hand på hans arm.

– Vi är klara nu.

Han nickade och vände sig bort från fönstret.

– Så jag ska stå här, framför kameran?

– Det blir bra, sa den skäggige journalisten, som var klädd som en tonåring.

Kjellberg ställde sig framför videokameran, rättade till slipsen och försökte se oberörd ut.

– Fint, sa journalisten. Då kör vi. Jag tänkte att vi skulle tala lite om händelsen i somras när journalisten Sonia Sharar dog i en trafikolycka utanför ditt hem i Stocksund.

– Det där är väl ändå överspelat?

– Gör bara som han säger, sa Lisa uppmuntrande och strök handen genom sin nya, korta frisyr som hade passat bättre på journalisten.

– Jaha, sa Kjellberg. Vad vill du veta?
– Varför kontaktade Sonia Sharar dig?
– Det vet jag faktiskt inte. Vi hann aldrig prata. Hon ringde på mitt i natten och jag bad henne att återkomma på kontorstid.
– Så ni fick aldrig tillfälle att talas vid?
– Nej. Man kan ju inte komma och knacka på oanmäld, mitt i natten, och förvänta sig en pratstund. Det tillhör vanligt hyfs att man bokar en tid.

Journalisten tryckte på stoppknappen.

– Det där är inget bra svar. En ung kvinna har dött utanför ditt hus, ett liv har släckts, hon kanske hade små barn hemma som satt och väntade och så vidare. Du måste uttrycka medlidande och empati. Just nu framstår du som en ... arrogant skitstövel.

Kjellberg kände frustrationen växa. Han hade redan innan misstänkt att det skulle bli så här.

– Vi kör igen, sa journalisten. Så du fick aldrig tillfälle att prata med Sharar?
– Nej, tyvärr inte. Olyckan satte stopp för det.

Lisa bröt in.

– Jag tror att det är bra om du uttrycker ditt deltagande på något sätt.
– Hur menar du? sa Kjellberg. Jag kände ju inte människan.
– Hon har rätt, sa journalisten. Låtsas att det var någon kollega som blev dödad den där kvällen. Hur hade du känt det då? Vi kör igen. Du fick aldrig tillfälle att tala med Sharar?
– Nej, tyvärr. Den ... fruktansvärda olyckan satte ju stopp för det. Jag kan inte med ord beskriva hur hemskt det var.
– Bättre, sa Lisa. Säg någonting om att du ångrar att du inte bjöd in henne.
– Varför det? Skulle jag ha bjudit in henne mitt i natten, menar du?

Lisa log och tittade ner i sitt block som om hans kommentar hade generat henne.

– Mot bakgrund av att det kanske hade räddat hennes liv, ja.

Kjellberg skakade på huvudet och tittade in i kameran igen.

– Idag ångrar jag förstås att jag inte bjöd in henne på en kopp kaffe. Vem vet, då kanske hon aldrig hade blivit påkörd av den där smitaren som polisen aldrig fick tag i. Och mina tankar går förstås till Sonia Sharars familj. Jag förlorade själv en systerdotter för inte så länge sedan, så jag vet vad de går igenom.

Kjellberg anlade ett bekymrat ansiktsuttryck.

– Bra, sa journalisten. Mycket bra. Jättefint att du vågar bli personlig, det ger dig en ... mänsklig dimension. Vi kör på. Vad tror du att Sonia Sharar ville tala om?

– Ja, det får vi ju aldrig veta nu, sa Kjellberg.

– Ser du något samband med Sharars besök och mutskandalen inom Swedish Aerospace?

– Nej, varför skulle jag det?

– Det var allmänt känt att Sharar arbetade på en artikelserie om Swedish Aerospace och bara en månad efter hennes död framkom det att Nisse Karlsson, vd:n, är misstänkt för mutbrott.

– Det där varken kan eller vill jag uttala mig om.

– Nej, sa Lisa lugnt. Du har väl läst igenom vår Q&A? Du ska säga att du inte *kan* uttala dig om Nisse Karlsson förrän utredningen *är klar*, men att vi tar frågan på *största allvar*.

Kjellberg kände irritationen växa. Regeringskansliet höll på att förvandlas till en lekstuga styrd av mediapajasar, som utan något som helst civilkurage gick journalisternas ärenden.

– Vi avvaktar utredningens resultat, men tar frågan på *största allvar*.

Kjellberg var akut medveten om att historien om Nisse Karlsson var en potentiell bomb, men det var en bomb som aldrig skulle brisera, för ingen av de inblandade hade något intresse av att omfattningen av Nisse Karlssons affärer skulle komma ut. Kjellberg hade redan läst utredningen, som skulle offentliggöras om tre veckor. Misstankarna mot Nisse Karlsson hade inte kunnat bevisas, och resultatet skulle bli att Karlsson entledigades från sitt uppdrag på egen begäran, med ett ansenligt avgångsvederlag, förstås. Men den gyllene fallskärmen var inte UD:s problem, det var Swedish Aerospaces huvudvärk.

– Bra, sa Lisa. Då går vi vidare till organisationsfrågorna.

GAGARINGRÄNDEN, CENTRALA MOSKVA

REBECKA LADE NER DEN sista boken i flyttkartongen.

– Nu är det bara porslinet och ungarnas grejer kvar, sa hon och sjönk ner i soffan.

Hon såg nöjd ut. Och hon hade på sig hans t-shirt igen. Det sista var inte oviktigt, för det var ännu ett bevis på att hon faktiskt släppte honom nära igen.

Tom tittade på kartongerna som stod staplade på varandra längs väggen. Det var ofattbart hur mycket prylar man samlade på sig. Egentligen borde de ha rensat ut allt gammalt skräp och slängt det, men vem orkade med det?

Om en vecka skulle de lämna Ryssland och börja om på nytt. De hade bestämt sig för att ge sin relation en ny chans, och det skulle aldrig fungera i Moskva. Tom hade inget jobb och det förflutna ville inte släppa taget om dem i den här staden. Det var som om minnet av det som hade hänt var fastetsat i gatorna, byggnaderna och människorna som befolkade dem. Och trots att de troligtvis hade förlorat miljoner på beslutet så hade de inte tvekat. Rebeckas kollegor hade köpt ut henne ifrån Pioneer Capital. På sätt och vis hade de ju ändå haft tur. Om Rebecka och de andra delägarna hade hunnit sälja bolaget och fått betalt i aktier i Lehman Brothers, som nu gått i konkurs, hade de inte haft en dollar kvar nu.

Tom och Rebecka hade redan hyrt en lägenhet i London. Att det blev just London var ingen slump. Rebeckas tvillingsyster bodde där, barnen talade engelska och de jobb som fanns kvar i spåren av den globala finanskris som Lehman Brothers fall hade utlöst skulle troligen vara lättare att hitta i London än någon annanstans. Rebecka hade redan hittat ett nytt arbete och själv tänkte han börja söka jobb så snart de kommit i ordning och barnen hade börjat i sina skolor.

Tom stannade mitt i en rörelse när han såg mannen på teven. Det var bara några månader sedan de hade fått de svenska kanalerna installerade och sedan dess stod teven på nästan hela tiden.

– Det är förstås fruktansvärt. Idag ångrar jag såklart att jag inte bjöd in Sonia Sharar på en kopp kaffe. Vem vet, kanske hade hon varit i livet idag om jag gjort det. Och mina tankar går ofta till hennes familj.

Kabinettssekreteraren Jan Kjellberg gjorde en konstpaus och såg plötsligt plågad ut.

– Jag förlorade ju själv en systerdotter för inte så länge sedan, så jag vet vad de går igenom.

Rebecka strök svetten ur ansiktet och betraktade kabinettssekreteraren.

– Stackare, sa hon. Jag känner faktiskt sympati för honom. Det var ju inte hans fel att den där journalisten blev påkörd. Det kan inte vara lätt att vara politiker.

Tom svarade inte. Han hade en stark känsla av att Kjellberg inte berättade hela sanningen, men eftersom han hade bestämt sig för att lämna hela historien bakom sig kommenterade han inte Kjellbergs uttalande. I stället plockade han upp fjärrkontrollen från marmorbordet.

– Är det okej om jag stänger av?

BARVIKHA, VÄST OM MOSKVA

ANTON BÖRJADE FÖRSTÅ ATT Ryssland var illa ute. Finanskrisens kalla vindar blåste redan snålt. Priserna på olja var på väg rakt ner i källaren. Centralbanken gjorde sitt bästa för att hålla rubeln stabil, men återigen var det lukrativt att göra sig av med sina rubler, köpa dollar för pengarna och sy in dem i madrassen – för vem vågade lita på bankerna i dessa dagar?

Anton lade ner tidningen i knät och tittade ut genom fönstret. De avlövade träden sträckte sina kala grenar mot himlen och doften av multnade löv och regnvåt asfalt fyllde gatorna. *Elektritjkan* han klivit på i Barvikha strax utanför Moskva skulle snart vara framme på Vitryska tågstationen. Det var söndag och han hade ingen bil och hade därför tagit lokaltåget för att hälsa på sin flickväns föräldrar och äta söndagslunch.

En som inte behövde oroa sig för den begynnande krisen var hans flickväns pappa. När Anton hade träffat flickvännen i början av sommaren hade hon inte på något sätt antytt att hennes pappa var mycket välbärgad. Men sedan hade hon berättat att han hade varit chef för den ryska järnvägen i ett antal år, och under den tiden hade han byggt upp ett ansenligt kapital. Anton var faktiskt glad att hon inte hade sagt någonting om sin familj i början, så att de hade hunnit lära känna varandra utan att hon skulle behöva oroa sig över att han var intresserad av hennes pengar.

De skulle inte kunna dansa tango, flamenco eller foxtrot så länge till. Babyn skulle komma i slutet av januari. Darya var bara tjugotre, men redan när han fick reda på att hon var gravid hade hon gjort klart för honom att hon tänkte behålla barnet. Det hade kommit som en chock för Anton. Han hade alltid haft kontroll över sitt liv, en plan, och i den ingick inte att han skulle bli pappa nu. Men han hade börjat förlika sig med tanken. Hans arbete hade gjort honom medveten om tillfälligheternas spel i människors liv och vikten av att ta fasta på det som faktiskt var viktigt.

Darya, som han hade blivit hopparad med på dansstudion, hade förfört honom. Det hade i och för sig inte varit så svårt. Hon dansade gudomligt. Han hade bjudit ut Darya efter ett av danspassen, som råkat vara en sensuell samba. De hade träffats hemma hos honom efter varje danspass sedan dess.

Anton hade varit på Skurovs begravning, och den hade gjort ett djupt intryck på honom. Han skulle aldrig glömma änkans tårar, som aldrig hade velat ta slut, barnens förtvivlan och Gurejevs återhållsamma vrede. Återigen påmindes han om sin frustration över att inte ha lyckats rädda livet på Skurov. Borde han ha hindrat Skurov när han rusade ner mot parkeringsplatsen för att på egen hand hjälpa Tom? Eller skulle han ha trotsat Gurejev, som hade stoppat Anton när han försökte följa efter? Kanske hade dramat fått en annan upplösning om inte Gurejev hade envisats med att glänsa inför sina män och springa ner i förväg för att ensam undsätta Skurov?

Han skulle aldrig få ett svar på de frågorna.

Inte heller hade de gripit den man som dödade Skurov. En utredning hade tillsatts och Anton hade ingått i utredningsgruppen tillsammans med Skurovs chef, ställföreträdande statsåklagaren. De hade även fått god assistans av FSB och general Gurejev. Vad det nu än var som funnits i bilarna som Vera sprängde så hade det förstörts i explosionen. Vera Blumenthal, Felix van Hek och de två andra män som hade befunnit sig i bilen var döda. Ytterligare två män hade flytt genom skogen och aldrig återfunnits. Vladimir Kirov, mannen som de hade gripit hos de döda kvinnorna i Goljanovo, hade tigit som muren, tills han hade blivit knivskuren till döds i häktet för en månad sedan. Och Maratechs vd, Oleg Sladko, hade avskrivits från utredningen. Han var en liknöjd och ointresserad tjänsteman och deras efterforskningar hade inte påvisat några undangömda tillgångar.

Någon teknisk bevisning hade de inte heller att luta sig emot –

varken kulor eller hylsor hade hittats på platsen. Och på grund av mörkret och röken från den brinnande bilen fanns det inte heller några vittnen som hade sett gärningsmannen tydligt.

Vem som var Handlaren från Omsk hade de inte kunnat enas om. Gurejev var övertygad om att Vera Blumenthal var Handlaren – det förklarade om inte annat hennes vistelser i olika konflikthärdar i Afrika och andra delar av världen de senaste tio åren, hävdade han. Allt prat om att Handlaren inte kunde vara en kvinna avskrev Gurejev som reaktionärt trams. Dessutom hade hon ju försökt att göra sig av med både Felix van Hek och Tom Blixen, eftersom de var henne på spåren – vilket i sig var ett bevis på hennes skuld.

Anton kunde bara hålla med. Gurejevs argument var väl underbyggda, men det var ändå någonting som inte stämde, han kunde känna det på samma sätt som man instinktivt uppfattar en falsk ton i ett musikstycke, och det fick honom att ligga sömnlös om nätterna.

Elektritjkan stannade vid perrongen. Anton tog påsen med livsmedel av alla de slag som Daryas mamma hade propsat på att han skulle ta med sig. "Klart att vår svärson ska ha vår egen honung. Han måste vara i bra form inför bröllopet i Cannes", hade hon mumlat. Daryas föräldrar hade ett hus där sedan många år.

Anton tog sin påse och tidning och klev av tåget. Den envisa vinden, som han avskydde för att den alltid blåste upp skräp i ögonen, tog tag i hans kläder. Han drog upp dragkedjan i läderjackan som Darya hade varit med och valt ut på varuhuset TsUm för några veckor sedan.

Han följde med strömmen av människor som var på väg ut genom grindarna. Det var som vanligt liv och rörelse framför stationen. Anton tänkte ta tunnelbanan. Några unga killar i slitna jeans åkte slalom på sina rullskridskor mellan människorna. Ett par poliser med uppgiften att få Moskvaborna att känna sig trygga stod med händerna instoppade innanför de skottsäkra västarna och svepte med blickarna över torget.

Anton lade märke till en pojke som kom fram till honom. Pojken studerade honom nyfiket från topp till tå. Anton gick åt sidan för att komma förbi, men pojken vek av åt samma håll så att de hamnade på kollisionskurs. Pojken sträckte fram en hand mot honom. Det var en vanlig rysk pojke, och fast han var lite smutsig i ansiktet och hade snor i ena näsborren såg han inte ut som ett av gatubarnen som tiggde för att överleva eller ha råd med sitt missbruk.

Anton var inte på humör att börja leta efter pengar i fickorna.

– Ursäkta, sa pojken.

Anton tog ytterligare några steg åt sidan för att inte gå in i honom.

– Ledsen, sa Anton och ignorerade pojken.

– Här. Pojken sträckte fram en knuten liten hand mot honom.

– Jag vill inte, sa jag. Jag har inte tid.

Anton var inte intresserad av att läsa någon lapp om pojkens, eller hans familjs, misär.

– Jag vill inte ha någonting, sa pojken.

Anton uppfattade pojkens uppgivenhet över att inte nå fram, men stod på sig och tog sig förbi honom.

Poliserna som bevakade torget hade närmat sig. En av dem ropade någonting. Anton tittade dit.

– Hörru, lämna mannen ifred. Försvinn härifrån.

Anton såg att poliserna ropade på pojken som antastade honom.

– Snälla, det är någon som vill att jag ger er det här pappret.

Anton tittade för första gången ordentligt på pojken samtidigt som poliserna närmade sig.

– Han står en bit bort, men han sa att jag ska ge er det, sa pojken.

– Försvinn, sa jag, röt den ena av poliserna som nu bara var några meter bort.

Anton bestämde sig för att ta emot lappen. Det kunde väl inte skada att läsa vad som stod på den. Han såg hur pojken andades ut av lättnad.

– Uppmuntra inte det där, sa polisen till Anton.

Anton öppnade den prydligt vikta lappen och läste meddelandet.

– Vem gav dig den? frågade Anton pojken, men han hade redan pilat iväg in i folksamlingen. Poliserna brydde sig inte om att följa efter.

Anton tittade sig runt omkring. Vid nedgången till tunnelbanan stod en man i kamouflagebyxor och såg på honom. Det var något bekant över den seniga kroppen och det insjunkna, väderbitna ansiktet.

Det tog någon sekund innan Anton kände igen Ludmila Smirnovas pappa.

Anton började springa, fick upp farten och fortsatte mot ingången. När han kom dit var mannen borta. Han gick fram till spärrarna, tittade sig omkring för att se om han kunde upptäcka de där kamouflagebyxorna som han så väl kom ihåg, men de syntes ingenstans.

Anton tog fram lappen igen, läste de prydliga orden som var nedplitade med militär precision.

"Jag var där den där natten när din vän, åklagaren, sköts till döds. Jag ville hämnas det som hände min dotter Ludmila – ni kanske minns att jag lovade att ta hämnd – men jag fick tyvärr aldrig chansen. Jag skuggade dem i dagar utan att de misstänkte någonting – de tog mig antagligen för en luffare eller tiggare. Ironiskt nog var mitt eget förfall den perfekta förklädnaden. Kvällen då åklagaren mördades följde jag efter dem hela vägen ut till Pervomajka i min gamla Volga. Från mitt gömställe hade jag full uppsikt över parkeringsplatsen och såg tydligt mannen som sköt er vän. Om ni är modig nog att ta reda på sanningen kan ni söka upp mig, men jag vill varna er. Det kommer att kosta er karriären, och kanske också livet."

Anton stod stilla och begrundade lappen. En kall vindil letade sig in under tröjan. Han drog jackan tätare intill kroppen. Mindes plötsligt Skurovs plågade ansikte på den leriga marken, blodet som pumpade ur bröstet och hur hans mun om och om igen hade format namnet.

Gurejev.

Anton förstod med ens vad det skulle kosta honom att ta reda på sanningen.

TACK

VI VILL TACKA ALLA som har hjälpt oss i arbetet med den här boken. Framförallt medarbetarna på Massolit förlag – i synnerhet Cina Jennehov och Sofia Hannar, och självklart Anna Frankl och Joakim Hansson på Nordin Agency som fortsätter att göra Tom Blixen känd ute i världen. Vi är också mycket tacksamma för de värdefulla synpunkter, stora som små, som vänner och sakkunniga bidragit med, särskilt: Martin Hermansson, Jens Odlander, Veronika Bard-Bringéus, Bengt Eriksson, Stéphanie Treschow, Markus Boberg, ISP – Inspektionen för strategiska produkter – och Konsulära avdelningen på Utrikesdepartementet. Sist men inte minst vill vi tacka våra familjer för att de visat så stort tålamod med oss under tiden vi arbetat med boken.

RÖSTER OM
HANDLAREN FRÅN OMSK OCH
DIRIGENTEN FRÅN S:T PETERSBURG

Handlaren från Omsk

"Karaktärerna är mångdimensionella, och här finns också inbyggd kritik mot svensk vapenexport. Välskrivet och fascinerande om maktspel, relationer och personlig moral."
Cecilia Gustavsson, Aftonbladet

"Så utvecklas en spännande thriller där förvecklingarna är många och paranoian lurar i varje hörn. Moskvaskildringen är initierad och bilden av den internationella vapenhandelns komplikationer trovärdig. Romanen utspelar sig 2008, men dagens situation i Ryssland finns naturligt med i bakhuvudet när man läser."
Kerstin Bergman, Borås Tidning

"En polisroman med storpolitiska förtecken, riktigt spännande och välskriven som dessutom ger en skarp bild av livet i det gamla Ryssland med sovjettidens ärr kvar. Ovanlig miljö för en svensk läsare och därmed extra intressant."
Annette Larsson, BTJ

Dirigenten från S:t Petersburg

"Våldsamt spännande"
Halmstad 7 dagar

"Författarna Camilla Grebe och Paul Leander Engström har skapat en initierad och skönt oförutsägbar thriller som känns verklighetsförankrad och mycket aktuell."
Juryns motivering för Årets Ljudbokspris 2013

"En utmärkt thriller som just skildrar hur de snuskigt rika blir ännu rikare med de allra snuskigaste metoderna."

Mats Palmquist, Borås Tidning

"Boken är en bra inledning till en kommande trilogi och jag ser fram emot nästa berättelse. Det är intressant att läsa en historia som är förlagd till Ryssland, ett samhälle som ännu så länge avviker en hel del från vårt eget."

LitteraturMagazinet

"Det är välskrivet, det är spännande, det är politiskt raffinerande."

Magnus Utvik, Gomorron Sverige

"Skrämmande bra bok som skakar om."

Östran

"Romanens styrka är trovärdigheten i miljöskildringen och känslan av att författaren verkligen har varit i dessa slutna rum. I en spännande thrillerintrig förmår även författarna ge en samhällsanalys av en otyglad kapitalism, rusig av vodka och steroider. 'Moskva noir' kan hitta läsare som vill blicka längre bort i den svenska kriminallitteraturen än Fjällbacka."

Arbetarbladet

"Boken är fartfylld och mycket spännande. Stilen är hårdkokt som en knockout."

Nerikes Allehanda/VLT

"En som sett baksidorna är Paul Leander-Engström och hans upplevelser ligger till grund för denna halsbrytande, blodiga berättelse om finanshajar, oligarker, maktfullkomliga politiker och svenska affärsmän."

Aftonbladet
(De fyra bästa böckerna just nu, Ingalill Mosander)

"en ekonomiskpolitisk thriller med svart klangbotten, en intelligent nutidshistoria"

Tara

"Paul Leander-Engströms erfarenhet ... bland de stora elefanterna i Ryssland lyser igenom och Camilla Grebe sätter vant deckartouchen"

Metro, Lästipset

"spännande nästan hela tiden"

Sydsvenskan

"ser fram emot nästa del i denna utlovade Moskva noir-trilogi."

Norra Skåne

"Författarduon har lyckats förena en spännande intrig med en trovärdig samhällsskildring. Dessutom finns det verklighetskänsla och mänsklighet i en del av personporträtten."

Ljusdals-Posten

"Både upplägget och intrigen är riktigt bra"

Östgöta Correspondenten

"Paul Leander Engström har skrivit historien och inspirationen till boken har han hittat i Ryssland, där han arbetat som underrättelseagent, entreprenör och finansman i mer än tio år. Tillsammans med

Ein Wort des Dankes

Die Psalmentexte wurden mit freundlicher Genehmigung
des R. Brockhaus Verlages Wuppertal,
des Kreuz-Verlages Stuttgart,
der Deutschen Bibelgesellschaft Stuttgart,
des Verlages der Zwingli-Bibel, Zürich,
den dort erschienenen Bibelübersetzungen entnommen.

5. Auflage 1982

Deutsche Ausgabe © 1975 Oncken Verlag Wuppertal und Kassel
Auswahl und Fotos © 1974 Lion Publishing, Berkhamsted,
Herts, England
Fotos von David Alexander
Druck: Colour Reproductions Ltd., Billericay,
Essex, Great Britain

ISBN 3-7893-7047-9 (Oncken)
ISBN 3-222-11416-1 (Styria)

Ein Wort des
Dankes

Oncken Verlag
Wuppertal und Kassel

Verlag Styria Graz

Danke, Herr!

Ich danke dir von ganzem Herzen,
vor den Göttern will ich dir lobsingen.
Ich will anbeten vor deinem heiligen Tempel
und deinen Namen preisen
für deine Güte und Treue;
denn du hast deinen Namen und dein Wort
herrlich gemacht über alles.
Wenn ich dich anrufe,
so erhörst du mich
und gibst meiner Seele große Kraft.
Es danken dir, Herr, alle Könige auf Erden,
daß sie hören das Wort deines Mundes;
sie singen von den Wegen des Herrn,
daß die Herrlichkeit des Herrn so groß ist.
Denn der Herr ist hoch
und sieht auf den Niedrigen
und kennt den Stolzen von ferne.

Aus Psalm 138
(nach Luther)

Hier in Bethanien stand das Haus der Geschwister Martha, Maria und Lazarus, bei denen Jesus wohnte.

Treu und gerecht

Preisen will ich den Herrn von ganzem Herzen
im Kreis der Frommen,
im Kreis der Gemeinde.
Groß sind die Taten des Herrn;
wer Freude an ihnen hat, wird sie erfahren.
Hoheit und Würde umgeben sein Tun,
und seine Gerechtigkeit besteht in Ewigkeit.
Treue und Recht sind die Werke seiner Hände,
verläßlich sind alle seine Ordnungen.
Sie bestehen immer und ewig
und geben Bestand und Gerechtigkeit.
Eine Erlösung sendet er seinem Volk,
sein Versprechen gilt ewig,
daß er es bewahren, es leiten will.
Heilig und erhaben ist seine Herrschaft.
Den Herrn zu fürchten
ist der Anfang der Weisheit.
Einsicht gewinnt als Lohn,
wer seinen Willen erfüllt.
Ihn wollen wir rühmen in Ewigkeit.

Aus Psalm 111
(nach Zink)

*Sonnenuntergang über einer Landschaft im Landesinneren
der Türkei*

Solange ich lebe

Halleluja! Lobe den Herrn, meine Seele!
Ich will den Herrn loben, solange ich lebe,
und meinem Gott lobsingen, solange ich bin.
Verlasset euch nicht auf Fürsten;
sie sind Menschen, die können ja nicht helfen.
Denn des Menschen Geist muß davon,
und er muß wieder zu Erde werden;
dann sind verloren alle seine Pläne.
Der Herr macht die Gefangenen frei.
Der Herr macht die Blinden sehend.
Der Herr richtet auf,
die niedergeschlagen sind.
Der Herr liebt die Gerechten.
Der Herr behütet die Fremdlinge
und erhält Waisen und Witwen;
aber die Gottlosen führt er in die Irre.
Der Herr ist König ewiglich,
dein Gott, Zion, für und für.
Halleluja!

Aus Psalm 146
(nach Luther)

Zwei Mädchen hüten Schafe und Ziegen bei Beerscheba, Israel

Er gibt dem Vieh sein Futter

Halleluja! Lobet den Herrn!
Denn unsern Gott loben,
das ist ein köstlich Ding,
ihn loben ist lieblich und schön.
Der Herr baut Jerusalem auf
und bringt zusammen die Verstreuten Israels.
Er heilt, die zerbrochenen Herzens sind,
und verbindet die Wunden.
Er zählt die Sterne
und nennt sie alle mit Namen.
Der dem Vieh sein Futter gibt,
den jungen Raben, die zu ihm rufen.
Er hat keine Freude an der Stärke des Rosses
und kein Gefallen an den Schenkeln des Mannes.
Der Herr hat Gefallen an denen,
die ihn fürchten,
die auf seine Güte hoffen.

Aus Psalm 147
(nach Luther)

Das Vieh sucht Weide zwischen den Felsen in Galiläa

Mein Retter

Und er sprach:
„Herzlich lieb habe ich dich,
Herr, meine Stärke!
Herr, mein Fels, meine Burg,
mein Erretter; mein Gott,
mein Hort, auf den ich traue,
mein Schild und Berg meines Heiles
und mein Schutz!"
Ich rufe an den Herrn, den Hochgelobten,
so werde ich vor meinen Feinden errettet.

Aus Psalm 18
(nach Luther)

Hohe Mauern und Tore in der Altstadt von Jerusalem

Das Volk seiner Weide

Kommt, laßt uns dem Herrn frohlocken,
jauchzen dem Fels unsres Heils!
Laßt uns mit Dank vor sein Angesicht treten,
mit Lobgesängen ihm jauchzen!
Denn ein großer Gott ist der Herr,
ein großer König über alle Götter.
In seiner Hand sind die Tiefen der Erde,
sein auch die Gipfel der Berge.
Sein ist das Meer – er hat es gemacht,
sein auch das Festland –
seine Hand hat es gebildet.
Ziehet ein! Laßt uns niederfallen
und uns beugen,
niederknien vor dem Herrn,
der uns gemacht hat!
Denn er ist unser Gott,
und wir das Volk seiner Weide,
und die Schafe seiner Hand.
O daß ihr heute auf seine Stimme hörtet!

Aus Psalm 95
(Zürcher Übersetzung)

Ein Schafhirt mit seiner Herde am See Genezareth

Gott half mir

Gelobt sei der Herr,
denn er hat erhört die Stimme meines Flehens.
Der Herr ist meine Stärke und mein Schild;
auf ihn hofft mein Herz,
und mir ist geholfen.
Nun ist mein Herz fröhlich,
und ich will ihm danken mit meinem Lied.
Der Herr ist seines Volkes Stärke,
Hilfe und Stärke für seinen Gesalbten.
Hilf deinem Volk und segne dein Erbe
und weide und trage sie ewiglich.

Aus Psalm 28
(nach Luther)

Eine typische Straße im Nahen Osten, wo Alte und Junge miteinander leben

Der den Durst stillt

Herr, mein Gott, dich suche ich.
Meine Seele dürstet nach dir.
Ich schmachte nach dir
wie dürres, lechzendes Land.
Ich schaue im Heiligtum nach dir aus,
deine Macht zu sehen, deine Herrlichkeit.
Denn deine Güte ist besser als Leben,
meine Lippen preisen dich.
So will ich rühmen mein Leben lang
und meine Hand aufheben zum Gebet,
dich anzurufen.
Das ist meines Herzens Freude und Wonne,
dich mit fröhlichem Munde zu loben.

Aus Psalm 63
(nach Zink)

Durstige Ziege am frischen Wasser des Sees Genezareth

Wie gut ist der Herr!

Ich will den Herrn loben allezeit;
sein Lob soll immerdar in meinem Munde sein.
Meine Seele soll sich rühmen des Herrn,
daß es die Elenden hören und sich freuen.
Preiset mit mir den Herrn
und laßt uns miteinander seinen Namen erhöhen!
Als ich den Herrn suchte,
antwortete er mir und errettete mich
aus aller meiner Furcht.
Die auf ihn sehen,
werden strahlen vor Freude,
und ihr Angesicht soll nicht schamrot werden.
Als einer im Elend rief,
hörte der Herr und half ihm
aus allen seinen Nöten.
Der Engel des Herrn lagert sich um die her,
die ihn fürchten und hilft ihnen heraus.
Schmecket und sehet,
wie freundlich der Herr ist.
Wohl dem, der auf ihn trauet!
Fürchtet den Herrn, ihr seine Heiligen!
Denn die ihn fürchten, haben keinen Mangel.
Reiche müssen darben und hungern;
aber die den Herrn suchen,
haben keinen Mangel an irgendeinem Gut.

Aus Psalm 34
(nach Luther)

Oase in der Syrischen Wüste

Alle Nationen, alle Völker

Lobt den Herrn, alle Nationen!
Rühmt ihn, alle Völker!
Denn mächtig über uns ist seine Gnade!
Die Treue des Herrn währt ewig!
Halleluja!

Psalm 117
(rev. Elberfelder Übersetzung)

Kinder spielen in der Altstadt von Jerusalem

Gott rettet

Beharrlich habe ich auf den Herrn geharrt,
und er hat sich zu mir geneigt
und mein Schreien gehört.
Er hat mich heraufgeholt
aus der Grube des Verderbens,
aus Schlick und Schlamm;
und er hat meine Füße auf Felsen gestellt,
meine Schritte fest gemacht.
Und in meinen Mund hat er gelegt
ein neues Lied,
einen Lobgesang auf unseren Gott.
Viele werden es sehen und sich fürchten
und auf den Herrn vertrauen.

Du, Herr, wirst dein Erbarmen
nicht von mir zurückhalten;
deine Güte und deine Treue
werden beständig mich behüten!

Aus Psalm 40
(rev. Elberfelder Übersetzung)

Zisterne, wie sie im alten Israel als Wasserreservat diente

Gott hilft

Halleluja!
Lobet, ihr Knechte des Herrn,
lobet den Namen des Herrn!
Gepriesen sei der Name des Herrn
von nun an bis in Ewigkeit!
Vom Aufgang der Sonne bis zu ihrem Niedergang
sei gelobt der Name des Herrn.
Erhaben über alle Völker ist der Herr,
den Himmel überragt seine Herrlichkeit!
Wer ist dem Herrn gleich, unserm Gott,
der da thront in der Höhe,
der niederschaut in die Tiefe,
im Himmel und auf Erden?
Er hebt aus dem Staub den Geringen empor
und erhöht aus dem Schmutz den Armen,
um ihn sitzen zu lassen neben Edlen,
neben den Edlen seines Volks.
Er verleiht der kinderlosen Gattin Hausrecht,
macht sie zur fröhlichen Mutter von Kindern.
Halleluja!

Psalm 113
(nach Menge)

Bäuerin in Syrien

Alles Lebendige lobe den Herrn

Der Herr ist getreu in all seinen Worten
und gnädig in allen seinen Werken.
Der Herr hält alle, die da fallen,
und richtet alle auf,
die niedergeschlagen sind.

Aller Augen warten auf dich,
und du gibst ihnen ihre Speise
zur rechten Zeit.
Du tust deine Hand auf und sättigst alles,
was lebt, nach deinem Wohlgefallen.

Der Herr ist gerecht in allen seinen Wegen
und gnädig in allen seinen Werken.
Der Herr ist nahe allen, die ihn anrufen,
allen, die ihn ernstlich anrufen.
Er tut, was die Gottesfürchtigen begehren
und hört ihr Schreien und hilft ihnen.
Der Herr behütet alle, die ihn lieben,
und wird vertilgen alle Gottlosen.
Mein Mund soll des Herrn Lob verkündigen,
und alles Fleisch
lobe seinen heiligen Namen
immer und ewiglich.

Aus Psalm 145
(nach Luther)

Zugvögel in Israel

Lobe den Herrn, meine Seele

Lobe den Herrn, meine Seele,
und was in mir ist, seinen heiligen Namen!
Lobe den Herrn, meine Seele,
und vergiß nicht, was er dir Gutes getan hat:
der dir alle deine Sünde vergibt
und heilet alle deine Gebrechen,
der dein Leben vom Verderben erlöst,
der dich krönet mit Gnade und Barmherzigkeit,
der deinen Mund fröhlich macht,
und du wieder jung wirst wie ein Adler.
Barmherzig und gnädig ist der Herr,
geduldig und von großer Güte.
Er handelt nicht mit uns nach unseren Sünden
und vergilt uns nicht nach unserer Missetat.
Denn so hoch der Himmel über der Erde ist,
läßt er seine Gnade walten über denen,
die ihn fürchten.
So fern der Morgen ist vom Abend,
läßt er unsre Übertretungen von uns sein.
Wie sich ein Vater über Kinder erbarmt,
so erbarmt sich der Herr über die,
die ihn fürchten.

Aus Psalm 103
(nach Luther)

Handweberei in Damaskus

Schaue doch!

Wohl den Menschen,
die dich für ihre Stärke halten
und von Herzen dir nachwandeln!
Wenn sie durchs dürre Tal ziehen,
wird es ihnen zum Quellgrund,
und Frühregen hüllt es in Segen.
Sie gehen von einer Kraft zur andern
und schauen den wahren Gott in Zion.
Herr, Gott Zebaoth, höre mein Gebet;
vernimm es, Gott Jakobs!
Gott, unser Schild, schaue doch;
sieh doch an das Antlitz deines Gesalbten!
Denn ein Tag in deinen Vorhöfen ist besser
als sonst tausend.

Ich will lieber die Tür hüten
in meines Gottes Hause
als wohnen in der Gottlosen Hütten.
Denn Gott der Herr ist Sonne und Schild;
der Herr gibt Gnade und Ehre.
Er wird kein Gutes mangeln lassen den Frommen.

Aus Psalm 84
(nach Luther)

Ein Dornbusch

Warum bin ich unruhig?

Sende dein Licht und deine Wahrheit,
daß sie mich leiten und bringen
zu deinem heiligen Berg
und zu deiner Wohnung.
Daß ich hineingehe zum Altar Gottes,
zu dem Gott, der meine Freude und Wonne ist,
und dir, Gott, auf der Harfe danke,
mein Gott.

Was betrübst du dich, meine Seele,
und bist so unruhig in mir?
Harre auf Gott,
denn ich werde ihm noch danken,
daß er meines Angesichts Hilfe
und mein Gott ist.

Aus Psalm 43
(nach Luther)

Ölbäume im Garten Gethsemane

Der Gott der Geschichte

Preiset den Herrn, ruft seinen Namen an,
macht seine Taten unter den Völkern bekannt!
Singt ihm, spielet ihm,
redet von all seinen Wundern!
Rühmt euch seines heiligen Namens!
Es mögen herzlich sich freuen,
die da suchen den Herrn!
Fragt nach dem Herrn und seiner Stärke,
suchet sein Angesicht allezeit!
Gedenkt seiner Wunder, die er getan,
seiner Zeichen und der Urteilssprüche
seines Mundes,
Ihr Kinder Abrahams, seines Knechtes,
ihr Söhne Jakobs, seine Erwählten!
Er, der Herr, ist unser Gott,
über die ganze Erde ergehen seine Gerichte.
Er gedenkt seines Bundes auf ewig,
des Wortes, das er geboten auf tausend
Geschlechter.

Aus Psalm 105
(nach Menge)

Der Mond über dem Sinai. Hier gab Gott seinem Volk das Gesetz.

Dieser Gott ist unser Gott

Herr, wir gedenken deiner Güte
in deinem Tempel.
Herr, deine Macht und dein Ruhm
reichen an die Enden der Erde.
Deine Rechte ist von heilbringender Kraft.
Es freut sich der Berg Zion,
es jubeln die Töchter Judas
über die Wege, die du uns führst.
Umschreitet Zion, umzieht es!
Zählt seine Türme!
Achtet auf seine Mauern,
damit ihr sie schildert
dem künftigen Geschlecht.
Ja, es ist wahr:
Das ist Gott, unser Gott, für immer und ewig.
Er wird uns führen.

Aus Psalm 48
(nach Zink)

Jerusalem – die südöstliche Ecke der Mauer, die den Tempelbezirk abschließt

Lobt ihn mit der Harfe

Halleluja!
Lobt Gott in seinem Heiligtum!
Lobt ihn in der Feste seiner Stärke!
Lobt ihn wegen seiner Machttaten!
Lobt ihn in seiner gewaltigen Größe!
Lobt ihn mit Posaunenschall!
Lobt ihn mit Harfe und Zither!
Lobt ihn mit Tamburin und Reigen!
Lobt ihn mit Saitenspiel und Flöte!
Lobt ihn mit klingenden Becken!
Lobt ihn mit schallenden Becken!
Alles was Atem hat, lobe Jah, den Herrn!
Halleluja!

Psalm 150
(rev. Elberfelder Übersetzung)

Rekonstruktion einer Harfe, wie sie David benutzt hat (im Haifa Music Museum)

Es preise ihn aller Welt Enden

Alles, was ist, soll einstimmen
in ein Lied der Freude über Gott.
Stimmt ein, singt mit,
alle, die oben sind, in der Höhe!
Singt mit, ihr Engel
und das ganze Heer seiner himmlischen Diener.
Singt mit, Sonne und Mond!
Singt mit, ihr leuchtenden Sterne,
ihr Welten, die Gottes Wohnung sind,
ihr unendlichen Räume im All.
Stimmt ein, singt mit,
alle, die ihr unten auf der Erde seid,
bis hinab zu den Ungeheuern in der
Tiefe des Meeres!
Singt mit, ihr Berge und Hügel,
ihr Fruchtbäume und ihr Zedern,
ihr wilden Tiere und Tiere im Haus!
Stimmt ein, singt mit,
ihr Könige der Erde und ihr Völker alle!
Ihr Fürsten und ihr Richter,
die die Erde ordnen.
Ihr jungen Männer, ihr jungen Frauen,
ihr Greise samt den Kindern!
Sie sollen den Herrn rühmen,
denn er allein hat die Macht.

Aus Psalm 148
(nach Zink)

Die Sonne versinkt hinter den Zedern des Libanon